KB094370

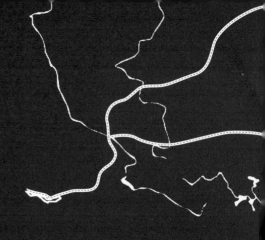

《사조영웅전》시대 연표

1115	여진의 완안아골타完顏阿骨打가 황제로 즉위하고(태조), 국호를 금金이라 함.
1122	금, 연경 함락.
1125	금, 요의 천조제天祚帝를 사로잡고 멸망시킴. 송 휘종徽宗이 흠종欽宗에게 왕위를 물려줌.
1126	금, 개봉성 함락.
1127	송 휘종·흠종이 금에 사로잡혀 북송 멸망(정강靖康의 변). 고종高宗이 즉위하여 송을 부흥시킴(남송).
1130	송 고종, 온주로 도망, 한세충韓世忠·악비岳飛 항금 투쟁 시작. 진회秦檜, 금에서 귀국.
1134	악비, 선인관 전투에서 금군에 대승하여 양양 등 6군 회복.
1138	진회가 재상이 되어 금과 화의 추진.
1140	금군 남진. 악비가 하남 각지에서 금군을 격파하고 개봉에 당도.
1141	진회가 악비 부자를 체포해 옥중에서 죽임.
1142	송과 금, 1차 화의 성립.
1149	금의 완안량完顏亮(해릉왕海陵王), 희종熙宗을 살해하고 제위에 오름.
1161	금의 완안포完顏褒가 황제를 칭함(세종世宗). 해릉왕 살해됨. 금, 남송과 화의.
1162	남송, 효종孝宗 즉위.
1165	금과 송, 2차 화의 성립. 이후 40년간 평화가 지속됨.
1170	전진교 교주 왕중양王重陽 사망.
1183	도학道學이 금지됨.
1188	몽고의 테무친, 칸을 칭함(제1차 즉위).
1189	금, 세종 사망하고 장종章宗 즉위. 남송, 효종이 퇴위하고 광종光宗 즉위.
1194	남송, 영종寧宗 즉위. 한탁주가 전권을 휘두름.
1196	한탁주, 주자학파를 탄압하여 주희朱熹가 파직됨.
1206	남송의 한탁주, 금을 침공하여 전쟁을 일으킴. 테무친, 몽고 부족을 통일하고 칭기즈칸으로 추대됨(제2차 즉위).
1211	칭기즈칸, 금 침공.
1215	몽고군, 금 수도 함락.
1217	금, 남송 침공.
1218	고려, 몽고에 조공 약속.
1219	칭기즈칸, 서방 원정 시작(1224년까지).
1227	칭기즈칸, 서하를 멸망시키고 귀환 도중 병사. 오고타이가 칸으로 즉위(태종).
1231	몽고군 장수 살리타가 고려 침입.
1234	몽고와 남송 군대의 공격을 받아 금 멸망.
1235	몽고와 남송의 교전이 시작됨.

사
조
영
웅
전
4

사조영웅전 4 - 구음진경

1판 1쇄 발행 2003. 12. 24.
1판 26쇄 발행 2020. 1. 28.
2판 1쇄 발행 2020. 7. 8.
2판 4쇄 발행 2024. 5. 10.

지은이 김용
옮긴이 김용소설번역연구회
발행인 박강휘
편집 이한경 디자인 조명이 마케팅 김용환 홍보 반재서
발행처 김영사
등록 1979년 5월 17일(제406-2003-036호)
주소 경기도 파주시 문발로 197(문발동) 우편번호 10881
전화 마케팅부 031)955-3100, 편집부 031)955-3200 | 팩스 031)955-3111

값은 뒤표지에 있습니다.
ISBN 978-89-349-9172-4 04820
        978-89-349-9168-7 (세트)

홈페이지 www.gimmyoung.com   블로그 blog.naver.com/gybook
인스타그램 instagram.com/gimmyoung   이메일 bestbook@gimmyoung.com

좋은 독자가 좋은 책을 만듭니다.
김영사는 독자 여러분의 의견에 항상 귀 기울이고 있습니다.

이 도서의 국립중앙도서관 출판예정도서목록(CIP)은 서지정보유통지원시스템 홈페이지
(http://seoji.nl.go.kr)와 국가자료종합목록 구축시스템(http://kolis-net.nl.go.kr)에서
이용하실 수 있습니다.(CIP제어번호 : CIP2020022987)

김용소설번역연구회 옮김

김용 대하역사무협

사조영웅전

射鵰英雄傳

구음진경

4

곽정 郭靖

곽소천의 아들로 몽고에서 태어났다. 어릴 때 신전수 철별에게 활을 배웠고 강남칠괴에게 무공을 배웠다. 중원으로 나와서는 북개 홍칠공을 만나 항룡십팔장을 전수받았다. 그리고 평생의 반려자 황용과 함께 천하를 유랑하며 강호의 영웅호걸들을 만난다. 특히 주백통에게 〈구음진경〉과 쌍수호박술, 72로 공명권을 터득해 무공이 크게 상승했다. 타고난 두뇌와 자질은 별로지만, 천성이 순박하고 정직해 모든 것을 꾸준히 연마한다.

황용 黃蓉

도화도의 주인 동사 황약사의 딸. 아버지와 싸우고 가출했다가 우연히 곽정을 만나 사랑에 빠진다. 곽정과 함께 강호를 돌아다니다가 홍칠공에게 무공을 배운다.

홍칠공 洪七公

개방 제18대 방주로 북개北丐라고도 부른다. 별호는 구지신개이며, 곽정과 황용의 스승이다. 개방 전통 무학인 힘을 위주로 하는 항룡십팔장과 36로 타구봉법을 주로 구사한다. 황약사와 구양봉과 달리 인간적 성품을 지니고 있다.

왕중양 王重陽

전진교의 창시자로 중신통中神通이라 불린다. 화산논검대회에서 황약사, 구양봉, 홍칠공을 물리쳐 천하제일의 명성을 얻고 〈구음진경〉도 손에 넣었다.

황약사 黃藥師

동해 도화도의 도주로 천하오절 중 한 명. 성격이 괴팍하고 종잡을 수 없어 사람들은 그를 동사東邪라고 부른다. 무공은 물론 천문지리, 의술, 역학, 기문오행 등에도 조예가 깊다. 그가 창안한 탄지신통, 낙영신검장, 난화불혈수, 옥소검법 등은 강호에서 당할 자가 없다.

구양봉 歐陽鋒

속칭 서독西毒이라고 부르는 서역 백타산의 주인이다. 합마공이라는 독보적 무공을 지녔고 화산논검대회에 대비해 연피사권법을 만들기도 했다.

주백통 周伯通

항렬을 무시하고 곽정과 의형제를 맺는 등 갖은 기행을 일삼아 사람들은 그를 늙은 장난꾸러기란 뜻에서 노완동老頑童이라고 부른다. 원래는 전진교 문하였으나 도사가 되지는 못했다.

구양극 歐陽極

서역 곤륜 백타산의 작은 주인이며, 서독 구양봉의 조카. 여색을 밝히는 인물로 특히 황용을 흠모한다.

강남칠괴 江南七怪

곽정의 사부. 모두 고향이 강남 가흥이고 제각기 무공이 독특할 뿐 아니라 용모와 차림새가 유별나서 붙은 이름이다. 이들 일곱 사람은 명문 정파도 아니고, 무공 또한 걸출하다고 할 수 없다. 그러나 의리만은 이들을 따를 자가 없다.

완안홍열 完顔洪烈

금나라의 여섯 번째 왕자로 조왕에 봉해졌다. 악비 장군의 유서를 훔치기 위해 구양극, 영지상인, 후통해 등 강호의 고수들을 끌어들인다.

매초풍 梅超風

본명은 매약화梅若華이고 철시鐵屍라고도 부른다. 도화도에서 〈구음진경〉을 훔쳐 달아났다가 황약사의 분노를 산다. 구음백골조란 무공으로 악명을 떨친다.

양강 楊康

완안홍열의 아들로 성장하지만 훗날 양철심의 아들로 밝혀진다. 그러나 부귀영화를 탐내 친아버지보다도 원수인 완안홍열의 아들이기를 원한다.

목염자 穆念慈

양철심의 양딸. 비무초친比武招親을 하다가 양강을 만난다. 그 뒤로 양강을 뒤쫓으며 일편단심 그를 사랑하게 된다.

마옥 馬鈺

도호는 단양자丹陽子로 전진칠자의 한 사람이다. 왕중양의 법통을 이어받아 자비로운 본성을 지니고 있다.

구처기 邱處機

전진칠자의 한 사람으로 도호는 장춘자長春子이다. 한때 양강의 스승이었다.

구천인 裘千仞

호남 철장방 방주로 철장수상표鐵掌水上漂라고 부른다. 무공은 동사, 서독, 남제, 북개, 중신통과 엇비슷하다고 알려져 있다.

육승풍 陸乘風

귀운장 장주로 오호폐인五湖廢人이란 별명을 가지고 있다. 진현풍과 매초풍이 〈구음진경〉을 훔쳐 달아난 바람에 황약사에 의해 다리가 분질러지고 도화도에서 쫓겨났다.

육관영 陸冠英

육승풍의 아들로 고목대사에게 소림파 무공을 배웠다. 태호 도둑 무리의 총두령이다.

철별 哲別

몽고어로 철별은 '신궁神弓'이란 뜻이다. 신전수神箭手 철별로 불리며 테무친군에 쫓기다 곽정에 의해 목숨을 구한 뒤 그에게 궁술을 가르쳐준다.

타뢰 拖雷

테무친의 넷째 아들. 곽정과 함께 어린 시절을 몽고에서 보내며 의형제를 맺었다.

단천덕 段天德

송 왕조의 군관. 완안홍열의 사주를 받고 곽소천을 죽인다.

▲ 반천수의 〈소나무 위의 독수리松鷲〉

반천수潘天壽는 현대의 유명한 화가다. 오랫동안 항주 절강 미술학원 원장으로 일했다. 거침없고 패기가 넘치는 화풍이 특징이다.

▶ 왕휘의 〈임안산색도臨按山色圖〉(일부분)

왕휘王翬는 청나라 초기 대화가다. 임안 부근의 자연을 묘사한 그림으로, 이 근방에 우가촌도 자리하고 있을 것이다. 하와이 미술관 소장.

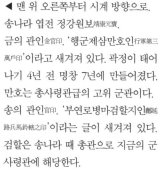

◀ 맨 위 오른쪽부터 시계 방향으로.
송나라 엽전 정강원보精康元寶.
금의 관인金官印. '행군제삼만호인行軍第三
萬戶印'이라고 새겨져 있다. 곽정이 태어
나기 4년 전 명창 7년에 만들어졌다.
만호는 총사령관급의 고위 군관이다.
송의 관인官印. '부연로병마검할지인鄜延
路兵馬鈐轄之印'이라는 글이 새겨져 있다.
검할은 송나라 때 총관으로 지금의 군
사령관에 해당한다.
금나라 문자로 새겨진 금의 관인.

◀ 송나라 〈영종상〉
곽정과 황용이 활약할 시기 남송의 왕
이다. 고궁 남훈전에 소장되어 있다.

▲ 당인의 〈채약도採藥圖〉
분위기가 마치 황약사를 연상시킨다.

▶ 제백석의 〈철괴이鐵拐李〉
생긴 모습이 홍칠공과 비슷하다.

◀ 맨 위 오른쪽부터 시계 방향으로.
악비의 관인. '무승정국군절도사겸영전대
사악비인武勝定國軍節度使兼營田大使岳飛印'이라
고 새겨져 있다. 악비가 이 관직을 맡았을
때는 37세였다. 항주 악충무묘사 소장.
금의 관인. '다왕괄산모극지인多㽵括山謀克之
印'이라 새겨져 있다. 모극은 금나라 군관
의 명칭으로 지금의 군단장에 해당한다.
금나라 장종 때의 엽전 태화중보泰和重寶.
금나라 태화 원년에서 8년까지 통용됐다.

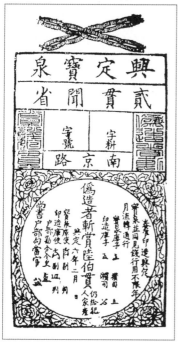

▲ 악비 장군의 필체

악비 장군의 필체에서 힘과 기개가 느껴진다.

◀ 흥정보천 興定寶泉

금나라 선종 때 사용한 돈. 흥정 원년에서 6년까지
통용됐다. 당시 곽정은 18~23세.

▶일러두기

1. 이 책은 김용의 2쇄 판본(1976년 출간)을 원 텍스트로 번역했으며 3쇄 (2003년 출간) 판본을 수정 반영한 것이다. 2002년부터 시작한 2쇄본의 번역이 끝나갈 무렵인 2003년 말, 새롭게 출간된 3쇄본을 홍콩 명하출판유한공사로부터 제공받아 핵심 수정 사항인 여문환呂文煥이 양양襄陽을 지키는 부분을 이전李全 부부가 청주靑州를 지키는 부분으로 수정 반영했다.
2. 원문에 충실하게 번역하되, 불필요한 상투어들은 오늘의 독자들에게 맞게 최대한 현대화해 다시 가다듬었다.
3. 본 책의 장 구분은 원서를 참조해 국내 편집 체제에 맞게 다시 나누었다.
4. 본문의 삽화는 홍콩의 이지청李志淸 화백이 그린 삽화를 저작권 계약해 사용했다.

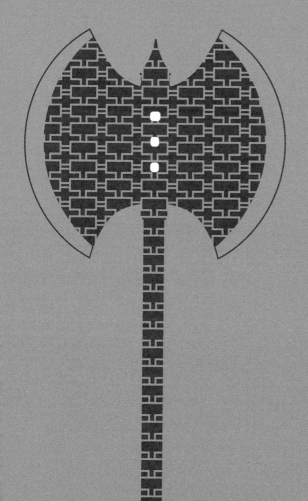

4권

구음진경

하늘의 도는 넘치는 것을 줄이고 부족한 것을 보충한다.
그런 까닭에 허虛가 실實을 이기고,
부족한 것이 넘치는 것을 이기는 것이다.

天之道 損有餘而補不足 是故虛勝實 不足勝有餘

〈구음진경〉

도화도주 동사 황약사

"아버지!"

별안간 황용이 청포 괴인의 품으로 달려들었다. 그녀는 괴인 품에 안겨 큰 소리로 흐느끼며 불렀다.

"아버지! 얼굴이, 얼굴이…… 어떻게 된 거예요?"

곽정이 몸을 돌려보니 매초풍이 바로 자신 앞에 서서 돌을 튕기는 소리를 들으려 귀를 기울이고 있었다. 이런 좋은 기회를 놓칠 수 없어 그는 천천히 무성장으로 그녀의 어깨에 일격을 가했다. 이번에는 모든 진력을 집중시켜 오른쪽 장으로 치고 왼쪽 장을 연달아 날리니, 매초풍은 땅에 나가떨어져 일어나지 못했다.

육승풍은 황용이 그 괴인을 아버지라 부르는 것을 듣고 기쁨과 슬픔이 뒤섞여 다리가 불구라는 사실도 잊고 일어서서 다가가려다 넘어지고 말았다.

청포 괴인은 왼손으로 황용을 안고 오른손으로 천천히 얼굴의 가죽을 벗겼다. 얼굴에 인피 가면을 쓰고 있어서 그렇게 기괴하게 보였던 것이다. 원래 얼굴이 드러나니 호리호리한 체형에 학식이 넘쳐 보이는 의연함과 늠름한 풍채, 신선과도 같은 청아함이 풍겼다.

황용은 눈물이 마르기도 전에 탄성을 터뜨리며 아버지의 품을 파고 들어 목을 끌어안았다. 청포 괴인이 바로 도화도주 황약사였던 것이다. 황용이 얼굴에 기쁜 기색을 감추지 못하며 말했다.

"아버지, 웬일로 여기까지 오셨어요? 방금 성이 구씨인 노인네가 아버질 욕했는데, 왜 혼내주지 않으셨어요?"

황약사는 엄숙한 얼굴로 꾸짖었다.

"왜 왔냐니? 널 찾으러 온 거지!"

"아버지, 그럼 소원을 이루신 거예요? 와! 정말 잘됐다!"

황용은 손뼉을 치며 환호성을 질렀다.

"무슨 소원을 이루었다는 거냐? 네 녀석을 찾느라 소원이고 뭐고 다 팽개쳤다."

황용은 자신 때문에 아버지가 소원을 이루지 못했다고 하자 마음이 아팠다. 황약사는 〈구음진경〉 하권을 바탕 삼아 자신의 능력으로 상권의 무공을 만들어낼 수 있으리라 생각했다. 그런 생각으로 〈구음진경〉을 완전히 터득하기 전엔 도화도에서 한 발짝도 나오지 않겠다고 스스로 맹세했다. 그런데 하권의 비급을 진현풍과 매초풍에게 도둑맞고, 상권 비급의 행방도 묘연해 스스로의 맹세를 지킬 수 없게 되었다.

"아버지, 앞으로는 정말 착한 딸이 될게요. 죽을 때까지 아버지 말씀을 잘 들을게요."

황약사는 사랑하는 딸이 애교 섞인 목소리로 말하자 저절로 마음이 누그러졌다.

"매 사저를 일으켜주거라."

황용은 매초풍을 일으켰다. 육관영도 아버지를 부축해 일으켰다. 두 사람은 황약사에게 연거푸 절을 올렸다. 황약사는 한숨을 쉬고 말했다.

"승풍아, 그만 일어나거라. 그때는 내가 성격이 급해서 너에게 큰 잘못을 저질렀구나."

육승풍은 목이 메어왔다.

"사부님, 건강하십니까?"

"어쨌든 아직 화병으로 죽지는 않았다……."

황용은 히히, 웃으며 황약사에게 말했다.

"아버지, 절 두고 하시는 말씀이죠?"

황약사는 코웃음을 쳤다.

"흥! 네 탓도 있지."

황용은 혀를 쏙 내밀었다.

"아버지, 제 친구들을 소개해드릴게요. 이분들은 강호의 유명한 강남육괴로 곽정 오빠의 사부님들이세요."

황약사는 육괴를 외면한 채 거들떠보지도 않았다.

"내 알 바 아니다."

육괴는 오만하고 무례한 황약사의 태도에 화가 치밀었지만, 그의 명성과 방금 보여준 신통한 무공에 기가 눌려 아무 말도 하지 못했다. 황약사는 딸을 돌아보았다.

"가지고 갈 짐이 있느냐? 그만 집으로 돌아가자."

"가지고 갈 건 없고요, 육 사형께 드릴 건 있어요."

황용은 품에서 구화옥로환을 꺼내어 육승풍에게 건넸다.

"육 사형, 이 약은 만들기가 너무 힘드니 그냥 돌려드릴게요."

육승풍은 손을 내저으며 받지 않고 황약사를 우러러보며 간청했다.

"오늘 은사님을 뵈오니 실로 감격스러울 따름입니다. 저희 집에 잠시라도 머물러주신다면, 이 제자는……."

황약사는 대답하지 않고 육관영 쪽으로 고개를 돌렸다.

"저 애가 네 아들이냐?"

"그렇습니다."

육관영은 부친이 시키지 않았는데도 먼저 나서서 공손하게 네 번 절했다.

"사조師祖님을 만나 뵈오니 영광입니다."

"그만, 됐다."

황약사는 몸을 굽혀 일으키는 대신 갑자기 왼손을 뻗어 그의 뒷덜미를 당기더니 오른쪽 장으로 어깨를 쳤다. 육승풍은 대경실색했다.

"사부님, 저에겐 하나밖에 없는 아들……."

육관영은 황약사의 일장을 맞고 제대로 서 있지도 못하고 7~8보 뒷걸음질치다가 그만 나자빠지고 말았다. 그러나 조금도 부상을 입지는 않고 어안이 벙벙한 듯 몸을 일으켜 황약사를 바라볼 뿐이었다. 황약사가 다시 육승풍을 돌아보았다.

"잘했다. 아들에게 무공을 전수하지 않았구나. 이 아이는 선하파仙霞派의 문하인가?"

육승풍은 그제야 사부가 아들을 당기고 민 것이 무공의 계보를 알아보기 위함이라는 것을 깨달았다.

"제가 어찌 감히 사문의 규율을 어기겠습니까? 사부님의 허락도 없이 사부님의 무공을 전수하다니요? 이 아이는 선하파 고목대사의 문하에 있습니다."

황약사는 냉소를 던졌다.

"고목같이 보잘것없는 무공을 지닌 자가 무슨 대사인가? 네가 배운 무공이 고목보다는 백배 강하다. 내일부터라도 아들에게 너의 무공을 전수하도록 하라. 선하파는 우리의 신발을 신겨줄 자격도 없지."

육승풍은 크게 기뻐하며 아들을 채근했다.

"어서어서 사조님의 은혜에 감사드려라."

육관영은 다시 황약사에게 네 번 연거푸 절했다. 황약사는 고개를 꼿꼿이 들고 본체만체했다.

도화도에서 무공을 익힌 육승풍은 다리가 불구가 되긴 했지만 손의 무공은 아직 남아 있었다. 하나밖에 없는 아들이 열심히 연마는 하지만 뛰어난 스승을 만나지 못해 한계에 부딪히는 것을 보고서도 사문의 규율 때문에 감히 무공을 전수하지 못한 터였다. 게다가 혹시 아들이 연루될까 봐 자신의 무공을 숨기기까지 했다. 그런데 자신이 다시 사부님의 문하로 들어갔을 뿐 아니라 아들에게 무공을 전수하는 것까지 허락받은 것이다. 사랑하는 아들의 무공이 이제 크게 향상될 것이라 생각하니 기쁘기 그지없었다. 육승풍은 감사의 말을 하고 싶었으나 목이 메어 말이 나오지 않았다. 황약사는 그런 그를 흘낏 보고는 손을 들었다.

"이걸 너에게 주마."

오른손을 가볍게 날리니 흰 종이 두 장이 앞뒤로 연달아 날아갔다. 그와 육승풍 사이는 1장丈 정도 떨어져 있었는데 마치 바람이 종이를 실어 보내는 것 같았다. 종이에 아무런 힘을 싣지 않고서도 그렇게 멀리까지 보내는 것은 100근이 되는 큰 돌을 날려 보내는 것보다 더 어려운 무공이었다. 지켜보는 이들은 모두 탄성을 질렀다.

황용은 득의양양해져서 곽정에게 소곤거렸다.

"곽정 오빠, 우리 아버지의 무공이 어때요?"

"영존의 무공은 실로 출신입화出神入化의 경지야. 용아, 집으로 돌아가면 게으름 피우지 말고 무공을 다시 잘 배워."

황용은 그를 똑바로 쳐다보았다.

"오빠도 가요. 오빠는 안 간단 말이에요?"

곽정은 고개를 저었다.

"난 사부님들을 따라가야지. 나중에 보러 갈게."

황용은 다급해져서 곽정의 손을 꽉 잡고 소리쳤다.

"싫어, 싫어요! 오빠랑 헤어지지 않을 거야."

곽정은 황용과 헤어질 수밖에 없다는 것을 알고 있었다. 마음이 갑자기 허전해졌지만 어쩔 수 없었다.

한편 육승풍은 흰 종이를 잡았다. 종이에는 글씨가 가득 적혀 있다. 육관영은 얼른 하인의 손에서 횃불을 가져와 부친이 볼 수 있도록 불을 비춰주었다. 육승풍이 자세히 훑어보니 종이에 적힌 것은 모두 연공鍊功의 비결이었다. 게다가 황약사의 친필로 적혀 있었다. 20여 년 동안 보지 않은 사이에 사부의 필체는 더욱 발전한 듯 힘과 기백이 넘쳐흘렀다.

첫 번째 줄에 '선풍소엽퇴법旋風掃葉腿法'이라는 여섯 글자의 제목이 적혀 있었다. 선풍소엽퇴법과 낙영신검장은 모두 황약사가 만든 무공으로 여섯 제자 중 아무도 전수받지 못했다. 만약 예전에 배웠더라면 좋았을 테지만 아들에게라도 전수할 수 있게 되었으니 사부님의 큰 은덕에 감읍해 공손히 품에 넣고 땅에 엎드려 절했다.

황약사가 말했다.

"이 퇴법腿法은 예전에 내가 만든 것과는 크게 다르다. 초식은 그것과 같으나 이번 것은 내공 연마에서 시작된다. 매일 그 구결에 따라 앉아서 기를 연마하면 빠른 시일 내에 내공이 높은 경지에 이를 수 있을 뿐 아니라 5~6년 후면 너도 지팡이를 짚고 걸을 수 있을 것이다."

육승풍은 만감이 교차했다. 황약사가 다시 말을 이었다.

"다리의 불구는 완치가 불가능하고, 하반신의 무공도 다시는 연마할 수 없다. 하지만 이 비결대로 연마하면 보통 사람처럼 천천히 걸을 수는 있을 것이다. 아……."

그는 당시 너무 성격이 불같아 죄 없는 제자 네 명에게 가혹한 벌을 내린 것을 후회하고 있었다. 그래서 최근 몇 년 동안 하반신에 기를 불어넣어 제자들이 다시 걸을 수 있도록 하기 위해서 선풍소엽퇴라는 내공 비결을 연구했다. 황약사는 내심 후회하고 있었지만 완고하고 강한 성격 탓에 이를 말로 표현하지는 않았다. 그래서 완전히 새로 만들어낸 무공에 전혀 상관없는 옛 이름을 붙였다. 자신의 잘못을 인정하고 싶지 않았던 것이다.

잠시 뒤, 황약사가 말을 이었다.

"나머지 세 명의 사제를 모두 찾아서 전수해주도록 하여라."

육승풍은 약간 머뭇거리다가 대답했다.

"사부님, 곡曲 사형과 풍馮 사제의 행방은 전혀 듣지 못했고 무武 사제는 이미 몇 해 전에 세상을 떴습니다."

황약사는 비통한 심정에 번뜩이는 눈길로 매초풍을 쏘아보았다. 매초풍보다 지켜보는 사람의 가슴이 더 섬뜩해졌다.

황약사가 냉랭히 말했다.

"초풍아, 너는 대악을 저질렀고 너 또한 큰 고초를 겪었다. 방금 구천인이 내가 죽었다고 거짓말을 했을 때 너는 눈물을 흘리며 나를 위해 복수를 하겠다고 했다. 그 눈물 때문에 몇 년 더 살게 된 줄 알아라."

매초풍은 사부가 이렇게 쉽게 자신을 용서해주리라고는 생각지도 못했다. 뜻밖의 기쁨에 땅에 꿇어앉아 절을 했다.

"됐다, 됐어!"

황약사는 그렇게 말하며 매초풍의 등을 가볍게 탁, 탁, 탁 세 번 쳤다. 매초풍은 갑자기 등에 따끔한 통증을 느끼며 놀라 기절할 뻔했다. 그녀는 떨리는 목소리로 말했다.

"사부님, 제자의 죄는 죽어 마땅하니 제발 여기서 바로 죽여주십시오. 그래도 제발 부골침附骨針만은 면해주십시오."

매초풍은 예전에 남편이 한 말을 기억해낸 것이다. 사부에게는 부골침이라는 독문의 암기가 있는데, 손을 뻗어 적의 몸을 가볍게 한 번 치기만 하면 침이 살점 깊숙이 파고들어 뼈의 관절 사이에 박힌다고 했다. 침에는 독약이 묻어 있어서, 천천히 발작해 매일 여섯 차례 혈관을 타고 흐르다가 말로 형용할 수 없는 격렬한 통증을 주었다.

또 한 번에 죽지 않고 1~2년 후에야 죽게 되는데 무공을 익힌 자가 공력을 운행해 이를 막으려 하면 고통이 점점 더 심해져서 불에 기름을 부은 듯 격렬한 통증을 느끼게 된다고 말했다. 그러나 이를 알면서도 무공을 익힌 자는 순간의 고통을 참지 못해 어쩔 수 없이 이를 악물고 공력을 운행할 수밖에 없다.

매초풍은 부골침 하나만 맞아도 그야말로 생지옥에 들게 된다는 것을 잘 알고 있었다. 하물며 지금 세 개나 맞았으니 그녀는 죽을 생각으로 독룡편을 흔들어 자신의 머리를 찍으려 했다. 그러나 황약사가 손을 뻗어 독룡편을 빼앗고 냉랭하게 말했다.

"뭐가 그리 급한가? 죽으려 해도 쉽지 않을 것이다."

매초풍은 죽는 것도 여의치 않자 고개를 떨구었다.

'사부님은 결코 나를 쉬이 죽게 하지는 않을 거야. 모든 고통을 다 겪게 할 게 분명해.'

이런 생각이 들자 처량한 웃음이 나왔다. 매초풍은 곽정을 돌아보았다.

"내 남편을 단칼로 죽여줘서 고맙다. 그날 고통 없이 편하게 죽었으니……."

황약사의 음성엔 별다른 감정이 실려 있지 않았다.

"부골침의 독은 1년 후에야 발작한다. 그 1년 동안 세 가지 일을 완수하고 도화도로 나를 찾아오면 침을 뽑아주마."

매초풍은 크게 기뻐하며 냉큼 나섰다.

"제자, 지옥에 가는 한이 있더라도 반드시 사부님의 명을 이행하겠습니다."

황약사의 목소리는 여전히 냉랭했다.

"무슨 일을 맡길 줄 알고 그리 쉽게 대답하느냐?"

매초풍은 감히 더 말하지 못하고 고개를 숙였다.

"첫째, 〈구음진경〉을 잃어버렸으니 찾아오너라. 만약 본 사람이 있으면 그 사람을 죽여라. 한 사람이 보았으면 그 한 사람을 죽이고, 백 사람이 보았다면 백 사람을 모조리 죽여라. 99명을 죽이고 한 사람을 살려두었다면 나를 찾아올 생각은 하지 말아라."

모두 이 말을 듣고 가슴이 섬뜩해졌다. 강남육괴 역시 모골이 송연해졌다.

'황약사를 동사라고 부르더니, 사람됨이나 행동이 과연 사악하기 그지없구나.'

황약사는 말을 이어갔다.

"곡, 육, 무, 풍 네 명의 사형 사제가 모두 너 때문에 고충을 당했다. 곡영풍曲靈風과 풍묵풍馮默風을 찾아오고, 무강풍武罡風의 식솔을 살펴본 후 모두 귀운장으로 데려와 살게 하라. 이것이 두 번째 임무이다."

매초풍은 대답 없이 고개만 끄덕였다. 육승풍은 문득 그 일은 자신이 해도 된다는 생각이 들었으나 사부님의 성격을 잘 아는지라 감히 끼어들지 못하고 침묵을 지켰다.

황약사는 고개를 들어 하늘의 북두칠성을 바라보며 천천히 입을 떼었다.

"〈구음진경〉은 네놈들이 멋대로 가져간 것이다. 비급의 공력을 연마하라고 허락한 적도 없는데 네가 연마한 것이니, 이제 어떻게 해야 할지 알 것이다."

매초풍이 선뜻 대답하지 못하자 황약사는 잠시 침묵을 지키다 다시 입을 열었다.

"이것이 세 번째 임무이다."

매초풍은 처음에는 사부의 말이 무슨 뜻인지 몰라 고개를 숙인 채 잠시 생각에 잠겨 있다가 다시 고개를 들고 떨리는 목소리로 말했다.

"앞의 두 임무를 완수하고 구음백골조와 최심장의 공력을 없애도록 하겠습니다."

곽정은 황용의 옷소매를 잡아당기며 무슨 뜻인지 알려달라고 눈짓을 보냈다. 황용은 너무 끔찍하다는 표정을 지으며 오른손으로 자신의 왼쪽 손목을 자르는 시늉을 했다. 곽정은 그제야 깨달았다.

'자신의 손을 자르라는 뜻이었구나. 매초풍이 비록 악랄한 짓을 많이 했지만 지금은 진심으로 후회하고 있는데 그렇게까지 참혹한 벌을 내릴 필요가 있을까?'

곽정은 황용에게 대신 사정해달라고 말해야겠다고 생각했다. 이때 갑자기 황약사가 그에게 손짓을 했다.

"네가 곽정이냐?"

곽정은 급히 앞으로 다가가 절을 했다.

"곽정, 황 선배님께 인사 올립니다."

"내 제자인 진현풍을 네가 죽였느냐? 네 무공이 참으로 대단하구나!"

곽정은 황약사의 진의를 몰라 잔뜩 긴장해 움츠러들었다.

"그때는 제가 나이가 어리고 무지했습니다. 진 선배님께 사로잡혔는데 너무 당황해 그만 실수로 진 선배님을 상하게 하고 말았습니다."

황약사는 코웃음을 쳤다.

"진현풍은 우리 문하의 반역자이니 응당 우리 문중의 사람이 그를 처단해야 한다. 도화도 문하의 사람이 어찌 다른 사람에게 죽임을 당할 수 있겠느냐?"

곽정은 할 말이 없었다. 황용이 급히 나섰다.

"아버지, 그때 곽정 오빠는 겨우 여섯 살이었는데 뭘 알았겠어요?"

황약사는 못 들은 척 다시 말을 이었다.

"홍칠공은 본디 제자를 받지 않는데 네게는 가장 자신 있는 항룡십팔장 중에서 열다섯 장을 전수해주었다. 필시 네게 대단한 장점이 있는 게로구나. 그렇지 않다면 감언이설로 그 영감쟁이를 꼬드긴 게 틀림없다. 그 영감이 전수한 무공으로 우리 문하의 제자를 이겼으니, 다음에 그 노인네가 나를 만나면 얼마나 잘난 척을 하겠는가?"

황용이 웃으며 끼어들었다.

"아버지, 감언이설을 했다면 곽정 오빠가 아니라 제가 했어요. 순진한 곽정 오빠를 그렇게 무섭게 다그치지 마세요."

아내를 잃은 뒤 딸을 의지하며 살아온 황약사는 집을 나간 딸 황용이 갖은 고생으로 얼굴이 많이 상했을 거라고 내심 걱정하고 있었다. 그런데 오히려 황용은 예전보다 훨씬 예뻐진 데다 곽정을 싸고돌면서 자신과는 소원해진 듯하자 질투심이 일면서 화가 났다. 그런 마음에 딸을 무시한 채 계속 곽정을 추궁했다.

"그 영감쟁이가 가르쳐준 무공으로 매초풍을 이겼으니, 분명 우리 문하에는 인물도 없고 제자들마다 시답잖다고 비웃을 테지?"

"아버지, 누가 도화도 문하에 인물이 없다고 해요? 곽정 오빠는 매 사저가 눈이 안 보이는 것을 이용해 조금 우세했을 뿐인데 그게 뭐가 대단해요? 곽정 오빠의 눈을 가리고 매 사저와 겨루게 해보세요. 이 딸이 아버지의 화를 풀어드릴게요."

황용은 몸을 날려 나섰다.

"자, 아버지에게 배운 가장 평범한 무공을 써서 홍칠공의 가장 자신 있는 장법과 겨루어보겠어요."

황용은 곽정의 무공이 자신과 비슷한 수준이라는 것을 알고 있었으므로 몇 초식 겨뤄서 비기면 아버지의 화도 풀어질 것이라고 생각했다. 곽정도 황용의 뜻을 파악하고 황약사가 막아서기 전에 앞으로 나섰다.

"난 한 번도 널 이긴 적이 없으니 또 몇 대 맞겠구나."

곽정의 말이 끝나자마자 황용이 먼저 공격해 들어갔다.

"자, 받아랏!"

황용이 가냘픈 손을 횡으로 내리치자 휙, 휙, 바람 소리가 났다. 이 것이 바로 낙영신검 장법 중에 바람과 비가 휘몰아치는 듯한 우급풍광雨急風狂 초식이었다. 곽정도 항룡십팔장 초식으로 대적했다. 그러나 황용을 아끼는 마음이 극진한 탓에 진력을 실을 수는 없었다. 항룡십팔장은 모든 진력을 다 실어야만 이길 수 있는 장법인데, 초식의 변화무쌍함은 낙영신검에 훨씬 못 미쳤다. 그러니 몇 초식도 겨루기 전에 이미 연달아 황용의 장풍을 맞고 말았다. 황용은 아버지의 화를 풀어드릴 생각으로 매 초식에 신중을 다했다. 곽정이 건장하니 몇 대 맞아도 견딜 수 있으리라는 생각이 들었다.

"아직도 패배했다고 생각하시는 건가요?"

황용은 말하면서 여전히 공격을 멈추지 않았다. 황약사는 노한 얼굴을 하고 냉소를 머금었다.

"누가 그런 거짓 놀음을 보고 싶다고 했느냐?"

황약사는 갑자기 다가가 양손으로 두 사람의 목덜미를 잡고 좌우로 각기 던졌다. 그러나 딸을 던질 때는 가볍게 살짝 내려놓은 반면, 곽정을 던질 때는 힘껏 땅에 내동댕이쳤다. 곽정은 공중에서는 전혀 힘을 쓰지 못하고 허우적대더니 땅에 내려설 때는 발꿈치로 안전하게 착지했다.

황약사는 그를 땅에 내동댕이쳐서 입술이 깨지고 얼굴이 퍼렇게 멍이 들어 한동안 일어나지 못하게 만든 뒤에 용서해줄 속셈이었다. 그런데 다치기는커녕 아주 여유롭게 착지하는 것을 보고 속으로는 '고녀석, 하반신의 공력이 대단하구나' 생각하면서도 한편으론 더욱 화가 치밀어 올랐다. 황약사는 입가에 묘한 웃음을 흘리며 말했다.

"넌 새까만 후배니 제자를 시켜 겨루게 해야겠지만, 난 제자가 없으니 직접 널 상대해야겠구나."

곽정은 황망히 몸을 굽히며 말했다.

"제가 어찌 감히 선배님과 겨룰 수 있겠습니까?"

황약사는 차가운 웃음을 지으며 말했다.

"홍! 너와 겨룬다니? 그저 상대해주겠다고 말했다. 여기에서 꼼짝 않고 서 있을 테니 너는 항룡십팔장으로 계속 날 공격해봐라. 내가 조금이라도 피하거나 손으로 막는다면 네가 이긴 걸로 간주하겠다. 어떠냐?"

곽정은 여전히 몸을 사렸다.

"제가 어찌 감히 그럴 수 있습니까?"

황약사는 호통을 쳤다.

"어서 공격하도록 해라!"

'이렇게 된 이상 공격하지 않을 수 없으니 몇 장만 써봐야겠다. 황약

사는 내공이 심후해 오히려 공격하는 내가 밀리겠지? 그럼 몇 번 넘어지면 되는 것 아닌가?'

황약사는 곽정이 망설이면서도 한번 해보자 하는 기색을 보이자 더 재촉했다.

"빨리 공격해라. 네가 시작하지 않으면 내가 먼저 공격하겠다."

"선배님의 명이시니 감히 어기지 않겠습니다."

곽정은 정말 황약사가 다칠까 봐 걱정도 되고 진력을 다 실으면 되돌아오는 힘도 더 클 것이라 생각해 힘을 6할 정도만 끌어올렸다. 그러곤 조심스럽게 항룡십팔장의 첫 번째 장을 황약사의 가슴을 향해 뻗었다. 그러나 그의 장풍이 황약사의 몸에 닿기도 전에 마치 회오리바람에 연기가 걷히듯 흔적도 없이 사라졌다.

황약사의 호통이 터졌다.

"뭘 하는 거냐? 나를 무시하는 거냐? 너의 그 신묘하고 위력 있는 항룡장을 견디지 못할까 봐 공력을 아꼈느냐?"

곽정은 얼른 변명했다.

"아닙니다. 제가 어찌 감히 그리 생각하겠습니까?"

곧이어 항룡십팔장의 두 번째 장인 혹약재연或躍在淵으로 공격해 들어갔다. 이번엔 힘을 아끼지 않고 흡, 하고 숨을 한 번 들이쉬며 왼쪽 장을 앞으로 뻗고 오른쪽 장을 왼쪽 장 아래로 향한 뒤 황약사의 하반신을 노렸다.

"그래, 이 정도는 돼야지."

황약사가 말했다.

예전에 홍칠공은 소나무 아래에서 곽정에게 나무에 손바닥을 붙이게 하고 자신의 진력을 곽정의 손에 실어 엄청난 파괴력을 가진 장법을 가르쳐주었다. 그 후로 곽정은 그 장법을 수천 번 연마해 어느 정도 자신이 생겼다.

그러나 곽정이 전개한 공력이 황약사의 몸에 닿기 바로 직전 이상한 현상이 일어났다. 황약사는 전혀 몸을 움직이지 않고 단지 단전 부위에 살짝 힘을 주었을 뿐인데, 아랫배가 안으로 쑥 들어가면서 뚝, 하는 소리가 났다. 그 순간, 곽정은 나직한 신음 소리를 내뱉으며 뒤로 물러나야 했다. 황약사의 내공에 곽정의 장풍이 형태도 없이 사라져버린 것이다. 곽정은 당황해 급히 공력을 거두려 했지만 이미 늦었다. 한쪽 손이 탈골되어 움직일 수조차 없게 되었다.

강남육괴는 황약사가 전혀 몸을 피하지도, 손을 쓰지도 않았는데 단 한 초식 만에 곽정의 팔목 관절을 탈골시키는 것을 보고 내심 탄복하면서도 심히 걱정되었다. 황약사의 냉랭한 음성이 다시 들려왔다.

"너도 나의 일장을 받아라. 항룡십팔장이 센지, 내 도화도의 장법이 더 강한지 가르쳐주마."

말을 내뱉자마자 쉭, 쉭, 장풍 소리가 들렸다. 곽정은 통증을 참고 일어나 간신히 옆으로 피했다. 그러나 황약사의 일장은 허초였다. 곽정이 피하는 방향에 따라 황약사가 다시 발을 쭉 뻗었다.

"윽!"

곽정은 더 이상 피할 겨를도 없이 발에 차여 단번에 나가떨어졌다.

"아버지! 그만하세요!"

황용이 급히 달려 나와 자신의 몸으로 곽정의 몸을 덮었다. 황약사는 순식간에 장을 변화시켜 한 손으로 딸의 등을 움켜쥐어 들어 올리

황약사는 딸 황용이 곽정과 너무 친해 보이자 화가 나서 곽정을 공격했다.

고 곽정을 향해 다시 왼쪽 장을 뻗었다. 강남육괴는 곽정이 이것을 맞으면 죽거나 중상을 입을 것이라 생각해 황급히 달려 나갔다. 가장 가까이 있던 전금발이 저울의 연자추로 황약사의 왼쪽 손목을 내리쳤다. 동시에 한소영도 공격을 전개했다. 황약사는 딸을 옆으로 슬쩍 내려놓으며 양손을 휘휘 내둘러 전금발의 저울과 한소영의 장검을 빼앗아 내동댕이쳤다.

쨍그랑! 저울과 검이 서로 부딪치는 소리가 울려 퍼졌다. 육승풍이 소리쳤다.

"사부님……!"

육승풍은 사부를 말려보려 했으나 사부의 위세에 눌려 감히 말을 잇지 못했다. 황용이 울부짖었다.

"아버지, 곽정 오빠를 죽이면 다시는 아버지를 보지 않을 거예요."

첨벙! 황용은 말을 마치자마자 바로 태호로 뛰어들었다. 황약사는 놀라는 동시에 분노가 치밀었다. 황용은 수영에 능숙해 어릴 때부터 바닷속에서 온종일 물고기며 거북과 놀았다. 하루 종일 뭍에 올라오지 않아도 신경 쓰지 않을 정도였다. 그러나 이번엔 상황이 달랐다. 화가 나서 만약 이대로 가버리면 다신 딸을 볼 수 없을 것 같은 생각에 황약사는 급히 태호로 달려갔다. 컴컴한 물속에는 가느다란 해초 더미만 널브러져 있을 뿐 황용의 모습은 보이지 않았다. 황약사는 잠시 망연자실 그 자리에 서 있다가 다시 고개를 돌렸다. 이때 주총은 곽정의 탈골된 뼈를 맞춰주고 있었다. 순간, 딸에 대한 황약사의 분노가 그들에게 옮겨갔다.

"너희 일곱 명은 빨리 자결하는 게 나을 거다. 그러지 않으면 갖은 고통을 다 겪게 해주겠다."

가진악이 철장을 휘둘렀다.

"죽음도 두려워하지 않는 사내대장부가 그깟 고통쯤이야 뭐가 대수 겠소?"

주총도 나섰다.

"우리 강남육괴는 드디어 고향으로 돌아왔으니 오늘 오호五湖에 뼈를 묻은들 무슨 후회가 있겠는가?"

육괴는 각자 무기를 쥐거나 맨손으로 임전 태세를 갖추었다.

'사부님들은 그의 적수가 안 되니 목숨을 잃을지도 몰라. 나 때문에 사부님들을 다치게 해서는 안 되지.'

곽정은 황급히 앞을 가로막고 나섰다.

"진현풍은 제가 죽였으니 사부님들과는 아무 상관도 없습니다. 제 목숨으로 갚으면 될 것 아닙니까?"

곽정은 다시 한번 마음을 다잡았다.

'첫째 사부, 셋째 사부, 일곱째 사부는 성격이 불같아서 내가 목숨을 잃게 되면 그냥 있지 않고 죽기 살기로 싸우려 들 것이다. 나 혼자서 이 일을 매듭지어야 한다.'

곽정은 황약사 앞에 몸을 꼿꼿이 세우고 또박또박 말했다.

"저는 아직 부친의 원수를 갚지 못했으니 한 달만 말미를 주십시오. 30일 후에 직접 도화도로 찾아가서 목숨을 바치겠습니다."

황약사는 여전히 물에서 나오지 않는 딸이 걱정되어 곽정에게 신경 쓸 겨를이 없던 터라 아무 말 없이 손을 획 내젓고는 몸을 돌려 떠났다. 황약사의 그림자가 어둠 속에서 잠깐 어른거리더니 곧 시야에서 사라졌다. 사실 육괴는 모두 긴장하고 있었다. 곽정이 내뱉은 말이 너무 당돌했기 때문이다. 다행히 황약사는 아무 행동도 하지 않고 그 자리에서 사라졌다. 육승풍은 잠시 정신을 놓고 있다가 말문을 열었다.

"여러분, 객청에 가서 잠시 휴식을 취하시지요."

그의 말이 떨어지자마자 처연한 웃음소리가 들렸다.

"하하하……!"

매초풍이었다. 그녀는 웃음을 내뱉고는 소매를 털더니 휙 날아올라 어둠 속으로 멀어졌다. 육승풍이 얼른 소리쳤다.

"매 사저, 당신 제자도 데려가시오!"

하지만 어둠 속에서 정적이 흐를 뿐 매초풍은 이미 멀리 사라지고 없었다.

곽정과 양강이 의형제를 맺다

육관영이 완안강을 부축해 일으켰다. 완안강은 이미 혈도를 잡혀 두 눈만 깜박거릴 뿐 전혀 움직이지 못했다.

"네 사부님에게 너를 살려주기로 약속했다."

육승풍은 완안강이 혈을 잡힌 상태로 보아 자기 문파의 수법이 아닌 것을 알 수 있었다. 자기가 풀어줄 수는 있지만, 점혈點穴한 사람에 대한 예의가 아닌 듯싶었다. 그때 주총이 다가와 완안강의 허리를 몇 차례 꼬집고 등을 가볍게 두드려 혈을 풀었다. 육승풍은 은근히 감탄했다.

'점혈술이 뛰어나군. 완안강도 무공이 아주 약한 사람이 아닌데 저항도 못 해보고 속수무책으로 혈을 잡히다니……'

사실 정말로 무공을 겨루었다면, 완안강의 무공이 비록 주총에게 비할 바는 아니지만 그래도 순식간에 혈을 잡힐 만한 수준은 아니었다. 다만 대청이 무너지는 바람에 사방이 아수라장이 되고, 단 대인을 구하느라 정신없는 틈에 주총의 공격을 받아 그만 손쓸 겨를도 없이 혈을 잡히고 만 것이다.

"이 무관인지 뭔지 하는 자도 데려가시오."

주총은 단 대인의 혈도 풀어주었다. 그는 이제 죽은 목숨이라 생각하고 있던 차에, 뜻밖에 풀려나자 너무나 기뻐 연신 허리를 굽히고 인사했다.

"사, 사, 살려주셔서서 감사합니다. 저, 단천덕…… 이 은혜를 펴, 펴, 평생…… 이, 잊지 않겠습니다. 언제 기회가 되면 제가 잘 대접하겠습니다요."

곽정은 단천덕이라는 세 글자를 듣자 마치 청천벽력을 맞기라도 한 듯 귀가 멍하게 울렸다.

"다, 당신이 단천덕이오?"

"그렇습니다요. 무슨 분부라도……?"

"18년 전, 임안臨安에서 무관을 지낸 적이 있지요?"

"그렇습니다만…… 어찌 아셨는지요?"

그렇게 대답한 단천덕은 육관영이 고목대사의 제자라던 말이 생각나 육관영을 향해 고개를 돌렸다.

"저는 고목대사의 본가 조카입니다. 이렇게 보면 결국 한식구나 다름없군요. 하하……!"

곽정은 아무 말도 하지 않고 단천덕을 위아래로 자세히 훑어보았다. 한참 후, 곽정이 고개를 돌려 육승풍을 바라보았다.

"육 장주, 보장寶庄 후청後廳을 잠시 빌릴 수 있겠습니까?"

"당연하지요."

곽정은 단천덕의 팔을 잡고 후청을 향해 성큼성큼 걸어갔다. 강남육괴는 그토록 찾아 헤매던 단천덕을 뜻밖에 이곳에서 만나게 되니 모두 기쁨을 감추지 못했다. 게다가 본인이 말을 하지 않았더라면 아무도 몰랐을 것을 자기 입으로 단천덕임을 고백하다니 천만다행이 아닐 수 없었다. 육승풍 부자와 완안강은 곽정의 의도를 몰라 잠자코 후청으로 향했다. 하인 하나가 등을 들고 뒤를 따랐다.

"종이와 붓을 좀 빌려주십시오."

하인이 곽정의 말을 듣고 종이와 붓을 가져왔다.

"사부님, 제 선친의 위패를 좀 써주시지요."

주총이 붓을 들어 하얀 종이 위에 곽의사소천지령위郭義士嘯天之靈位라고 쓴 다음 탁자의 중앙에 놓았다. 단천덕은 밤참이라도 먹나 보다 생각했다가 갑자기 곽소천의 이름을 듣자 그야말로 혼비백산했다. 깜짝 놀라 고개를 돌려 작고 뚱뚱한 체구의 한보구를 보는 순간, 너무 당황한 나머지 그만 바지에 오줌을 싸고 말았다.

당시 곽정의 어머니를 데리고 북쪽으로 도망가던 단천덕은 한 여관에서 자기 뒤를 쫓는 강남육괴와 마주친 적이 있었다. 잠깐 마주쳤을 뿐이지만 작고 뚱뚱한 한보구는 쉽게 눈에 띄어 기억에 남아 있었다. 조금 전, 대청에서 봤을 때는 구사일생으로 살아난 터라 다른 사람들을 주의 깊게 살필 여유가 없었는데, 지금 불빛 아래 자세히 보니 금방 알아볼 수 있었던 것이다. 단천덕은 그야말로 어찌할 바를 모른 채 바들바들 떨었다. 곽정이 분노에 찬 목소리로 말했다.

"깨끗이 죽여줄까, 아니면 서서히 고통스럽게 죽여줄까?"

상황이 이 지경에 이르자 단천덕은 그저 어떻게든 용서를 비는 수밖에 없다는 생각이 들었다.

"곽 의사께서 목숨을 잃은 것이 비, 비록 소인과 관계가 있기는 하나…… 소인 여, 역시 상관의 명령에 따른 것일 뿐…… 어쩔 수 없었습니다."

"아버지를 죽이라 명한 그 상관이 누구냐? 어서 불지 못할까!"

"대금국의 완안홍열 여섯째 왕야이십니다."

"뭐라고?"

완안강은 놀라지 않을 수 없었다. 단천덕은 어떻게 해서든 완안홍열에게 죄상을 뒤집어씌워야 용서받을 수 있을 것 같았다. 그래서 당시 완안홍열이 양철심의 아내 포석약에게 반해 송조 관부와 짜고 관군을 보내 두 사람을 죽인 일부터 착한 사람인 척 위장해 포석약을 구해준 일, 그리고 단천덕 자신은 연경을 빠져나갔다가 금병에 의해 몽고로 끌려간 일, 난리 중에 곽정의 어머니를 놓친 일, 또한 어찌어찌하여 임안으로 돌아와 관직이 상승한 연유까지 낱낱이 털어놓았다. 그는 곽정 앞에 무릎을 꿇고 빌었다.

"곽 대인, 결코 제 탓이 아닙니다요. 아버님의 인품과 위풍을 생각하면 죽이기는커녕 친구의 연을 맺고 싶은 마음 굴뚝같았지만, 저 같은 말단 관리가 무슨 힘이 있겠습니까? 그저 위에서 시키는 대로 할 수밖에요."

그러나 곽정의 얼굴이 파랗게 질린 채 굳어 있는 것을 보고는 자신의 말이 전혀 효과가 없음을 깨달았다. 단천덕은 얼른 곽소천의 위패 앞으로 기어가서 연신 절을 해댔다.

"어르신, 하늘에 계신 혼령께서는 어르신을 해친 원수가 완안홍열이라는 것을 잘 아실 겁니다. 벌레만도 못한 제가 무슨 힘이 있어 그의 말을 거역하겠습니까? 어르신의 아드님이 이렇게 훌륭하게 자라셨습니다. 어르신께서도 기쁘시지요? 어르신께서 보우하사 아드님으로 하여금 제 목숨을 살려주게 해주십시오.”

단천덕은 중얼중얼 계속해서 말을 이어갔다. 그런데 바로 그때였다. 완안강이 훌쩍 뛰어오르더니 양손을 뻗어 단천덕의 머리를 내리쳤다. 난데없는 기습이었다.

퍽, 소리와 함께 머리가 깨지며 단천덕은 그 자리에서 숨을 거두었다. 곽정은 아버지의 위패가 세워진 탁자 앞에 엎드려 통곡했다. 육승풍 부자와 강남육괴도 한 명씩 위패 앞으로 다가가 예를 올렸다. 완안강도 땅에 엎드려 몇 차례 절을 하고 일어났다.

“곽 형! 오늘에야…… 완안홍열이 곽 형과 저의 원수임을 알았습니다. 그런 줄도 모르고 이제까지 제멋대로 했으니 죽어 마땅합니다.”

완안강은 그동안 어머니가 당했을 고초를 생각하니 눈물이 앞을 가렸다.

“이제 어찌할 참이오?”

“오늘에야 제 성이 양씨임을 확실히 알았소. 완안이라는 성은 나와 아무런 관계가 없습니다. 오늘부터 저는 완안강이 아니라 양강입니다.”

“좋소, 이제야 자신의 근본을 아는 사내대장부답소. 나는 내일 완안홍열을 죽이러 가겠소. 같이 갈 테요?”

양강은 완안홍열이 자신을 길러준 은혜를 생각하니 잠시 망설여졌다. 그러나 곽정이 불쾌한 기색을 띠는 것을 보고 급히 말했다.

“아우도 형님을 따라 복수하러 가겠습니다.”

“좋소, 돌아가신 당신의 아버지와 어머니께서 말씀하시기를 아들을 낳으면 의형제를 맺어주기로 우리 부모님과 약속하셨다 하오. 어떻게 생각하시오?"

"당연히 그렇게 해야지요."

두 사람은 곽소천의 위패 앞에서 여덟 번 절을 올린 다음 의형제를 맺었다.

그들은 생시를 따져 곽정이 두 달 빨리 태어난 형이 되었다. 그날 밤, 모두들 귀운장으로 올라가 휴식을 취했다. 다음 날 새벽 강남육괴와 곽정, 양강 두 사람은 육 장주 부자와 작별 인사를 나누고 길을 나섰다. 육 장주는 모두에게 선물을 두둑이 챙겨주었다.

귀운장을 나서자 곽정이 여섯 명의 사부를 향해 입을 열었다.

"저와 양강 아우는 이 길로 북으로 올라가 완안홍열을 찾아 복수를 하려 합니다. 당부하실 말씀이 있으시면 일러주시지요."

"중추절 약속까지는 아직 기일이 많이 남았고, 특별히 다른 볼일도 없으니 너와 함께 갈까 한다."

가진악의 말에 주총 등도 모두 동의했다.

"완안홍열은 무공이 평범할뿐더러 양강 아우도 함께 있으니 그를 찾아 복수하는 일이 그리 어렵지는 않을 듯싶습니다. 사부님들께서는 저 때문에 10여 년이 넘게 강남을 떠나 계셨지요. 사부님들의 은혜가 그야말로 태산 같습니다. 이제 머지않아 고향에 도착할 터인데, 더 이상 사부님들께 폐를 끼칠 수는 없습니다."

강남육괴가 듣고 보니 곽정의 말이 맞는 듯싶었다. 사실 곽정의 무공이 크게 늘었기 때문에 안심하고 혼자 보내도 좋을 것 같았다. 강남육괴는 이것저것 세심히 당부했다. 마지막으로 한소영이 입을 열었다.

"도화도에 간다던 약속은 지키지 않아도 된다."

곽정의 성실하고 충직한 성격을 너무나 잘 알고 있는 한소영은 곽정이 자기가 한 약속은 반드시 지키려 할 것이라 생각했다. 황약사는 성격이 괴팍하고 잔인하기 때문에 만약 곽정이 도화도에 간다면 위험을 피할 수 없을 것이었다.

"제가 안 간다면 약속을 어긴 셈이 되지 않습니까?"

양강이 끼어들었다.

"그런 놈과 한 약속에 신의를 지킬 필요가 있습니까? 형님은 너무 융통성이 없고 답답하십니다."

옆에 있던 가진악은 양강의 말을 무시하고 곽정에게 말했다.

"오늘이 유월 닷새째 되는 날이지? 칠월 초하룻날 가흥 취선루에서 만나 함께 도화도로 가자꾸나. 그리고 완안홍열한테는 네 아우를 데려갈 필요 없이 홍마를 타고 너 혼자 다녀오너라. 네 스스로 원수를 갚을 수 있으면 잘된 거고, 만약 안 되면 전진교 도장들께 이 일을 부탁해보자꾸나. 신의를 목숨같이 여기는 분들이시니 우리 부탁을 거절하지는 않을 거다."

곽정은 위험을 무릅쓰고 함께 도화도에 가자는 가진악의 말을 듣고 감격한 나머지 땅에 엎드려 큰절을 올렸다.

"너와 의형제를 맺은 아우는 부유한 집에서 자란 아이다. 항상 조심하거라."

남희인이 곽정을 한쪽으로 끌고 가 근심스러운 얼굴로 당부하자, 한소영이 한마디 더 거들었다.

"지금은 무슨 뜻인지 이해할 수 없겠지만, 이후에 넷째 사부의 말을 자세히 생각해보거라."

"예."

"황약사의 딸은 제 아비와 많이 다른 모양이야. 앞으로는 그 아이의 성질을 건드릴 기회가 없겠지? 셋째 사제, 그렇지 않나?"

주총이 웃으며 묻자, 한보구가 수염을 쓰다듬으며 대답했다.

"그 계집아이가 날 보고 난쟁이 뚱뚱보라고 놀리고 자기 스스로는 미인이라고 했지요?"

한보구 역시 피식 웃고 말았다. 곽정은 사부들이 더 이상 황용을 경계하지 않는 것을 보자 마음이 한결 놓이며 편안해졌다. 그러나 문득 황용의 행방을 모른다는 데 생각이 미치자 슬픔과 걱정이 밀려왔다.

전금발이 마지막으로 당부했다.

"정아, 갔다가 서둘러 돌아오너라. 가흥에서 좋은 소식을 기다리고 있겠다."

강남육괴는 채찍을 휘둘러 남으로 향하고, 곽정은 홍마를 이끌고 길가에 서서 강남육괴의 뒷모습을 오랫동안 바라보았다. 강남육괴의 모습이 더 이상 보이지 않자 그제야 말에 올랐다.

"아우, 이 말은 매우 빨라서 연경까지 왕복 10여 일이면 충분히 갈 수 있을 걸세. 내 우선 며칠만 자네와 함께 가도록 하지."

두 사람은 천천히 북으로 향했다.

양강은 만감이 교차하며 마음이 착잡했다. 한 달 전만 해도 좌우로 병사들의 호위를 받으며 위풍당당하게 강남으로 내려왔는데 이제 부귀영화가 한순간에 날아가버리고 말았다.

곽정이 함께 복수하러 가자고 권하지 않은 것은 양강의 입장이 난

처할 것 같아서였다. 그러나 양강은 완안홍열에게 조심하라고 은밀히 알려주어야 하는 것은 아닌지 마음속이 복잡하기만 했다. 순박한 곽정은 양강이 돌아가신 아버님을 생각하느라 침울해하는 줄 알고 끊임없이 말을 걸었다.

정오쯤 되어 율양溧陽에 도착했다. 막 객점에 들어서려는데 점원이 다가와 두 사람을 맞이했다.

"곽 나리와 양 나리시죠? 어서 오십시오. 따끈한 술과 밥이 준비되어 있습니다. 어서 들어가시지요."

두 사람은 이상한 생각이 들었다.

"어떻게 우리를 아시지요?"

곽정이 이상한 듯 묻자, 그 점원이 웃으며 대답했다.

"오늘 아침, 어떤 나리께서 오셔서 두 분의 차림새를 설명해주시면서 우리 객잔에 오시거든 잘 대접해드리라 당부하셨습니다."

점원은 두 사람의 말을 뒤뜰로 끌고 가서 여물을 먹였다. 양강은 지레짐작했다.

"흥! 귀운장 육 장주께서 신경 좀 쓰신 모양이군."

두 사람이 객점에 들어가 앉자 점원이 술과 음식을 가져왔다. 상등上等의 소흥황주紹興黃酒에 예쁘게 빚은 만두, 보기만 해도 먹음직스럽게 담긴 요리, 게다가 곽정이 가장 좋아하는 닭버섯찜도 있었다. 두 사람이 배불리 먹고 계산을 하려 하자, 주인장이 웃으며 손을 저었다.

"이미 계산이 되었습니다."

양강이 웃으며 점원에게 은자를 한두 냥 건네자 연신 인사를 하며 객점 문밖까지 배웅을 했다.

"육 장주가 손님 접대를 좋아한다더니 정말 호탕한 사람이야."

곽정이 육 장주를 칭찬하자, 양강은 아직도 잡혀 있을 때의 모욕이 잊히지 않는지 입을 삐죽거렸다.

"뭐, 별로 대단한 사람도 아닌데 수완이 좋아서 어쩌다 강호의 호걸들을 많이 사귀어 태호 제일의 영웅이 된 거지요."

"육 장주는 아우의 사숙이 아니신가?"

"매초풍에게서 무공을 배운 적이 있기는 하나, 사부라 칭할 정도는 아니에요. 진작에 왜문사도歪門邪道인 줄 알았다면 배우지도 않았을 테고, 그때 배우지 않았다면 오늘 이 지경이 되지도 않았을 테죠."

"이 지경이라니?"

양강은 자기가 말실수를 했음을 깨닫고 얼굴을 붉혔다.

"구음백골조 같은 무공은 어쩐지 정파正派의 무공이 아닌 것만 같아서요."

"아우의 말이 맞네. 아우의 사부이신 장춘 진인은 무공이 뛰어나시고 게다가 현문 정종이 아니신가? 사부께 사정을 잘 말씀드리고 깊이 반성하는 모습을 보이면 지나간 일은 다 용서해주실 거야."

양강은 아무 말도 하지 않았다.

해 질 녘, 두 사람은 금단金壇에 도착했다. 이번에도 한 점원이 두 사람을 맞아 객점으로 데려가니 술과 음식이 준비되어 있었다. 그 후 3일 동안 계속 이런 일이 반복되었다. 이날 두 사람이 강을 건너 고우高郵에 도착하니 또 누군가가 나와 정중하게 맞이했다. 양강이 냉소를 지으며 말했다.

"흥! 귀운장 육 장주가 어디까지 우릴 배웅할지 두고 봐야겠군."

그러나 곽정은 뭔가 미심쩍은 생각이 들었다. 며칠 동안 객점에서 대접한 요리들 중에 곽정이 특별히 좋아하는 음식이 꼭 한두 가지씩 섞여 있었던 것이다. 만약 육승풍이 사람을 보내 준비시킨 것이라면 곽정의 기호를 이렇게 잘 알 리가 없었다.

"아우, 난 좀 먼저 가서 알아봐야 할 일이 있네."

식사를 마친 곽정은 먼저 길을 나섰다. 홍마를 재촉해 단숨에 마을 세 곳을 지나쳐 보응寶應에 도착하니, 역시나 맞으러 나오는 사람이 없었다. 곽정은 가장 큰 객점에 들어가 계산대에서 가장 가까운 방을 잡았다. 저녁 무렵이 되자 밖에서 방울 소리가 나더니 누군가 말을 몰아 객점 앞에서 멈췄다. 그 사람은 객점으로 들어오더니 주인장에게 내일 곽정과 양강이라는 사람이 올 터이니 술과 음식을 준비해두라고 분부했다. 놀랍게도 목소리의 주인공은 다름 아닌 황용이었다.

곽정은 벌써부터 아마도 황용일 것이라 짐작은 했지만, 막상 황용의 목소리를 들으니 떨 듯이 기뻤다. 황용도 방을 하나 빌리는 듯했다. 곽정은 마음이 쿵쿵 뛰면서 당장이라도 달려 나가 그녀를 만나고 싶었지만, 문득 장난기가 발동했다.

'일단 아는 척하지 말고 있다가 저녁에 놀라게 해주어야지.'

2경쯤 되었을까, 곽정은 조용히 자리에서 일어나 황용의 방으로 갔다. 그런데 문득 지붕 위로 사람 그림자가 휙 지나갔다. 언뜻 보니 바로 황용이었다.

'이렇게 늦은 시각에 어딜 가는 거지?'

곽정은 경공술을 사용해 몰래 그녀의 뒤를 밟았다. 황용은 교외의 한적한 시냇가로 가서 주위에 사람이 없는 것을 확인하고 버드나무 아래 앉았다. 품속에서 무언가를 꺼내더니 만지작거리며 혼잣말을 했다. 달빛이 비스듬히 황용을 비추고, 바람에 옷이 한들거렸다. 졸졸 흐르는 시냇물 소리와 찌르찌르 벌레 소리뿐, 주위는 온통 고요했다.

"이건 곽정 오빠, 이건 용이. 둘이 얌전히 마주 보고 앉아 있는 거야. 이렇게 얼굴을 마주 보고, 옳지, 이렇게……."

곽정은 발뒤꿈치를 들고 조용히 다가갔다. 달빛에 보니 황용 앞에 무석에서 만든 진흙 인형 두 개가 놓여 있었다. 하나는 남자아이, 또 하나는 여자아이인데 둘 다 통통하고 천진난만한 표정이었다.

전에 귀운장에 있을 때 황용에게서 무석의 진흙 인형이 매우 유명하다는 말을 들은 적이 있었다. 비록 장난감이기는 하지만 정교하게 만들어 현지 말로는 복둥이라는 뜻의 대아복大阿福이라고 불렸다. 황용은 도화도에 있을 때에도 이런 인형을 가지고 놀았다고 했다. 곽정은 황용의 모습이 너무 귀여워 몇 발짝 더 다가갔다. 인형들 앞에는 점토로 만든 그릇이며 잔들이 놓여 있고 그릇 안에는 꽃잎, 풀잎 등이 담겨 있었다.

"이건 곽정 오빠가 먹고, 이건 용이가 먹고. 용이가 만든 음식, 어때? 맛있어?"

"그럼, 맛있고말고!"

곽정이 불쑥 입을 열었다. 황용이 깜짝 놀라 뒤를 돌아보았다.

"아!"

황용은 얼굴 가득 함박웃음을 띠며 곽정의 품에 안겼다. 곽정도 황용을 꼭 안아주었다. 두 사람은 한참이 지나서야 겨우 떨어져 앉았다. 둘은 시냇가에 앉아 그동안 있었던 일을 서로에게 들려주었다. 겨우 며칠 헤어져 있었을 뿐인데 몇 개월, 아니 몇 년은 지난 것 같은 느낌이 들었다. 곽정은 웃으며 재잘거리는 황용의 모습을 홀린 듯이 바라보았다.

그날 밤, 황용은 아버지가 기어이 곽정을 죽이려는 것을 보고는 아무도 그를 막을 수 없으리라는 걸 잘 알기에 다급한 나머지 영원히 아버지를 만나지 않겠다고 약속했다. 황약사는 딸을 사랑하는 마음이 지극해 황용의 말을 듣고 곽정을 죽이지 않기로 했다. 황용은 태호에서 한참 동안 머무르다 아버지가 이미 가셨으리라 짐작하고 곽정이 마음에 걸려 귀운장으로 되돌아갔다.

그리고 곽정이 무사한 것을 보자 마음이 놓이는 한편, 아버지와 약속한 것이 은근히 후회되었다. 이튿날, 귀운장 밖 숲속에 숨어 있다가 곽정과 양강이 길을 나서는 것을 보고 그들을 앞질러 가며 객점에 들러 술과 식사를 부탁해놓은 것이다.

둘은 밤이 깊도록 도란도란 이야기를 나누었다. 때는 마침 6월이라 선선한 밤바람이 솔솔 불었다. 황용은 점차 졸음이 밀려와 간간이 말이 끊기더니 마침내 곽정의 품에 쓰러져 잠이 들고 말았다. 피부의 차가운 느낌이 곽정에게 전해졌다. 새근새근 숨소리가 들렸다. 곽정은 그녀를 깨우게 될까 봐 버드나무에 기댄 채 꼼짝도 하지 않았다. 얼마 지나지 않아 곽정도 그만 잠이 들었다.

얼마쯤 지났을까, 아침 해가 막 떠오르고 있었다. 문득 버드나무 가지 끝에서 꾀꼬리 지저귀는 소리가 들리고, 어디선가 은은한 향기가 풍겨왔다. 황용은 아직 자고 있었다. 하얗고 고운 얼굴이 발그레 물든 채 입가에는 작은 미소를 띠고 있었다. 아마도 꿈을 꾸고 있는 모양이었다.

'조금 더 자게 깨지 않도록 조심해야지.'

곽정은 황용의 긴 속눈썹을 황홀한 듯 바라보았다. 그때 문득 누군가 이야기하는 소리가 들렸다.

"제가 이미 정程씨 댁 큰아가씨가 머무는 방이 어딘지 알아두었습니다. 동인同仁 전당포 뒤 화원이에요."

"좋아, 오늘 저녁에 가보자고."

대답하는 사람은 상당히 나이가 든 듯했다. 두 사람의 목소리가 크지는 않았으나 곽정은 그들의 대화 내용을 분명히 들을 수 있었다.

'뭔가 나쁜 짓을 꾸미는 모양인데, 가만두어선 안 되겠군.'

그런데 그때 황용이 갑자기 일어나더니 저쪽 나무 뒤로 뛰어갔다.

"오빠, 날 잡아봐요."

곽정은 순간 깜짝 놀랐으나, 황용이 자기를 향해 손 흔드는 것을 보자 곧 황용의 의도를 알아차렸다. 곽정은 얼른 황용을 따라 일어나 마치 청춘 남녀가 사랑놀음이라도 하는 듯 웃으며 그녀의 뒤를 쫓았다. 발놀림을 느리고 무겁게 해 전혀 무공을 못 하는 척했다.

대화를 나누던 두 사람은 이런 새벽 한적한 시냇가에 사람이 있으리라고 생각지도 못했다가 갑자기 곽정과 황용이 나타나자 깜짝 놀랐다. 그러나 젊은 남녀가 웃으며 장난치는 모습을 확인하고는 별것 아니라는 듯 그냥 지나쳤다. 그들은 더 이상 아무 말도 하지 않고 앞을 향해 걸어갔다. 두 사람의 뒷모습을 보니 옷차림이 남루하고 초라한 것이 거지 행색이었다. 두 사람이 멀어지자 황용이 먼저 입을 열었다.

"오빠, 저들이 오늘 저녁 정가네 큰아가씨를 찾아가 무얼 하려는 걸까요?”

“글쎄…… 어쨌든 좋은 목적이 아닌 건 분명해. 우리가 구해주어야 하지 않을까?”

“당연하죠. 그렇지만 저 사람들이 거지 차림을 한 것으로 보아 홍칠 공의 문파가 아닐까 싶네요.”

“아닐 거야. 하긴 홍칠공이 천하의 거지들은 모두 다 그의 관할에 속 한다고 했지? 아하! 저 사람들, 혹시 가짜로 거지 행색을 하고 다니는 건 아닐까?”

“세상에 거지가 얼마나 많은데, 그 사람들이 어찌 다 착하겠어요? 그중엔 나쁜 거지들도 있겠지요. 홍칠공이 아무리 능력이 뛰어나다고 해도 그 많은 거지를 어떻게 관리하겠어요? 틀림없이 거지는 거지인 데, 나쁜 사람들인 것 같아요. 홍칠공께서 우리에게 그렇게 잘해주셨 는데 우린 뭐 해드린 것도 없잖아요. 우리 이 기회에 저 나쁜 거지들을 손봐주자고요. 홍칠공께서도 좋아하실 거예요.”

“그래.”

곽정은 고개를 끄덕였다. 홍칠공을 위해 무언가 할 수 있다고 생각 하니 무척 기뻤다.

“둘 다 맨발이고 발이 온통 상처투성이인 것으로 보아 거지임에 틀 림이 없어요. 거지인 척했다면 그런 상처는 없을 거예요.”

황용의 분석은 곽정이 생각해도 일리가 있었다.

“넌 눈썰미가 정말 좋구나.”

곽정은 칭찬을 아끼지 않았다.

두 사람은 객점으로 돌아가 아침 식사를 마치고 시내 구경을 나섰다가 마을 서쪽으로 향했다. 얼마쯤 가다 보니 큰 전당포가 보였다. 하얀색 벽에 '동인로당同仁老當'이라는 글자가 크게 쓰여 있었다. 각 글자의 크기가 사람 키보다 더 컸다. 가게 뒤쪽으로 돌아가보니 과연 화원이 있고, 화원 가운데에는 잘 지은 이층집이 한 채 있었다. 처마 밑에는 대나무로 만든 녹색의 가는 발이 드리워 있었다.

두 사람은 서로 마주 보고 씩 웃고 나서 손을 잡고 다른 곳으로 발걸음을 옮겼다. 저녁 식사를 마친 그들은 방에서 가볍게 한숨 자며 휴식을 취했다. 1경이 지날 무렵, 두 사람은 낮에 본 전당포로 갔다. 화원의 담장을 뛰어넘어 들어가보니 방에서 은은한 불빛이 새어나오고 있었다. 두 사람은 지붕으로 올라가 발을 처마 끝에 걸고 거꾸로 매달렸다. 더운 날씨 때문인지 창문이 열려 있었다.

대나무 발 사이로 방 안을 들여다본 두 사람은 깜짝 놀랐다. 방 안에는 모두 일곱 명의 여자가 있었다. 그중 18세 정도 되어 보이는 아름다운 아가씨가 등불 아래 앉아 책을 보고 있었는데, 아마도 그 여자가 정가네 큰아가씨인 듯했다. 나머지 여섯 명은 하녀인 것 같은데, 모두가 손에 무기를 들고 있었다. 그녀들의 표정이나 태도로 보아 모두 무공을 할 줄 아는 듯했다.

곽정과 황용은 원래 도와주려고 왔으나 이미 이렇게 철저하게 방비하고 있는 모습을 보자 흥미진진한 생각이 들었다. 조용히 지붕으로 올라가 앞으로 벌어질 상황을 구경하기로 했다.

반 시진이 지나지 않아 담장 밖에서 인기척이 들렸다. 황용은 곽정의 소매를 잡아당기며 지붕에 바짝 엎드렸다. 두 개의 검은 그림자가 담장을 뛰어넘어 들어왔다. 체형이나 차림새로 보아 아침에 본 그 거지들이었다. 두 사람은 방 밑에 다가가 가볍게 휘파람을 불었다. 하녀 하나가 대나무 발을 젖히고 물었다.

"개방의 영웅들께서 오셨습니까? 올라오시지요."

두 사람은 방으로 올라갔다. 이 광경을 본 곽정과 황용은 서로 마주 본 채 어깨를 으쓱했다. 아침에 들은 두 거지의 대화 내용이나 이 집의 삼엄한 경계 태세로 보아 두 거지가 오면 즉시 한바탕 큰 싸움이 벌어지리라 예상했는데, 뜻밖에도 쌍방이 한편이었던 것이다. 정 낭자는 자리에서 일어나 정중하게 두 사람을 맞았다.

"두 분은 성함이 어찌 되시는지요?"

"나는 여黎가고, 이쪽은 내 사질 여조흥餘兆興이라 하오."

"아하! 알고 보니 여 선배님과 여 형께서 오셨군요. 개방의 여러 영웅께서는 의협심 강하고 의를 행하기로 유명해 무림의 존경을 받고 있지요. 오늘 두 분을 만나 뵙게 되다니 정말 영광입니다."

그녀의 부끄러운 듯한 태도와 상당히 애교 섞인 말투가 강호에서 흔히 하는 인사말과는 전혀 어울리지 않았다. 말을 마친 그녀는 얼굴이 빨개진 채 고개를 숙였다가 여씨라는 늙은 거지를 살짝 훔쳐보고는 또 고개를 숙이고 작은 목소리로 말했다.

"노인장께서 바로 강동사왕江東蛇王이라 불리는 여생黎生 선배님이십니까?"

"식견이 넓으시군요. 전에 아가씨의 사부님이신 청정산인을 뵌 적이 있지요. 비록 깊은 교제는 나누지 못했으나 항상 존경하고 있습니다."

곽정은 청정산인이라는 말을 듣고 생각나는 바가 있었다.

'청정산인 손불이 손선고孫仙姑라면 전진칠자 중 한 명인데, 그렇다

면 이 정 소저와 저 두 명의 거지도 결국 우리 사람이군.'

"두 분께서 도와주시니 감사하기 그지없습니다. 모든 것을 두 분의 분부에 따르겠습니다."

"그 나쁜 놈들이 금지옥엽이신 아가씨를 바라보는 것만도 모욕입니다."

여생의 말에 정 소저는 얼굴을 붉혔다.

"아가씨는 부친의 방에 가 계시지요. 이분들도 모두 함께 가십시오. 나머지는 모두 저희가 알아서 하겠습니다. 제게 그놈들을 상대할 방법이 있습니다."

"제 무공이 보잘것없기는 하나 그 나쁜 놈들이 두렵지는 않습니다. 두 분께만 맡겨두다니 도리가 아니지요."

"우리 홍 방주님과 귀파의 교주 되시는 왕 진인과는 오래도록 좋은 관계를 유지해오셨습니다. 모두들 한 식구인 셈인데, 무슨 그런 말씀을 하십니까?"

보아하니 정 소저는 여전히 남아서 나쁜 놈들을 상대하고 싶은 모양이었으나 여생이 이렇게까지 말하자 더 이상 고집을 부리지 않았다.

"그럼 모든 것을 두 분께 맡기고 저는 그만 물러가겠습니다."

정 소저는 말을 마치자 예를 갖춘 후 하녀들을 데리고 방을 나갔다. 여생은 정 소저의 침상으로 다가가 이불을 젖히고는 더러운 옷과 신발을 신은 채 깨끗하고 향기 나는 요 위에 누웠다.

"너는 내려가서 다른 사람들과 함께 사방을 잘 지키거라. 내 명령이 떨어지기 전에는 절대 나서서는 안 된다."

여조흥이 나가자 여생은 침대 발을 내리고 등을 끈 다음 비단 이불을 뒤집어쓰고 벽을 향해 돌아누웠다. 황용은 자꾸 웃음이 났다.

'다시는 저 이불을 못 덮겠군. 개방 사람들은 모두들 방주를 닮았나 봐. 장난기 많고 엉뚱한 게…… 그런데 대체 누굴 기다리는 걸까? 점점 흥미진진해지는걸.'

황용과 곽정은 밖에도 지키는 사람이 있다는 말을 듣고 조심조심 처마 밑으로 들어가 몸을 숨겼다. 1경 정도 지났을까, 전당포의 야경꾼이 3경을 알렸다. 뒤이어 툭, 하는 소리가 났다. 누군가 화원 안으로 돌을 던진 것이다.

잠시 후 여덟 개의 그림자가 담을 넘어 들어오더니 곧장 방으로 올라갔다. 그들은 등잔에 불을 붙이고 침상 쪽으로 다가가 사람이 있는 것을 확인하고 바로 등잔불을 껐다. 불이 켜졌다 꺼지는 잠깐 사이에 곽정과 황용은 그들이 누구인지 알아보았다. 그들은 바로 흰옷을 입고 남장을 한 구양극의 아내이자 제자들이었다.

그중 네 명이 침상으로 다가가 발을 걷더니 비단 이불로 여생의 몸을 꼭 감싸자, 나머지 두 명이 큰 포대를 벌렸다. 그들은 여생을 들어 포대 안에 넣은 후 입구를 꼭 묶었다.

이불로 몸을 감싸는 솜씨며, 보자기를 벌려 순식간에 사람을 그 안에 넣는 솜씨가 아주 익숙해 보였다. 그들은 포대 끝을 각각 잡고 방을 나섰다.

곽정이 곧 뒤따르려 했으나 황용이 말렸다.

"개방 사람들이 먼저 가도록 하세요."

곽정 생각에도 그게 좋을 것 같았다. 그는 고개를 내밀어 바깥 동정을 살폈다. 저 앞에 네 명의 여자가 포대를 들고 가고 양옆으로 다른 네 명의 여자가 그들을 호위하고 있었다. 그리고 조금 떨어진 뒤쪽에서 10여 명이 손에 각종 무기를 들고 뒤따르고 있었다. 모두 개방 사람들인 듯싶었다.

곽정과 황용은 사람들이 멀어지기를 기다린 뒤 화원을 빠져나와 멀리서 그들을 뒤따랐다. 한참을 걸어 교외로 나오니 여덟 명의 여자가 포대를 잡은 채 어느 큰 집으로 들어가는 것이 보였다. 뒤이어 개방의 무리들이 사방에서 그 집을 에워쌌다.

황용은 곽정의 손을 잡고 뒤쪽으로 돌아가 담을 뛰어넘어 집 안으로 들어갔다. 후원에 사당이 있는데, 들어가보니 여러 사람의 위패가 모셔져 있었다. 조상 중에 공을 세운 사람들의 이름이 적힌 명패였다. 네댓 개의 붉은 초에 불이 밝혀져 있고, 그 가운데 한 사람이 앉아 부채를 가볍게 흔들고 있었다. 과연 곽정과 황용의 예상대로 구양극이었다. 두 사람은 얼른 창 밑으로 몸을 숨기고 움직이지 않았다. 황용은 내심 걱정이 되었다.

'여생이란 자가 구양극의 적수가 될지 모르겠군.'

여자들이 들어왔다.

"나리, 정 소저를 모셔왔습니다."

구양극이 냉소를 지으며 바깥을 향해 말했다.

"거기 계신 분들, 이왕 오셨는데 들어오시지요."

밖에 있던 개방의 무리들은 구양극이 자신들을 부르는 소리를 들었으나 여생의 명령이 떨어지지 않았기에 아무 대답도 하지 않았다. 구양극은 고개를 돌려 바닥에 놓여 있는 포대를 힐끗 바라보며 웃음 지었다.

"이렇게 쉽게 미인을 모셔오다니……."

부채를 휙 흔들자 철필鐵筆 모양으로 접혔다. 황용과 곽정은 그의 손놀림과 표정을 보고 깜짝 놀랐다. 구양극은 포대 안에 적이 숨어 있는 것을 알고 공격하려는 것이었다.

황용은 손에 강침을 꺼내 들었다. 만약 구양극이 부채를 내리치면 즉시 침을 발사해 여생을 구할 참이었다. 그런데 갑자기 쌩, 하는 소리가 나더니 창밖에서 두 대의 작은 화살이 구양극의 등을 향해 날아왔다. 개방의 무리들이 상황이 위급함을 알고 먼저 손을 쓴 것이었다. 구양극은 왼손을 뒤로 돌려 식지와 중지 사이에, 그리고 약지와 소지 사이에 각각 날아오는 수전을 잡더니 뚝, 뚝, 반으로 부러뜨렸다. 다들 너무 놀라 입을 다물지 못했다.

최초의 제자가 되다

"여 사숙, 나오세요."

여조흥의 말이 끝나기도 전에 포대가 찢어지더니 두 개의 단검이 날아왔다. 동시에 여생이 포대에서 빠져나와 바닥에서 한 바퀴 구르고는 포대를 방패 삼아 몸 앞을 막으면서 일어났다.

여생은 구양극의 무공이 대단해 정면으로 겨루면 이길 수 없다는 사실을 잘 알고 있었기에 포대 속에 숨어 있다가 기습할 계획이었다. 그런데 뜻밖에도 구양극에게 발각되고 만 것이다.

구양극이 비웃듯 말했다.

"미인이 포대 속에 들어가더니 거지가 되어 나왔군. 대단한 보자기인걸."

"최근 3일 사이에 네 명의 마을 처녀가 사라졌소. 모두 당신 짓이요?"

"보응현寶應縣이 가난한 동네가 아닌데 어쩌다 죄인 잡는 관원 나리가 거지 차림을 하고 다니시나?"

"난 원래 이곳 사람이 아니오. 그런데 어제 어떤 사람의 말을 들으니, 당신이 네 명의 아가씨를 납치해 갔다더군요. 흥미가 당겨 구경하러 왔소이다."

"뭐, 다들 별 볼 일은 없더이다. 당신이 원한다면 무림 동도이니 하나쯤 거저 드릴 수도 있지요. 거지들이 무얼 먹은들 맛이 없겠소? 당신이라면 예쁘지 않아도 보배처럼 여길 테지요."

구양극이 오른손을 흔드니 제자들 중 몇 명이 안채로 들어가 아가씨 네 명을 데리고 나왔다. 그녀들은 모두 옷차림이 흐트러져 있고 안색도 초췌한 데다 얼마나 울었는지 눈이 빨갛게 부어 있었다. 여생은 그 모습을 보자 부아가 치밀었다.

"존함이 어찌 되시며, 누구의 문하인지 들어나 봅시다."

구양극은 여전히 태연자약한 모습이었다.

"난 구양극이라 합니다만, 그건 물어서 뭐 하시려고요?"

"한번 겨뤄봅시다."

"그것 좋지요. 덤벼보시지요."

"좋소!"

여생이 오른손을 들어 막 공격하려는데, 갑자기 눈앞에 흰 그림자가 휙, 지나가더니 등 뒤에서 바람 가르는 소리가 들렸다. 그는 얼른 앞으로 뛰어 피했으나 이미 목뒤에 공격을 당하고 말았다. 다행히 빨리 피했기에 망정이지 그러지 않았더라면 목뒤의 중요한 혈을 맞을 뻔했다.

여생은 개방의 팔대八袋 제자로 항렬이 상당히 높고 무공도 강했다. 그 지역 일대의 거지들이 다 그의 통솔 아래 있었으니, 개방 가운데 지위가 상당한 인물이라 할 수 있었다. 그런 자신이 공격을 시작하기도 전에 당하다니 여생은 그만 얼굴이 확 달아올랐다. 그는 되돌아서지도 않고 바로 손을 뻗어 적을 내리쳤다.

황용이 곽정의 귀에 대고 속삭였다.

"저 사람도 항룡십팔장을 할 줄 아는군요."

곽정은 고개를 끄덕였다. 구양극은 여생이 공격해오는 기세가 워낙 맹렬해 미처 반격하지 못하고 몸을 날려 피했다. 여생은 그제야 몸을 돌려 앞으로 나서며 한 차례 공격하고는 두 손을 가슴 앞에 모은 채 한 바퀴 획 돌았다.

이번에는 곽정이 황용의 귀에 대고 속삭였다.

"저건 소요유 권법에 있는 초식이지?"

황용도 고개를 끄덕였다. 여생의 권법은 무겁고 둔한 것이 소요유 권법 특유의 유유자적함이 결여되어 있었다. 그러나 구양극은 여생의 발걸음이 안정되어 있고 손놀림이 진중한 데다 특이한 초식을 사용하는 것을 보고 감히 무시해서는 안 된다는 생각에 부채를 접어 허리춤에 찼다. 그리고 여생의 공격 범위를 벗어나 번개처럼 주먹을 날려 상대의 오른쪽 어깨를 쳤다. 여생은 소요유 권법 중 반래신수飯來伸手를 써서 이를 막아냈다. 구양극은 왼쪽 주먹으로 적을 내리치는 듯하더니 여생이 팔을 들어 막으려는 순간, 갑자기 그의 등 뒤로 돌아가 양손 손가락을 갈고리 모양으로 구부려 여생의 등 쪽 중요한 혈을 내리찍으려 했다.

황용과 곽정은 모두 깜짝 놀랐다. 황용이 중얼거렸다.

"이번엔 피하기 어렵겠는데……."

문밖에 있던 개방의 무리들은 여생과 구양극이 겨루기 시작하자 모두 안으로 들어와 두 사람의 격투를 지켜보고 있었다. 그들은 여생이 위험에 처하자 나서서 도와주고 싶었으나 상대방의 공격이 워낙 순식간에 이루어진 터라 미처 손을 쓸 수가 없었다.

여생은 등 뒤에서 바람을 가르는 소리가 들리자마자 이미 옷 위로 약간의 진력을 느낄 수 있었다. 이 아슬아슬한 순간에 여생은 손을 뒤로 뻗어 내리쳐 항룡십팔장 중 신룡파미神龍擺尾로 공격을 막아냈다. 아주 적절한 방어 겸 반격이었다.

이 초식은 원래《역경》중 이履 괘에서 나온 것으로, 처음 항룡십팔장을 창시해낸 사람이 원래 범의 등을 공격하는 것에 비유해 이호미履虎尾라 이름 붙였다. 한 발로 범의 꼬리를 밟으면 범이 고개를 돌려 달려들 태세를 취할 것이고, 그 기세는 대단히 맹렬할 수밖에 없을 것이다. 뒷날 사람들이《역경》의 괘 이름을 따서 붙인 이 이름이 너무 어렵고 부르기 불편하다 해서 신룡파미로 바꾼 것이다.

과연 구양극은 그의 반격을 받아내지 못하고 뒤로 뛰어 물러났다.

'정말 위험했다.'

여생은 식은땀이 흐르는 듯했다. 여생의 무공은 구양극보다 훨씬 못했기 때문에 30~40초식을 겨루는 사이 대여섯 차례나 위기를 겪었지만 모두 이 신룡파미 초식으로 막아냈다.

황용이 작은 목소리로 곽정에게 말했다.

"홍칠공께서 저 한 초식만 가르쳐주셨나 봐요."

곽정은 고개를 끄덕이며 항룡유회로 양자옹과 겨루던 일이 생각났다. 개방에서 지위가 상당한 여생 같은 사람에게도 단 한 초식만 가르쳐주었는데 자기에게 열다섯 초식이나 전수했다고 생각하니 진심으로 감사하는 마음이 들었다.

치열한 공방전은 계속되었고, 구양극은 한 걸음 한 걸음 여생을 구석으로 몰아갔다. 그사이 구양극은 여생의 초식 중 상당한 위력을 지닌 것은 단 한 가지뿐이며, 그것도 몸을 돌려 등 뒤에 있는 적에게만 쓸 수 있다는 사실을 이미 간파했다. 그래서 여생이 몸을 돌려 뒤로 공격할 수 없도록 구석으로 몰고 간 것이다. 역시 구양극은 교활했다. 여생도 구양극의 의도를 알아차리고 중앙으로 가려고 애를 썼다. 그런데 여생이 막 한 걸음 내딛는 순간, 구양극이 큰 소리로 웃으며 잽싸게 주먹으로 아래턱을 강타했다.

여생은 아프기도 하고 놀란 나머지 허둥대다가 팔을 들어 적의 공격을 막으려 했다. 그러나 구양극의 주먹이 쉴 새 없이 날아왔다. 순식간에 머리와 가슴 등에 대여섯 차례의 공격을 받은 여생은 머리가 어지럽고 기운이 빠져 비틀비틀하다 그만 바닥에 쓰러지고 말았다. 개방의 무리들이 우르르 몰려왔다. 구양극은 몸을 돌려 가장 먼저 다가온 두 명의 거지를 들어 냅다 벽에 던졌다. 두 사람이 벽에 부딪쳐 기절하는 모습을 보자 나머지는 더 이상 다가오지 못했다.

구양극이 비웃음을 띠며 입을 열었다.

"내가 누군데 너희 같은 거지 놈들에게 당하겠느냐? 반가운 사람이 있는데 만나볼 테냐?"

구양극이 박수를 한 번 치자 두 명의 제자가 안채에서 한 여자를 끌고 나왔다. 모두 고개를 돌려보니 바로 정 소저였다. 두 손을 등 뒤로 결박당한 채 초라하고 지친 모습이었다. 백옥 같은 뺨 위로는 끊임없이 눈물이 흘러내리고 있었다. 너무나 뜻밖의 상황에 모두 놀라움을 감추지 못했고, 황용과 곽정도 어찌 된 영문인지 알 수가 없었다.

구양극이 오른손을 흔들자 여자들이 정 소저를 다시 안채로 데려갔다. 흐느끼는 그녀의 뒷모습은 도살장으로 끌려가는 순한 양 같았다. 구양극은 의기양양하게 말했다.

"포대에 들어가느라 애쓰시는 사이 이 몸은 정 소저를 데리고 여유 있게 먼저 돌아와 기다리고 있었다."

거지들은 말없이 서로를 바라보았다. 정말이지 낭패가 아닐 수 없었다. 구양극은 부채를 흔들며 계속 비웃어댔다.

"개방의 명성은 익히 들어 알고 있었지만 오늘 직접 만나보니 정말 가소롭기 그지없군. 닭이나 개 따위를 훔치던 수법으로 날 상대하려 하다니…… 앞으로 또다시 내 일을 방해하면 가만두지 않겠다. 오늘은 홍칠공 방주의 얼굴을 봐서 이 늙은 거지의 목숨은 살려주겠지만, 내 말을 명심하도록 징표를 남기겠다."

구양극은 손가락 두 개를 뻗어 여생의 두 눈을 찌르려 했다.

"멈춰요!"

누군가 큰 소리를 지르며 손바닥을 뻗어 구양극을 밀었다. 구양극은 맹렬한 장풍이 가슴을 공격해오자 급히 몸을 피했다. 그러나 장풍의 힘에 밀려 비틀거리다 결국 두 발짝 물러설 수밖에 없었다. 구양극은 깜짝 놀랐다.

'서역을 떠난 이후 대단한 적수를 많이 만나는군. 이자는 또 누구인데 무공이 이렇게 강할까?'

구양극이 정신을 차리고 보니 자기와 여생 사이에 서 있는 사람은 바로 조왕부에서 만난 적이 있는 젊은 곽정이었다. 예전에 그의 무공은 그저 평범한 수준이었는데, 어떻게 장풍이 이렇게 막강해졌는지 알다가도 모를 일이었다.

곽정이 꾸짖듯 목소리를 높였다.

"온갖 나쁜 일을 다 저지르면서도 반성하기는커녕 또다시 착한 사람을 해치려 하다니, 천하의 의로운 대장부들을 무시해도 유분수지!"

구양극은 방금의 장풍은 아마도 우연이었을 거라는 생각에 곽정을 비스듬히 내려다보며 무시하듯 말했다.

"네가 의로운 대장부라도 된단 말이냐?"

"나야 그런 자격도 없지만, 어쨌든 좋은 말로 할 때 정 소저를 돌려보내고 당신은 어서 서역으로 돌아가시오."

"그렇게 못 하겠다면 어쩔 테냐?"

곽정이 미처 대답하기 전에 창밖에서 황용이 소리쳤다.

"오빠, 그 사람을 실컷 때려줘요."

구양극은 황용의 목소리를 듣자 금세 마음이 흔들렸다.

"우리 예쁜 황용 낭자의 분부라면 두말없이 정 소저를 풀어드려야지. 황용 낭자가 내 곁에 있겠다고만 하면 정 소저뿐 아니라 내 아내들을 전부 풀어주겠소. 게다가 다시는 다른 여자를 쳐다보지 않겠다고 약속하지. 어떠시오?"

황용이 안으로 들어왔다.

"그것참, 좋은 생각이군요. 서역에 가보는 것도 재미있을 것 같아요. 오빠, 어때요?"

"황 낭자만 데리고 가야지, 저 녀석은 필요 없어."

황용은 화가 나서 손을 휘둘렀다.

"녀석이라니? 당신이야말로 못된 녀석이라고 불러줄 거예요."

황용은 웃으며 구양극에게 다가갔다. 아름답고 천진난만하며 애교 넘치는 모습에 구양극은 가슴이 설레고 두근거려 정신을 차릴 수가 없었다. 그런데 웃으며 다가오던 황용이 갑자기 안색을 확 바꾸더니 낙영신검장 중 절묘한 초식을 사용해 구양극의 왼쪽 뺨을 후려쳤다.

다행히 황용의 내공이 깊지 않기 때문에 큰 부상을 입지는 않았으나 얼굴이 화끈거리는 게 상당히 아팠다.

구양극은 왼손을 내밀어 황용의 가슴을 잡으려 했다. 황용은 피하지도 않고 도리어 두 손을 뻗어 구양극의 머리를 내리쳤다. 구양극은 원래 색한이었기 때문에 황용이 피하지 않자 그녀의 가슴을 만지려는 생각에 머리를 향해 내리치는 황용의 공격을 막지도 않고 손을 뻗었다. 그런데 손이 막 그녀의 옷에 닿는 순간 따끔하며 통증이 느껴졌다.

"아차, 연위갑을 입고 있지."

다행히 그녀를 놀려주려는 것일 뿐 정말 해칠 생각으로 공격한 것은 아니어서 심하게 찔리지는 않았다. 구양극은 급히 손을 위로 뻗어 머리 위로 떨어지는 황용의 공격을 받아냈다.

"나랑 싸워봤자 당신만 손해죠. 난 당신을 때릴 수 있어도 당신은 날 때릴 수 없을 테니까요."

구양극은 황용이 뜻대로 되지 않자 더욱 애가 탔다. 문득 곽정 때문이라는 생각이 들었다.

'우선 저 녀석을 없애버려야 황용이 내 말을 듣겠군.'

구양극은 황용을 바라보고 있다가 갑자기 발을 뒤로 뻗어 곽정의 가슴을 공격했다. 이 초식은 바로 서독 구양봉의 집안에 대대로 전해지는 절기로, 공격의 속도가 매우 빠르고 위력이 대단했다. 상대방이 피하기 매우 어려울 뿐 아니라 만약 제대로 맞으면 즉시 갈비뼈가 부러지고 폐가 손상될 정도였다.

곽정은 피할 수 없다는 것을 알고 급히 몸을 돌리는 동시에 손을 뻗어 구양극의 다리를 공격했다. 곽정은 둔부에, 구양극은 다리에 각각 공격을 당했다. 두 사람 모두 뼛속까지 통증을 느꼈다. 두 사람은 다시 몸을 돌려 성난 눈초리로 한동안 서로 노려보다가 곧 싸우기 시작했다.

개방의 무리들은 모두 의아한 생각이 들었다.

'방금 저 소년이 쓴 장법은 여 형의 절기 신룡파미인데, 어찌 이 장법을 쓸 줄 안다는 말인가? 게다가 장법을 쓰는 속도와 수준이 여 형보다 한 수 위인 듯싶은데……'

이때 여생은 개방 사람들의 부축을 받아 한쪽에 앉아 있었다. 그는 곽정의 안정되고 절묘한 장법이 신룡파미와 유사한 것을 보고 역시 이상한 생각이 들었다.

'항룡십팔장은 홍 방주만이 아는 절묘한 장법으로 나 역시 개방을 위해 많은 공을 세운 것을 인정받아 겨우 한 가지 장법만 배울 수 있었는데, 이 소년은 누구에게서 그걸 모두 배웠단 말인가?'

곽정과 겨루던 구양극 역시 놀라는 기색이 역력했다.

'겨우 2개월 사이에 어떻게 이렇게 무공이 크게 늘었을꼬?'

두 사람은 순식간에 40여 초식을 겨루었다. 곽정은 이미 열다섯 장의 장법을 반복해서 사용했다. 이 장법은 정말이지 구양극을 방어해내기에 충분했다. 비록 구양극의 무공이 곽정보다 훨씬 뛰어난 것은 사실이지만, 아무리 곽정을 이겨보려 해도 쉽지 않았다. 또다시 약 10여 초식을 싸우고 나자 구양극의 권법이 갑자기 바뀌었다. 그야말로 동에 번쩍 서에 번쩍이었다. 곽정은 허둥대다 그만 구양극의 발을 막아내지 못하고 사타구니 왼쪽을 공격당하고 말았다. 걷기가 어려울 만큼 아팠으나 다행히 곽정의 무공 핵심은 손바닥을 이용한 장법에 있었기 때문에 항룡십팔장의 열다섯 장을 뒤에서부터 다시 써나갔다.

구양극은 곽정의 장법 순서가 바뀐 것을 보고 처음엔 접근하지 못하다가 몇십 초식을 겨룬 뒤 변화의 규칙이 어느 정도 파악되자 다시 맹공을 가하기 시작했다. 곽정은 뒤에서부터 처음까지 열다섯 장을 다 사용한 다음 다시 앞에서부터 써나가기 시작했다. 그러다가 잠시 생각에 잠겼다. 제15장 현룡재전을 발한 후 만약 맨 앞으로 돌아간다면 항룡유회를 써야 하고, 만약 뒤에서부터 쓴다면 다시 현룡재전을 써야 한다. 곽정은 머리 회전이 빠른 사람이 아닌지라 순간 망설였다.

'처음부터 다시 가는 게 좋을까, 아니면 뒤에서 시작해야 할까?'

이렇게 딴생각을 하다 보니 구양극이 금방 허를 틈타 곽정의 어깨를 잡으려 했다. 상황이 급박해지자 곽정은 어찌할 바를 몰랐다. 지금 상황에서는 열다섯 장 중 어느 장법을 써도 상대방의 공격을 막아낼 수 없을 터였다. 곽정은 다급한 나머지 손바닥을 뒤집어 구양극의 손등을 세게 내리쳤다. 무슨 특별한 장법을 쓴 것이 아니라 당황한 나머지 그저 손이 가는 대로 적을 때린 것이다.

구양극은 이미 상대방의 장법을 모두 파악하고 있다고 생각했는데, 뜻밖에도 곽정이 새로운 장법을 쓰자 깜짝 놀랐다. 게다가 곽정의 손이 구양극의 손목에 맞으면서 탁, 하는 소리가 제대로 나는 바람에 더욱 당황할 수밖에 없었다. 구양극은 훌쩍 뛰어 뒤로 물러나 손목을 흔들었다. 매우 아프기는 했으나 다행히 손목이 부러지지는 않았다. 곽정은 다급한 나머지 제멋대로 휘두른 것이 효과를 거둔 걸 보고 자신도 깜짝 놀랐다.

'지금 나는 어깨 뒤, 사타구니 왼쪽, 오른쪽 어깨가 비어 있는 상황인데 방금 마음대로 휘두른 장법으로 어깨를 막아냈으니 다시 두 가지 장법만 더 있으면 세 곳을 모두 방어할 수 있겠군.'

그러나 생각이 미처 끝나기도 전에 구양극이 또다시 공격해왔다. 그다지 영리하지 못한 탓에 보름이 걸려도 겨우 새로운 장법을 하나 생각해낼까 말까 하는데, 적과 겨루고 있는 다급한 상황에서 새로운 장법을 개발해낸다는 것은 곽정으로선 불가능한 일이었다. 하는 수 없이 항룡장법의 순서에 따라 장법을 쓰다가 또다시 되는대로 장법을 발해 어깨와 사타구니와 오른쪽 허리를 방어했다. 이렇게 되자 구양극은 당황하지 않을 수 없었다.

'저 녀석의 장법은 한계가 있어서 시간을 오래 끌수록 내가 이길 승산이 높아질 거라 생각했는데, 갑자기 새로운 장법을 쓰다니……'

구양극은 곽정이 쓴 세 가지 새로운 장법이 사실은 아무것도 아니라는 것을 알 리 없었고, 게다가 조금 전 손목을 세게 언어맞았기 때문에 감히 가까이 접근하지 못했다. 구양극은 장법을 발하는 속도를 천천히 늦췄다. 시간을 끌어 곽정의 기력이 쇠해지기를 기다리려는 것이었다. 그러다 문득 곽정의 새로운 장법 중 하나가 지난번과 약간 다르다는 사실을 발견했다.

'옳지, 저 장법은 이제 막 배운 모양이로군. 익숙지 않은 장법이라

처음엔 쓰지 않았던 거지.'

그는 몸을 획 날려 왼손으로 곽정의 머리를 잡으려는 듯한 자세를 취하면서 오른발로 사타구니를 걸어찼다. 곽정은 자신이 사용한 장법이 아무런 효력이 없다는 것을 뻔히 아는데 적이 자신의 약점을 공격해오자 순간 두려운 마음이 들었다. 그리하여 막 전개하려던 장법을 중간에서 거두고 몸을 돌려 구양극의 발을 피하려 했다. 이를 지켜보던 황용은 속이 바짝바짝 타들어갔다.

'우유부단함은 적을 맞아 싸우는 사람에게 가장 좋지 못한 태도야. 비록 아무렇게나 내뻗어서 적을 공격하지는 못할지라도 어쩌면 방어는 할 수 있을지 모르는데…… 갑자기 장법을 거두고 돌아서다니, 이건 너무 위험한걸.'

황용은 얼른 강침을 꺼내 구양극을 향해 발사했다.

획! 획! 구양극은 암기가 날아오는 파공음을 듣고 목덜미에 꽂아둔 부채를 펼쳐 들었다. 부채를 두어 차례 가볍게 흔들어 강침의 공격을 막아냈다. 그러면서도 곽정을 향해 내지른 발길질의 기세는 전혀 약해지지 않았다. 이대로 정확히 차기만 하면 곽정은 여지없이 쓰러질 것이었다.

그런데 그 순간 발뒤꿈치가 갑자기 마비되는 느낌이 들었다. 무엇인가에 의해 혈을 잡힌 것 같았다. 결국 구양극의 발이 곽정을 걸어차기는 했으나 이미 힘이 빠진 상태여서 아무런 타격을 가하지 못했다. 구양극은 깜짝 놀라 물러났다.

"어떤 쥐새끼 같은 놈이 이런 비열한 암수를 쓰는 거냐? 어서 나와서 정당하게 싸우…… 자……."

말을 마치기도 전에 머리 위에서 바람을 가르는 소리가 났다. 구양극은 위험을 감지하고 얼른 몸을 돌리려 했으나 날아오는 속도가 어찌나 빠른지 미처 피할 수 없었다.

"아!"

아차 하는 순간 구양극은 입안으로 무언가가 들어오는 것을 느꼈다. 얼른 뱉어보니 무엇인지 정확히는 알 수 없으나 마치 닭 뼈다귀 같은 모양을 하고 있었다. 구양극은 놀랍고 당혹스러워 얼른 고개를 들고 살펴보았다. 대들보 위에서 한 줌의 먼지가 부스스 머리 위로 떨어졌다. 급히 피하려는데 또 입안으로 무언가가 날아들었다.

구양극이 얼른 뱉으니 이번에는 닭 다리뼈였다. 이빨에 제대로 부딪쳤는지 상당히 아팠다. 구양극은 있는 대로 화가 났다. 고개를 들어보니 대들보 위로 사람의 그림자가 움직이는 것이 보였다.

"얏!"

구양극은 기합을 토하며 몸을 날려 허공에 뜬 채 그림자를 향해 일장을 날렸다. 그러나 막 손을 휘두르는데 손바닥에 무엇인가가 잡혔다. 깜짝 놀라며 바닥에 내려앉아 손을 펴본 그는 더욱 화가 치밀어 얼굴이 시뻘게졌다. 이번에는 씹다 만 닭발이었다. 그때 대들보 위에서 누군가가 크게 웃는 소리가 들렸다.

"하하하! 닭이나 개 따위를 훔치던 수법으로 맞으니 어떠냐?"

곽정과 황용은 그 목소리를 듣자 뛸 듯이 기뻤다.

"홍칠공 님!"

모두들 고개를 들어보니 과연 홍칠공이 대들보 위에 앉아 두 다리를 앞뒤로 흔들며 손에 닭고기를 들고 맛있게 먹고 있었다. 개방의 무리들은 모두 허리를 굽혀 인사했다.

"방주님, 오셨습니까?"

구양극은 홍칠공을 보자 등골이 서늘해졌다.

'저자가 던진 닭 뼈가 두 차례나 내 입에 들어왔는데…… 만약 닭 뼈가 아니라 암기를 던졌다면 난 벌써 죽은 목숨이었겠군. 쓸데없이 호기를 부릴 것이 아니라 일단 물러나는 게 상책이겠다.'

구양극은 얼른 홍칠공을 향해 허리를 굽혔다.

"또 뵙게 됐군요. 구양극, 인사 올립니다. 절 받으십시오."

그러나 말로는 절을 올린다면서 결코 무릎을 꿇지 않고 허리만 굽혔다.

"아직도 서역으로 돌아가지 않고 여기서 까불다니, 중원에서 죽고 싶은 거냐?"

닭고기를 씹고 있어서 말소리가 웅얼거리는 것처럼 들렸다.

"홍 방주님은 중원에서 천하무적 아니십니까? 사실 뭐, 홍 방주님만 후배인 저를 미워하지 않으신다면 무공이 강하다고 자기보다 약한 저를 괴롭힐 사람도 없을 테고, 중원에서 죽을 일은 없을 겁니다."

그는 홍칠공의 눈치를 살피며 계속 내뱉었다.

"저희 숙부께서도 홍 방주님을 만났을 때 공손하게 군다면 홍 방주님은 무림에서의 지위도 있고 하니 결코 후배와 싸우거나 괴롭혀 위신에 누가 되는 행동을 하지는 않으실 거라 하셨습니다."

"하하하! 우선 말싸움으로 내가 네놈을 공격하지 못하도록 못 박아 두겠다, 그거지? 사실 네놈을 죽이려고만 하면 내가 직접 나서지 않더라도 죽일 수 있는 사람이야 많지. 조금 전 듣고 보니 나의 닭이나 개 따위를 훔치는 수법을 아주 무시하는 듯하던데, 어떤가?"

"저는 아까 그 영웅호걸이 홍 방주님의 문하인 줄 몰랐습니다. 그런 주제넘은 말을 함부로 했으니 너그럽게 용서해주시지요."

홍칠공이 대들보에서 내려왔다.

"흠, 여생을 영웅이라 부르다니……. 그럼 여생이 널 이기지 못했으니 네놈은 무슨 영웅 할아버지라도 된다는 말이냐? 뻔뻔한 놈 같으니…… 하하하……!"

구양극은 속이 부글부글 끓었지만 자신의 무공이 홍칠공보다 훨씬 못하다는 것을 뻔히 아는지라 화를 꾹 눌러 참을 수밖에 없었다.

"서독에게서 무공을 좀 배웠다고 중원에서 행패를 부리려 하다니, 내가 살아 있는 한 그 꼴은 못 보지."

"홍 방주님은 무림계에서 저희 숙부님과 같은 항렬이시니 저야 그저 홍 방주님의 분부에 따를 뿐이지요."

"좋다. 네놈이 내가 무공이 강하다고 약한 후배를 무시하고 괴롭힌다 했겠다?"

구양극은 아무 말도 하지 않았다. 홍칠공이 다시 말을 이었다.

"내 수하에 온갖 거지가 다 속해 있지만, 그렇다고 이 세상의 모든 거지들이 다 내 제자인 것은 아니다. 여생도 그저 내 장법 중 한 가지 초식만 배웠을 뿐 내게서 무공을 전수받았다고 할 수는 없지. 여생이 사용한 소요권은 내가 가르쳐준 것이 아니니까. 네놈이 내 무공을 닭이나 개 따위를 잡던 수법이라며 무시했것다? 만약 내가 정말 제자를 키웠다면 너보다 못할 것 같으냐?"

"그야 당연하지요. 홍 방주님의 제자가 항룡십팔장의 기초만 배우려 해도 그게 어디 쉬운 일이겠습니까?"

"흥! 입으로는 그렇게 말하면서 속으로는 지금 날 욕하고 있지?"

"감히 그럴 리가 있겠습니까?"

황용이 끼어들었다.

"방주님, 저 사람 말 믿지 마세요. 틀림없이 속으로는 방주님을 욕하고 있을 거예요. 아마 방주님께서 아무리 무공이 높아도 자기 자신이나 쓸 줄 알지 제자를 키울 줄도 모르고, 가르쳐봤자 한두 가지나 가르칠 뿐 방주님의 무공을 제대로 전수할 제자는 하나도 없을 거라고 비아냥거리고 있을 거예요."

"어린 계집애가 또 꾀를 부리려 하는구나."

홍칠공이 황용을 노려보았다. 그리고 구양극에게 호통을 쳤다.

"좋아, 네놈이 날 욕했단 말이지?"

홍칠공은 손을 뻗어 순식간에 구양극의 손에 있던 부채를 빼앗아 펼쳐 들었다. 부채의 한 면에는 몇 송이 모란 그림과 함께 '서희徐熙'라는 글자가 쓰여 있었다. 홍칠공은 그림을 볼 줄 모를뿐더러 서희가 북송 시대의 대화가라는 것도 모르기 때문에 꽃송이를 따고 싶을 정도로 잘 그려진 모란을 보고도 아무런 감흥이 없었다.

"별거 아니군."

부채의 다른 한쪽에는 글이 몇 줄 있고 맨 밑에 '백타산소주白駝山少主'라고 쓰여 있었다. 당연히 구양극이 쓴 것이었다.

홍칠공이 황용에게 물었다.

"저놈의 글씨가 어떠냐?"

"그야말로 조잡해요. 그나마 저 사람은 글을 쓸 줄 모르니 동인 전당포에 가서 써달라고 한 걸 거예요."

구양극은 스스로를 풍류를 즐길 줄 알고 문무를 겸한 인재라고 자처하는 터라 황용의 말을 듣자 화가 나서 그녀를 노려보았다. 그러나 눈가에 웃는 듯 마는 듯 옅은 미소를 띤 채 애교가 넘치는 황용의 모습을 보자, 자기도 모르게 가슴이 설레었다.

홍칠공은 부채를 접어 입가를 닦았다. 방금 닭고기를 먹었기 때문에 입가에 잔뜩 묻어 있던 기름기에 부채가 금세 더러워졌다. 홍칠공은 입을 닦고 나서 부채를 종이처럼 구겨 땅바닥에 던졌다. 다른 사람들은 이 모습을 아무렇지도 않게 바라보았지만, 부채의 주인인 구양극은 부채가 아깝다는 생각보다도 대단한 그의 손힘에 감탄을 거듭했다. 모두 철로 만든 부챗살을 아무렇지도 않게 구겨버리는 것을 보고 문득 두려운 마음이 생겼다.

홍칠공은 구양극을 똑바로 응시했다.

"내가 직접 나서서 널 죽이고 싶으나 네놈이 억울해할 것 같으니, 나중에 제자를 키워 다시 네놈과 겨루게 하겠다."

구양극은 홍칠공의 독문 비학인 항룡십팔장을 전개한 곽정을 힐끗 쳐다보고 나서 빈정거리듯 입을 열었다.

"방금 저자와 신나게 겨루던 중 홍 방주님께서 나서시는 통에 승패를 가리지 못했습니다. 곽 형, 날 이겼다고 생각하시오?"

곽정이 고개를 저으며 말했다.

"내가 졌습니다."

구양극은 의기양양한 표정을 지었다. 홍칠공이 고개를 쳐들고 크게 웃었다.

"정아, 네가 내 제자였더냐?"

곽정은 당시 자기가 절을 올렸으나 홍칠공이 기어이 다시 자기에게 절을 했던 일이 생각나 급히 대답했다.

"제가 어디 그런 복이 있겠습니까?"

"들었느냐?"

구양극은 이상한 생각이 들었다.

'홍칠공이 거짓말을 할 리는 없는데…… 그렇다면 이 녀석의 절묘한 장법은 누구에게서 배운 것일까?'

이때 홍칠공이 입을 열었다.

"내가 만약 널 제자로 받아들이지 않으면 저 꼬마 아가씨가 끝까지 포기하지 않고 온갖 꾀를 부려 날 설득하려 들겠지? 요리를 잘하는 저 꼬마 아가씨와 싸우는 것은 정말 지겨운 일이야. 좋아, 그냥 내가 진 셈 치고 널 내 제자로 삼겠다."

곽정은 너무 놀랍고 기뻐 땅바닥에 엎드려 연신 절을 해댔다.

"사부님!"

곽정은 얼마 전 귀운장에서 여섯 명의 사부에게 홍칠공에게서 항룡십팔장을 배운 일에 대해 말한 바 있다. 강남육괴는 매우 기뻐하면서 그토록 무공이 강한 무림 고수가 제자를 키우지 않는 걸 매우 아쉬워했다. 그러면서 곽정에게 만약 다음에 다시 홍칠공을 만났을 때 홍칠공이 그를 제자 삼으려 하면 즉시 사부님으로 모시라고 분부했다.

황용은 기뻐서 신이 났다.

"홍 방주님! 제가 훌륭한 제자를 길러 무공을 전수할 수 있도록 도와드렸는데, 고맙지 않으세요? 무엇으로 갚으실 거예요?"

"엉덩이를 때려주마."

홍칠공이 안색을 굳히며 대답하더니 고개를 돌려 곽정을 바라보았다.

"멍청한 녀석, 내가 우선 세 장을 알려주겠다."

홍칠공은 그 자리에서 항룡십팔장 중 나머지 세 장을 알려주었다. 조금 전 곽정이 되는대로 내두른 것과 비교하면 그야말로 하늘과 땅 차이였다.

구양극은 은근히 기뻤다.

'노인네가 무공은 뛰어난데 머리는 별로인 모양이군. 제자에게 무공을 전해주어 자기 체면을 살리는 데 급급한 나머지 내가 옆에서 보고 있다는 것도 깜빡 잊은 모양이야.'

구양극은 정신을 집중해서 홍칠공의 장법을 관찰했다. 그런데 언뜻 보기에 별 대단할 것이 없는 평범한 장법이었다. 홍칠공은 몇 차례 시범을 보이더니 곽정의 귀에 대고 뭔가를 속삭였다. 아마도 이 세 가지 초식의 핵심 비결을 알려주는 듯싶었다. 곽정은 열심히 귀를 기울이며 어떤 때는 고개를 끄덕이기도 하고, 어떤 때는 이해가 가지 않는 듯 인상을 쓰기도 했다. 한참이 지났건만 곽정은 아직도 설레설레 고개를 저었다. 홍칠공이 몇 차례 더 설명하고 나서야 겨우 고개를 끄덕였다. 하지만 아직도 완벽하게 이해하지 못한 듯했다.

구양극은 속으로 쾌재를 불렀다.

'저 녀석은 멍청해서 당분간은 제대로 익히지 못할 거야. 그 틈에 내가 일 초식이라도 익혀야지.'

홍칠공은 곽정이 대여섯 차례 연습하는 모습을 지켜보았다.

"좋다. 절반 정도는 익힌 듯하구나. 이제 나 대신 나쁜 짓을 일삼는 저놈을 물리치거라."

"예!"

곽정은 앞으로 나서더니 휙 하고 구양극을 향해 일장을 날렸다. 구양극은 몸을 비스듬히 굽히고 발걸음을 돌려 곽정에게 일장을 반격했다. 초식이 매우 간단한 항룡십팔장의 핵심은 기를 어떻게 발하는가에 있다. 바로 이 때문에 양자옹, 매초풍, 구양극 등이 곽정과 수십 초식을 겨루면서도 이기지 못한 것이다. 조금 전 홍칠공이 곽정에게 세 장을 가르쳐줄 때 구양극은 주의 깊게 관찰해 이미 완벽하게 기억할 수 있었다. 그러나 막상 곽정과 겨루어보니 곽정이 사용하는 세 장을 받아내기가 쉽지 않았다. 게다가 곽정은 항룡십팔장의 나머지 세 장을 다 배워 열여덟 장이 전체적으로 연결되다 보니 이전에 사용하던 열다섯 장의 위력이 훨씬 세졌다. 구양극은 연이어 네 가지 권법을 사용했으나 계속해서 평행을 이룰 뿐 곽정을 이길 수 없었다. 구양극은 서서히 조급해지기 시작했다.

'보아하니 우리 집안의 가전절기家傳絶技를 쓰지 않으면 이길 수 없겠군. 난 어려서부터 숙부에게 이 무공을 배웠는데, 만약 홍칠공이 이제 막 가르친 제자를 이기지 못한다면 결국 숙부님이 홍칠공에게 지는 꼴이 될 텐데……'

구양극은 갑자기 손바닥을 뻗어 곽정을 쳤다. 곽정은 손을 들어 막았으나 구양극의 팔이 마치 뼈가 없는 것처럼 유연하게 휘더니 팍, 하는 소리와 함께 곽정의 목을 내리쳤다. 곽정은 깜짝 놀라 고개를 숙여 빠져나갔다. 그러면서 몸을 돌려 일장을 발했다. 구양극은 비스듬히 발걸음을 옮겨 비켜나가면서 반격을 가했다. 곽정은 구양극의 공격을 막아내지 못하고 몸을 돌려 피했다. 그런데 뜻밖에도 구양극의 팔이 마치 부드러운 채찍처럼 공격을 시작하더니 공중에서 마음대로 휘어지는 것이었다. 분명히 손끝이 왼쪽을 향해 공격하고 있었는데, 순식간에 오른쪽으로 바뀌면서 퍽, 소리와 함께 곽정의 어깨에 일격을 가했다. 곽정은 미처 막지 못하고 연이어 세 장을 맞고 말았다. 이 세 장의 충격은 상당히 컸다. 놀랍고 당황한 나머지 곽정은 어떻게 공격해야 할지 알 수 없어 자세가 흐트러졌다. 보다 못해 홍칠공이 소리쳤다.

"정아, 그만 멈춰라. 이번엔 우리가 진 셈 치자꾸나."

곽정은 훌쩍 뛰어 뒤로 물러났다. 구양극에게 맞은 곳이 상당히 아팠다. 황용은 속이 상해 비아냥거렸다.

"권법이 대단하군. 팔이 그렇게 엿가락처럼 마음대로 휘어지다니 뼈대가 없나 봐."

구양극은 그래도 의기양양한 표정으로 황용을 힐끗 바라보았다. 홍칠공의 음성은 담담했다.

"서독이 날마다 뱀을 기르더니, 독사의 움직임을 보고 연피사권법軟皮蛇拳法을 고안해낸 모양이구나. 흠, 대단하긴 하군. 그 장법을 어떻게 피해야 할지 생각이 나질 않는걸. 네놈 운이 좋은 셈 치고 얌전히 물러가거라."

구양극은 은근히 두려운 생각이 들었다.

'숙부께서 내게 영사권靈蛇拳을 가르쳐주실 때 생사의 고비에 빠지지 않는 한 절대로 사용하지 말라고 당부하셨는데, 오늘 홍칠공이 이 권법을 모두 보고 말았으니 숙부가 아시면 틀림없이 크게 노하실 거야.'

그는 생각이 이에 미치자 의기양양하던 모습은 어디론가 사라지고 홍칠공에게 공손히 예를 갖춘 다음 돌아서서 사당을 나갔다.

"잠깐, 할 말이 있어요."

구양극은 황용의 차가운 목소리에 발걸음을 멈추고 몸을 돌렸다. 뭔가 예감이 좋지 않아 가슴이 덜컥 내려앉는 것 같았다. 황용은 구양극을 거들떠보지도 않고 홍칠공을 향해 절을 했다.

"홍칠공 님, 오늘 제자 한 명 더 거두시죠. 남자 제자만 받고 여자 제자를 받지 않으면 불공평하잖아요."

홍칠공이 웃으며 고개를 저었다.

"곽정을 제자로 받은 것도 이미 내 금기를 깬 것인데 너까지 제자로 받다니, 말도 안 된다. 게다가 네 아비가 그렇게 무공이 강한데, 왜 나를 사부로 삼으려는 것이냐?"

황용은 짐짓 이제야 알았다는 듯 탄식했다.

"아, 칠공 님은 우리 아버지가 두려우신 거군요?"

홍칠공은 이 말에 자존심이 상했지만 원래 황용을 매우 귀여워했기 때문에 이내 정색을 하고 물었다.

"두려워하다니? 너를 제자로 삼으면 동사가 날 잡아먹기라도 한단 말이냐? 그럴 수는 없지."

황용이 활짝 웃으며 말했다.

"한 번 하신 말씀, 어기시면 안 돼요! 아버지께서는 항상 왕중양이 죽은 이후로 무림의 진짜 고수는 아버지와 홍칠공 님 두 분뿐이라고 말씀하셨어요. 남제고 뭐고 다른 사람들은 전혀 염두에 두지 않으셨지요. 제가 홍칠공 님을 사부로 삼으면 아버지는 반드시 기뻐하실 거예요. 사부님! 거지들이 뱀을 어떻게 잡지요? 우선 제게 그 기술을 알려 주세요."

홍칠공은 대체 황용에게 무슨 의도가 있는지 알 수 없었다. 그러나 평소 황용이 영특한 것을 아는지라 그녀가 이러는 데는 뭔가 이유가 있을 것이라고 생각했다.

"뱀을 잡을 때는 뱀의 7촌† 되는 부위를 잡아야 한다. 두 손가락을 이렇게 하고, 두 손으로 뱀의 7촌 되는 부분을 정확히 집으면 아무리 강한 맹독을 지닌 독사라도 움직일 수가 없지."

"뱀이 아주 굵고 크면 어떻게 하죠?"

"왼손을 흔들어 뱀이 널 물도록 유인하면서 오른손으로 뱀의 7촌 되는 부위를 때리거라."

"동작이 굉장히 빨라야겠군요?"

"당연하지. 왼손에 약을 좀 바르면 훨씬 더 안전하단다. 설사 조금 물린다고 해도 걱정할 것이 없지."

황용은 고개를 끄덕이더니 홍칠공을 향해 눈을 깜박였다.

"사부님, 제 손에 약 좀 발라주세요."

뱀을 잡는 것은 개방 중 어린 거지들이 하는 일이었다. 홍칠공은 개방의 방주인데, 뱀을 잡는 데 쓰는 약 따위를 가지고 다닐 리 없었다. 그러나 황용이 자신을 향해 눈짓하는 것을 보자 등 뒤에서 크고 붉은 호로병을 꺼내 술을 약간 따라서 그녀의 손바닥에 발라주었다. 황용은 손바닥을 들어 냄새를 맡더니, 고약하다는 표정을 지어 보였다. 그녀는 곧 고개를 돌려 구양극을 바라보며 말했다.

"이봐요, 나는 천하에 유명한 홍칠공 님의 제자예요. 당신의 연피사

권법을 시험해봐야겠어요. 미리 얘기해두는데, 내 손에 당신의 무공을 꺾을 수 있는 약을 발랐으니 조심하는 게 좋을걸요?”

구양극은 속으로 미소 지었다.

'너와 겨룬다면 그야말로 바라던 바이지. 손에 뭘 발랐든 말든 손만 건드리지 않으면 되는 거 아니야?'

“좋아, 낭자의 손에 죽는다면 그것도 나쁘지 않지.”

“당신의 다른 무공은 그저 그럴 뿐이니, 나는 그 연피사권법인지 뭔지만 시험해볼 거예요. 만약 다른 권법이나 장법을 사용하면 당신이 지는 거예요.”

“좋을 대로 하시오. 그렇게 하도록 하지.”

“나쁜 짓만 골라 하면서 내 말은 잘 듣는군요. 시작합니다.”

황용은 즉시 홍칠공이 가르쳐준 소요유 권법을 썼다. 구양극은 여유 있게 몸을 비켜 피했다. 황용은 왼발을 옆으로 내지르며 오른손으로 아버지에게서 배운 낙영신검장 중 한 초식을 사용했다. 그녀는 나이가 어리고 무공에 한계가 있기 때문에 다양한 초식을 써가며 일단 이기는 데 몰두했다. 구양극은 황용의 장법이 절묘한 것을 보고 경계를 늦추지 않고 오른팔을 신속히 내뻗었다가 갑자기 굽혀 그녀의 어깨를 쳤다. 손놀림이 워낙 빨라서 순식간에 황용의 어깨를 치려는 순간, 문득 연위갑을 입고 있다는 생각이 떠올랐다. 만약 이대로 그녀의 어깨를 친다면 주먹은 피투성이가 되고 말 것이었다. 황급히 손을 거두어들이려는데, 황용의 손이 얼굴을 향해 날아왔다.

구양극은 소매를 위로 말아 올려 그녀의 장법을 피했다. 황용은 몸에 연위갑을 입고 있고, 손에 약을 바르고 있기 때문에 얼굴을 제외하면 구양극이 공격할 수 있는 곳이 없었다. 이렇게 되니 구양극은 영사권법이 아무리 절묘하다 해도 그저 황용의 공격을 이리저리 피하는 데 쓸 수밖에 없었다.

'만약 저 아이의 얼굴을 공격하면 지나치게 무례한 행동이 될 테고, 머리카락을 잡는다면 이 또한 체면이 깎이는 짓이니……. 그러나 그것 말고는 다른 방법이 없군.'

그때 문득 좋은 생각이 떠올랐다. 구양극은 옷소매를 찢어 절반으로 가르더니 이리저리 피해 다니는 틈에 천 조각을 손바닥에 감았다. 그러고는 금나수를 써서 그녀의 손목을 잡으려 했다.

황용은 갑자기 뒤로 물러나더니 웃으며 말했다.

"당신이 졌어요. 이건 영사권이 아니잖아요?"

"아차, 깜빡 잊었군."

"당신의 영사권은 홍칠공의 제자를 이길 수 없어요. 사실 뭐, 이상할 것도 없죠. 조왕부에서 당신과 내가 땅에 원을 그리고 무공을 겨룰 때도 당신이 양자옹, 사통천, 팽련호, 영지상인, 그리고 머리에 뿔난 후통해 등을 불러 예닐곱 명이 한꺼번에 날 공격했잖아요? 사실 그때 난 중과부적인 데다 괜히 힘 빼기 싫어서 패배를 인정했었죠. 이제 각자 한 번씩 이긴 셈이니 승패가 가려지지 않았군요. 억울하면 한 번 더 겨뤄도 돼요."

여생을 비롯해 둘의 싸움을 지켜보던 사람들은 모두 다급해졌다.

'저 꼬마 아가씨가 비록 홍칠공에게서 무공을 배웠다고는 하나 결코 구양극의 적수가 못 될 것이다. 방금 어쩌다가 승리를 거뒀으니 여기서 그만두는 게 좋을 텐데 어쩌자고 또다시 겨루자는 걸까?'

그러나 홍칠공은 황용이 영리하고 꾀가 많은 것을 알기에 웃기만 할 뿐 아무 말도 하지 않았다. 황용이 자기를 믿고 구양극을 놀리고 있다는 사실을 알고 있었던 것이다. 홍칠공은 여전히 손에 앙상한 뼈만 남은 닭 다리를 들고 계속 혀로 핥았다. 여전히 맛있는 모양이었다.

구양극은 자신의 실력을 믿고 여유를 부렸다.

"그렇게 진지할 필요 있겠나? 내가 이기든 낭자가 이기든 마찬가지지. 뭐, 좀 더 놀고 싶다면 놀아줄 수도 있고……."

"조왕부에서는 주변이 모두 당신의 친구들이었죠. 만약 그때 내가 당신을 이겼다면 당신 친구들이 모두 나서서 나를 공격했을 거예요. 그래서 그때 나도 진지하게 싸울 생각이 없었죠. 그래도 여기엔 당신 친구들이 많은데요."

황용은 흰옷을 입은 구양극의 첩들을 가리켰다.

"당신 친구들도 있고, 내 친구들도 있고…… 당신 친구들이 좀 많긴 하지만 내가 양보하도록 하죠. 어때요? 우리 다시 한번 땅바닥에 원을 그리고 그 안에서 겨루어보도록 하죠. 지난번처럼 먼저 원에서 나가는 사람이 지는 거예요. 그때처럼 손을 뒤로 묶을 필요는 없어요. 나도 이제 홍 방주님의 제자가 되었으니, 그 스승의 그 제자 아니겠어요? 제 무공도 만만치 않거든요."

구양극은 의기양양하게 말도 안 되는 소리를 늘어놓는 황용을 보자 우습기도 하고 은근히 화가 나기도 했다. 그는 왼발을 축으로 삼고 오른발을 3척쯤 뻗어 땅바닥에 직경 6척의 둥근 원을 그렸다. 그의 솜씨를 보고 모두들 감탄했다.

황용이 원 안으로 걸어 들어갔다.

"우리 문文으로 싸울까요, 아니면 무武로 싸울까요?"

구양극은 이건 또 무슨 속셈인가 하는 생각이 들었다.

"문으로 싸우는 건 뭐고, 무로 싸우는 건 또 뭐지?"

"문으로 싸우는 건 내가 먼저 세 초식을 공격하고 당신은 반격하지 않는 거예요. 그다음 당신이 세 초식을 공격하는 동안 나 역시 반격하지 않는 거죠. 무로 싸우는 건 그냥 아무렇게나 싸우는 거죠. 당신이 죽은 뱀 권법을 쓰든 산 쥐 권법을 쓰든 어쨌든 먼저 원에서 나가는 사람이 지는 거예요."

"정말 싸우는 것도 아닌데 문으로 싸우도록 하지."

"그렇겠죠. 무로 싸우면 당신이 질 게 뻔하지만, 문으로 싸우면 그나마 희망이 좀 있을 테니까. 좋아요. 내가 양보하죠. 그럼 문으로 싸우도록 해요. 내가 먼저 공격할까요, 아니면 당신이 먼저 공격할래요?"

구양극의 신분에 어린 아가씨보다 먼저 공격할 수는 없었다.

"당연히 낭자가 먼저 공격하셔야지."

"교활하군요. 자기에게 유리한 것만 고르다니……. 먼저 공격하면 손해라는 걸 알고 나보고 먼저 공격하라고요? 좋아요. 나야 마음이 넓은 사람이니 양보하는 김에 끝까지 양보하죠."

구양극이 막 자기가 먼저 공격해도 상관없다고 말하려는 순간 황용이 공격을 시작했다. 그런데 황용의 손가락 사이에서 은빛을 내며 뭔가가 번쩍였다. 뜻밖에도 손가락 사이에 암기를 가지고 있었다. 구양극은 암기의 수가 한둘이 아닌 것을 보고 안색이 변했다. 평소 암기를 막던 부채는 홍칠공에게 빼앗겼고, 부채가 없으면 옷소매라도 휘둘러 막을 수 있을 텐데 지금은 옷소매마저 찢어버린 상태였다. 옆으로 조금만 비켜도 피할 수 있을 텐데, 그렇게 되면 원에서 나가게 되니 지는 셈이 되는 것이었다. 그야말로 속수무책이었다. 급한 김에 앞뒤 생각할 겨를도 없이 그 자리에서 높이 뛰어올랐다. 암기가 발밑으로 휙, 휙, 지나갔다.

황용은 첫 번째 강침을 발사한 후 또다시 강침을 손에 들었다. 그리고 구양극이 뛰어오르는 기세가 약해지고 아직 땅바닥에 떨어지지 않은 순간을 틈타 강침을 한꺼번에 던졌다. 상하좌우, 그야말로 빈틈없이 많은 강침이 구양극을 향해 날아갔다. 이것은 바로 홍칠공이 그녀에게 가르쳐준 만천화우척금침법滿天花雨擲金針法이었다. 조준이고 뭐고 할 것 없이 그저 있는 힘껏 구양극을 향해 던진 것이다.

구양극은 무공이 아무리 강해도 몸이 허공에 떠 있으니 피할 재간이 없었다. 영락없이 암기 세례를 당해 고슴도치가 될 판이었다.

'죽는구나…… 독한 계집애!'

바로 그때 누군가 구양극의 뒷덜미를 잡아끌었다. 구양극의 몸이 허공으로 붕 떴다. 수십 개의 강침이 휙, 휙, 발밑을 지나 저만치 땅바닥에 떨어졌다. 구양극을 구해준 사람은 곧이어 그를 멀리 던져버렸다. 던지는 힘은 그리 크지 않았으나 기를 발하는 방식이 독특해 구양극의 무공이 뛰어남에도 불구하고 반듯하게 떨어지지 않고 왼쪽 어깨가 땅에 먼저 닿도록 했다. 구양극은 겨우 일어났다.

홍칠공 외에는 이런 능력을 지닌 사람이 없을 것이었다. 구양극은 놀랍기도 하고 자존심도 상해 자리에서 일어나더니 뒤도 돌아보지 않고 몸을 돌려 나가버렸다. 그의 첩들도 우르르 따라 몰려 나갔다.

"사부님, 왜 저 사람을 구해주셨어요?"

"나와 저놈의 숙부는 오래전부터 안면이 있는 사이다. 저놈은 나쁜 짓만 일삼아 죽어 마땅하기는 하나, 내 제자 손에 죽는다면 나중에 어찌 그의 숙부 얼굴을 보겠느냐?"

홍칠공은 웃으며 황용의 어깨를 두드려주었다.

"착한 제자 같으니…… 오늘 사부의 체면을 세워주었으니 무슨 상을 받고 싶으냐?"

황용이 혀를 날름 내밀었다.

"엉덩이는 맞고 싶지 않은데요."

"네가 맞고 싶다고 해도 때릴 기운조차 없다. 네게 무공을 가르쳐주고 싶으나 요 며칠 나른한 것이 기운도 없고, 흥도 나질 않는구나."

"제가 맛있는 음식을 해드릴 테니 드시고 기운을 차리세요."

홍칠공은 금세 안색이 환해지는 듯싶더니 곧 긴 한숨을 내쉬었다.

"안타깝게도 먹을 시간이 없구나. 이거 참, 아까운걸."

홍칠공은 여생을 가리키며 말했다.

"지금 개방에 상의해야 할 일이 많다."

여생 등이 가까이 다가와 곽정과 황용에게 예를 갖추었다. 황용이 다가가 정 소저의 손발에 묶인 밧줄을 풀어주었다. 정 소저는 부끄러움이 많아 황용의 손을 잡은 채 조용히 감사의 뜻을 전했다.

황용이 곽정을 가리키며 말했다.

"당신의 대사백인 마 도장께서 저분에게 무공을 가르쳐주신 적이 있으세요. 구 사백님과 왕 사백님께서도 저분을 무척 아끼시지요. 이렇게 보면 모두 한 식구 아니겠어요?"

정 소저는 곽정을 바라보더니 얼굴을 붉히며 고개를 숙였다. 한참이 지난 후에야 겨우 고개를 들고 곽정을 자세히 바라보았다.

여생 등은 또다시 홍칠공, 곽정, 황용 세 사람에게 감사의 인사를 했다. 그들은 지금까지 홍칠공이 제자를 거둔 적이 없다는 사실을 잘 알고 있었다. 개방의 인물들 중 홍칠공에게 아주 잘 보인 사람들도 한두 가지 초식을 전수받았을 뿐 그의 제자가 되지는 못했다. 그들은 곽정과 황용이 어떻게 해서 이렇게 홍칠공의 환심을 사게 되었는지 이상하기도 하고 부럽기도 했다.

"내일 저녁 홍칠공께서 두 명의 제자를 거두신 것을 축하할 겸 자리를 마련할까 합니다."

여생의 말에 홍칠공이 웃으며 대답했다.

"저 녀석들이 더럽다고 거지들 먹는 음식을 먹겠나?"

곽정이 말했다.

"내일 저녁 꼭 참석하겠습니다. 여 형께서는 대선배님이시자 협객이시니 꼭 가까이 지내고 싶은 분이십니다."

여생은 곽정의 도움으로 장님 신세를 면했기에 진심으로 감사하는 마음을 가지고 있었는데, 곽정이 이렇게 자기를 추켜세워주기까지 하자 그가 더욱 마음에 들었다.

"서로 친하게 지내는 것은 좋으나 내 제자에게 거지가 되라고 하지는 말게나. 너희들은 정 소저를 집에까지 모셔다드려라. 우리 거지들은 밥을 구걸하러 가야겠다."

홍칠공이 곽정과 황용에게 몇 가지 분부를 한 다음 문을 나섰다. 여생도 내일 이곳에서 만나기로 다짐하고 뒤를 따랐다. 곽정은 황용과 함께 정 소저를 집까지 바래다주었다. 정 소저는 작은 목소리로 황용

에게 자기 이름을 알려주었다. 정 소저의 이름은 정요가程瑤迦였다. 그
녀는 비록 청정산인 손불이에게서 무공을 배우기는 했으나, 어려서부
터 부잣집에서 부모의 총애를 받으며 자란 탓에 말이나 행동이 애교
있고 부끄러움이 많았다. 명랑하고 활달한 황용과는 전혀 달랐다. 그
녀는 감히 곽정에게는 말을 건네지 못하고 어쩌다 눈이라도 마주칠라
치면 즉시 두 뺨이 빨갛게 달아올랐다.

최초의 제자가 되다

양강의 선택

곽정과 황용 두 사람은 정 소저의 집을 나왔다. 한밤에 소동을 벌이고 났더니 기진맥진해져 객점으로 돌아가 쉬고 싶은 마음뿐이었다. 그때 갑자기 말발굽 소리가 들려왔다. 남쪽에서 북쪽으로 향하는 말발굽 소리는 점점 가까워지더니 갑자기 뚝 끊겼다.

'또 무슨 일이람? 가봐야겠는걸.'

호기심 많은 황용은 곧장 경공술을 써 어찌 된 일인지 알아보러 나섰고, 곽정도 두말할 나위 없이 그 뒤를 따랐다. 그곳에 이르니 뜻밖의 광경이 눈에 들어왔다. 양강이 손에 말 한 필을 잡고 길가에 서서 구양극과 이야기를 나누고 있었다. 곽정과 황용은 더 가까이 가지 못하고 그들을 지켜보았다. 황용은 그들이 무슨 이야기를 하는지 들어보려 했지만, 거리가 너무 멀고 목소리마저 나지막해 잘 들리지 않았다.

구양극이 악비, 임안부를 언급하고 양강이 우리 아버지 어쩌고 하는 말이 토막토막 들려왔다. 더 자세히 들어보려고 했지만 구양극이 두 손을 모아 읍을 하고는 첩들을 데리고 동쪽으로 사라져버렸다. 양강은 그 자리에 멀거니 서서 한숨을 길게 내쉬더니 돌아서서 말에 올랐다. 곽정이 뛰쳐나갔다.

"아우, 나 여기 있네."

양강은 곽정의 목소리를 듣고는 화들짝 놀라 말에서 내려 다가왔다.

"형님도 여기 계셨습니까?"

"여기서 황 낭자를 만났거든. 게다가 구양극과 한바탕 붙는 통에 좀 늦어졌다네."

양강은 순간 얼굴이 화끈 달아올랐다. 아까 구양극과 나눈 이야기를 두 사람이 들은 것은 아닌지 걱정되어 어찌할 바를 몰랐다. 슬쩍 곽정의 얼굴을 살피니 별다른 기색이 없어 적이 마음이 놓였다.

'거짓으로 꾸미지는 못하는 성격이니, 만일 내 말을 엿들었다면 이렇게 나를 대할 리가 없지.'

그는 얼른 낯빛을 고치고 곽정에게 물었다.

"형님, 오늘 밤 계속 길을 갈까요, 아니면 가까운 객점에 묵을까요? 황 낭자도 우리를 따라 연경으로 가나요?"

"내가 당신들을 따라가는 것이 아니라, 당신이 우리 뒤를 따라오는 거죠."

황용의 트집에 곽정은 미소를 지었다.

"같은 말이잖아. 우리, 저기 있는 사당에서 쉬었다가 내일 저녁 개방에서 주는 술을 마시고 떠나자."

황용은 틈을 보아 곽정의 귓가에 소곤거렸다.

"구양극과 무슨 이야기를 했는지 묻지 마세요. 아무것도 못 본 척해야 해요."

곽정은 고개를 끄덕였다.

세 사람은 사당으로 들어가 촛불을 켰다. 황용은 촛대를 들고 방금 뿌렸던 강침을 하나하나 주웠다. 제법 더운 밤이었다. 세 사람은 각자 문짝을 하나씩 뜯어내어 뜰에 내어놓고 그 위에 누워 잠을 청했다. 어 느새 잠이 드는가 싶더니 멀리서 울리는 말발굽 소리에 다시 눈을 떴 다. 다들 일어나 가만히 들어보니 한 마리가 아닌 듯했다. 잠시 귀를 기울이던 황용이 입을 열었다.

"세 사람이 앞서 오네요. 그 뒤를 십수 명이 바짝 쫓고 있는 것 같 아요."

곽정은 어려서부터 말을 타고 자란 터라 달려오는 소리만 들어도 말의 수를 척 알아맞힐 수 있었다.

"쫓아오는 말은 열여섯이야. 응? 이상한걸?"

황용이 다그쳐 물었다.

"왜요?"

"뒤의 세 필은 그냥 말인데, 앞의 세 필은 몽고 말이네. 사막에 있는 몽고 말이 왜 여기까지 왔을까?"

황용은 곽정의 손을 잡아끌며 사당 문밖으로 나갔다. 순간 쉭, 바람 소리가 일더니 화살 한 대가 두 사람의 머리 사이로 스쳐 날아갔다. 말 세 필이 이미 사당 앞에 이르러 있었다. 갑자기 뒤에서 쫓던 병사가 화 살을 날려 제일 뒤에 있던 말을 명중시켰다. 말은 길게 울부짖더니 앞 다리를 꺾으며 푹 고꾸라졌다. 말을 타고 있던 사람은 기마술이 매우 뛰어나 몸을 솟구쳐 말에서 뛰어내렸다. 작지만 다부진 몸이었다. 땅 에 사뿐히 내리는 모습이 민첩해 보였으나 경공을 쓰는 것은 아니었다. 남은 두 사람이 말의 고삐를 채며 그자에게 괜찮은지 물었다. 말에서 뛰어내린 사람이 말했다.

"나는 괜찮소. 어서 먼저들 가시오. 나는 여기 남아 추격병을 막겠소."

"저도 남아 돕겠습니다. 넷째 왕야께서는 어서 가십시오."

또 한 사람까지 나서자 넷째 왕야로 불린 사람도 입을 열었다.

"어찌 그런단 말이오?"

세 사람 모두 몽고어를 쓰고 있었다. 곽정이 듣고 있자니 목소리가 귀에 익었다. 아무래도 타뢰와 철별, 그리고 박이출인 듯해 의아한 생각이 들었다.

'무슨 일로 여기까지 온 걸까?'

소리를 내어 부르려던 찰나, 추격병들이 따라왔다. 세 사람의 몽고인은 활을 쏘며 적들을 막았다. 귀신 같은 활 솜씨에 추격병들은 감히 다가서지 못하고 멀리서 활을 날려댈 뿐이었다. 한 몽고인이 외쳤다.

"올라가자!"

그의 손이 깃대를 가리키자 세 사람은 동시에 달라붙어 기어올랐다. 높은 곳을 차지하고 나니 유리한 형세를 만들 수 있었다. 추격병들도 하나씩 말에서 내려 사방을 에워쌌다. 누군가의 명령이 떨어지자 네 명의 병사가 방패를 높이 들어 몸을 보호하고 기어가더니 칼을 휘둘러 깃대를 베기 시작했다.

황용이 낮은 목소리로 속삭였다.

"오빠가 틀렸어요. 열다섯 명뿐이에요."

"아니, 한 명은 화살에 맞아 죽은 거야."

말이 끝나자마자 말 한 필이 천천히 다가왔다. 어떤 사람이 왼쪽 다리가 말 등자에 걸린 채 땅 위를 쓸며 질질 끌려오고 있었다. 긴 화살이 그의 가슴에 박혀 있었다. 곽정은 땅에 납작 엎드려 그 시신 곁으로 다가가서는 가슴에서 화살을 뽑아냈다. 손으로 화살대를 쓸어보니 제련한 연철이 둘러져 있는 것을 알 수 있었다. 연철에는 표범 머리가 새겨져 있었다. 바로 신전수 철별이 쓰는 화살로, 평범한 화살보다 두 냥정도 무거웠다.

이제 곽정은 더 망설일 필요가 없었다.

"위에 있는 분들은 철별 사부님과 타뢰 아우, 박이출 사부님이 아니십니까? 저, 곽정입니다."

깃대 쪽에서 기쁜 목소리가 들려왔다.

"맞아! 그런데 네가 어찌 이곳에 있지?"

곽정은 대답 없이 다시 물었다.

"누구에게 쫓기는 겁니까?"

이번엔 타뢰가 대답했다.

"금병들에게 쫓기고 있어."

곽정은 죽은 금병의 시신을 들고 깃대 아래에서 정신없이 칼을 휘두르고 있는 두 병사를 향해 힘껏 던졌다. 시신이 두 병사에게 떨어지자, 그들은 더 이상 칼을 휘두르지 못하고 허둥지둥 그곳을 빠져나갔다. 이때 갑자기 허공에서 하얀 그림자가 번득이는 듯하더니 하얀 새두 마리가 날아들었다. 곽정은 날개 퍼덕이는 소리를 듣고 고개를 들어 바라보았다. 바로 몽고에서 화쟁과 함께 키우던 흰 독수리였다. 흰독수리는 눈이 대단히 예리해 칠흑 같은 어둠 속에서도 주인을 알아보고는 기쁨에 찬 듯 소리를 내며 곽정의 어깨에 내려앉았다.

황용은 처음 곽정을 알게 되었을 때, 독수리 사냥이며 독수리를 키우던 일 등을 듣고 부러운 마음에 사막에 가면 반드시 독수리 한 쌍을 키워보리라고 결심한 바 있다. 그런 터에 흰 독수리를 보자 추격병 따위는 까맣게 잊어버리고 호기심으로 눈이 반짝거렸다.

"놀게 해줘요!"

그녀는 손을 뻗어 수리의 깃털을 쓰다듬었다. 수리는 황용의 손이 가까이 오자 고개를 숙여 손을 쪼았다. 황용이 손을 재빨리 거둬들였기에 망정이지 아니었다면 손등에 크게 상처를 입을 뻔했다.

곽정이 황급히 막고 나서자, 황용은 웃으며 수리들을 나무랐다.

"요것들, 성질이 못돼먹었네!"

입으로는 그러면서도 이렇게 만난 것이 반가워 가만히 들여다보았다.

"용아, 조심해!"

곽정의 고함 소리와 함께 어디선가 화살 두 대가 황용의 가슴으로 날아들었다. 황용은 전혀 거들떠보지도 않고 오히려 화살에 맞아 죽은 금나라 병사의 몸을 수색했다. 날아든 화살은 황용에게 명중했으나 연위갑을 뚫지 못하고 힘없이 발아래로 떨어졌다. 황용은 그 와중에도 병사의 품에서 마른 고기를 찾아내 수리들에게 먹였다.

"용아, 수리들이랑 놀고 있어. 가서 금나라 병사를 처치해야겠어."

곽정은 황용을 남겨두고 몸을 솟구쳐 날아드는 화살을 손으로 잡았다. 동시에 왼손을 뒤집어 옆에 있던 금나라 병사의 겨드랑이에 손을 끼웠다. 우드득 소리와 함께 병사의 뼈가 부러졌다.

그때, 어둠 속에서 누군가 호통치는 소리가 들려왔다.

"어디서 굴러먹다 온 개뼈다귀 같은 놈이 예서 날뛰느냐?"

한어漢語였다. 곽정은 잠시 어리둥절했다.

'이 목소리도 귀에 익은데?'

금빛 날이 번쩍이고 바람이 이는가 싶더니 쌍도끼가 곽정의 가슴과 복부를 노리고 날아들었다. 날카로운 공세였다.

곽정은 평범한 병사는 아니라고 판단해 몸을 숙이며 손을 뒤집어 장력을 날렸다. 신룡파미였다.

픽! 어깨에 장풍이 명중하자 그자는 뒤로 벌렁 나가떨어졌다. 이미 어깨뼈가 으스러져 처참한 비명만 지르고 있었다.

곽정은 그를 알아보았다.

'황하사귀 중 상문부 전청건이잖아?'

곽정은 스스로도 근 수개월 간의 수련을 통해 몽고에서 황하사귀와 맞설 때와는 비할 수 없을 정도로 무공이 진보했음을 느끼고 있었다. 그러나 이 한 번의 공격으로 상대방을 여지없이 쓰러뜨릴 줄은 몰랐다. 잠시 어안이 벙벙해 있는 사이, 좌우에서 바람 소리가 들리며 칼과 창이 동시에 곽정을 노리고 날아왔다.

단혼도 심청강과 추명창 오청열이 주위에 있을 것이라는 사실은 곽정도 이미 짐작한 바였다. 곽정은 오른손을 갈고리 모양으로 구부려 옆구리를 공격해오는 창끝을 잡아 힘을 주었다. 달려오던 오청열은 곽정의 힘에 갑자기 우뚝 멈춰 서게 되자 그 서슬에 앞으로 고꾸라질 형세였다. 곽정이 조금 뒤로 물러서자 심청강의 칼이 오청열의 정수리를 찌를 상황이 되었다. 곽정은 왼발을 들어 심청강의 오른팔을 걷어차 올렸다. 어둠 속에서 푸른빛이 번쩍이며 긴칼이 허공을 날았다.

곽정은 오청열의 목숨을 구해주고 그의 등을 잡아 세웠다. 오청열은 비틀거리며 쓰러질 뻔했으나 곽정의 손에 몸을 일으키며 쿵, 하고 심청강과 부딪쳤다. 둘은 정신을 잃고 쓰러졌다. 이들 황하사귀 중 탈백편 마청웅은 태호도방太湖盜幇에 섞여 들었다가 육관영의 손에 죽은 지 오래고, 남은 삼귀는 마침 추격병을 이끌고 있던 터였다. 사위가 캄캄하다 보니 금나라 병사들은 제 우두머리들이 이미 쓰러진 줄도 모르고 여전히 타뢰, 철별, 박이출을 향해 활을 쏘아대고 있었다.

곽정이 고함을 내질렀다.

"어서 물러가지 않고 뭐 하는 것이냐! 예서 죽고 싶은 거냐!"

곽정은 그대로 달려들어 주먹으로 때리고 발로 차대는가 싶더니, 사람을 들어 던져버리기까지 했다. 눈 깜짝할 새에 병사들은 혼비백산해 사방으로 흩어졌다. 정신을 차린 심청강과 오청열은 상대가 누군지 제대로 알아볼 겨를도 없었다. 온몸이 욱신욱신 쑤시고 눈앞이 빙빙 돌아 제정신이 아닌 중에도 걸음아 날 살려라 줄행랑을 놓았다.

경황이 없는 두 사람은 제각각 반대 방향으로 달렸다. 상문부 전청건은 아파서 끙끙 신음 소리를 내면서도 나는 듯 줄행랑을 쳤는데, 하필이면 방향을 잘못 잡았다. 철별과 박이출의 활 솜씨가 워낙 뛰어나 깃대 위에 매달린 상태에서도 화살을 날려 세 명의 병사를 더 쓰러뜨렸다. 타뢰가 몸을 숙여 내려다보니 의형 곽정이 추격병을 쫓아버리는데, 참으로 위풍당당한 모습이었다.

"안답安答(몽고어로 의형제를 뜻하는 말), 잘 지냈어?"

반가운 마음에 서둘러 깃대를 미끄러져 내려왔다. 두 사람은 손을 맞잡고 섰다. 너무나 반갑고 기뻐 잠시 할 말을 잊어버렸다.

철별과 박이출도 깃대에서 내려왔다. 철별이 입을 열었다.

"그놈들이 방패로 화살을 막아 어찌할 수가 없더군. 정이가 도와주지 않았다면 우리는 다시 고향에 돌아가 알난하幹難河 맑은 물을 마실 수 없었을 거야."

곽정은 황용의 손을 잡고 와 타뢰 등에게 인사를 시켰다.

"내 의동생이야."

"저 흰 수리 한 쌍을 제게 주실 수 있으세요?"

황용이 웃으며 말했지만 타뢰는 한어를 몰랐고, 데려온 통역도 추격을 당하던 중 금병의 손에 죽었다. 그저 황용의 목소리가 맑고 듣기 좋다는 생각만 할 뿐, 무슨 말인지 알 수 없었다.

곽정이 타뢰에게 물었다.

"안답, 독수리는 어떻게 데려왔어?"

"아버지께서 나더러 송 황제를 만나 남북에서 동시에 출병해 금국을 협공하자는 말씀을 전하라고 하셨어. 그런데 화쟁 누이가 혹시 곽 형을 만날 수도 있으니까 흰 수리를 데려가라고 하더군. 그러고 보니 정말 누이 말이 맞았네."

화쟁이라는 이름을 듣자, 곽정은 잠시 멍해졌다. 황용에게 마음이 기울어 있는 동안에도 이따금 화쟁을 생각하면 마음이 어지러워지곤 했다. 이 상황을 어떻게 해야 옳을지 고민하다가도 천성이 생각을 많이 하지 않는 성격이라 그저 덮어두고 있었는데, 타뢰의 말을 들으니 갑자기 머릿속이 혼란스러워졌다.

'한 달 안에 도화도의 약속을 지키지 못하면 황용의 아버지가 나를 죽일 테지. 지금은 이것저것 생각할 때가 아니다.'

황용에게 고개를 돌렸다.

"이 흰 수리는 내 거야. 가서 데리고 놀아."

황용은 뛸 듯이 기뻐하며 얼른 수리에게 가서 고기를 먹였다.

타뢰는 자초지종을 설명하기 시작했다.

테무친 대칸은 금국을 공격해 승리를 거두었다. 그러나 금국은 국토가 넓고 병력이 많아 오랜 시간 국가가 성장하며 그 기반이 더욱 견고해졌다. 이런 나라가 요새를 굳건히 방비하고 있으니 테무친도 어찌할 수 없게 된 것이다. 하여 테무친은 타뢰를 남쪽으로 보내 송조와 연합해 출병할 수 있는 방도를 전하도록 했다. 타뢰는 그 여정 중에 금병을 만나 호위병들을 잃고 세 사람만 남아 추격을 피해 여기까지 오게 된 것이었다.

곽정은 일전에 귀운장에서 양강이 목염자에게 임안으로 가서 사미원 승상을 만나 몽고의 사자使者를 없애도록 하라고 했던 일이 떠올랐다. 그때는 무슨 일인 줄 몰랐는데, 이제야 모든 것이 분명해지는 듯했다. 금국에서 이런 움직임을 간파하고 양강을 금국 흠차사신으로 남쪽에 보내 송조와 몽고의 결맹을 막고자 한 것이었다.

타뢰가 설명을 덧붙였다.

"나를 죽여서라도 몽고와 송조의 결맹을 막아야 한다면서 여섯째 왕야가 직접 군사를 이끌고 나섰어."

"완안홍열이?"

"그래, 금 투구를 쓰고 있는 모습을 똑똑히 봤어. 화살을 세 대 쏘았지만 호위병들의 방패에 막히고 말았어."

곽정은 크게 기뻐하며 황용과 양강을 불렀다.

"용아! 아우! 완안홍열이 이곳에 왔다니, 어서 찾아보자."

황용은 즉시 대답하며 달려왔지만 양강은 어디로 갔는지 그림자도 찾을 수 없었다. 곽정은 마음이 급해졌다.

"용아, 어서 완안홍열을 찾아보자. 너는 동쪽으로 가. 나는 서쪽으로 갈게."

두 사람은 각자 경공을 써 나는 듯 움직였다. 곽정은 몇 리를 달려 패주하는 병사를 잡았다. 그 병사는 여섯째 왕야 완안홍열이 직접 이끄는 군사 중 한 명이었지만 완안홍열이 지금 어디 있는지는 모르고 있었다.

"우리는 왕야를 잃고 도망가는 중입니다. 이제 돌아가도 목이 날아갈 테니 시골로 내려가 조용히 살려고 합니다."

곽정은 길을 되짚어 다시 완안홍열을 찾기 시작했다. 서서히 날이 밝아오고 있는데 완안홍열은 그림자도 찾을 수 없었다. 아버지를 죽인 원수가 가까이 있는 것이 분명한데, 그를 찾을 수 없다는 게 안타까웠다. 그는 발길을 재촉해가며 쉬지 않고 계속 찾아보았다. 이때 갑자기 수풀 속에서 뿌연 것이 획 스치더니 황용이 나타났다. 표정을 보니 허탕을 친 것이 분명했다. 풀이 죽은 채 함께 사당으로 돌아오자 타뢰가 이별을 고했다.

"완안홍열은 상당히 많은 군사를 이끌고 있어. 아까는 서둘러 우리를 쫓느라 대열에서 이탈했지만, 이제 더 많은 군사를 끌고 다시 나타날 거야. 난 부왕의 명을 받들고 있는 처지라 더 지체할 수가 없으니 여기서 그만 헤어지도록 하지. 누이는 하루빨리 곽 형이 돌아오기만을 기다리고 있어."

곽정은 이렇게 헤어지면 다시 못 만날 수도 있다는 생각에 마음이 허전했다. 타뢰, 철별, 박이출 세 사람과 일일이 포옹하고 작별을 고한 곽정은 그들이 말에 올라 점차 멀어져가는 뒷모습을 하염없이 바라보았다. 말발굽 소리가 멀어지며 그들의 모습도 뿌연 먼지 사이로 희미해져갔다.

"우리는 숨어 있다가 완안홍열이 군사를 끌고 오면 덮치는 게 어때요? 군사가 너무 많으면 숨어서 뒤를 쫓다가 밤에 해치워버리고요. 어때요?"

황용의 말에 곽정은 정신이 번쩍 들어 탄성을 내질렀다. 황용은 의기양양해졌다.

"이게 바로 이안취선移岸就船, 배를 얻으려거든 잠시 해안을 떠나 있어야 한다는 이치를 담은 계책이라고요."

"가서 말을 끌어다 숲에 숨겨둘게."

곽정이 사당 후원으로 가는데 풀 속에서 뭔가가 아침 햇빛을 받아 반짝거렸다. 허리를 숙여 자세히 보니 금 투구였다. 용의 눈만 한 보석이 세 개나 박혀 있었다. 곽정은 손을 뻗어 투구를 주워 황용에게 달려가 물었다.

"이게 뭐인 것 같아?"

"완안홍열의 투구?"

"그렇지! 아마 이 사당에 숨어 있을 거야. 우리, 찾아보자."

황용은 돌아서서 손을 뒤집더니 담을 짚고 가볍게 날아올랐다.

"나는 위쪽에서 찾아볼 테니 오빠는 아래에서 찾아보세요."

곽정은 대답하고 사당 안으로 들어섰다. 갑자기 황용이 지붕에서 곽정을 불러 세웠다.

"아까 한 번에 뛰어오른 제 경공술 어땠어요?"

곽정은 걸음을 멈추고 잠시 어리둥절한 표정을 지었다.

"음, 대단하던걸! 그런데 왜?"

"칭찬도 안 해주니까 그렇죠."

곽정은 그제야 발을 굴렀다.

"이런, 장난꾸러기 하고는……. 이 와중에도 까불고 싶어?"

황용은 킥킥거리며 웃고는 후원으로 향했다.

사실 양강은 곽정이 금나라 병사들과 싸우고 있는 동안 어둠 속에서도 완안홍열의 모습을 알아보았다. 이미 그가 친부가 아니라는 것은 알았지만 18년간 자신을 길러주었고, 또한 자신이 아버지라 생각해온 사람이었다. 곽정이 병사들을 죽이는 모습을 보니 완안홍열이 눈에 띄기만 하면 살아 돌아가는 것은 기대할 수 없을 터였다. 급박한 상황에서 양강은 더 생각할 것도 없이 그를 구하기로 결심했다. 이때 곽정이 병사 한 명을 집어 던졌다. 완안홍열은 말고삐를 잡아채며 몸을 피하려고 했지만, 미처 움직이지 못하고 병사에게 맞아 말에서 떨어졌다. 양강은 튀어나가 완안홍열을 감싸안으며 귀에 대고 속삭였다.

"부왕, 강입니다. 소리내지 마세요."

곽정은 한창 병사들을 상대하고 있었고, 황용은 수리들과 놀고 있었다. 어둠 속에서 양강이 완안홍열을 감싸고 사당 후원으로 숨는 것을 아무도 눈치채지 못했다. 양강은 서쪽 사당의 문을 열고 완안홍열과 소리 없이 숨어 들어갔다. 비명 소리가 점차 잦아들고 병사들이 사

방으로 도망치는가 싶더니 몽고인 세 명과 곽정이 뭐라고 떠들어대는
소리가 들려왔다.

완안홍열은 꿈을 꾸고 있는 듯 몽롱했다.

"강아, 네가 어찌 이곳에 있느냐?"

"일이 공교롭게 되었습니다. 아, 저 곽가가 일을 이렇게 만들어놓았
습니다."

잠시 후, 완안홍열은 곽정과 황용이 흩어져 자신을 찾는 소리를 들
었다. 아까 맨몸으로 황하사귀와 병사들을 짓밟는 곽정이 참으로 엄청
난 무공을 가진 듯 보였다. 만일 들키기라도 하는 날이면 그 무엇도 기
대할 수 없을 듯했다. 이런 생각을 하니 오싹 소름이 돋았다.

"부왕, 지금 나가면 저들과 맞닥뜨릴 수도 있습니다. 우리가 여기에
있을 줄은 생각도 못 하고 있을 테니, 잠시 기다렸다가 저들이 다른 곳
으로 간 다음에 탈출하는 것이 좋겠습니다."

완안홍열도 고개를 끄덕였다.

"그래. 강아, 그런데 어찌 아버지라 부르지 않고 부왕이라고 하느냐?"

양강은 아무 말이 없었다. 세상을 떠난 어머니를 생각하니 마음속
에 무언가가 치밀어 오르는 듯했다. 완안홍열이 천천히 입을 열었다.

"어머니를 생각하고 있느냐?"

손을 뻗어 양강의 손을 잡았다. 그의 손은 식은땀이 흘러 차디차게
식어 있었다. 양강은 슬그머니 손을 빼며 말했다.

"곽정의 무공이 대단합니다. 아버지의 원수를 갚겠다는 결심도 굳
고요. 알고 지내는 고수도 많으니 그를 막을 수는 없을 겁니다. 한 반
년 동안은 연경에 돌아가지 마십시오."

완안홍열은 19년 전 임안 우가촌에서의 일을 떠올리며 마음이 저려오는 것을 느꼈다. 한동안 침통함에 잠겨 아무 말도 할 수 없었다. 그는 한참이 지난 후에야 입을 열었다.

"그래, 피해 있는 것도 좋겠지. 임안에는 가보았느냐? 사 승상은 뭐라시더냐?"

"아직 가보지 못했습니다."

양강의 말투가 차가웠다.

완안홍열은 순간 그가 자신의 출신을 알고 있다는 사실을 직감으로 느낄 수 있었다. 그러나 이렇게 나서서 자신을 구해주는 것을 보면 도대체 무슨 생각을 하고 있는지 종잡을 수가 없었다. 두 사람은 18년간 자애로운 아비와 효성스러운 아들로서 서로를 아끼며 살아왔다. 그러나 이제 한방에 함께 있으면서도 둘 사이에 원한의 틈이 벌어져 있는 상황이 되었다. 양강의 머릿속은 더욱 복잡했다.

'지금 주먹질 몇 번이면 부모님의 원수를 갚을 수 있다. 그러나 어떻게 그럴 수 있단 말인가? 양철심이라는 분이 나의 친아버지이기는 하지만, 나에게 해준 게 없지 않은가? 어머니도 평소에 부왕께 잘하셨는데, 이제 부왕을 죽인다면 어머니도 좋아하지 않으실 것이다. 게다가 이제 나는 왕자라는 신분을 버리고 곽정처럼 천하를 떠돌아다니는 신세가 되어야 하지 않는가?'

이런저런 생각으로 혼란에 빠져 있는데, 완안홍열이 침묵을 깼다.

"강아, 우리는 부자로 살아왔다. 무엇이 어떻게 되었든 너는 언제까지나 내 아들이다. 대금국은 10년 안에 남송을 무너뜨린다. 그때 권력은 내 손에 들어오게 될 거다. 부귀영화는 말할 것 없고 이 천하가, 이 세상이 내 것이 되는 것이다. 그렇다면 결국 이 모두가 네 것이 될 게 아니겠느냐?”

양강은 부귀영화라는 말이 귀에 울리며 가슴이 뛰었다.

'대금국의 군사력이라면 송조를 멸하는 것은 어려운 일이 아니다. 몽고는 일시적인 문제일 뿐, 말 타고 활이나 쏘는 야만족에 지나지 않는다. 부왕은 영명하고 강인한 분이니 금국의 주인으로 부왕 말고 또 누가 있을 수 있겠는가? 일이 뜻대로 성사된다면 나도 천하의 주인이 될 수 있는 것 아닌가……'

생각이 여기까지 미치자 뜨거운 피가 끓어오르는 듯했다. 손을 뻗어 완안홍열의 손을 움켜잡았다.

“아버지, 대업을 위해 이 아들이 보필하겠습니다.”

완안홍열은 뜨거운 그의 손을 마주 잡으며 기쁨을 감추지 못했다.

“나는 이연李淵(당 고조. 아들 이세민의 도움으로 군비를 갖추고 당나라를 창업했다)이 되고 너는 이세민李世民(아버지 이연을 도와 당을 창업하고 훗날 2대 황제에 올라 태종이 되었다)이 되는 것이다!”

양강이 무어라 대답하려는데 갑자기 뒤에서 부스럭거리는 소리가 들렸다. 화들짝 놀라 돌아보니 날이 밝아오고 있었다. 창을 통해 쏟아지는 햇빛에 방 안을 둘러볼 수 있었다. 방 안에는 관이 줄지어 놓여 있었다. 아마도 아직 장례를 치르지 못한 관을 보관해두는 방인 듯했다. 아까 들은 소리는 관 속에서 들려온 것 같았다.

완안홍열은 놀란 기색이 역력했다.

“무슨 소리냐?”

“아마 쥐인 듯합니다.”

밖에서 곽정과 황용이 웃으며 여기저기 뒤지는 소리가 들려왔다. 양강은 아차 싶었다.

'이런, 아버지의 금 투구가 밖에 떨어져 있을 텐데! 이거, 큰일 났는 걸……'

고개를 돌려 나직이 속삭였다.

"제가 나가 저들을 다른 곳으로 유인하겠습니다."

조용히 문을 열고 빠져나가 지붕 위로 올라갔다. 황용은 근처를 살살이 뒤지다가 순간 스쳐가는 그림자를 발견했다.

"그래, 여기 있었군!"

재빨리 뒤쫓기 시작했다. 그림자는 민첩하게 집 모퉁이를 돌아가더니 어디로 갔는지 흔적을 감추었다. 목소리를 듣고 달려온 곽정에게 황용이 말했다.

"멀리는 못 갔을 거예요. 숲속에나 숨어 있겠죠."

둘은 숲속으로 들어가 나뭇가지를 헤치며 여기저기를 둘러보았다. 그때 갑자기 나무들 사이로 한 사람이 튀어나왔다. 뜻밖에 양강이었다.

곽정은 놀라면서도 반가운 마음에 외쳤다.

"아우, 어디 가 있었어? 혹시 완안홍열을 못 보았나?"

양강은 짐짓 어리둥절한 표정을 지었다.

"완안홍열이 왜 여기 있어요?"

"그가 군사를 끌고 온 것이었어. 이 금 투구가 그의 것이고."

"아하, 그렇군요."

황용은 양강의 표정이 어쩐지 어색하다는 것을 느꼈다. 양강이 구양극과 수군거리던 일을 떠올리며 의심이 생겼다.

"아까는 아무리 찾아도 없더니, 어딜 갔었어요?"

"어제 먹은 게 잘못되었는지 갑자기 배가 아파서……."

설명을 하며 손으로 작은 나무를 가리켰다. 황용은 의심이 완전히 풀리지는 않았지만 더 이상 묻지 않았다.

"아우, 우리 함께 찾아보세."

곽정이 잡아끌자 양강은 완안홍열이 무사히 빠져나갔는지 알 수가 없어 마음이 조급해졌다. 그러나 겉으로는 전혀 내색하지 않고 천연덕스럽게 말했다.

"제 발로 나타나 목숨을 바치겠다니, 정말 잘되었군요. 황 낭자와 동쪽을 찾아보세요, 제가 서쪽을 찾아볼게요."

"그러지!"

곽정은 동쪽 사당인 절효당節孝堂 문을 밀치고 들어갔다.

"양강 오빠, 내 생각에는 그자가 아무래도 서쪽에 숨었을 것 같아요. 저와 함께 찾아봐요."

양강은 뜨끔했지만 흔쾌히 동의하는 척했다.

"그래요, 빨리 가죠. 달아나면 안 되니까."

두 사람은 모든 방을 일일이 이 잡듯 뒤졌다.

보응寶應 유劉씨는 송대의 귀족 가문으로, 이 사당 또한 처음에는 상당한 규모였다. 금나라가 여러 차례 강을 건너 전쟁을 일으킨 결과, 전화戰火에 불타고 말발굽에 짓밟혀 유씨 가문은 쇠락하고 사당도 부서져 잔해만 남아 있었다.

황용은 양강의 행동을 날카롭게 주시했다. 양강은 문 입구에 먼지가 쌓이고 거미줄이 쳐져 있는 곳만 골라 천천히 살펴보고 있었다. 그런 모습을 보면서 황용은 어느 정도 내막을 짐작했다. 서쪽 사당에 이르니 바닥에 먼지가 쌓여 있는 가운데 발자국이 여럿 남아 있었다. 문에 먼지가 끼어 있었으나 문을 여닫은 손자국이 뚜렷했다.

"여기 있어요!"

황용의 짧은 외침을 곽정과 양강이 동시에 들었다. 하나는 크게 기뻐하며, 또 하나는 조바심치며 달려왔다.

황용이 문을 걷어찼다. 방에 들어선 그들은 잠시 돌처럼 굳었다. 방에는 수많은 관이 죽 늘어서 있을 뿐 완안홍열의 모습은 어디에도 보이지 않았다. 양강은 완안홍열이 이미 빠져나간 것을 확인하고 내심 안도하면서 튀어나와 고래고래 소리를 질러댔다.

"완안홍열, 이 간사한 놈아! 대체 어디로 숨은 거냐? 썩 나서지 못하겠느냐!"

황용이 차갑게 웃었다.

"양강 오빠, 벌써 우리가 오는 소리를 들었을 거예요. 괜히 나서서 확인시켜줄 필요는 없어요."

양강은 속내를 들켜 얼굴이 화끈 달아올랐지만 짐짓 성을 내며 말했다.

"황 낭자는 어찌 그런 농담을 하시오?"

"아우, 개의치 말게. 용이는 원래 농담을 좋아하니까."

곽정이 웃으며 타이르고는 고개를 돌려 바닥을 가리켰다.

"이것 좀 봐! 여기 누군가 앉아 있던 흔적이 있군. 정말 여기에 왔던 모양이야."

황용이 나섰다.

"어서 쫓아가요!"

말을 마치자마자 돌아서는데, 갑자기 뒤쪽에서 부스럭거리는 소리가 났다. 세 사람은 깜짝 놀라 다시 뒤를 돌아보았다. 관 하나에서 뭔가 미세하게 움직이는 소리가 들렸다. 황용은 원래 관을 가장 무서워했다. 그런 탓에 이 방에 있는 것이 몹시 불편했는데, 관이 조금씩 움직이기까지 하자 무서워 견딜 수가 없었다. 저도 모르게 "엄마야!" 비명을 지르며 곽정의 팔을 꼭 붙잡았다. 무서워 죽을 지경이면서도 머리는 여전히 빨리 돌아갔다.

"그놈이…… 그놈이 관 속에 숨어 있나 봐요……."

목소리가 덜덜 떨렸다. 그때 양강이 갑자기 밖을 가리키며 외쳤다.

"아, 저기 있네요!"

몸을 돌려 밖으로 뛰쳐나가려는데, 황용이 손을 뒤집어 그의 맥문을 틀어쥐었다.

"허튼수작 부리지 말아요."

양강은 반신이 마비되며 꼼짝도 할 수 없었다.

"이, 이게 무슨 짓이에요?"

곽정이 외쳤다.

"맞아, 그놈이 관 안에 숨어 있는 게 틀림없어."

성큼성큼 다가가 관 뚜껑을 열고 완안홍열을 끄집어내려 했다. 양강이 아우성을 쳤다.

"형님, 조심하세요. 강시殭屍가 튀어나올지도 몰라요!"

황용은 그의 팔을 움켜쥔 채 바닥에 쓰러뜨렸다.

"겁주지 말아요!"

황용은 관 속에 틀림없이 완안홍열이 숨어 있을 거라 생각했지만, 그래도 여전히 정말로 강시가 나타나면 어쩌나 겁이 났다. 바들바들 떨리는 목소리로 황용이 소리쳤다.

"오빠, 잠깐만요!"

곽정은 걸음을 멈추고 돌아보았다.

"왜?"

"먼저 관 뚜껑을 눌러봐요. 안에서…… 안에서 뭐가 튀어나오면 어떡해요?"

"강시가 어디에 있다고 그래?"

곽정은 아무렇지도 않다는 듯 웃어 보였다. 그리고 새파랗게 질린 황용의 얼굴을 보고는 관 위로 뛰어올라 서서 황용을 안심시켰다.

"튀어나오지 못할 거야."

황용은 여전히 불안했다. 저도 모르게 신음 소리가 새어나왔다.

"오빠, 내가 벽공장劈空掌을 써볼게요. 강시든, 완안홍열이든 밖에서 몇 번 쳐보면 사람인지 귀신인지 알 수 있을 거예요."

그녀는 운공을 조절하며 두어 걸음 나아갔다. 관 뚜껑 위로 올라가 장력을 쓰려는 것이었다. 황용의 벽공장은 아직 수련이 덜 된 상태라 공력으로 보면 육승풍에 훨씬 못 미치는 정도였다. 그 때문에 이 장법을 써 관을 부수겠다는 것은 위험하기 짝이 없는 일이었다.

양강은 다급해졌다.

"안 돼요! 관을 부수면 강시가 고개를 내밀고 손을 물어버릴지도 모르는데 그러면 큰일이에요!"

자세를 취했던 황용은 양강의 말에 겁을 먹고 잠시 망설였다.

"아앗!"

그때 관 속에서 여자의 신음 소리가 들려왔다. 황용은 모골이 송연해졌다.

"여자 귀신인가 봐!"

벽공장이고 뭐고 펄쩍 뛰어내려 방 밖으로 뛰쳐나가며 소리쳤다.

"어서들 나와요!"

곽정은 여전히 담대했다.

"아우, 관 뚜껑을 열고 좀 살펴보세."

양강은 손에 식은땀을 쥐고 있던 차였다. 자기가 구해주고 싶지만 스스로도 곽정과 황용을 물리칠 수 없다는 사실을 잘 알고 있어 나설수가 없었다. 그런데 뜻밖에 관 속에서 여자 목소리가 들려오자 놀라우면서도 반가운 마음이 들었다. 관 뚜껑을 뜯어내자 끼익끼익, 소리가 났다. 두 사람이 그리 힘을 주지도 않았는데 관 뚜껑이 움직였다. 아직 못질을 하지 않은 관이었다. 곽정은 이미 팔에 공력을 모으고 있었다. 강시가 튀어나오기만 하면 즉시 머리를 갈겨 부수어놓을 작정이었다. 그러나 살짝 고개를 숙여 들여다보고는 소스라치게 놀랐다.

관 속에 누워 있는 것은 강시가 아니라 아름다운 소녀였던 것이다. 까만 진주 같은 눈을 크게 뜨고 자신을 바라보고 있었다. 자세히 보니 다름 아닌 목염자였다. 양강은 만감이 교차하는 얼굴로 그녀를 부축해 일으켰다.

곽정이 밖에 있는 황용을 불렀다.

"용아, 어서 와. 누군지 좀 봐!"

황용은 오히려 고개를 모로 돌리며 눈을 꼭 감아버렸다.

"안 볼래요!"

"목염자 누이란 말이야."

황용은 왼쪽 눈은 감은 채 오른쪽 눈만 살며시 뜨고 둘러보았다. 정말 양강이 한 여자를 안고 있는데, 그 모습이 목염자와 비슷했다. 마음이 푹 놓이며 한 걸음 한 걸음 방 안으로 들어갔다. 정말 틀림없는 목염자였다. 목염자는 야위고 초췌해진 얼굴로 눈물을 쏟아내며 꼼짝도 못 하고 있었다. 황용은 황급히 다가가 혈도를 풀어주었다.

"언니, 이게 대체 무슨 일이에요?"

목염자는 너무 오랫동안 혈도가 묶여 있던 탓에 전신이 뻣뻣하게 굳어 있었다. 천천히 심호흡을 하며 운공조식을 하는 동안 황용은 옆에서 관절 부위를 주물러주었다. 한참 후에야 목염자가 천천히 입을 뗐다.

"나쁜 사람들에게 붙잡혀 왔어요."

황용이 보니 목염자는 발바닥에 있는 용천혈湧泉穴을 찔린 상태였다. 무림에서 이런 점혈을 할 수 있는 자는 손가락으로 꼽을 정도였다. 누구 짓인지 대충 짐작이 갔다.

"구양극이라는 자였죠?"

목염자는 고개를 끄덕였다. 그날 목염자는 양강을 대신해 매초풍에게 소식을 전하러 갔다가 해골 무더기 옆에서 구양극에게 붙잡혀 혈도를 찔렸다. 그때 괴인으로 위장한 황약사가 나타나 퉁소를 불어 포위를 풀어주었고, 구양극의 첩들과 뱀을 부리는 수하들이 모두 퉁소 소리에 정신을 잃고 쓰러지자 구양극은 그길로 달아나버렸다. 다음 날 아침, 첩들과 수하들이 하나씩 깨어나 목염자가 꼼짝 못 하고 쓰러져 있는 것을 보고는 주인에게 데려다주었다. 구양극은 여러 차례 목염자를 탐하려 달려들었지만, 목염자는 죽을힘을 다해 완강히 버텼다. 구양극은 넘치는 풍류와 잘생긴 외모, 절세의 무공을 자부하고 있던 터였다. 시간이 지나면 제아무리 정절을 중시하는 여인이라고 해도 자신에게 마음이 기울 것이라 지레짐작하고 있었다. 만일 힘으로 겁탈한다면 이는 백타산 산주의 신분에 어울리지 않는 행동이라는 생각이 들었다. 구양극의 이런 자부심 덕분에 목염자는 정절을 지킬 수 있었다. 보응까지 온 구양극은 그녀를 유씨 사당의 빈 관에 가두고 첩들을 각지의 명문가로 보내 용모가 뛰어난 규수를 찾아보도록 했다. 그사이 정 소저에게 눈독을 들였다가 개방에게 들통이 나 한바탕 곤혹을 치르고 말았다. 구양극은 서둘러 달아나느라 미처 목염자를 관에서 꺼내주지 못했다. 주위에 빼앗아온 여자가 하도 많다 보니 하나하나 신경 쓸 수가 없었다. 만일 곽정 등이 완안홍열을 찾다 목염자를 발견하고 꺼내주지 않았다면 그녀는 꼼짝없이 산 채로 관에 갇혀 굶어 죽고 말았을 것이다.

양강은 그리던 사람을 뜻밖에 만나게 되어 기쁘기 그지없었다. 얼굴에 다정한 표정이 넘쳐흘렀다.

"좀 쉬시오. 물을 좀 끓여 오겠소."

그 모습에 황용이 웃음을 참지 못했다.

"오빠가 무슨 물을 끓인다는 거예요? 내가 하죠. 곽정 오빠, 같이 가요."

황용은 두 사람이 그간의 일을 편히 이야기할 수 있도록 자리를 피할 생각이었다. 그런데 뜻밖에 목염자의 초췌한 얼굴이 딱딱하게 굳었다.

"잠깐만요. 양씨 성을 가지신 분은 부귀영화를 누리게 되었으니 축하를 받으셔야죠."

양강은 순식간에 얼굴이 벌겋게 달아오르며 가슴이 벌에 쏘인 듯 뜨끔했다.

'내가 여기서 부왕과 주고받은 이야기를 다 들었구나.'

이 상황을 어찌 수습해야 좋을지 도무지 알 수가 없었다. 양강의 난처해하는 얼굴을 보자 목염자는 마음이 약해져 그가 완안홍열을 놓아준 이야기를 차마 할 수 없었다. 만일 사실대로 털어놓아 곽정과 황용의 화를 돋우면 결과는 상상할 수도 없을 것이다.

"왜, 아버지라고 불렀으면 더 정답고 좋았을 텐데요? 부왕이라고 부를 건 뭐예요?"

목염자가 차갑게 내뱉자, 양강은 쥐구멍이라도 찾는 듯 고개를 숙인 채 말이 없었다. 황용은 그들의 행동을 힐끗 보고 어찌 된 일인지 알 수 없었다. 그저 젊은 연인들이 흔히 그러하듯 제때 구하러 오지 않아 고생을 시켰다고 목염자가 투정을 부리는 것이라고 생각했다. 황용은 곽정의 소맷자락을 끌어당기며 소곤거렸다.

"우리는 나가요. 좀 있으면 좋아질 거예요."

곽정도 웃으며 황용을 따라나왔다. 황용은 앞뜰까지 와서는 또 소곤거렸다.

"무슨 얘길 하는지 가서 들어볼까요?"

"쓸데없이 나서지 마. 나는 안 갈래."

"좋아요. 나중에 후회하지 말아요. 재미있는 얘기가 있어도 들려주지 않을 거예요."

그녀는 지붕으로 훌쩍 뛰어오르더니 소리 없이 서쪽 사당 지붕으로 건너갔다. 안에서 목염자의 가시 돋친 목소리가 들려왔다.

"그런 자를 아버지라고 한 것은 옛정 때문에 금방 마음을 바꾸지 못한 것이라 할 수 있겠죠. 하지만 분수에 넘치는 욕심 때문에 자기 부모를 죽인 자를…… 그런……."

감정이 북받쳤는지 여기까지 얘기하고는 더 이상 말을 잇지 못했다. 양강은 웃으며 나직이 말했다.

"누이, 나는……."

누이는 다정한 연인에게 쓰는 호칭이었다.

"누가 당신 누이예요? 만지지 말아요!"

양강의 따귀를 올려붙인 듯 철썩, 하는 소리가 밖에까지 울렸다. 황용은 깜짝 놀라 정신이 번쩍 들었다.

'싸우는 거잖아! 가서 말려야지.'

즉시 몸을 뒤집어 창을 통해 방으로 들어갔다.

"아하! 말로 하셔야지, 왜 이러세요?"

흘깃 보니 양강의 뺨이 벌겋게 부어 있고, 목염자는 창백한 얼굴이었다. 황용이 뭐라 말하려는데, 양강이 외쳤다.

"그래, 새 남자를 만났다 이거지? 마음속에 다른 사람이 있으니 나한테 이러는 거겠지."

"뭐, 뭐라고요?"

"그 구양극인지 뭔지 하는 자가 문무를 겸비해 어딜 봐도 나보다 열배는 낫다니, 어디 내가 마음에 차겠어?"

목염자는 기가 막혀 손발이 떨리면서 곧 쓰러질 것만 같았다. 보다 못해 황용이 끼어들었다.

"양강 오빠, 그런 말씀 마세요. 언니가 만일 구양극을 좋아했다면 그 자가 왜 언니의 혈을 찍어 관 속에 가뒀겠어요?"

양강은 이미 무안하다 못해 화가 나 있었다.

"본심이었든 아니든 이미 납치되어서 정절을 잃어버린 사람인데, 내가 어찌 다시 받아들일 수 있겠어요?"

목염자는 기가 차 말문이 막힐 지경이었다.

"내가…… 내가 정절을 잃었다고요?"

"그자와 며칠을 지냈으니, 그자가 이곳저곳을 만져보기도 하고 안 아보기도 했겠지. 아무려면 그냥 순결하게 두었을까?"

"아!"

목염자는 그러잖아도 굴욕스러워 견딜 수가 없던 참인데, 양강의 말에 더 견디지 못하고 피를 토하며 쓰러지고 말았다. 양강도 제 말이 너무 지나쳤다는 생각에 마음이 조금 누그러지며 목염자를 부축해주 고 싶었다. 그러나 목염자가 자신의 비밀을 알고 있으니, 원래부터 자 신을 의심하던 황용이 그 사실을 알게 되면 목숨을 부지하기 어려울 것이라는 생각이 들었다. 또 달아난 부왕도 마음에 걸리던 터였다. 어 수선한 틈을 타 양강은 슬그머니 방을 나와 후원을 통해 담을 뛰어넘 어 내달렸다. 황용은 목염자의 가슴을 한참 동안 쓸어주었다. 이윽고 목염자가 천천히 깨어나 정신을 차렸다. 그녀는 뜻밖에 울지도 않고 아무 일도 없었다는 듯 중얼거렸다.

"지난번에 준 비수 좀 빌려줘요."

황용은 큰 소리로 곽정을 불렀다.

"오빠, 이리 오세요!"

곽정이 방에 들어섰다.

"양강 오빠의 비수를 언니에게 주세요."

"그러지."

곽정은 품 안에서 주총이 매초풍에게서 빼낸 비수를 꺼냈다. 비수는 얇은 가죽에 싸여 있었는데, 가죽에는 바늘로 찔러 새긴 작은 글씨가 빼곡했다. 곽정은 그것이 바로 〈구음진경〉 하권이라는 사실도 모른채 아무렇게나 품속에 쑤셔 넣고는 비수를 목염자에게 건네주었다. 황용도 품 안에서 비수를 꺼내며 속삭였다.

"오빠의 비수는 내가 가지고 있으니까 양강 오빠의 비수를 줄게요. 언니, 이건 운명이 정해준 연분이에요. 잠깐 다투는 것은 아무것도 아니에요. 너무 상심하지 말아요. 저도 오빠와 늘 다투는걸요. 저랑 오빠는 연경에 가 완안홍열을 찾을 건데, 언니도 별일 없으면 마음도 풀 겸 우리랑 함께 가요. 양강 오빠도 반드시 따라올 거예요."

그제야 곽정은 양강이 생각났다.

"아우는 어딜 갔지?"

황용은 혀를 날름 내밀며 장난스럽게 말했다.

"언니를 화나게 한 덕에 언니에게 따귀를 한 대 얻어맞고는 달아났어요. 언니, 양강 오빠가 언니를 정말 좋아하지 않는다면 언니가 따귀를 때렸을 때 그냥 얻어맞고 있지는 않았을 거예요. 양강 오빠의 무공이 언니보다 강하잖아요. 비무초친이라면……."

황용은 원래 '비무초친이라면 이미 두 사람에겐 너무너무 익숙하잖아요?'라고 농을 걸려고 했던 것인데, 목염자의 기색이 어두워 그냥 입을 다물고 말았다. 목염자가 입을 열었다.

"나는 연경에 가지 않겠어요. 두 분도 갈 것 없어요. 반년 정도는 완안홍열도 연경에 나타나지 않을 테니까요. 그자는 두 분의 복수를 두려워해요. 그럼, 부디 안녕히……."

목염자는 목이 메어 말을 잇지 못하고 얼굴을 가린 채 방문을 뛰쳐나가더니 두 발을 힘껏 굴러 지붕 위로 올라갔다. 황용은 목염자가 토해놓은 선혈을 바라보며 잠시 말을 잊었다. 그러더니 아무래도 마음이 놓이지 않는 듯 담을 뛰어넘어 목염자를 뒤쫓았다. 멀리 버드나무 아래에 목염자의 뒷모습이 보였다. 한데 햇빛에 칼날이 번쩍하는가 싶더니 그녀는 이미 비수로 자신의 머리를 겨누고 있었다. 자결을 하려는 모습에 황용은 가슴이 철렁 내려앉았다. 그녀는 다급히 외쳤다.

"언니, 안 돼요!"

그러나 거리가 너무 멀었다. 목염자는 왼손으로 자신의 머리채를 잡더니 오른손으로 비수를 휘둘렀다. 이어 잘려진 머리카락 한 움큼을 땅에 내던지고는 뒤도 안 돌아보고 멀어졌다. 자결하려던 게 아니어서 천만다행이었다.

"언니, 언니!"

황용이 몇 번이고 불러보았지만 그녀는 듣지 못한 듯 멀어져만 갔다. 황용은 정신이 빠진 듯 멍하니 서 있었다. 머리카락 한 줌이 바람에 흩어져 주변의 논밭이며 길가와 나무 끝으로 날리더니 흙먼지에 섞여 흐르는 시냇물에 떠내려갔다.

황용은 어려서부터 제멋대로였다. 즐거우면 크게 웃고, 슬프면 한바탕 엉엉 울어버리면 그만이었다. 애초에 근심 걱정이라는 것을 모르고 살아온 것이다. 그러나 오늘 본 광경은 그녀의 가슴에 깊은 슬픔을 새겨주었고, 인간사 근심과 고통을 알게 해주었다. 황용은 천천히 돌아와 곽정에게 이 일을 이야기했다.

"거, 누이도 뭘 그렇게까지 한담? 성질이 보통이 아닌 모양이야."

두 사람이 왜 싸웠는지 모르는 곽정은 짧게 한마디 할 뿐이었다.

'나쁜 사람이 만지고 껴안으면 여자는 그걸로 정절을 잃는 것일까? 그러면 여자를 사랑하던 사람도 그렇게 거들떠보지 않게 되는 것일까?'

아무리 생각해도 황용으로서는 모를 일이었다. 그저 세상이 원래 그런 것인가 생각하며 사당 후원으로 가 기둥에 기대고 앉았다. 가만히 이런저런 생각을 하다가 스르르 잠이 들고 말았다.

그날 밤, 여생 등 개방 군웅들이 홍칠공과 곽정, 황용을 위한 잔치를 베풀었다. 그러나 밤늦도록 홍칠공은 나타나지 않았다. 여생은 방주의 괴팍한 성질을 잘 알고 있는 터라 별로 개의치 않고 곽정과 황용 두 사람과 즐겁게 지냈다. 개방 군웅들은 곽정과 황용을 사뭇 존중하는 태도였고, 서로 마음도 잘 맞았다. 정 소저도 직접 장만한 음식과 좋은 술을 하인을 통해 보내왔다.

잔치가 끝난 후, 곽정과 황용은 앞일에 대해 상의했다. 완안홍열이 연경으로 가지 않는다니 당분간은 찾기 힘들 테고, 도화도의 약속 날짜가 코앞에 닥쳤으니 일단 가흥으로 가서 여섯 사부와 그 일을 상의하기로 결정했다. 황용도 고개를 끄덕였다.

"우선 사부님들은 도화도에 가시지 말라고 해요. 오빠만 가서 아버지에게 사죄하고 머리를 조아려도 별 상관이 없지 않겠어요? 혹, 그게

분하다면 제가 오빠한테 두 배로 절을 해서 갚을게요. 하지만 사부님
들과 아버지가 만나면 좋을 것 없을 거예요."

"그래. 그리고 네가 나에게 절을 해서 갚을 필요도 없어."

다음 날 새벽, 두 사람은 나란히 말에 올라 남쪽으로 향했다.

노완동 주백통과 〈구음진경〉

때는 바야흐로 6월 초순이었다. 날씨는 찌는 듯 더웠다. 강남 속담에 "6월 땡볕에는 오리알도 익는다"는 말이 있다. 내리쬐는 햇볕 아래서 길을 재촉하자니 참으로 고역이었다. 둘은 결국 새벽과 저녁에만 움직이고 낮에는 쉬기로 했다.

어느덧 가흥에 도착했다. 곽정은 편지를 써서 취선루의 주인에게 맡기며 7월에 강남육협이 이곳에 오거든 직접 전해달라고 부탁했다. 제자 곽정이 여정 중에 황용을 만나 약속을 지키기 위해 도화도로 들어가는데, 황약사가 아끼는 딸과 함께 있으니 안심하고 도화도에는 들어오지 말라는 등의 내용이었다. 편지에는 그렇게 썼지만 그는 내심 걱정되었다. 황약사의 성질이 괴팍해 이번에 들어가면 아무래도 불길한 일이 있을 것만 같았다. 그러나 황용이 걱정할까 봐 입을 다물었다. 한편 여섯 사부는 위험한 일을 당하지 않아도 된다고 생각하니 위안이 되기도 했다.

두 사람은 동쪽으로 향했다. 주산舟山에 이르러서 배 한 척을 빌렸다. 바닷가 사람들은 도화도라면 겁부터 집어먹고 사방 40리 안으로는 접근을 꺼리고 있어 돈을 아무리 많이 준다고 해도 가려 하지 않았다. 황용은 이런 상황을 잘 알고 있기 때문에 배를 빌릴 때 일단 하치도蝦峙島로 가자고 했다. 그러고는 기두양畸頭羊을 벗어나자마자 사공을 위협해 배를 북쪽으로 돌렸다. 사공은 잔뜩 겁을 냈지만 황용이 시퍼렇게 날이 선 비수를 가슴에 들이대고 있는 터라 따를 수밖에 없었다. 배가 섬에 가까워지자 곽정은 바닷바람에 섞여 풍겨오는 꽃향기에 코를 벌름거렸다. 멀리 바라보니 섬은 온통 울창한 숲으로 둘러싸여 군데군데 울긋불긋한 꽃들이 만발했다. 그야말로 수놓은 비단처럼 화려한 풍경이었다.

"경치가 참 좋죠?"

황용의 말에 곽정은 탄성이 절로 나왔다.

"아름다운 꽃이 이렇게 많이 피어 있는 풍경은 평생 처음이야."

황용은 아주 자랑스럽게 미소를 지었다.

"춘삼월, 섬에 도화가 만개할 때야말로 가장 아름다운 시기죠. 칠공께서 우리 아버지의 무공은 천하제일이라고 하지 않으셨지만, 꽃을 가꾸는 재주는 세상에 둘도 없다고 해도 인정하실걸요. 뭐, 칠공이야 먹고 마시는 것만 좋아하시니까 어떤 것이 좋은 꽃이고 나무인지 모르실 수도 있지만요. 어휴, 정말 수준이 낮은 분이시라니까."

"너, 사부님 흉보는 거야? 버릇없이!"

황용은 혀를 쏙 내밀며 웃었다. 배가 섬에 이르자 두 사람은 해안으로 뛰어내렸다. 홍마도 뒤따라 내렸다. 사공은 도화도주가 눈도 깜짝하지 않고 사람을 죽인다는 둥, 사람의 내장을 꺼내 먹는다는 둥 하는 무서운 소문을 많이 들은 터라 두 사람이 배에서 내리자마자 허둥지둥 배를 돌려 달아나려고 했다. 그때 황용이 열 냥짜리 은자를 꺼내 뱃전에 던졌다. 사공은 뜻밖에 큰돈을 얻게 되자 기뻐 어쩔 줄 모르면서도 섬에는 더 머물고 싶지 않은 듯 서둘러 떠났다.

황용은 집에 돌아오자 마냥 즐거운 듯했다.

"아버지, 아버지! 용이가 돌아왔어요!"

곽정에게도 손짓을 하며 앞으로 내달렸다. 황용은 꽃 속에서 이리저리 뛰어다니더니 갑자기 모습을 감추었다. 곽정은 깜짝 놀라 황용을 찾아 헤매다가 결국은 방향을 잃고 말았다. 사방으로 작은 길이 나 있기는 했지만, 어느 쪽으로 가야 할지 종잡을 수가 없었다. 무작정 한참을 걷다 보니 원래 있던 곳으로 다시 돌아온 듯했다. 문득 귀운장에서 황용이 한 말이 생각났다. 귀운장의 배치가 기묘하기는 하지만 도화도의 음양개폐, 건곤도치 등의 기법과 같다는 말이었다. 여기서 일단 길을 잃으면 아무리 뛰어다녀봐야 더욱 미궁에 빠질 뿐이었다. 곽정은 그냥 복숭아나무 아래에 앉아 황용이 데리러 오기만을 기다렸다. 그러나 한 시진을 넘게 기다렸지만 황용은 오지 않고 사방은 적막할 뿐 사람 그림자도 보이지 않았다.

곽정은 슬슬 조바심이 나기 시작했다. 나무 위로 올라가 사방을 둘러보았다. 남쪽의 바다와 서쪽의 민둥민둥한 바위가 보이고, 동쪽과 북쪽은 온통 화려한 꽃밭이 끝없이 펼쳐져 있었다. 꽃밭 사이로는 담이나 기와 조각 하나 보이지 않고 밥 짓는 연기는커녕 개 짖는 소리도 들리지 않았다. 고요한 적막 속에서 곽정은 덜컥 겁이 났다. 후다닥 나무에서 내려와 나무들 사이로 뛰어 들어갔다.

'아니야! 이렇게 마구 뛰어다니다간 용이도 나를 찾지 못할 거야.'

길을 되짚어 나오는데 웬걸, 처음에는 이리저리 뛰어도 제자리로 돌아오더니 이제는 원래 있던 곳으로 되돌아가려 해도 점점 더 멀어져만 갔다. 홍마는 뒤에서 바짝 따라오고 있었으나 곽정이 나무를 오르내리는 사이 어디로 갔는지 모습이 보이지 않았다. 날은 점차 저물고 곽정은 이제 어찌해볼 도리가 없어 그 자리에 그냥 털썩 주저앉아 황용이 와주기만을 기다릴 수밖에 없었다. 그나마 풀밭이라 바닥이 방석처럼 부드럽고 푹신했다. 잠시 앉아 있자니 허기가 밀려왔다. 황용이 홍칠공에게 해준 각종 음식을 떠올리니 배 속이 더욱 꼬르륵거렸다.

'황용이 아버지한테 붙잡혀 갇혔다면, 구하러 올 수가 없잖아. 이러다가 이 풀숲에서 굶어 죽는 것이 아닐까?'

아직 갚지 못한 아버지의 원수며, 스승에 대한 은혜를 생각하니 마음이 무거워졌다. 게다가 어머니는 홀몸으로 사막의 혹독한 추위를 견디고 계시는데, 앞으로는 누구를 의지하신단 말인가? 한참을 생각하다가 스르르 잠이 들었다. 한밤중까지 잠에 빠져 있던 중 황용과 연경에서 노닐며 맛있는 음식을 먹는 꿈을 꾸었다. 황용은 나지막한 목소리로 노래를 불러주었다. 그때 갑자기 어디선가 퉁소 소리가 들려왔다. 깜짝 놀라 깨어보니 정말로 퉁소 소리가 귓전에 울렸다.

정신을 차리고 고개를 드니 밝은 달은 하늘 높이 떠 있고, 꽃과 들풀의 향기가 밤공기를 타고 더욱 진하게 밀려왔다. 멀리서부터 퍼져오는 퉁소 소리는 분명 꿈이 아니었다. 곽정은 반가워 찔끔 눈물이 날 지경이었다. 퉁소 소리를 찾아 발걸음을 옮겼다. 때로는 길이 구부러지기도 하고, 때로는 막히기도 했지만 퉁소 소리는 곽정의 앞에서 들려왔다.

그는 귀운장에서 이미 이런 미로를 경험해본 적이 있었다. 하지만 지금은 그저 길이 통하든 말든 무조건 통소 소리를 따라가고 있었다. 더 이상 갈 수 없을 때는 나무 위로 올라가 계속 나아갔다.

한참을 가다 보니 과연 통소 소리가 점차 가까워졌다. 곽정의 발걸음이 빨라졌다. 모퉁이를 돌자 눈앞에 갑자기 층층이 겹쳐진 하얀 꽃밭이 나타났다. 달빛 아래의 꽃밭은 마치 흰 꽃이 무더기로 쌓인 작은 호수 같았다. 그 가운데 무언가가 높이 솟아 있었다. 갑자기 통소 소리가 높아졌다 낮아졌다 하며 흔들렸다. 또 앞쪽에서 들리는 듯하더니 금세 뒤쪽에서 들려오기도 했다. 통소 소리를 따라 동쪽으로 가면 서쪽에서 들려오고, 또 북쪽을 향해 가려고 하면 남쪽에서 울렸다. 마치 십수 명이 사방에 숨어서 번갈아 통소를 불어 자기를 놀리는 것 같았다.

몇 차례 빙빙 돌고 나니 머리가 아득해졌다. 더 이상 통소 소리에 신경 쓰지 않고 우뚝 솟아오른 곳으로 달려 올라갔다. 바로 돌무덤이었다. 무덤 앞 묘비에는 '도화도여주풍씨매향지총桃花島女主馮氏埋香之塚'이라는 열한 자가 새겨져 있었다.

'분명히 용이의 어머니이실 거야. 어릴 때 어머니를 잃다니…… 용이도 정말 가여워.'

곽정은 무덤 앞에 무릎을 꿇고 공손히 절을 네 번 올렸다. 어느덧 통소 소리가 멎어 사방이 고즈넉하더니 곽정이 절을 마치고 일어서자 다시 울려왔다.

'이 통소 소리가 내게 길한 것인지, 흉한 것인지 모르겠지만 일단 따라가보자.'

다시 수풀 속으로 뛰어 들어가 한참을 걸었다. 퉁소의 가락이 변하며 가볍게 웃는 듯 조용히 속삭이는 듯 부드러운 변화가 끝없이 이어졌다. 곽정은 갑자기 가슴이 울리는 바람에 잠시 걸음을 멈추었다.

'이 곡조는 정말 좋구나.'

퉁소 소리가 점차 빨라졌다. 마치 듣는 이에게 춤을 추도록 재촉하는 것 같았다. 곽정이 잠시 퉁소 소리를 듣고 있자니 얼굴이 온통 달아오르며 온몸의 기운이 터져 나올 듯했다. 얼른 그 자리에 앉아 마옥이 가르쳐준 내공으로 기운을 다스렸다. 처음에는 마음에 동요가 일어나며 몇 번이나 벌떡 일어나 덩실덩실 춤을 출 뻔했지만 잠시 내공으로 마음을 다스리자 점차 안정을 되찾았고, 나중에는 정신을 집중할 수 있었다. 마음은 아무런 잡념 없이 완전히 텅 빈 상태가 되었다. 아무리 퉁소 소리가 격렬해도 곽정은 바다의 파도 소리를 듣는 듯, 나무 끝을 스치는 바람 소리를 듣는 듯 동요가 없었다. 단전에 기운이 집중되어 넘치고 전신이 더없이 편안해졌다. 배고픔마저 잊어버렸다. 그는 내공이 이러한 경지에까지 이르면 더 이상 외부의 힘이 그를 침범할 수 없다는 사실을 알고 있었다. 천천히 눈을 떠보았다. 저 앞 어둠 속에서 갑자기 푸른빛을 번쩍거리는 두 개의 눈이 보였다.

곽정은 깜짝 놀랐다.

'저게 무슨 맹수일까?'

뒤로 몇 걸음 물러섰다. 그 눈은 한 번 불빛을 내쏘고는 사라졌다.

'이곳 도화도는 정말 이상한 곳이구나. 제아무리 발 빠른 표범이나 살쾡이라도 이렇게 순식간에 모습을 감출 수는 없는데…….'

잠시 망설이는 사이 앞에서 거친 숨소리가 들려왔다. 그 숨소리는 사람의 호흡이었다. 곽정은 그제야 이해할 수 있었다.

'사람이다! 번쩍이던 것은 그 사람의 눈이었어. 그가 눈을 감아서 보이지 않았던 거야. 어디로 가버린 게 아니었어…….'

스스로 어리석음을 탓했다. 그러나 그가 적인지 아군인지 알 수 없으므로 당장은 소리도 내지 못한 채 그쪽을 유심히 살폈다. 통소 소리는 여전히 감미로운 가락으로 흐르며 부드럽게 이어지고 있었다. 마치한 여자가 탄식하듯, 신음하듯, 부드럽게 속삭이듯 계속 이어졌다. 아직 나이가 어린 곽정은 어려서부터 무공만 익혀 남녀 간의 일에 대해선 아는 게 없었다. 그러다 보니 통소 소리에도 별다른 감흥이 없었다. 통소의 곡조는 아까보다 더 매혹적이었지만, 곽정은 전혀 마음에 두지 않았다.

그러나 반대편의 그 사람은 숨을 급하게 헐떡였다. 마치 엄청나게 견디기 힘든 고통을 견디는 듯, 통소 소리의 유혹을 온 힘을 다해 이겨내려는 듯 보였다. 곽정은 저도 모르게 동정심이 일어 천천히 그에게 다가갔다. 부근은 꽃과 나무가 울창해 하늘에 달이 밝게 빛나고 있음에도 달빛이 나뭇가지에 가려 어둠침침했다. 그래서 몇 척 가까이 다가가서야 그 사람 모습을 똑똑히 볼 수 있었다. 그 사람은 장발이 땅바닥까지 끌린 채 책상다리를 하고 앉아 있었는데, 길게 자란 눈썹이며 수염이 코와 입을 완전히 뒤덮은 모습이었다. 그는 왼손으로 가슴을 쓰다듬으며 오른손으로는 등 뒤를 짚고 있었다. 곽정은 이것이 내공을 수련하는 자세임을 알고 있었다. 단양자 마옥에게 몽고의 절벽 꼭대기에서 배운 적이 있었다. 이 자세는 심신을 거두어 조절할 수 있는 비책이었다. 또한 이 자세를 제대로 수련하기만 하면 천둥 벼락이 치거나

장발 노인은 숨을 급하게 헐떡이며 퉁소 소리의 유혹을
온 힘을 다해 이겨내고 있었다.

물난리에 산사태가 나더라도 전혀 듣지 않고, 또 보지 않을 수 있었다. 이 사람은 현문 정종의 상승 내공을 쓸 수 있는 사람인 듯한데, 어찌 곽정 자신도 물리칠 수 있는 퉁소 소리에 이렇게 쩔쩔매는 것일까?

퉁소 소리가 점차 빨라졌다. 노인은 자신도 모르게 몸을 들썩거렸다. 몇 차례나 몸을 일으켰다가 안간힘을 다해 앉곤 했다. 잠시 잠잠해졌다가 또 펄쩍 뛰어오르기를 반복했다. 그 간격이 점차 짧아지자 곽정은 그가 잘못될까 걱정되어 안타까움에 마음을 졸였다. 퉁소 소리가 곡조를 꺾으며 부드럽게 이어졌다. 노인이 갑자기 벌떡 일어났다.

"그만! 이제 그만!"

곽정은 상황이 위급한 것을 보고는 더 생각할 것도 없이 왼손을 뻗어 그의 오른쪽 어깨를 꾸욱 누르며 오른손으로는 목뒤에 있는 대추혈大椎穴을 두드려주었다. 곽정이 몽고의 절벽에서 수련할 때 잡념으로 마음이 어지러워 안정을 찾지 못하면 마옥이 그의 대추혈을 가볍게 문질러 손바닥의 열기로 안정을 찾고 내공이 몸을 해치지 못하도록 도와주곤 했다.

곽정의 내공이 아직 깊지 못해 노인이 퉁소 소리를 완전히 물리치도록 도와주지는 못했지만, 두드린 부위가 다행히 잘 맞아떨어진 듯했다. 장발 노인은 마음을 가라앉히고 스스로 눈을 감더니 운공조식에 들어갔다.

곽정이 내심 기뻐하고 있는데 뒤에서 누군가 욕을 퍼부었다.

"이런, 망할 놈! 내 일을 망쳐놓다니!"

퉁소 소리도 이미 그쳐 있었다. 곽정은 깜짝 놀라 고개를 돌려보았다. 사람 모습은 보이지 않았지만 목소리가 황약사 같아 마음이 무거웠다.

'이 장발 노인은 좋은 사람일까, 나쁜 사람일까? 일단 구하기는 했는데 용이 아버지가 이것 때문에 더 노여워하시겠지? 만일 이 노인이 나쁜 사람이라면 내가 큰 잘못을 저지른 셈이 되는데…….'

장발 노인의 숨소리는 점차 잦아들면서 정상으로 돌아왔다. 곽정은 꼬치꼬치 묻기도 불편해 맞은편에 앉아 눈을 감고 내공을 써보았다. 잠시 후 걱정이 사라지고 물아物我를 모두 잊는 경지까지 이르렀다. 별빛이 사그라지고 아침 이슬이 옷을 적실 때쯤에야 곽정은 눈을 떴다. 햇살이 수풀 사이를 뚫고 노인의 얼굴을 비추었다. 그제야 그의 얼굴을 더욱 뚜렷하게 볼 수 있었다. 머리와 수염은 반백으로 아직 완전히 세지는 않았다. 얼마나 오랫동안 빗질을 하지 않았는지 야인처럼 덥수룩했다. 갑자기 그의 눈이 반짝 빛나더니 미소를 지었다.

"전진칠자 중 누구의 문하인가?"

곽정은 그의 온화한 표정을 보고는 마음이 한결 놓여 일어나 고개를 숙여 절했다.

"제자는 곽정이라 하옵고, 사부님은 강남칠협이십니다."

노인은 믿기지 않는다는 듯한 표정이었다.

"강남칠협? 가진악 무리 말이냐? 그들이 어떻게 전진파의 무공을 가르칠 수 있느냐?"

"단양 진인 마 도장께 2년간 가르침을 받았습니다. 하지만 전진파의 제자로 받아주시지는 않았습니다."

노인은 크게 웃고는 괴상한 표정을 지어 보였다. 그 모습이 우스꽝스러워 마치 아이가 장난을 치는 것 같았다.

"그건 그렇고, 어찌 도화도까지 왔느냐?"

"황 도주께서 오라고 명하셨습니다."

노인의 표정이 싹 바뀌었다.

"무얼 하러 온 게냐?"

"황 도주께 죄를 지어 죽으러 왔습니다."

"왜 도망가지 않고?"

곽정은 여전히 공손히 대답했다.

"후배, 누굴 속이고 싶지는 않습니다."

노인은 고개를 끄덕였다.

"그래야지. 앉아라."

곽정은 시키는 대로 돌 위에 앉았다. 이제 보니 노인은 암벽에 있는 석굴 앞에 앉아 있었다. 노인이 또 물었다.

"그 외에 또 누가 너를 가르쳤느냐?"

"구지신개 홍칠공 사부님과……."

노인의 표정이 묘하게 변했다. 웃는 것 같기도 하고, 아닌 것 같기도 했다.

"홍칠공도 너를 가르쳤다?"

"예, 홍 사부님은 항룡십팔장을 전수해주셨습니다."

노인의 얼굴에 무척 기쁜 표정이 떠올랐다.

"항룡십팔장을 할 줄 안다고? 그건 대단한 건데……. 나도 좀 가르쳐주면 어떻겠느냐? 내 너를 스승으로 모시마."

노인의 괴이한 태도에 곽정은 당혹감을 느꼈다. 곧이어 노인이 도리질을 치더니 또 떠들어댔다.

"아니지, 아니지. 홍칠공, 그 거지를 큰 사부로 모시는 건 곤란하겠군. 홍칠공이 내공도 가르쳐주더냐?"

"아닙니다."

노인이 하늘을 우러러보며 중얼거렸다.

"이 어린 나이에 어머니 배 속에서부터 수련을 했다고 쳐도 겨우 18~19년인데 어찌 내가 감당하지 못하는 퉁소 소리를 이 아이는 견뎌낼 수 있단 말인가?"

잠시 생각에 잠기더니 도무지 모르겠다는 듯 곽정을 위에서 아래로, 또 아래에서 위로 훑어보더니 오른손을 내밀었다.

"내 손바닥을 밀어보거라. 너의 무공을 시험해보아야겠다."

곽정은 시키는 대로 손을 뻗어 그의 오른손에 맞댔다.

"기를 단전에 모아 공력을 써보거라."

곽정은 힘을 모아 공력을 발했다. 노인이 손을 살짝 거두었다 밀어냈다.

"조심!"

곽정은 어떤 강한 힘이 밀려오는 것을 느끼며 이를 막아내지 못하자 왼손을 위로 뻗으며 노인의 팔을 막으려고 했다. 그러나 노인이 손을 바꾸며 반대로 튕기자 그의 식지가 이미 곽정의 팔에 와 있었다. 손가락 네 개의 힘으로 곽정을 튕겨낸 것이다. 곽정은 중심을 잡지 못하고 7~8보나 밀리다가 등이 나무에 부딪쳐서야 멈출 수 있었다. 노인이 또 중얼거렸다.

"무공이 괜찮기는 하지만, 대단치는 않은데…… 어찌 황약사의 벽해조생곡碧海潮生曲을 이겨낸 것이지?"

곽정은 숨을 깊이 들이마시고서야 기와 혈의 흐름을 안정시킬 수 있었다. 그리고 가만히 노인을 바라보자니 신기한 점이 한두 가지가 아니었다.

'이분의 무공은 홍칠공이나 황 도주와 겨루어도 우열을 가리기 힘들 것 같다. 도화도에 이런 사람이 있을 줄은 정말 몰랐는걸? 혹시 이분이 서독이나 남제일까?'

서독일지도 모른다는 생각을 하니 간담이 서늘해졌다.

'이 사람 속셈이 뭘까?'

손을 들어 햇빛에 비추어보니 붉게 붓지도 않고 검은 상처도 남지 않았다. 그제야 조금 마음이 놓였다. 노인은 미소를 지었다.

"내가 누구일 것 같으냐?"

"예전에 천하에 무공이 지극하신 고수가 다섯 분 계시다고 들었습니다. 전진교주 왕 진인은 이미 타계하셨다 들었고, 구지신개 홍칠공 사부님과 도화도주는 저도 알고 있습니다. 선배님은 혹시 구양 선배시거나 단황야가 아니신지요?"

"나의 무공이 동사, 북개와 비슷하다는 것이냐?"

"저의 무공이 일천하고 아는 것이 많지 않아 함부로 말씀드리지는 못하겠습니다. 하지만 아까 선배님께서 저를 미는 솜씨를 볼 때, 제가 뵌 무가의 고수 중 홍칠공과 황 도주 외에는 모두 선배님께 못 미칠 것 같습니다."

노인은 곽정의 칭찬을 듣고 기분이 좋은 듯했다. 수염으로 덮인 얼굴에 어린아이처럼 즐거워하는 기색이 떠올랐다.

"나는 서독 구양봉도 아니고 단황야도 아니다. 다시 잘 생각해보거라."

"일전에 스스로 홍칠공과 어깨를 나란히 한다고 떠들어대는 구천인이라는 사람을 만난 적이 있습니다. 하지만 말만 요란할 뿐 무공은 별것이 아니었습니다. 게다가 저는 우매하기 짝이 없어 선배님의 존함이 무엇인지 정말 모르겠습니다."

노인은 너털웃음을 터뜨렸다.

"내 성이 주周가라면 알겠느냐?"

그제야 곽정은 알았다는 듯 외쳤다.

"아하! 주백통이라는?"

말하고 보니 이름을 함부로 부른 꼴이 되고 말았다. 이는 커다란 결례였다. 곽정은 벌떡 일어나 머리를 조아리고 사죄했다.

"그만 실례를 범했습니다. 용서하십시오."

노인은 여전히 웃는 얼굴이었다.

"괜찮다, 괜찮아. 내가 바로 주백통이다. 내 이름이 주백통이니까 네가 나를 주백통이라고 부른 것인데, 실례랄 것이 뭐 있겠느냐? 전진교주 왕중양은 나의 사형 되시고 마옥, 구처기는 모두 내 사질이지. 너는 전진파 문하도 아니니 나를 선배니 뭐니 부를 필요 없다. 그저 주백통이라고 하면 되는 것이지."

"어찌 그럴 수 있겠습니까?"

주백통은 도화도에서 오랫동안 혼자 지내온 터라 무료하기 짝이 없었다. 그러다 곽정이 갑자기 나타나 이야기 상대를 해주니 기분이 매우 유쾌해져 엉뚱한 생각이 들었다.

"이봐! 우리, 의형제를 맺는 것이 어떨까?"

주백통은 원래 특이한 사람이기는 했지만 이렇게 엉뚱한 말을 하는 일은 없었다. 곽정은 놀라 입을 딱 벌린 채 다물지 못했다. 주백통의 안색을 살피니 덤덤한 것이 그냥 농담을 한 것 같지는 않았다.

한참이 지나서야 곽정이 입을 열었다.

"저는 마 도장, 구 도장의 후배이니…… 큰 사부, 사조師祖로 모시는 것이 마땅할 줄 압니다."

주백통은 두 팔을 내저었다.

"내 무예는 모두 사형에게 전수받은 것이야. 마옥, 구처기가 볼 때 나는 선배다운 구석이 없어. 그러다 보니 별로 공경하는 것 같지도 않고……. 네가 내 아들도 아니고, 또 그렇다고 내가 네 아들인 것도 아닌데 무슨 선배니 후배니 연배를 따지겠나?"

한창 이야기하는 중에 발소리가 들렸다. 늙은 하인 하나가 찬합을 들고 다가오자 주백통이 웃으며 반겼다.

"먹을 게 왔구나!"

하인은 찬합 뚜껑을 열어 네 가지 음식과 술 두 주전자, 목기 밥통 하나를 주백통 앞에 있는 큰 돌 위에 놓더니 두 사람에게 술을 따라 주고 두 손을 모은 채 옆으로 물러났다.

"황 낭자는요? 왜 나를 찾으러 오지 않죠?"

곽정이 급히 물어보았지만 하인은 고개를 저으며 손으로 자기의 귀와 입을 가렸다. 귀머거리에 벙어리라는 뜻이었다.

주백통이 소리 없이 웃었다.

"이 사람의 귀는 황약사가 이렇게 해놓은 것이다. 입을 벌리라고 해서 한번 보거라."

곽정이 손짓 발짓을 해 뜻을 전달하자 하인은 입을 벌렸다. 곽정은 안을 들여다보고는 깜짝 놀랐다. 하인의 혀가 반이나 잘려 있었다.

"이 섬의 하인들은 다 이렇지. 너도 이 섬에 들어왔으니 죽지 않으면 저 모양이 될 거다."

곽정은 놀라 아무 말도 할 수가 없었다.

'용이의 아버지가 그렇게 잔인한 분이신가?'

"황약사는 매일 밤 이렇게 나를 괴롭히지만 나는 결코 지지 않아. 하지만 어젯밤에는 하마터면 그의 손에 놀아날 뻔했다. 네가 도와주지 않았다면 십수 년간 버텨온 내 의지가 순식간에 무너졌겠지. 자, 자! 여기 술도 있고 음식도 있으니, 하늘에 맹세하고 의형제가 되자꾸나. 앞으로 즐거움은 함께 누리고 어려움은 나누어 이겨내는 거야. 전에 왕중양과 의형제를 맺을 때 그렇게 우물쭈물했지."

"제가 어찌 감히 어르신과 의형제를 맺을 수 있겠습니까?"

"뭐? 못하겠다고? 왕중양 사형이야 나보다 무공이 훨씬 높았으니 나랑 의형제를 맺으려 하지 않았던 거지. 너도 무공이 나보다 높아서 이러는 거냐? 그렇지는 않을 텐데……."

"제 무공이야 일천하기 이를 데가 없지요. 의형제를 맺기에 크게 부족합니다."

"무공이 대등해야 의형제를 맺을 수 있다고 한다면, 그럼 나는 황약사나 서독 노독물과 의형제를 맺으란 말이냐? 그자들도 내가 자기들만 못하다고 싫어하니 도대체 어찌하란 말이냐? 나더러 여기 있는 귀머거리에 벙어리인 자와 의형제를 맺으라는 거냐?"

주백통은 정말 분통이 터진다는 듯 옆에 있는 하인을 가리키며 발을 굴렸다. 곽정은 그의 표정을 살피며 설명했다.

"제 선배님들이 어르신의 후배가 되시는데, 말씀대로 의형제를 맺는다면 세상 사람들이 욕하며 비웃을 겁니다. 의형제를 맺는다면 앞으로 어떻게 마 도장, 구 도장, 왕 도장 얼굴을 뵐 수 있겠습니까?"

"너는 걱정이 참으로 많구나. 이렇게 나와 의형제를 맺지 않으려 하는 것은 필시 내가 너무 늙어서겠지? 엉엉……."

주백통은 갑자기 얼굴을 가리고 수염을 쥐어뜯으며 큰 소리로 울기 시작했다. 곽정은 당황해 어찌해야 좋을지 몰랐다.

"말씀대로 하겠습니다."

"나 때문에 억지로 그럴 것 없다. 그게 무슨 소용이 있겠느냐? 나중에 누가 물으면 내 탓을 하겠지? 나를 형이라고 부르고 싶지도 않을 거야."

곽정은 가만히 미소를 지었다. 나이도 지긋한 분이 어떻게 이렇게 어린아이 같은지……. 그는 이제 음식 접시를 던지며 밥을 안 먹겠다고 심통을 부렸다. 하인은 황급히 접시를 주워 올리며 도대체 무슨 일인지 모르겠다는 표정으로 겁을 집어먹고 있었다.

곽정도 어쩔 도리가 없어 웃고 말았다.

"형님께서 이렇듯 호의를 보여주시는데 아우가 어찌 마다하겠습니까? 여기서 흙을 향 삼아 의형제를 맺도록 하지요."

주백통은 금방 눈물을 닦고 웃음을 되찾았다.

"나는 일찍이 황약사에게 맹세한 게 있다네. 그를 이기기 전에는 용변을 보는 일 외에는 이 굴에서 한 걸음도 나가지 않겠다고 했지. 나는 이 안에서 절을 할 테니 자네는 밖에서 절을 하게."

'그럼 황 도주를 못 이기면 평생 이 석굴 안에서 지내겠다는 건가?'

궁금증이 일었지만 더 묻지 않고 무릎을 꿇었다. 주백통도 무릎을 꿇고 곽정과 어깨를 나란히 하여 낭랑한 목소리로 말문을 열었다.

"노완동老頑童 주백통, 오늘 곽정과 의형제의 연을 맺습니다. 앞으로 기쁨도 슬픔도 함께 나눌 것을 맹세합니다. 이 맹세를 깨뜨린다면 저의 무공을 모두 거두시어 개나 고양이도 상대할 수 없게 하소서."

스스로 노완동(늙은 악동이라는 뜻)이라 하고 맹세하는 말도 어쩌면 이렇게 괴상망측한지 터져 나오는 웃음을 참을 수가 없었다. 주백통이 눈을 부릅떴다.

"왜 웃는 거야? 따라 읊어!"

곽정도 역시 따라 읊었다. 두 사람은 술을 땅에 뿌리고 곽정은 다시 한번 절을 올려 형님에 대한 예를 표했다.

주백통은 만족스러운 듯 크게 웃었다.

"됐다, 됐어."

그는 혼자 술을 따라 쭉 들이켜고는 중얼거렸다.

"황약사 이 사람, 참 쩨쩨하단 말이지. 이런 밍밍한 술이나 주고 말이야. 전에 그 딸아이가 가져다준 술은 그래도 맛이 좋던데……. 그 이후로는 다시 오지 않았지."

그러고 보니 전에 황용이 해준 이야기가 생각났다. 황용은 좋은 술을 훔쳐 주백통에게 몰래 가져다주고 아버지에게 혼쭐이 난 뒤로 홧김에 도화도를 나온 것이었다. 주백통은 이러한 사실을 모르고 있는 듯했다. 곽정은 이미 하루 종일 굶은 터라 술은 생각이 없었다. 단숨에 밥을 다섯 사발이나 먹고 나서야 배가 좀 차는 듯했다. 하인은 두 사람이 다 먹기를 기다렸다가 그릇과 남은 음식을 챙겨 돌아갔다.

"아우, 어쩌다 황약사에게 죄를 지었는지 얘기나 좀 해보게."

곽정은 어려서 뜻하지 않게 진현풍을 찔러 죽인 일이며, 귀운장에서 매초풍과 싸운 일, 화가 난 황약사가 강남육괴를 괴롭힌 일, 한 달 안에 도화도에 와서 죽기로 한 일 등을 쭉 이야기했다.

원래 주백통은 다른 사람의 이야기를 듣는 걸 가장 좋아하는 사람이라 고개를 비스듬히 기울인 채 실눈을 뜨고 곽정의 이야기를 흥미롭게 들었다. 곽정이 조금이라도 이야기를 간단하게 하고 넘어가면 꼭 자세한 내막을 캐물었다.

곽정이 이야기를 마쳤다.

"그 후에는 어떻게 됐는데?"

"여기까지 오게 된 것이지요."

주백통은 잠시 중얼거리다 입을 열었다.

"으흠, 그러니까 그 여자아이가 황약사의 딸이었다는 거지? 그 아이와 너는 서로 좋아하는데, 이 섬으로 돌아온 후 갑자기 사라졌고? 뭔가 이유가 있는 게 틀림없어. 아마 황약사한테 잡혀 간 거지."

곽정의 얼굴에 우울한 빛이 떠올랐다.

"후배도 그렇게 생각하고 있습니다……."

주백통의 얼굴이 굳어졌다.

"뭐라고?"

곽정은 재빨리 실수를 알아차렸다.

"아우가 잠깐 실수했습니다. 형님, 마음에 두지 마십시오."

"호칭이라는 건 절대 틀려서는 안 되는 거야. 우리가 연극을 한다고

치세. 내가 자네 부인이든, 어머니든, 또 딸이라도 상관없어. 하지만 호칭이 틀려서는 안 된다는 거지."

곽정은 연신 고개를 끄덕이며 "예, 예" 대답했다. 주백통이 고개를 갸웃하며 물었다.

"내가 왜 여기 있는 것 같은가?"

"아우도 막 여쭈어보고 싶던 참입니다."

"말하자면 길지만, 내 천천히 이야기해주지. 동사, 서독, 남제, 북개, 중신통 다섯 사람이 화산 정상에서 무예를 겨룬 일은 알고 있겠다?"

곽정은 고개를 끄덕였다.

"들어서 알고 있습니다."

"그때는 추운 겨울, 섣달 그믐이었다네. 화산 정상에 눈이 높이 쌓여 있었지. 그 다섯 사람은 입으로는 이야기를 하면서 손발은 쉼 없이 무예를 겨루었지. 눈 속에서 7일 밤낮을 겨루다가 동사, 서독, 남제, 북개 네 사람이 결국 내 사형 되시는 왕중양의 무공이 천하제일이라고 승복한 거야. 이들이 화산에서 왜 겨루었는지 알고 있나?"

"그 이야기는 들어본 바가 없습니다."

"그게 경문經文 한 권 때문이었는데……."

"〈구음진경〉이군요?"

곽정이 말을 가로챘다.

"그렇지! 아우, 나이도 어린 사람이 무림에서 일어나는 일을 많이도 알고 있구면. 그럼 〈구음진경〉의 내력도 알고 있나?"

"그건 잘 모릅니다."

주백통은 귀 옆으로 흘러내린 머리카락을 쓸어 올리며 뽐내는 듯한 표정이 되었다.

"아까 자네가 재미있는 이야기를 들려줬으니, 이번에는 내가……."

곽정이 말을 끊었다.

"제가 말씀드린 건 모두 사실입니다. 그저 이야기가 아닙니다."

"그게 뭐가 다른가? 재미있으면 그만이지. 어떤 이는 밥 먹고, 똥 누고, 잠자는 게 평생의 일이지. 만일 그런 인생의 모든 사소한 일을 사실이랍시고 이야기해준다면 나는 답답해 죽어버릴걸."

곽정도 고개를 끄덕였다.

"그렇겠네요. 그럼 형님께서 〈구음진경〉에 대한 이야기를 들려주십시오."

주백통이 다시 이야기를 시작했다.

"휘종 황제가 정화政和 연간 천하에 흩어져 있던 도가의 책들을 모아 판본을 만들어 간행한 일이 있지. 총 5,481권으로 이루어져 〈만수도장萬壽道藏〉이라는 제목을 달았어. 황제는 이를 새길 사람을 뽑도록 했는데, 그 이름이 황상黃裳이라는……."

"그 사람도 성이 황이네요?"

"이런, 이건 황약사와는 아무런 상관도 없는 일이야. 쓸데없는 생각 말라고. 세상에 황씨가 얼마나 많은가? 누렁개 황구도 황씨고, 누렁 고양이 황묘도 황씨잖아."

곽정은 속으로 개나 고양이의 성이 꼭 황씨일 리는 없다고 생각했지만 더 이상 아무 말 하지 않고 잠자코 듣고 있었다.

"그는 황약사와는 전혀 관계없는 황상이란 사람이야. 굉장히 똑똑한 사람이었지……."

'그 사람도 아주 똑똑했군요'라는 말이 입안에 맴돌았지만 곽정은 꾹 참았다. 주백통이 말을 이었다.

"이 사람은 만약 글자를 잘못 새겨 황제가 그걸 발견하면 머리가 달아날 거라는 걱정이 생겼지. 그래서 한 권 한 권을 아주 세심하게 읽어보았지. 그런데 이렇게 몇 년을 읽고 나니 도학에 아주 정통하게 되었어. 또 그 덕에 무학의 깊은 도리를 깨달을 수 있었지. 스승도 없이 혼자 터득해 내공과 외공을 수련하고 무공의 고수가 되어버린 거야. 어때? 아우보다 이 황상이라는 사람이 훨씬 똑똑하지 않은가? 나도 그렇지만, 아우도 이런 재주는 없을걸."

"당연히 그렇죠. 도가의 책 5천 권을 저더러 처음부터 끝까지 읽으라고 하면 저는 평생을 바쳐도 다 못 읽을 거예요. 거기다 그 안의 무공을 터득하는 건 더욱이 말도 안 되죠."

주백통은 한숨을 푹 쉬었다.

"세상에는 똑똑한 사람이 있게 마련이야. 아우가 이런 사람을 만나면 대개는 큰 봉변을 당할 걸세."

곽정은 또 납득할 수가 없었다.

'용이도 굉장히 똑똑한걸. 그런 용이를 만난 것이 내게는 큰 행운인데, 봉변은 무슨?'

하지만 원래 다투는 걸 좋아하지 않는 품성이라 역시 잠자코 있었다. 주백통의 이야기가 계속되었다.

"황상은 무공을 익히면서도 관리로서 직분도 잊지 않았어. 어느 해인가, 명교明敎라고 하는 듣도 보도 못한 문파가 나타났지. 서역 사람들이 전해온 것이라는 이야기가 있었어. 이 명교의 교도들은 우선 노자를 모시지 않았어. 또 공자 말씀을 공부하는 것도 아니고, 그렇다고 여래보살을 모시는 것도 아니었지. 외국에서 온 무슨 마귀 같은 것을 숭상했어. 또 고기를 먹지 않고 채식만 했다네. 휘종 황제는 도교만을 믿으셨기 때문에 그 소식을 접하고는 황상에게 교지를 내려 이 사교의 세력을 토벌하라고 명했어. 그런데 뜻밖에 이 명교의 교도 중에는 무공 고수가 상당수 섞여 있었다네. 게다가 많은 교도가 목숨을 아까워하지 않고 싸웠지. 관군도 그리 만만치는 않았을 텐데 몇 번의 전투 끝에 황상이 이끄는 군대는 그야말로 일패도지하고 말았어."

주백통의 말이 계속 이어졌다.

"황상은 분을 못 이겨 명교의 고수에게 직접 도전했지. 그러고는 단번에 무슨 법왕이네, 사자네 하는 자들을 죽여버렸어. 그가 죽인 사람 중에는 무림 명문 문파의 제자들도 섞여 있었다네. 이자들의 사백, 사숙, 사제, 사저, 사매 등이 한꺼번에 나서 다른 문파의 고수들까지 불러다가 황상을 괴롭혔지. 그의 행동이 무림의 규율을 어겼다는 거였어."

곽정은 잠자코 그의 말에 귀를 기울였다.

"황상은 무림에 속한 사람도 아니고 관리일 뿐인데 무림의 규율을 어찌 아느냐며 항변했지만, 상대방은 더욱 시끄럽게 떠들어댔지. '무림 사람이 아니라면 어찌 무예를 할 줄 아느냐, 네 사부는 무공만 가르치고 규율은 가르치지 않았단 말이냐?' 하며 따져 물은 거야. 황상이 자기는 사부가 없다고 말했지만, 그들은 믿지 않았어. 그렇게 싸우다가 어찌 되었는지 아나?"

"그야 무예로 겨루었겠지요."

"바로 그거야. 일단 맞서 싸우는데, 황상의 무공이 참으로 괴상망측한 거야. 누구도 본 적이 없는 무공이었지. 그 자리에서 또 몇몇이 죽었어. 하지만 황상도 혼자서는 중과부적이라, 역시 상처를 입고 죽을 힘을 다해 달아났지. 그러자 이 무림 사람들은 여전히 분이 삭지 않아 황상의 집으로 가 부모와 처자식을 깡그리 없애버리고 말았네."

곽정은 이야기를 듣다가 저도 모르게 탄식했다. 무공을 익히면 결국은 사람을 죽일 수밖에 없는 것이 안타까웠다. 주백통이 이야기를 계속했다.

"황상은 인적이 드문 곳으로 가 몸을 숨겼네. 그와 맞선 적들의 무공이며 초식을 하나하나 마음에 새겨두었지. 그리고 어떻게 하면 그 초식들을 깨부술 수 있을까 궁리했다네. 그 방법을 터득하면 그들을 죽이고 복수를 할 작정이었어."

주백통은 헛기침을 하고 나서 말을 이었다.

"세월이 흘러 그는 마침내 적들이 사용한 모든 초식을 깨뜨릴 수 있는 방법을 생각해냈지. 그는 기쁨으로 들떴어. 적들이 한꺼번에 덤벼도 혼자서 상대할 자신이 있었지. 그는 복수를 하기 위해 세상으로 나왔다네. 그런데 어찌 된 일인지 그 적들을 찾을 수가 없었어. 왜 그랬는지 아나?"

"아마도 적들이 그의 무공이 크게 진보한 것을 알고 그를 피해 숨어버린 것이겠지요."

주백통은 고개를 저었다.

"아냐, 아냐. 나의 사형께서 이 이야기를 들려주실 때도 나에게 맞혀보라고 하셨지. 이런저런 생각을 해보았지만 맞히지 못했어. 아우도 다시 생각해보게."

"형님께서 여러 차례 생각해보시고도 못 맞히셨다면 저는 생각할 필요도 없겠습니다. 맞힐 수 없을 것 같은걸요."

주백통은 허허, 너털웃음을 터뜨렸다.

"쯧쯧, 패기가 없구먼. 그래, 아우가 포기한다니 더 맞혀보라고 하지 않겠네. 사실은 그 수십 명의 적이 모두 죽어버린 거야."

곽정은 깜짝 놀랐다.

"예? 이상한 일이군요. 그의 친구나 제자가 대신 복수를 해서 다 죽여버리기라도 했단 말씀입니까?"

주백통은 또 고개를 가로저었다.

"아니지! 어림없는 소릴세. 그는 제자를 거둔 적이 없어. 또 문관이었네. 친구들도 모두 문인, 학사였어. 그러니 어찌 그를 대신해서 복수를 하겠는가?"

곽정은 머리를 긁적이며 물었다.

"그럼 전염병이라도 돌아 모두 병에 걸린 것이겠지요."

"역시 아닐세. 그의 적들은 산동이며 호남, 호북, 또는 하북 지역 등에 흩어져 있었네. 그렇게 한꺼번에 전염병에 걸릴 리가 있겠나? 아! 그렇지, 그렇지! 그러고 보니 사람들이 모두 걸릴 수도 있는 전염병이 있다네. 아무리 도망쳐도 이 병을 피할 수는 없지. 이게 무슨 병인지 알겠나?"

곽정은 상한, 천연두, 이질 등 몇 가지 병을 들었지만 주백통은 고개를 저을 뿐이었다.

"구제역!"

곽정은 말을 내뱉고 곧바로 틀렸다는 것을 알았다. 얼른 입을 막고 웃으며 다른 손으로는 자신의 머리를 두드렸다.

"정말 멍청하네. 구제역은 몽고의 소나 양 같은 가축들이나 걸리는 전염병인데……."

주백통은 껄껄 웃어젖혔다.

"너는 생각할수록 정신이 없구나. 황상은 사방을 돌아다니며 적을 수소문하다가 마침내 한 명을 찾아냈단다. 그 사람은 여자였지. 황상과 겨룰 때 겨우 열일곱 살 정도 되는 소녀였어. 그러나 황상이 찾아냈을 때 그녀는 예순이 넘은 노파였지."

곽정은 어이가 없었다.

"정말 이상하네요. 아, 그 여자가 얼굴을 바꾼 것 아닐까요? 황상이 알아보지 못하도록 노파로 분장한 거죠."

"그런 것이 아니다. 잘 생각해보거라. 황상의 적들은 모두 고수였네. 무공은 여러 문파를 아우르고 있는 것이지. 그 심오함과 오묘함은 이루 말로 형용할 수가 없어. 그 모든 사람의 초식을 깨뜨리려 한다면 얼마나 오랜 시간과 노력이 필요하겠느냐? 그는 깊은 산속에 몸을 숨기고 무공을 연마하는 데만 심혈을 기울였다네. 밤낮으로 무공만을 생각했을 뿐 그 어떤 잡념도 없었어. 그러는 사이에 40여 년 세월이 흘러버린 거야."

"40년요?"

"그래. 전심전력으로 무공을 연마하다 보면 40년 세월은 쉽게 가버리는 거라네. 나는 여기서 이미 15년을 지냈는데, 사실 별것도 아니지."

주백통은 하던 말을 계속했다.

"황상은 그 소녀가 이미 노파가 되어 있는 것을 보고는 감개무량했어. 하지만 그 노파는 병으로 운신도 하지 못하고 침상에 누워 숨만 헐떡이고 있었지. 얼마 지나지 않아 죽을 운명이었어. 황상이 수십 년간 마음에 담아두었던 깊은 원한이 갑자기 흔적도 없이 사라져버렸다네."

여기까지 말한 주백통은 나직이 한숨을 내쉬었다.

"아우, 사람은 모두 죽게 되어 있다네. 이게 바로 아무도 피할 수 없는 병이라는 거야. 끝날 때가 되면 아무도 그것을 피할 수가 없는 법이지."

곽정은 고개를 끄덕였다.

"나의 사형과 그의 일곱 제자는 날마다 양생과 수양에 전념했지. 그렇다고 그들이 죽지 않는 신선이라도 될 것 같은가? 그래서 나 같은 큰 도사는 그런 것은 아예 하지 않는 거라네."

곽정은 멀거니 듣고만 있었다.

"그 적들은 원래 40~50세 먹은 사람들이었네. 거기에 40년이 지났으니 하나씩 죽지 않았겠는가? 하하하! 그러니 그는 애초에 초식을 깨느라 고생할 필요가 없었던 거야. 그저 누가 오래 사나 겨루었으면 되는 거지. 40년 동안 겨루다 보면 하늘이 대신 적들의 목숨을 거두어갈 것 아닌가?"

곽정도 고개를 끄덕였다.

'그렇다면 내가 완안홍열에게 아버지의 원수를 갚으려 하는 것은 어찌해야 하는가?'

주백통이 계속 말을 이었다.

"하지만 결과적으로 말해서, 무공을 연마하는 것 자체가 무궁한 즐거움이지. 사람이 세상을 살면서 무공을 닦지 않는다면 무슨 재미가 있겠는가? 세상에 할 일이야 많지만 오래 하다 보면 모두 지겹고 재미가 없지. 하지만 무공만은 무궁무진한 재미가 있단 말이야. 아우, 아니 그런가?"

"아……."

곽정은 가타부타 정확히 말하지 않았다. 하지만 무공을 연마하는 데 무슨 재미를 느껴본 적은 없었다. 평생 무공을 닦는다는 것은 그저 힘들고 괴로운 과정이었다. 어려서부터 이를 악물고 힘겹게 연마하면서 그저 게으름을 피우지 않은 정도였다. 애매한 곽정의 태도에 주백통이 물었다.

"어찌 그 뒤에 어떻게 되었는지 묻지 않는가?"

"아, 예. 어찌 되었습니까?"

"어떻게 되었는지 물어보지도 않으면 내가 이야기하는 재미가 없지 않은가?"

"예, 예, 형님. 그 뒤에 어떻게 되었습니까?"

"황상은 그제야 자신을 되돌아보았네. 이제 자기도 늙었으니 몇 년 못 살겠구나 하면서 말이야. 그는 수십 년간의 노력을 통해 천하의 모든 문파를 아우르는 무학을 생각해냈는데, 몇 년 지나지 않아 누구도 피할 수 없는 병에 걸려 사라져버린다면 그간의 노력이 헛되지 않겠나? 하여 자신의 무공을 상하 두 권으로 나누어 책을 썼지. 그게 무엇이겠는가?"

"뭡니까?"

"이런, 이것도 못 맞히겠단 말인가?"

곽정은 잠시 생각에 잠겼다.

"〈구음진경〉입니까?"

"우리가 한참 이야기하고 있는 것이 바로 〈구음진경〉의 내력 아닌가? 뭘 또 물어보는 거야?"

곽정은 미소를 지었다.

"제가 틀릴까 봐 그랬습니다."

"〈구음진경〉을 쓰게 된 연유를 황상은 경서의 서문에 밝혀두었다네. 내 사형이 그것을 읽고 알게 된 거야. 황상이 경서를 비밀스러운 장소에 숨겨두었기 때문에 수십 년간 아무도 발견하지 못했다네. 그러던 중 어느 해인가, 이 책이 갑자기 세상에 나오자 천하의 무학을 한다는 사람들이 모두 이것을 탐내 서로 뺏고 빼앗기며 혼란에 빠졌지."

주백통의 말이 줄줄 이어졌다.

"사형 말씀에 따르면 이 경서를 빼앗기 위해 죽어간 영웅호걸이 전대부터 해서 100여 명은 족히 된다고 하더군. 이 책을 손에 넣은 사람은 경서의 내용대로 무공을 연마하지만, 얼마 지나지 않아 다른 사람에게 들켜 쫓기다가 책을 빼앗기곤 했지. 그렇게 다투는 동안 몇 명이 죽었는지 몰라. 책을 손에 넣은 자는 무슨 수를 써서라도 숨으려고 하지만, 또 이를 쫓는 사람이 너무나 많으니 어떻게든 찾아내고 마는 것이지. 이런 음모와 계략이 난무하는 가운데 서로 뺏고 속이고 하는 일이 얼마나 많이 벌어졌는지 모른다네."

"그리 말씀하시니 그 경서는 세상에서 가장 위험한 물건인 듯합니다. 진현풍이 그 경서를 얻지 않았다면 매초풍과 고향에 돌아가 이름을 숨기고 평화롭게 한세상 살았을 테고, 황 도주도 그들을 못 찾았을 텐데요. 또 매초풍이 그 경서를 가지고 있지 않았다면 지금처럼 되지도 않았을 테고요."

"아우는 어찌 그런 맥빠지는 소리를 하는가? 〈구음진경〉에 기록된 것은 참으로 심오하고 신묘한 무공의 극치란 말일세. 무학을 하는 사람이 그 내용을 조금만 배우기만 하면 세상을 놀라게 할 수 있다네. 그 때문에 몸을 망친다고 해도 그게 뭐 대수겠는가? 아까 이야기하지 않았나, 세상에 죽지 않는 사람은 없단 말이야."

"형님은 무학에 푹 빠지셨군요."

"그걸 말이라고 하나? 무학을 닦는 것은 정말 끝없는 즐거움일세. 세상 사람들이 우매해 어떤 이는 책을 읽어 관리가 되고자 하고, 어떤 이는 재물을 탐하고, 또 어떤 이는 절세의 미녀를 좋아하지. 하지만 그런 즐거움이 어찌 무학의 즐거움에 조금이라도 미칠 수 있단 말인가?"

"아우도 일천한 무공이나마 수련하고 있습니다만, 그 속에 그런 즐거움이 있는지는 잘 모르겠습니다."

주백통이 탄식했다.

"어리석군, 어리석어. 그럼 아우는 왜 무공을 연마하는가?"

"사부님께서 시키셔서 연마하고 있습니다."

주백통은 고개를 가로저었다.

"정말 어리석구먼. 사람이 밥을 안 먹을 수는 있네. 생명을 버릴 수도 있지. 하지만 무예는 그렇게 버릴 수가 없단 말이야."

'완전히 무공에 미친 사람이로구나.'

"저는 흑풍쌍살이 〈구음진경〉에 있는 무공을 사용하는 것을 본 적이 있는데, 대단히 음험하고 악독했습니다. 결코 배워서는 안 될 것 같았습니다."

"그건 틀림없이 흑풍쌍살이 잘못 배워서야. 〈구음진경〉에는 정정당당한 무공이 담겨 있는데, 그럴 리가 있나?"

곽정은 매초풍의 무공을 본 적이 있는지라 뭐라 해도 믿을 수가 없었다. 주백통이 말을 돌렸다.

"아까 우리가 어디까지 이야기했지?"

"천하의 영웅호걸들이 모두 〈구음진경〉을 얻기 위해 다투고 있다고 하셨죠."

"그렇지. 그다음에 일이 점점 커졌단 말이야. 전진교 교주, 도화도주 황약사, 개방의 홍 방주 같은 고수들까지 이 난리통에 끼어들게 된 거야. 이 다섯 사람은 화산에서 겨루기로 정하고, 천하제일의 무공을 지닌 사람이 이 경서를 가지기로 했지."

"그래서 결국 형님의 사형 손에 들어간 것이군요."

주백통은 자못 자랑스러운 표정이 되었다.

"그래, 나와 사형은 우애가 두터웠지. 그분이 출가하기 전부터 우리는 친한 친구 사이였어. 내게 무예를 가르쳐주기도 하셨지. 나중에 사형은 내가 무학에 너무 빠져 집착한다고 하시더군. 그건 도가의 청정무위淸靜無爲의 도에 어긋난다는 거야."

주백통은 피식 웃으며 말을 이었다.

"그래서 내가 비록 전진파이긴 했지만 사형께서는 도사라는 칭호를 허락하지 않으셨지. 그건 나도 어찌할 수 없었어. 또 내 일곱 사질 중 구처기의 무공이 가장 뛰어났지만, 사형께서는 별로 좋아하지 않으셨네. 무학을 연마하는 데만 열중한 나머지 도가의 수련은 등한시한다는 이유였지. 무학을 닦으려면 힘든 연마 과정을 겪을 맹렬한 기가 필요하고, 도를 닦으려면 담백하고 맑은 기운이 필요하다고 하셨는데, 사실 이 두 가지 기는 서로 어우러지기 어려운 것이거든. 마옥은 사형의 법통을 이어받았지만, 무공은 구처기와 왕처일에 못 미치지."

"그렇다면 전진교 교주 왕 진인 스스로는 어찌 도가의 진인이면서 무학의 대가가 될 수 있었습니까?"

"사형은 원래 태어나면서부터 뛰어난 분이었네. 무학의 수많은 도리를 자연스럽게 체득했지. 나처럼 죽을 둥 살 둥 고되게 수련하신 게 아니야. 아까 우리가 어디까지 이야기했던가? 왜 또 화제가 이렇게 바뀌었지?"

곽정은 픽 웃었다.

"사형께서 〈구음진경〉을 얻은 것까지 말씀하셨습니다."

"그렇지. 사형은 경서를 얻고는 그 안의 내용을 연마하지는 않았네. 그걸 석갑石匣에 넣어 좌선하는 방석 밑 석판 아래에 두셨어. 그게 이상해서 이유를 여쭈니 웃기만 할 뿐 대답이 없으셨지. 내가 계속 캐물었지만, 스스로 생각해보라는 말씀뿐이셨어. 네가 한번 생각을 해봐라. 왜 그러셨을까?"

"누가 와서 훔쳐갈까 봐 그러신 걸까요?"

주백통은 고개를 저었다.

"아니야, 아니야. 누가 감히 전진교 교주의 물건을 훔치겠느냐? 죽고 싶어 환장을 했으면 모를까."

곽정은 한참을 생각하다가 벌떡 일어났다.

"맞다! 정말 잘 숨겨두려고 하셨다면 차라리 태워버리는 게 나았을 거예요."

주백통은 깜짝 놀라 곽정을 쳐다보았다.

"사형께서도 그렇게 말씀하셨다네. 여러 번 태워버리려고 했지만 차마 그러지 못했다고 말이야. 아우의 그 둔한 머리로 어찌 그런 생각을 했는가?"

곽정은 얼굴을 붉히며 씩 웃었다.

"왕 진인의 무공은 이미 천하제일이잖아요. 수련을 해서 더욱 강해지더라도 결국은 천하제일이겠죠. 그분이 화산에 가서 다른 고수들과 겨룬 것은 천하제일이라는 이름을 얻기 위해서가 아니라, 〈구음진경〉을 갖기 위해서였을 거예요. 또 〈구음진경〉을 얻으신 것도 무공을 수련하기 위해서가 아니라, 세상의 영웅호걸들이 그 경서를 가지려고 더 이상 서로 싸우고 죽이지 않도록 하기 위해서였을 거고요."

주백통은 말을 잃고 멀거니 하늘을 바라보았다. 곽정은 뭔가 말실수를 해서 이 괴팍한 형님의 기분을 상하게 한 것은 아닌지 걱정되었다.

주백통은 길게 한숨을 내쉬었다.

"어찌 그런 생각을 했는가?"

"모르겠어요. 그저 그 경서 때문에 이미 여러 사람이 상했으니 그런 책이라면 아무리 귀중한 것이라도 차라리 태워버리는 게 낫겠다고 생각했어요."

"그것이 참으로 맞는 말일세. 나는 여태 그런 생각을 못 했구먼. 사형은 내가 무학을 익히는 자질이 뛰어나며 나 스스로도 지칠 줄 모르고 즐겁게 연마하지만, 지나치게 집착하고 구세제인救世濟人의 포부가 없어 평생 수련을 한다고 해도 진정한 경지에 이르지는 못할 거라고 말씀하셨지. 그때는 그런 말을 듣고도 믿지 않았네. 무학은 무학일 뿐

내 몸과 무기의 쓰임을 익히면 그만이지, 포부와 식견이 무슨 상관이냐고 생각했어. 10여 년이 흘러서야 믿을 수밖에 없게 되었군."

주백통의 표정이 약간 침울해지는 것 같았다.

"아우, 자네는 품성이 착하고 포부가 크니 사형이 세상에 안 계신 것이 아쉬울 뿐이구면. 만일 살아 계셨다면 분명히 자네를 좋아하셨을 거야. 절세의 무공을 모두 자네에게 전수하셨을 걸세. 돌아가시지 않았다면 얼마나 좋았겠는가!"

주백통은 사형을 그리며 느닷없이 돌 위에 엎드려 통곡을 했다. 곽정은 그의 말을 완전히 이해하지는 못했지만, 그가 서럽게 우는 모습을 보니 서글퍼졌다. 주백통은 한참을 울고 나더니 갑자기 얼굴을 들었다.

"아, 우리 이야기가 아직 남았지? 마저 이야기하고 울어도 늦지 않겠지. 어디까지 이야기했던가? 왜 울지 말라고 말리지도 않았나?"

곽정이 미소를 지었다.

"왕 진인께서 〈구음진경〉을 방석 밑 석판 아래에 두셨다고 하셨어요."

주백통이 생각났다는 듯 무릎을 쳤다.

"그래, 사형은 경서를 석판 아래 두셨지. 내가 좀 볼 수 없겠냐고 말씀드린 적이 있지만 오히려 정색을 하고 꾸짖으셔서 다시는 그 얘기를 꺼낼 수 없었네. 무림은 한동안 조용해졌지. 그러다 사형이 돌아가실 때 또 한차례 회오리가 몰아쳤어."

주백통의 말이 빨라졌다. 곽정은 주백통의 말투에서 그 회오리가 엄청난 것이었다는 느낌을 받고 숨죽인 채 이야기를 듣기만 했다.

"사형은 자신의 수명이 다했다는 것을 알았네. 누구도 피할 수 없는 병이 마침내 자신에게 찾아왔다는 것을 느꼈지. 그래서 문파 내의 여러 가지 일을 당부하고는 내게 〈구음진경〉을 가지고 오라고 하며 화로에 불을 붙이셨어. 경서를 태우려 하면서도 오래오래 그 책을 어루만지시더군. 그러다 길게 탄식을 내뱉으며 말씀하셨어. '선배가 필생의 심혈을 기울여 쓴 책을 어찌 내 손으로 태울 수 있단 말인가? 물은 배를 움직일 수도, 뒤집을 수도 있는 것. 후대가 이 책을 올바르게 사용하기만 바랄 뿐이지. 다만 내 문하에서는 절대로 이 경문의 무공을 연마해서는 안 된다. 세인들이 내가 사심이 있어 이 경서를 손에 넣었다는 말을 하게 해서는 안 돼.' 이런 말씀을 남기시고 눈을 감으셨다네. 그날 밤 영구를 안치하고 3경이 못 되어서 그예 일이 터져버린 거야."

도화도에서 보낸 15년

곽정은 애가 탔다. 주백통은 지난 일을 회상하듯 눈을 지그시 감았다가 떴다.

"그날 밤, 나는 전진교 일곱 제자와 함께 영전을 지키고 있었지. 한밤중에 갑자기 적들이 공격해왔어. 모두가 고수들이더군. 전진칠자는 일제히 적과 맞섰지. 그들은 놈들이 스승의 시신을 상하게 할까 봐 놈들을 도관 밖으로 유인해 싸움을 벌였네. 나만 영전에 남아 있었는데, 갑자기 밖에서 누군가 외치더군. 〈구음진경〉을 내놓지 않으면 전진도관을 태워버리겠다는 거였어."

말을 이어가는 주백통의 표정이 수시로 바뀌었다.

"고개를 내밀어보고는 놀라 숨이 멎어버리는 줄 알았다네. 한 사람이 나뭇가지 위에 서 있는데, 그 가지의 흔들림에 따라 움직이고 있었어. 경신 무공이 정말 대단했지. 그 경신술을 가르쳐준다고 하면 스승으로 삼아도 좋다는 생각까지 들었다네. 하지만 곧 생각을 고쳐먹었지. 〈구음진경〉을 빼앗으러 온 자가 아닌가? 스승으로 삼을 수 없을 뿐 아니라, 맞서 싸울 수밖에 없는 노릇이었어. 상대가 안 된다고 생각하면서도 그에게 맞섰네. 나는 몸을 일으켜 나무 위에서 30~40초식을 겨루었지만 싸움이 계속될수록 간담이 서늘해지더군. 적은 나보다 몇 살 적은 것 같았는데, 솜씨가 어찌나 매운지 겨우 버티다가 결국은 어깨를 맞고 나무 아래로 떨어졌네."

"형님 무공으로 당해내지 못하셨다니 그 적이 누구였습니까?"

"누구였을 것 같나?"

곽정은 한참을 궁리해보았다.

"서독요!"

"응? 어떻게 알았지?"

"형님보다 무공이 뛰어난 사람이라면 화산에 모였던 다섯 분 아니겠습니까? 홍칠공은 공명정대하신 분이고, 단황야는 황야시니까 신분에 맞게 행동하실 테지요. 또 황 도주는 어떤 분인지 잘 모르지만, 대범한 기질로 보아 다른 이의 위기를 틈타 공격할 소인배는 아닐 것 같습니다."

그때, 수풀 밖에서 누군가 외치는 소리가 들렸다.

"애송이 놈이 사람 볼 줄은 아는군!"

곽정은 벌떡 일어나 소리가 난 곳으로 달려가보았지만 그 사람은 이미 모습을 감춘 뒤였다. 꽃나무가 흔들리며 꽃잎이 하늘하늘 떨어질 뿐이었다. 주백통의 목소리가 들렸다.

"아우, 돌아오게! 황약사야! 벌써 멀리 가버렸을 걸세."

곽정이 석굴로 돌아오자 주백통이 말했다.

"황약사는 기문오행奇門五行에 정통한 사람일세. 이 꽃나무들도 모두

제갈량의 팔진도八陣圖에 따라 심은 거지."

"제갈량요?"

주백통이 한숨을 내쉬었다.

"그래, 황약사는 참으로 총명한 사람이야. 금琴, 바둑, 서화, 의술에 점성술, 거기에 농업, 수리水利, 경제, 병략兵略까지 모르는 것이 없는 사람이지. 안타깝게도 나와는 서로 맞지 않는다네. 또 그 사람을 도무지 이길 수가 없어. 그가 이 수풀 사이에서 동에 번쩍 서에 번쩍 돌아다니면 아무도 찾아낼 수가 없지."

곽정은 아무 말도 할 수가 없었다. 황약사의 능력을 생각하니 온몸이 얼어붙는 듯했다. 한참이 지나서야 곽정이 입을 열었다.

"형님, 서독에게 맞아 나무에서 떨어지고 나서 어떻게 되었습니까?"

주백통이 또 무릎을 쳤다.

"그렇지. 이번에는 잊지 않고 말해주는구먼. 구양봉의 일격을 맞고 나니 뼛속까지 고통이 밀려오더군. 꼼짝도 못 하고 있었지만 그가 영전으로 달려 들어가는 것을 보고는 부상도 잊은 채 죽을 각오로 쫓아갔지. 그는 영전에 들어서더니 탁자에 있던 경서로 손을 뻗더군. 정말 큰일이다 싶었네. 나는 상대가 안 되지, 사질들은 적과 싸우느라 아직 돌아오지 않았지, 정말 위기일발 상황이었어. 그때 갑자기 우지직하는 소리가 들리더니 관을 덮은 나무 뚜껑이 산산조각 나면서 큰 구멍이 뚫렸다네."

"구양봉이 장력으로 왕 진인의 관을 부순 건가요?"

"아냐, 아냐. 사형이 장력으로 관을 부순 거야."

너무나 황당무계한 이야기라 곽정은 두 눈을 동그랗게 뜨고 아무 말도 할 수 없었다.

"내 사형이 죽은 후 귀신이 됐겠나, 아니면 부활했겠나? 둘 다 아냐. 사형은 죽은 척한 거지."

"네? 죽은 척했다고요?"

주백통의 말에 곽정이 깜짝 놀라 입을 다물지 못했다.

"그래……."

주백통이 말을 이었다.

"사형은 죽기 며칠 전 서독이 자신을 미행한다는 사실을 알았지. 자신이 죽으면 분명 〈구음진경〉을 뺏어갈 것이라 짐작하고 상승 내공으로 숨을 막아 죽은 척한 거야. 하지만 제자들에게 그 사실을 알리면 슬픈 척해도 표가 날 테고, 교활하기 짝이 없는 서독이 곧바로 눈치를 채 다른 음모를 꾸밀지도 모르니 모두에게 비밀로 한 거지."

주백통은 진지하게 말을 이어갔다.

"그때 사형은 장풍으로 관을 박차고 나오며 서독에게 일양지—陽指를 날렸고, 창밖에서 사형이 죽는 모습을 생생하게 지켜본 구양봉은 사형이 갑자기 관을 박차고 나오자 혼비백산했지. 원래 구양봉은 사형 앞에서 긴장을 늦추지 않았지만 그땐 너무 놀란 나머지 운기를 조절하지 못해 사형의 일양지 일격이 그의 양미간을 강타했어. 그가 수년 동안 연마한 합마공蛤蟆功도 박살이 났고."

여기까지 말하던 주백통의 표정이 의기양양해졌다.

"그리고 구양봉은 그 자리에서 서역으로 달아났고, 듣자 하니 다신 중원에 발을 들여놓지 못했대. 사형은 껄껄 웃으며 제사상에 책상다리를 하고 앉으시더군. 난 사형이 일양지 공격으로 진기를 많이 소진해

운기조식을 한다는 걸 알고 조용히 사질들에게 달려가 습격하는 적을 물리쳤어. 사질들은 장문인이 살아 있다는 소식을 듣자 뛸 듯이 기뻐했는데, 도관으로 돌아와서는 그만 기겁을 하고 말았지."

"아니, 왜요?"

곽정이 다급하게 물었다.

"사형의 몸이 한쪽으로 기울어졌고 표정도 괴이했어. 깜짝 놀라 사형의 몸을 만져보니 온몸이 얼음장 같은 게 이번엔 진짜 운명하신 거야. 사형은 〈구음진경〉을 상·하권으로 나눠 숨기라는 유언을 남기셨어. 혹시 잘못되는 일이 있더라도 악인의 손에 한꺼번에 들어가는 일이 없도록 말이야. 그래서 난 상권을 적당한 곳에 숨긴 다음 하권을 남방의 안탕산雁蕩山에 숨기려고 가는 도중에 황약사를 만났지."

"아…… 그랬군요."

곽정이 고개를 끄덕였다.

"황약사는 좀 괴팍하지만 도도하고 자부심이 강해서 서독처럼 뻔뻔스럽게 경서를 뺏으려 하진 않았어. 한데 그가 막 혼인한 아내와 같이 있었다는 게 문제였지."

'그렇다면 황용의 어머니인데…… 그분이 그 일과 무슨 상관이 있을까?'

곽정은 내심 호기심이 일어 계속 주백통의 말을 경청했다.

"난 황약사가 만면에 웃음을 지으며 신혼이라고 흐뭇해하기에 속으로 참 멍청한 놈이라고 비웃었지. 마누라 같은 건 얻어서 뭐 해? 안 그래? 그래서 좀 비아냥거렸는데도 화를 내기는커녕 술을 대접하더라고. 그 자리에서 내가 사형이 죽은 척해서 구양봉을 무찌른 사연을 얘기해주자 가만히 듣고 있던 황약사의 아내가 〈구음진경〉을 한 번만 보여달라고 하는 게 아니겠어?"

궁금한 곽정이 묻기 전에 주백통의 말이 술술 이어졌다.

"자기는 무공을 전혀 모르지만 무수한 무림 고수를 죽음으로 몰아넣은 책이 대체 어떻게 생긴 건지 한번 보기나 했으면 좋겠다는 거야. 물론 난 거절했지. 한데 황약사는 그 어린 마누라가 예뻐 죽겠는지 나한테 아내의 청을 들어달라고 애원하는 거야."

주백통은 당시 황약사가 하던 말을 그대로 전했다.

"백통, 아내는 정말 무공을 할 줄 모르오. 아직 어려서 재미있는 구경을 하고 싶어 할 뿐인데 좀 보여준들 어떻겠소. 만약 이 황약사가 그대의 비급을 조금이라도 훔쳐본다면 이 두 눈알을 파서 선사하겠소."

주백통은 쓴웃음을 지으며 다시 말을 이었다.

"물론 황약사는 무림에서 둘째가라면 서러운 인물이고, 약속을 철석같이 지킬 거란 믿음이 있었지만 그 비급이 워낙 중요한 물건이라 난 고개를 저었지. 그러자 황약사가 조금 서운해하면서 말했지. '그대가 곤란한 입장이라는 것은 잘 알지만, 아내에게 한 번만 보여준다면 언젠가 전진교에 보답할 날이 있을 거요. 그러나 끝까지 거절한다면 안면 있는 전진교 제자들이 해를 입을 수밖에 없소.' 난 그의 말뜻을 알아들었지. 한다면 하는 사람인데, 날 공격하기는 난처하니까 마옥과 구처기를 괴롭히겠다는 거였어. 그는 무공이 뛰어나니 정말 실천하면 큰일이 나는 거지."

"맞아요. 마 도장과 구 도장은 그의 적수가 못 돼요."

열심히 듣고 있던 곽정이 맞장구를 쳤다.

"그래서 내가 이렇게 말했어."

주백통이 또 이야기를 시작했다.

"황약사, 화풀이를 하려면 이 노완동에게 할 것이지, 내 사질들은 왜 건드립니까? 너무 비겁한 거 아니오? 그랬더니 그의 아내가 노완동이 란 내 별명을 듣자 키득키득 웃는 거야. 그러고는 엉뚱한 제안을 했어. '주 대형, 굉장히 짓궂은 모양인데 우리 괜히 싸우지 말고 재미있는 놀 이나 해요. 그 비급은 안 봐도 그만이에요.' 이러면서 자기 남편을 쳐 다보더군."

주백통은 여인의 간드러진 음성을 흉내 냈다.

"보아하니 〈구음진경〉은 구양봉인가 뭔가한테 뺏겨 못 내놓는 모양 인데, 너무 다그치지 마세요. 체면 깎이잖아요."

여기까지 말한 주백통은 허허, 웃었다.

"그랬더니 황약사가 웃으면서 '좋소, 백통. 내가 대신 그놈을 찾아가 혼내주리다. 그대는 그자의 적수가 못 된다오.' 그러는 거야."

'영악한 건 어머니나 딸이나 똑같군!'

곽정은 속으로 생각하며 끼어들었다.

"그들이 괜히 부추긴 거예요."

"물론 나도 알았지."

주백통이 대답했다.

"하지만 말싸움이라고 질 수 있나? 그래서 내가 그랬지. '비급은 여 기 있으니 부인께 보여주는 건 어렵지 않으나, 내가 비급을 뺏겼다고 무시했으니 한번 겨뤄봐야겠소.' 그랬더니 황약사가 웃음을 지으며 이 렇게 말하더군. '무예를 다투면 괜히 분위기만 험악해질 테니 노완동이란 별명답게 어린애들 놀이로 겨뤄봅시다.' 한데 내가 대답도 하기 전에 부인이 좋아라 손뼉을 치며 '좋아요. 그럼 둘이 구슬치기 시합을 해봐요' 하더군."

그 말에 곽정은 웃음을 지었고, 다시 주백통의 얘기가 이어졌다.

"구슬치기라면 내 전문이라 냉큼 대답했지. '까짓것 해봅시다. 내가 겁낼 것 같소?' 그랬더니 그 부인이 씩 웃는 거야. '주 대형, 대형이 지면 비급을 보여주세요. 그런데 이기면 뭘 요구할 거죠?' 그랬더니 황약사가 대답하더군. '전진교에도 보물이 있는데, 도화도라고 없겠어?' 그러면서 거무칙칙하고 가시가 잔뜩 돋은 옷을 보자기에서 꺼내 탁자 위에 올려놨지. 그게 뭔지 알겠나?"

"연위갑요."

주백통의 물음에 곽정이 자신 있게 대답했다.

"그래, 너도 알고 있었구나."

주백통이 곽정을 바라보다 다시 말을 이었다.

"그러더니 황약사가 잘난 척을 하더군. '그대는 무공이 높아 이 호신복이 필요 없지만 장차 아내를 얻어 자식을 낳으면 그 아이에게 필요할 거요. 그 아이가 이 연위갑을 입고 다니면 아무도 괴롭히지 못할 테니까. 구슬치기를 해서 날 이기면 도화도의 이 보물은 그대 차지가 될 거요.' 이러기에 '내가 마누라를 얻을 생각은 꿈에도 없으니 자식을 낳는다는 건 더 황당한 얘기요. 하나 그 연위갑은 무림에서도 명성이 자자하니 그걸 옷 위에 입고 다니며 도화도의 보물을 이 노완동이 차지했다고 거들먹거리는 맛도 괜찮을 것 같소' 했지. 그랬더니 그의 아내가 또 끼어들었어."

주백통은 또 여인의 목소리를 흉내 냈다.

"'다들 잘난 척 그만하고 어서 시합이나 해보세요.' 그래서 우린 각각 아홉 개의 구슬을 갖고 열여덟 개의 구멍을 파 아홉 개 구슬을 땅바닥에 튕겨 먼저 구멍에 넣는 사람이 이기는 걸로 시합 방법을 정했지."

이 말을 들은 곽정은 지난날 의제 타뢰와 사막에서 구슬치기를 하던 모습이 떠올라 자신도 모르게 웃음이 나왔다.

"구슬이라면 나도 여러 개를 지녔기에 우린 곧 집 밖 공터로 나가 겨루기 시작했어."

주백통의 긴 이야기가 또 시작되었다.

"부인의 걸음걸이와 행동을 자세히 살펴보니 과연 무공은 모르는 것 같았어. 그래서 난 땅에 작은 구멍을 파고 먼저 황약사에게 구슬을 치라고 했지. 그의 암기 실력은 독보적 수준이었고, 더구나 탄지신통은 명성이 자자했어. 그래서 황약사는 정확성을 요하는 구슬치기에선 날 쉽게 이기리라 자신한 모양이야. 하지만 암기를 쓰는 것과 어린애들의 구슬치기는 비슷하면서도 엄연히 달라. 요령이 필요했지."

주백통은 흥, 하고 가볍게 코웃음을 쳤다.

"게다가 내가 파놓은 구멍은 특이해서 구슬이 들어가도 튀어나오게 되어 있었어. 정확하게 넣으려면 너무 세게 쳐서도 안 되고, 너무 살살 튕겨서도 안 됐지. 구멍 입구에서 구슬의 힘이 조금씩 줄어들어야만 들어가도 도로 나오지 않게 되거든."

곽정은 하찮은 구슬치기에도 그렇게 많은 기술이 필요한가 싶어 눈이 휘둥그레졌다. 하긴 그런 고수들을 몽고 아이들과 비교할 수는 없었다.

"황약사는 연달아 세 개의 구슬을 구멍 속에 명중시켰지만 역시 튕겨 나오고 말았어."

주백통은 득의양양한 목소리로 말을 이었다.

"그리고 그가 요령을 깨달았을 때 난 이미 다섯 개의 구슬을 구멍에 넣었지. 하지만 위기를 넘기는 그의 재주는 과연 비상했어. 내가 가장 힘을 쓰기 어려운 곳으로 구슬을 밀어 보내고 자신은 세 개의 구슬을 넣은 거야. 우린 엎치락뒤치락 혼전을 벌였지만 결국 난 또 하나의 구슬을 넣었고, 승리가 눈앞에 다가온 것 같았어. 한데……."

주백통이 갑자기 한숨을 쉬었다.

"황약사가 돌연 잔꾀를 부렸는데, 그게 뭔지 알겠나?"

곽정이 물었다.

"무공으로 대형의 손을 못 쓰게 했나요?"

"아니, 아니야."

주백통이 고개를 저으며 말을 이었다.

"교활한 황약사는 그렇게 멍청한 방법을 쓰진 않았어. 아무리 겨뤄도 날 이길 수 없다는 걸 깨닫고 갑자기 손가락의 힘을 발휘해서 자신의 구슬 세 개를 튕겨내 남은 세 개의 구슬을 박살 낸 거야. 물론 자신의 구슬은 흠도 나지 않았지."

곽정이 언성을 높였다.

"그럼 대형은 쓸 구슬이 없어진 거잖아요?"

"그래, 난 두 눈 멀쩡히 뜨고 그의 구슬이 하나하나 구멍에 들어가는 모습을 바라볼 수밖에 없었지. 그렇게 난 지고 만 거야."

"그건 반칙이잖아요?"

"나도 그렇게 말했지. 하지만 황약사는 도리어 화를 냈어. '백통, 아홉 개의 구슬을 먼저 구멍에 넣는 사람이 무조건 이기는 거라고 했을 뿐 방법은 언급한 적이 없소. 내가 구슬을 박살 내든 없애든 아홉 개를 다 구멍에 넣지 못하면 지는 거요.' 물론 그가 교활했지만 사전에 예상하지 못한 내 잘못도 컸지. 게다가 난 그의 구슬을 박살 내면서 내 구슬은 온전하게 남겨둘 실력이 없었어. 난 내심 그의 무공에 감탄하며 말했지. '부인, 비급을 빌려드릴 테니 오늘 해 지기 전까지 돌려주시오.' 내가 굳이 기한을 정한 건 그 부부가 또 발뺌을 할까 봐 겁이 나서였어."

주백통은 다시 부인의 음성을 흉내 냈다.

"언제까지 빌린다는 말은 안 했잖아요? 아직 보지도 못했으니까 기다리세요."

주백통은 흥, 하고 말을 이었다.

"그렇게 말하면 10년이 아니라 100년이 지나도 받을 수 없다는 걸 알았기 때문이야."

"맞아요."

곽정이 고개를 끄덕이며 말을 이었다.

"대형은 똑똑하니까 그걸 생각해냈지, 나였다면 또 속고 말았을 거예요."

그러자 주백통이 고개를 가로저었다.

"똑똑하고 영악하기로 말하자면 천하에 누가 황약사를 따라잡겠는가? 무슨 수를 썼는지 꼭 자기처럼 영리한 아내를 맞았고 말이야. 아무튼 내가 기한을 정하자 부인이 미소를 지었어. '주 대형, 지금 내가 안 돌려줄까 봐 걱정돼서 그러는 거죠? 걱정 마세요. 난 그런 소인배는 아니에요. 여기 앉아서 다 읽으면 돌려줄 테니 저녁까지 기다릴 것도 없어요. 불안하면 옆에서 감시하세요.' 난 그 말을 듣고 품속에서 〈구음진경〉을 꺼내 부인에게 전해줬지. 그걸 받은 부인은 나무 밑 바위에 앉아 들춰보기 시작했어. 그래도 내 표정이 어딘가 불안해 보였던지 황약사가 말을 걸더군. '백통, 우리 둘의 무공을 능가할 사람이 과연 몇 명이나 되겠소?' 그래서 '황 대협을 이길 사람은 없을지도 모르겠지만, 날 이길 사람은 황 대협을 비롯해 네다섯은 넘을 거요' 하고 대답했지.

한데 황약사가 웃으며 이렇게 말하더군. '과찬의 말씀이오. 동사, 서독, 남제, 북개 네 사람의 무공은 각자 장점이 있어 서로를 이길 수 없소. 구양봉의 합마공은 이미 그대의 사형에게 격파됐다고 하니, 아마 10년 이내에는 그대를 이길 수 없을 거요. 또 철장수상표 구천인이란 자도 무공이 대단하다 들었지만 화산논검대회에 나타나지 않았다니, 제아무리 무공이 뛰어나봤자 그 진위를 확인할 수는 없지 않겠소? 백통, 자신의 무공을 과소평가하지 마시오. 그 몇 사람을 제외한다면 그대는 무림의 일인자니, 우리가 손을 잡는다면 그야말로 천하무적 아니겠소?'

그래서 내가 '그야 그렇죠' 하고 대답했더니 황약사가 어깨를 으쓱해 보였어. '그런데 뭘 그리 불안해하시오? 우리 둘이 여길 지키고 있는데 누가 감히 경서를 뺏어갈 수 있겠소?' 난 고개를 끄덕이며 서서히 마음을 놓았지. 그리고 부인이 한 장 한 장을 열심히 읽어나가며 중얼대는 모습이 우스워 보이기도 했어. 〈구음진경〉에는 온통 오묘한 무공 구결이 기록되어 있는데, 무공을 전혀 모르는 그녀가 글자를 알아본다 한들 그 뜻을 짐작이나 할 수 있겠어? 그런데도 그녀는 장장 한 시진 동안 그 책을 꼼꼼히 읽어나갔어. 조바심이 나서 미칠 지경이었는데, 마지막 한 장을 넘기더군. 난 드디어 다 봤나 보다 쾌재를 부르고 있는데, 이게 웬일⋯⋯. 그 경서를 처음부터 다시 읽기 시작하는 거야. 하지만 그땐 굉장히 빨리 읽었어. 눈 깜짝할 사이에 끝을 내더군. 한데 그녀가 책을 돌려주며 씩 웃고는 뭐라고 했는지 알아? '주 대형, 서독에게 속았나 봐요. 이건 〈구음진경〉이 아니에요.'

난 소스라치게 놀랐지. '아니라니? 이건 분명 사형이 남겨준 〈구음진경〉이오. 모양도 똑같단 말이오' 했더니, 그녀가 엉뚱한 표정을 지었어. '모양만 똑같으면 무슨 소용이에요? 구양봉이 벌써 대형의 비급을 훔쳐간 거예요. 이건 무공의 기초를 써놓은 잡서에 불과해요.'"

곽정이 놀라 물었다.

"그럼 왕 진인이 관 밖으로 나오기 전에 이미 진경을 훔쳤다는 말인가요?"

주백통이 대답했다.

"나도 처음엔 그렇게 생각했지. 하지만 황약사가 워낙 괴상망측한 짓을 잘하는 자라 그 부인의 말도 믿을 수가 없었어. 그녀는 내가 반신반의한 표정으로 멍청히 서서 아무 말도 못 하자 '주 대형, 〈구음진경〉 원본을 본 적은 있나요?'라고 다시 다시 묻더군. 그래서 난 이렇게 대답했지. '그 비급이 사형의 소유가 된 후 아무도 읽어보지 않았소. 사형이 7일 밤낮을 겨뤄 그 진경을 뺏은 것은 무림의 엄청난 재앙을 막기 위함이지 사욕이 아니라고 했고, 전진교 제자는 그 누구도 비급에 기록된 무공을 연마해선 안 된다는 유언을 남기셨소.'

그러자 그녀가 '이건 강남 여러 곳에 깔려 있는 무공 학습서예요. 게다가 정말 〈구음진경〉이라 해도 무공만 연마하지 않으면 될 텐데 보는 것도 안 되나요?'라고 하면서 책을 건네주기에 펼쳐봤더니 정말 무공을 연마하는 방법과 구결이 적혀 있더군. 그녀는 그 책을 건네면서 '이 책은 제가 다섯 살 때부터 읽고 놀던 거라 처음부터 끝까지 외울 줄 알아요. 우리 강남 아이들이라면 누구나 숙독했고요. 못 믿겠다면 들려줄게요'라고 하더니 처음부터 끝까지 청산유수처럼 줄줄 외워나가는 게 아니겠어? 내가 〈구음진경〉과 맞춰보니 한 글자도 틀림이 없었어. 난 얼음굴에 떨어진 것처럼 온몸에 소름이 끼쳤지.

그러자 그녀가 이렇게 덧붙였어. '어느 장이든 펼쳐서 물어보세요. 첫 글자만 말해주면 어떤 부분이든 외울 수 있어요. 어릴 때부터 외운 책이라 나이가 들어서도 잊히지 않네요.' 내가 그녀의 말대로 아무 곳이나 펼쳐 첫 글자를 말했더니, 그녀는 정말 한 글자도 틀리지 않고 달달 외우는 거야. 황약사는 박장대소를 했고, 난 화가 치민 나머지 비급을 북북 찢어 한 장도 남김없이 태워버리고 말았어. 그러자 황약사가 갑자기 이러더군. '백통, 너무 흥분하지 마시오. 이 연위갑을 그대에게 선사하겠소.'

난 우롱당하는 것도 모른 채 그가 난처해서 그 보물로 내 화를 풀어주려 하는 줄 알고 고맙단 인사만 몇 마디 건네고 고향으로 돌아와 그 후로 두문불출하며 무예만 연마했어. 그때 내 무공은 구양봉의 적수가 못 됐기 때문에 몇 가지 위력적인 무공을 연마해 서역에 가서 〈구음진경〉을 되찾아올 생각이었지. 사형이 남긴 물건을 내가 지키지 못한다면 말이 되겠어?"

"서독이 그렇게 교활하다면 혼내주는 게 당연하죠. 하지만 마 도장, 구 도장과 같이 가면 훨씬 쉽지 않았을까요?"

곽정이 묻자 주백통이 한숨을 내쉬며 말했다.

"한데 내가 어리석었어. 그때 마옥 등과 상의만 했더라도 누군가 이상한 점을 발견했을 텐데, 난 잘난 척만 하다 속고 말았지. 글쎄, 몇 년이 지나 강호에 소문이 돌기 시작한 거야. 도화도 문하의 흑풍쌍살이 〈구음진경〉을 차지해 거기 기록된 절정의 무공을 익힌 뒤 온갖 악행을 일삼는다고. 처음엔 믿지 않았지만 소문은 날로 퍼져갔지. 그리고 또 1년이 지났을 때, 구처기가 갑자기 집에 찾아와 말하길 도화도 제자가 〈구음진경〉 하권을 가져간 게 확실하다는 거야. 난 너무 화가 난 나머지 황약사는 친구도 아니라고 했더니, 그게 무슨 소리냐며 구처기가 묻더군. 그래서 내가 대답했지. '서독에게서 비급을 되찾아왔으면 내게 알려주든가 돌려주기 싫으면 허락이라도 구했어야지!'라고 말이야."

곽정이 끼어들었다.

"황 도주도 비급을 뺏어 대형에게 돌려주려고 했는데 혹시 제자가 몰래 훔쳐간 게 아닐까요? 황 도주는 그 일 때문에 노기충천해서 무고한 제자 네 명까지 뼈를 부러뜨려 축출해버렸어요."

곽정의 말에 주백통이 설레설레 고개를 저으면서 혀를 찼다.

"너도 나처럼 우둔하구나. 네가 이런 일을 당했어도 속아 넘어갈 게 분명해. 그날 구처기는 나와 한참 동안 얘기를 주고받다가 며칠 동안 무공을 연마한 뒤 떠나갔는데, 두 달 후 다시 찾아와서 진현풍과 매초풍이 황약사의 비급을 훔쳐 악랄하기로 유명한 구음백골조와 최심장을 연마하고 있다고 말해주더군. 그는 생명의 위험을 무릅쓰고 흑풍쌍살의 대화를 엿들었는데, 〈구음진경〉은 구양봉에게서 뺏어온 게 아니라 나한테서 훔쳐간 거였어."

곽정이 의아해하며 물었다.

"분명히 태워버렸다고 했잖아요? 그럼 황 약사의 부인이 가짜와 바꿔치기해서 돌려줬단 말인가요?"

"그런 거라면 나도 예상했지. 그래서 부인이 경서를 볼 때 한순간도 그녀 곁을 떠나지 않고 지켜본 거야. 그녀는 무공을 못 했기 때문에 제아무리 손재주가 비상하다 해도 암기를 쓰는 우리의 눈을 피할 순 없어. 그 부인은 바꿔치기를 한 게 아니라 머릿속으로 일일이 외운 거야."

곽정이 이해할 수 없다는 표정으로 물었다.

"그걸 어떻게 외워요?"

"넌 책을 몇 번 정도 읽어야 외울 수 있냐?"

"글쎄요……. 한 30~40번 정도요? 하지만 어렵고 긴 내용이라면 70~80번, 아니 100번 정도는 읽어야겠죠. 솔직히 100번을 읽는다 해도 다 외울 수 있을지는 모르겠고요."

"그래, 너도 별로 영특한 편은 못 되는구나."

곽정이 쑥스러운 듯 머리를 긁적이자 주백통은 쓴웃음을 지었다.

"전 천성적으로 아둔해서 책이나 무공이나 빨리 익히질 못해요."

"책을 읽는 건 그렇다 치고, 무공으로 따져보자."

주백통이 장탄식을 하더니 말을 이었다.

"사부가 권법이나 장법을 가르쳐주면 수십 번을 연습해야 따라 할 수 있을 정도지?"

"네……"

곽정의 목소리가 잦아들었다.

"어떤 때는 아예 기억도 못 하고, 어떤 때는 기억한다 해도 실제로는 사용을 못 해요."

"하지만 세상엔 손놀림을 한 번만 보고도 그 자리에서 기억하는 사람이 있단다."

주백통의 말에 곽정이 손바닥을 쳤다.

"맞아요! 황 도주의 딸이 그래요. 홍 사부가 무공을 가르쳐주면 한두 번 만에 다 익히지 세 번을 넘기는 법이 없어요."

주백통이 천천히 말했다.

"그렇게 영특하다면 어머니처럼 단명하진 말아야 할 텐데……. 그날 황 부인이 비급을 빌려 딱 두 번 읽고 그 내용을 한 자도 빠짐없이 기억한 거란다. 나와 헤어진 후 남편에게 그대로 베껴준 거지."

곽정은 너무나 놀란 나머지 한동안 말을 잇지 못하다 가까스로 입을 열었다.

"비급의 내용도 이해 못 하면서 그걸 다 암기하다니, 세상에! 그렇게 똑똑한 사람도 있나요?"

"아마 네 친구 황 낭자도 가능할 거다. 난 구처기의 말을 듣고는 놀랍기도 하고 창피하기도 해서 전진교의 일곱 제자를 모아 의논을 했고, 흑풍쌍살을 찾아가 비급을 되찾아오기로 결정했어. 한데 구처기가 날 말리며 이렇게 말하더군. '흑풍쌍살의 무공이 대단하다고는 하지만 우리 전진칠자를 쉽게 이길 순 없을 겁니다. 그들은 사숙님의 후배이니 사숙님이 직접 나선다면 우리가 비겁하게 이겼다고 강호 영웅들이 손가락질할지도 모릅니다.' 난 일리가 있다고 여겨 구처기와 왕처일에게 흑풍쌍살을 찾아가라고 명했지. 나머지 다섯은 옆에서 감시하다 흑풍쌍살이 달아나지 못하도록 하고……."

곽정이 고개를 끄덕였다.

"전진칠자가 함께 나서면 흑풍쌍살도 적수가 못 되죠."

그러면서 자신도 모르게 지난날 몽고의 벼랑 위에서 마옥과 육괴가 전진칠자 행세를 한 일을 회상했다. 주백통이 말을 이어갔다.

"그런데 구처기와 왕처일이 하남에 도착했을 땐 이미 흑풍쌍살이 행방을 감춘 뒤였지. 그래서 수소문해보니 황약사의 제자 육승풍이란 자가 중원의 수십 영웅호걸들을 모아 흑풍쌍살을 생포했다는 거야. 도화도로 가서 황약사에게 넘겨주려고 말이야. 그런데 그들이 중간에 달아나 행방이 묘연해진 거지."

곽정이 맞장구를 쳤다.

"억울하게 사문에서 쫓겨났으니 진현풍과 매초풍을 미워하는 건 당연해요."

주백통이 고개를 끄덕이다 말을 이었다.

"흑풍쌍살을 못 찾았으니 황약사를 찾아갈 수밖에……. 난 누가 또 〈구음진경〉을 훔쳐갈까 봐 상권을 몸에 지닌 채 도화도로 와 황약사를 질책했지. 그런데 그가 오히려 화를 내더군. '백통, 이 황약사는 내가 한 말을 끝까지 지킨다오. 내 분명 그대의 비급을 곁눈으로라도 훔쳐보지 않겠노라고 했는데, 내가 훔쳐본 적이 있었소? 내가 본 〈구음진경〉은 아내가 베껴준 거지, 그대의 것이 아니라오.'

난 그의 억지에 당연히 화가 치밀었고, 그와 몇 마디 말다툼을 벌이다 부인에게 따져보자고 했지. 그는 쓴웃음을 지으면서 날 별당으로 안내했어. 난 정말 놀라 입을 다물 수가 없었지. 글쎄, 그의 부인은 이미 세상을 떠났고, 위패만 모셔져 있는 거야. 그래서 절을 올리려는데, 황약사가 비웃더군. '노완동, 슬퍼하는 척하지 마시오. 그대가 그 따위 비급을 자랑하지만 않았다면 아내는 결코 내 곁을 떠나지 않았을 거요.' 내가 영문을 몰라 무슨 뜻이냐고 물으니, 그는 대답 대신 원망 가득 찬 얼굴로 날 바라보다 한참 동안 눈물을 흘리고 나서야 부인의 사인을 얘기해주더군."

주백통은 가볍게 한숨을 내쉬었다.

"그녀는 남편을 돕기 위해 비급을 외웠는데, 황약사는 하권만 익히는 것이 오히려 해가 될까 봐 무슨 수를 써서라도 상권까지 얻어 무공을 연마하려고 했지. 한데 그 와중에 진현풍과 매초풍에게 그 비급을 도둑맞고 만 거야. 부인은 남편을 위로하기 위해 또 한 번 비급을 베껴 쓰기로 마음먹었어. 그런데 비급의 뜻을 전혀 모르는데 그날 한 번 외웠던 내용을 몇 년 후까지 어떻게 기억하겠어? 그때 부인은 임신 8개월의 몸으로 며칠 밤낮을 끙끙 앓아가며 7천~8천 자를 써 내려갔지. 하지만 앞뒤가 전혀 이어지지 않았고, 신경을 너무 많이 쓴 탓에 딸을 조산하다 끝내 숨을 거둔 거야."

여기까지 말한 주백통은 다시 한숨을 쉬었다.

"천하제일의 지략을 자랑하는 황약사도 부인의 목숨을 구할 수는 없었지. 황약사는 원래 다른 사람한테 화풀이를 하는 성미였는데, 아내가 세상을 떠나자 실성을 했는지 내게 헛소리를 지껄여대는 거야. 한창 신혼의 단꿈에 젖어 있을 때 부인을 잃었으니 그럴 만도 하겠다

싶어 한 번 씩익 웃으며 이렇게 말했지. '황 대협은 무예를 익히는 사람인데, 부부의 정 따위에 그렇게 연연하다니…… 사람들이 비웃을까 봐 겁나지 않소?' 그 말에 그는 '내 아내는 특별한 여자였소'라고 대답하더군. 그래서 내가 또 이렇게 덧붙였지. '아내가 죽었으니 이 기회에 무공 연마에나 정진하시오. 나였다면 좋아라 만세를 불렀을 거요. 마누라란 일찍 죽을수록 좋은 거 아니오? 정말 축하드리오.'"

"맙소사! 어떻게 그런 말을 할 수 있죠?"

곽정이 놀라 소리치자, 주백통이 아무렇지 않다는 듯 어깨를 으쓱했다.

"난 원래 생각나는 대로 말해. 그 말이 뭐 틀렸어? 근데 황약사는 갑자기 노발대발하더니 내게 장풍을 날렸고, 싸움이 벌어졌지. 그 결과…… 여기서 15년이나 썩게 된 거야."

"졌나 보군요?"

곽정이 묻자, 주백통이 웃으며 대답했다.

"이겼다면 여기서 이러고 있진 않겠지."

주백통의 말이 이어졌다.

"그의 공격을 받아 난 피를 토했고, 이 동굴까지 달아난 거야. 그는 쫓아와 내 두 다리를 부러뜨리고 〈구음진경〉 상권을 내놓으라고 윽박질렀지. 부인 영전에 바치겠다면서. 그래서 난 비급은 이 동굴 안에 있지만 내가 입구를 사수할 테고, 또 한 번만 억지를 부리면 비급을 확 불태우겠다고 했어. 그랬더니 무슨 수를 써서라도 동굴에서 나오게 하겠다고 하더군. 그래서 맘대로 해보라고 했지. 그때부터 여기서 15년을 버티고 있는 거야."

곽정은 내심 감탄했다.

'15년이라. 주백통은 역시 노완동답군.'

"한데 황약사도 대단한 사람이야. 날 굶기지도, 쫓아내지도 않았어. 물론 음식에 독을 탄 적도 없었고. 그저 백방으로 날 유인해내려고 했을 뿐이지. 내가 동굴 밖으로 나가 볼일을 볼 때도 비겁하게 들어오는 법이 없었어. 한번은 내가 한 시진 동안 대변을 보는 척한 적이 있는데, 온몸이 근질거릴 텐데도 끝까지 참아내더라고."

이렇게 말하며 주백통이 박장대소를 터뜨렸다. 듣고 있던 곽정도 우습기는 마찬가지였다. 그 유명한 고수들이 어린애같이 유치한 싸움을 벌이고 있다니…….

"15년 동안 그는 갖은 꾀를 다 썼지만 결국 날 어쩌진 못했어."

주백통이 이야기를 이어갔다.

"어젯밤엔 정말 걸려드는 줄 알았어. 네가 나타나 도와주지 않았다면 비급은 벌써 황약사 수중에 있을 거야."

그가 갑자기 한숨을 쉬었다.

"아휴, 황약사의 벽해조생곡 안에 상승 내공이 들어 있었다니, 정말 대단해."

곽정은 사연을 다 듣고 나자 마음이 심란해졌다.

"대형, 앞으로는 어떻게 할 거죠?"

곽정이 묻자, 주백통이 웃으며 대답했다.

"누가 먼저 죽을지는 모르겠지만 그때까지 버텨봐야지. 결국 오래 사는 게 이기는 거야."

곽정은 좋은 방법이 아니란 생각이 들었지만 무슨 말을 해야 할지 몰라 다시 물었다.

"마 도장 일행은 왜 구하러 오지 않죠?"

"대부분은 내가 여기 있는지 몰라. 안다 해도 이 섬의 나무와 바위들이 하도 괴상하게 생겨먹어서 황약사가 안내하지 않는 한 누구도 들어올 수가 없어. 게다가 그들이 구하러 온다 해도 난 안 갈 거야. 황약사와의 싸움이 아직 끝나지 않았는걸."

그와 반나절 동안이나 이야기를 나눈 곽정은 주백통이 비록 나이는 먹었으나 천진난만하고 순수하다는 생각을 하며 자기도 모르게 강한 호감을 느꼈다.

점심때가 되자 늙은 하인이 또 식사를 가져왔다. 밥을 먹고 나서 주백통은 다시 이야기를 시작했다.

"난 도화도에서 15년을 보냈지만 그 시간을 결코 낭비한 게 아냐. 그동안 다른 데 신경 쓸 일이 없어 무공만 연마했지. 아마 다른 데서 연마했다면 25년은 족히 걸렸을 거야. 혼자 좀 심심했던 건 사실이지만 말이야. 무공은 많이 증진된 것 같지만 겨뤄볼 사람이 없으니 확인할 길이 있어야지. 그래서 할 수 없이 오른손과 왼손으로 싸움을 했어."

주백통의 말에 곽정이 의아해했다.

"어떻게 양손으로 싸움을 하죠?"

"오른손은 황약사라 생각하고 왼손은 나 자신이라 생각하고 싸우는 거지. 오른손이 공격하면 왼손으로 되받아치고 다시 공격하는 거야."

그러면서 정말 양손으로 싸움을 벌이는데, 왼손으로 오른손을 맹렬히 공격해갔다. 처음에는 그 모습이 우스꽝스러웠지만 초식을 자세히 지켜보니, 양손의 권법이 오묘하고 신비로우면서도 계속 의표를 찔러

나갔다. 곽정은 놀라워 입을 다물 수가 없었다.

무림인이라면 누구나 권법을 쓰든, 장법을 쓰든, 병기를 쓰든 양손으로 각각 공격과 방어를 하는데 주백통은 양손으로 공격과 수비를 병행하고 있었다. 초식마다 자신의 급소를 공격하는 동시에 다른 한 손으로 그 공격을 막는 것이었다. 그렇게 양손을 각각 사용하는 것은 생전 듣지도, 보지도 못한 괴상한 권법이었다.

"대형, 오른손은 왜 전력을 다하지 않죠?"

한창 싸우는데 곽정이 갑자기 묻자, 주백통이 손놀림을 멈추며 씩 웃었다.

"그런 걸 알아차리다니 보는 눈이 제법이군. 자, 자! 너도 한번 해봐."

이렇게 말하며 손바닥을 내밀어 곽정의 손바닥에 갖다 댔다.

"조심해, 왼쪽으로 밀 테니까!"

주백통은 말이 떨어지기 무섭게 힘을 주었고, 그의 말을 듣고 마음의 준비를 한 곽정도 항룡십팔장의 초식으로 밀어붙였다. 두 사람의 손바닥이 뜨끈뜨끈해지며 곽정이 뒤로 예닐곱 발짝 밀려났다. 팔뚝까지 시큰거렸다.

"이번에는 전력을 다했지만 널 밀어내는 것에 불과했지. 좀 전의 방법을 써볼 테니 다시 한 번 해봐."

주백통의 말에 곽정이 다시 손바닥을 갖다 대자 그의 장력이 미칠 듯 말 듯 했지만 뜻밖에도 두 다리에 힘이 풀리며 앞으로 꽈당 넘어지고 말았다. 이마를 땅바닥에 부딪친 곽정은 벌떡 일어나서도 내내 얼이 빠진 표정이었다.

"이제 알겠냐?"

주백통이 웃으며 묻자, 곽정이 고개를 흔들었다.

"아니요……."

"나 역시 동굴 속에서 10년을 꾸준히 연마하다 갑자기 그 이치를 깨달았지. 사형은 생전에 허虛로써 실實을 공격하고, 상대방을 이길 수 있더라도 여지를 남겨야 한다고 말했지만, 난 그것이 수행의 도리인 줄만 알고 흘려들었어. 한데 5년 전, 양손으로 겨루고 있을 때 비로소 무슨 뜻인지를 안 거야. 그 오묘한 이치는 직접 느껴봐야지 말로서는 설명이 안 돼. 그걸 깨친 후에도 확신이 안 섰는데 널 통해 확인할 수 있다면 더 바랄 게 없지. 좀 아프더라도 참고 몇 번 더 넘어져줘."

그러나 곽정이 난처해하는 표정을 짓자, 주백통은 한 번 더 애원했다.

"이봐, 난 15년간 여기서 대적해줄 상대가 나타나기만 기다렸어. 몇 달 전에 황약사의 딸이 놀러왔기에 꼬셔서 좀 싸워볼까 했더니 글쎄, 다음 날부터 코빼기도 안 보이는 거야. 한 번만 도와줘. 살살 넘어뜨릴게."

주백통은 양손을 쓰고 싶어 안달이 났고, 주먹이 근질거려 죽겠다는 표정이었다.

"까짓것 몇 번 넘어지는 게 무슨 대수겠어요?"

드디어 곽정이 허락하며 주백통의 손에 손바닥을 갖다 댔다. 그러자 갑자기 주백통의 손힘이 빠지는가 싶더니 또 순식간에 강력한 힘이 밀려왔다. 곽정이 그 자리에서 넘어지려는 순간, 주백통이 오른손을 휘두르자 공중에서 몸이 몇 바퀴 돌더니 왼쪽 어깨를 땅에 부딪치고 말았다. 통증은 아까보다 훨씬 심했다.

주백통이 미안한 표정을 지으며 곽정을 일으켰다.

"수고했어. 괜히 헛고생하게 할 순 없고, 내가 이 권법을 전수해주겠네. 노자의 《도덕경》을 보면 이런 구절이 있지. '그릇은 움푹한 곳이 있어야 쓰임이 있고, 방은 창과 문이 있어야 쓰임이 있다.' 이게 무슨 뜻인지 알아?"

곽정은 생전처음 듣는 소리라 겸연쩍게 웃으며 고개를 저었다. 그러자 주백통이 아까 먹은 밥그릇을 들고 설명하기 시작했다.

"이 그릇도 가운데 빈 곳이 있기 때문에 밥을 담을 수 있는 거야. 이게 그저 흙덩어리에 불과하다면 어디다 밥을 담겠어?"

'듣고 보니 간단한 말이군, 내가 미처 생각을 못 했을 뿐이야.'

곽정이 생각하며 고개를 끄덕이자, 주백통이 말을 이었다.

"방을 만들 때도 벽 중간에 창과 문을 뚫어야 사람이 드나들지 그속을 벽돌과 목재로 가득 채우고 네 벽을 꽉 막아놓는다면 아무리 크게 지은들 무슨 쓸모가 있겠냐고?"

곽정은 그 이치를 깨달은 듯 또다시 고개를 끄덕였다.

"우리 전진교 상승 무공의 요지는 모두 '공空, 유柔' 두 글자에 있지. 공, 비어 있다는 건 뭐든지 채울 수 있다는 뜻이고, 유, 부드럽다는 건 무엇으로도 변형시킬 수 있다는 뜻이니까."

곽정이 묵묵히 그 뜻을 헤아리자, 주백통이 다시 말했다.

"네 사부 홍칠공의 무공은 외가外家의 최고봉이지. 내가 전진교의 내가內家 무공 비결을 좀 터득했다고 해도 아직은 그의 적수가 못 돼. 다만 외가 무공은 홍칠공의 실력이 그 한계지만, 전진교의 무공은 최고의 경지라는 게 없어. 돌아가신 사형도 얼마든지 발전해나갈 수 있었지. 사형이 '무림천하제일'이라는 존호尊號를 얻은 것은 결코 운이 아니야. 아마 지금까지 무공을 연마했다면 동사, 서독과 다시 겨뤄도 7일 밤낮으로 싸울 필요가 없을 거야. 아마 반나절이면 그들을 꺾을 수 있을걸?"

"왕 진인의 무공이 그렇게 현묘하다는데 직접 뵙지 못한 게 한스러워요. 홍 사부의 항룡십팔장이 강剛의 으뜸이라면, 아까 절 넘어뜨린 대형의 장법은 유柔의 으뜸이겠네요. 그렇죠?"

곽정이 묻자, 주백통이 만면에 미소를 띠었다.

"그래그래, 이유제강以柔制剛이라고는 하지만 항룡십팔장도 홍칠공처럼만 익히면 나도 네 적수가 못 되지. 그건 공력의 정도로 판가름 나니까. 자, 방금 내가 널 넘어뜨린 방법은 이거야. 잘 봐."

주백통은 초식을 사용하는 방법, 힘의 조절, 내공의 운용까지 일일이 설명해주었다. 곽정이 무엇이든 늦게 깨닫는 것을 고려한 그의 배려였다. 곽정은 전진파 내공의 기초가 있었기 때문에 10여 회를 연습하자 드디어 터득해나가기 시작했다.

주백통은 크게 기뻐하며 소리쳤다.

"자, 아프지만 않다면 한 번 더 넘어져봐라."

곽정이 미소를 지었다.

"아픈 건 아닌데 가르쳐주신 무공을 아직 다 외우지 못했어요."

그는 정신을 집중해 초식을 기억해나갔다. 그러자 주백통이 계속 재촉했다.

"다 됐어? 다 기억했냐고? 빨리해, 빨리!"

그렇게 자꾸 정신을 어지럽히자 가뜩이나 기억이 안 나는 머릿속이 더욱 복잡해졌다. 결국 한참이 지나서야 곽정은 초식을 하나하나 기억해낼 수 있었지만, 다시 주백통과 겨뤘을 땐 보기 좋게 넘어지고 말았다.

두 사람은 밤낮으로 그렇게 권법을 연마해나갔고, 주백통은 공명권空明拳의 16구결을 곽정에게 상세히 설명해주었다. 곽정은 잠이 오지 않는 날도 억지로 잠을 청해야 했다. 안 그러면 주백통이 한 번만 더 겨뤄보자며 졸라댔기 때문이다. 곽정은 700~800번을 넘어지고 온몸이 시퍼렇게 멍이 들고 나서야 이를 악물며 가까스로 버티고 설 수 있었다. 주백통이 동굴에서 15년 동안 깨우친 72권로拳路 공명권은 그렇게 곽정에게 전수되었다.

두 사람은 무공을 연습하느라 며칠이 지났는지도 몰랐다. 곽정은 밤낮으로 황용을 그리워했지만 찾아갈 방법이 없어 그저 기다릴 수밖에 없었다. 몇 번이나 밥 나르는 벙어리 하인을 따라나서봤지만 언제나 주백통에게 붙잡혔던 것이다. 어느 날 점심 식사를 마치자 주백통이 제안했다.

"공명권을 다 배웠으니 이젠 널 넘어뜨리고 싶어도 그럴 수가 없구나. 우리, 방법을 바꿔서 놀아보자."

곽정이 웃으며 말했다.

"좋아요. 어떻게 할까요?"

"네 사람이 싸우는 거야."

곽정이 의아한 듯 물었다.

"넷이라고요?"

"그래, 네 사람. 내 왼손이 한 사람, 오른손이 한 사람. 네 양손도 각각 한 사람이야. 그렇게 네 사람이 혼전을 벌이는 거지. 아주 재밌을걸?"

곽정이 웃으며 말했다.

"재밌기야 하겠지만, 전 양손을 따로 쓰지 못해요."

"그건 이따 가르쳐줄 테니까 일단 세 사람이 싸워보자."

그러고는 주백통이 양손으로 두 사람 역할을 하며 곽정과 권법을 겨뤄 나갔다. 그는 혼자서 두 사람 몫을 했지만 한 손의 무공이 결코 양손을 다 쓰는 것에 뒤떨어지지 않았다. 다만 매번 왼손이 곽정의 급소를 찌를 때면 오른손으로 구해줬고, 반대일 경우에도 마찬가지였다.

이렇게 한 사람과 두 주먹이 싸우다 보니 곽정이 유리해질 때도 있었는데, 그럴 때면 그의 두 손은 동맹을 맺은 듯 다시 달려들었다. 마치 삼국시대를 본뜬 전쟁놀이를 하는 것 같았다. 한참을 싸운 뒤 두 사람은 잠시 휴식 시간을 가졌다. 곽정은 재미있다는 생각을 하다가 또다시 황용이 떠올랐다.

'용이까지 더해 여섯이서 겨룬다면 용이가 얼마나 재밌고 흥겨워했을까?'

흥이 난 주백통은 곽정이 한숨 돌리기를 기다려 쌍수호박雙手互搏의 무공을 가르쳐주었다. 그 초식은 공명권보다 더 어려웠다. 두 가지 생각을 동시에 할 수는 없듯 왼손으로 사각형을 그리면서 오른손으로 원을 그리기란 불가능하다. 그런데 이 쌍수호박의 기술은 바로 다른 생각을 동시에 하면서 왼손으로 사각형을, 오른손으로 원을 그리는 연습에서부터 시작됐다.

처음에는 곽정도 양손 다 사각형을 그리거나 원을 그렸고, 따로 한다 해도 사각도 원도 아닌 괴상한 형태를 그리곤 했다. 그러나 한참이 지나자 어떻게 요령을 익혔는지 양손을 각각 자유자재로 움직였다. 그러자 주백통도 자기 일처럼 기뻐했다.

"전진교의 내공을 익혀 정신을 분산시키는 법을 배우지 않았다면 양손을 따로 쓰는 무공을 이렇게 빨리 연마하진 못했을 거야. 자, 이제 왼손으로는 남산권을, 오른손으로는 월녀검을 시전해봐."

이 두 무공은 곽정이 어릴 때부터 남희인과 한소영에게 전수받은 것이라 식은 죽 먹기였지만 양손으로 각각 사용하려니 여간 어려운 게 아니었다. 주백통은 네 사람이 싸우는 놀이를 빨리하고 싶은 마음에 여러 가지 기술을 열심히 가르쳐주었다. 며칠이 지나 곽정이 대충이나마 쌍수호박의 초식을 익혀가자 주백통은 쾌재를 불렀다.

"자, 자! 네 오른손과 내 왼손이 한편이고, 내 오른손과 네 왼손이 적이 돼서 무예를 겨루는 거야."

곽정도 한창 장난을 즐길 나이여서 이런 놀이에 무척 흥미를 느꼈고, 그 자리에서 자신의 오른손과 주백통의 왼손을 한편으로 해 나머지 손을 적으로 삼아 싸우기 시작했다. 평생 한 번도 보지 못했을뿐더러 들어본 적도 없는 싸움이었다.

싸움을 해나가면서도 주백통은 어떻게 해야 맹렬히 공격할 수 있고, 어떤 방법을 써야 철저히 수비할 수 있는지 등의 요령을 끊임없이 곽정에게 설명했다. 곽정은 그 말을 일일이 머릿속에 기억해두었다. 주백통은 그저 신나게 놀 뿐이었지만 곽정은 이 놀이를 통해 천고에 없던 괴상한 무공을 익히게 된 것이다.

그러던 어느 날, 곽정은 내심 생각했다.

'만약 두 발도 따로 쓸 수 있다면 여덟 사람이 싸우는 놀이도 가능하겠군.'

"어떻게 양손을 따로 놀리죠?" 그러나 주백통에게는 그것이 손쉽고 재미있는 무공이었다.

그러나 그 말을 내뱉었다간 어떤 후환이 생길지 몰라 억지로 참았다. 또 며칠이 지난 어느 날, 곽정이 드디어 주백통과 네 사람으로 나누어 혼전을 벌였는데 주백통은 너무 신이 난 나머지 싸우면서도 계속 박장대소를 터뜨렸다. 그러나 곽정은 아무래도 공력이 부족해 주백통의 양손을 다 막아낼 순 없었다. 오른손이 위험에 처하면 자연히 왼손이 도와주었는데, 주백통의 권법이 너무도 빨라 네 사람의 싸움을 이어나가지 못하고 도로 양손을 사용해 세 사람의 교전을 벌이게 됐다. 다만 그때는 곽정이 이미 이 괴상한 권법의 요령을 터득해서 양손이 협력해 주백통의 한 손을 완벽하게 막아낼 수 있었다.

"이건 반칙이잖아?"

주백통이 껄껄 웃었다. 그러자 곽정이 갑자기 꼼짝 않고 서서 한참 동안 멍해 있다 입을 열었다.

"대형, 뭔가가 떠올랐어요."

"뭔데?"

"대형의 양손은 초식이 완전히 다르니, 두 사람이 각자의 초식을 쓰는 것과 마찬가지잖아요? 진짜 결투를 할 때도 이 무공을 이용한다면 둘이서 한 사람을 상대하는 것이니, 얼마나 승산이 크겠어요? 비록 내공을 두 배로 쓸 수는 없지만, 초식으로만 따지자면 상당한 우위를 차지하는 거예요."

주백통은 동굴을 지키고 앉아 있기가 무료해서 장난삼아 쌍수호박의 초식을 연구해냈을 뿐 그 기술이 실전에서도 효과가 있을 거라는 생각은 해본 적이 없었다. 한데 곽정의 말을 듣고 곰곰이 그 초식을 되새겨봤더니 과연 일리가 있는 말이었다. 그는 갑자기 자리를 박차고

동굴 밖으로 나와 입구를 서성이며 미친 사람처럼 웃어댔다. 곽정은
그가 실성한 사람처럼 오락가락하자 깜짝 놀라 물었다.

"대형, 왜 그러세요? 왜요?"

그러나 주백통은 대답 대신 박장대소를 터뜨리더니 한참 만에야 입
을 열었다.

"봐, 내가 동굴을 나왔지? 난 소변보는 것도, 대변보는 것도 아닌데
이렇게 동굴 밖으로 나왔어."

"그래요……."

곽정은 여전히 영문을 알 수 없다는 표정이었다.

"이제 내 무공은 천하제일이니 그까짓 황약사를 두려워할 게 뭐 있
겠어?"

주백통이 껄껄 웃었다.

"오기만 해봐. 박살을 내줄 테니까!"

곽정이 물었다.

"이길 자신 있어요?"

"물론 무공은 좀 떨어지지만 이 분신쌍격分身雙擊의 무공을 익혀 두
사람 몫을 해낼 수 있으니, 그 누구도 날 이길 순 없을 거야. 황약사, 홍
칠공, 구양봉의 무공이 제아무리 대단해도 두 명의 주백통을 꺾진 못
한다고!"

그 말을 들은 곽정은 고개를 끄덕이며 자신의 일처럼 기뻐했다.

"이 분신쌍격의 구결은 너도 모두 익혔지만 지금은 내공이 좀 부족
할 뿐이니, 몇 년이 지나 나처럼 능숙해진다면 그땐 네 무공도 비약적
인 발전을 이룰 수 있을 거야."

두 사람은 이야기를 나누며 자신에 찬 미소를 지었다.

주백통은 예전엔 황약사가 와서 괴롭힐까 봐 걱정이었지만, 지금은 오히려 그가 빨리 나타나길 기다리게 되었다. 그를 실컷 두들겨 패준다면 10년 묵은 체증이 내려갈 것 같은 심정이었다. 그는 동굴 밖을 바라보며 조바심에 발을 동동 굴렀다. 도화도의 형세만 훤히 파악한다면 당장 그를 찾아갔을 것이다. 저녁 시간이 되어 늙은 하인이 식사를 가져오자 주백통은 갑자기 그를 틀어잡고 소리쳤다.

"황약사한테 빨리 오라고 해! 내 실력이 어떤지 똑똑히 보여줄 테니!"

그러나 늙은 하인은 고개만 내저었다. 주백통은 그제야 정신을 차렸는지 겸연쩍게 웃었다.

"참, 벙어리라는 걸 잊어버렸군."

그는 곽정에게 말했다.

"오늘 저녁은 오랜만에 포식을 해보자꾸나."

주백통이 찬합을 열자 구수한 냄새가 풍겨오는데, 늘 가져왔던 고기 요리와는 뭔가가 달랐다. 찬합 한쪽 끝에 닭찜이 가지런히 놓여 있었는데 그것은 곽정이 가장 좋아하는 요리였다.

뭔가 짚이는 게 있어 곽정이 닭찜을 한 입 베어 물으니 양념과 간이 황용이 해준 맛과 똑같았다. 그녀가 자신을 위해 특별히 해준 요리라는 확신이 들자 갑자기 가슴이 방망이질을 해댔다. 다른 음식들은 별다를 게 없었지만 찬합에 들어 있는 10여 개의 만두 중 한 개에 손톱으로 찍어 누른 호리병 무늬가 있었다. 자세히 보지 않고는 식별할 수 없는 희미한 흔적이었다.

곽정이 이상하다는 생각에 만두를 집어 반으로 가르니, 과연 그 속에서 납환蠟丸이 하나 나왔다. 곽정이 얼른 품속에 집어넣었는데, 주백통과 하인은 전혀 눈치채지 못한 듯했다. 주백통은 자신도 모르게 천하무적의 절세 무공을 익혔다는 기쁨에 오른손으로는 만두를 먹으며 왼손으로는 계속 권법을 연습했고, 곽정은 얼른 식사를 끝내고 황용이 납환 안에 무슨 소식을 보냈는지 보고 싶은 생각에 우걱우걱 입안으로 욱여넣기만 했다.

만두를 다 먹은 주백통이 국까지 마저 다 비우자 늙은 하인이 그릇을 가지고 돌아갔다. 곽정은 다급히 납환을 꺼내 반으로 쪼갰다. 납환 안에는 종이쪽지가 들어 있었는데, 과연 황용의 필체였다.

절세 무공을 연마하다

곽정 오빠, 걱정 마세요.
아버지와 화해했으니 조만간 오빠를 보내줄 거예요.
- 황용 올림.

곽정은 너무 기쁜 나머지 쪽지를 주백통에게 보여줬다.
주백통이 웃으며 말했다.
"내가 있으니 널 보내줄 수밖에! 꼭 보내주게 만들 거야. 싫다고 하
면 이 동굴 속에 15년 동안 가둬버릴 거라고. 아니, 안 되겠다. 여기서
나처럼 쌍수호박의 절세 무공을 익히면 안 되지!"
날이 점점 어두워지기 시작했다. 곽정은 책상다리를 하고 앉아 내
공을 연마했지만 눈앞에 아른거리는 황용 생각에 한참 동안 마음을
잡지 못했다. 비로소 잡념을 버리고 단전의 기를 전신에 운용시키자
한 가지 생각이 떠올랐다.
'한 사람이 두 사람 몫을 하고 왼손과 오른손을 따로 쓰는 상승 무

공을 연마하려면 내공도 좌우를 따로 운용해야 한다.'

그러고는 즉시 손가락으로 콧구멍을 막고 왼쪽으로 숨을 들이마셨다 오른쪽으로 내뱉은 후 그 반대로 호흡하는 과정을 반복해서 연습했다. 그렇게 두어 시진을 연습했을까, 자신이 생각해도 꽤 진전이 된 것 같았다.

그때 획, 하는 바람 소리가 들려 눈을 떠보니 어둠 속에서 긴 수염이 펄럭이는 게 보였다. 주백통이 권법을 연마하고 있었다. 곽정은 두 눈을 크게 뜨고 그 모습을 자세히 관찰했다. 그는 왼손으로 공명권을 연마하면서 오른손으로는 전진교의 장법을 시전하고 있었다. 속도는 매우 느렸지만 매 초식 허공을 가르는 위력적인 바람 소리와 함께 유柔와 강剛이 절묘하게 조화를 이루는 것을 느낄 수 있었다. 과연 탄복하지 않을 수 없었다.

한 사람은 무공 연마에 정신이 없고, 한 사람은 구경하느라 넋을 빼고 있는 가운데 갑자기 "아야!" 하는 주백통의 비명 소리가 들렸다. 그리고 곧 "퍽!" 하는 소리와 함께 길고 거무칙칙한 물체가 멀리 나무 기둥에 부딪쳤다. 주백통이 손으로 던져버린 모양이었다. 그가 비틀대자, 곽정은 소스라치게 놀라 황급히 소리쳤다.

"대형, 왜 그래요?"

"독사한테 물렸어! 이젠 끝장이라고!"

곽정이 더욱 놀라 그의 곁으로 달려가니 주백통의 안색은 이미 변해 있었다. 그를 부축해서 동굴로 돌아와 옷을 찢어 허벅지를 꽉 묶어주었다. 이렇게 하면 잠시나마 독이 전신에 퍼지는 것을 막을 수 있다. 곽정은 품속에서 부싯돌을 꺼내 불을 밝히는 순간 가슴이 덜컥 내려앉았다. 주백통의 종아리가 벌써 평소의 두 배나 부어 있었던 것이다.

"도화도엔 이렇게 독이 강한 청복사靑蝮蛇가 없는데, 어디서 온 걸까? 권법을 연마할 땐 아무리 날랜 뱀이라도 날 물지 못하는데, 하필이면 양손으로 두 권법을 연마하느라 정신이 분산돼서…… 에이……."

혼잣말처럼 중얼거리는 주백통의 목소리가 떨리는 걸 보니 벌써 독이 많이 퍼진 게 틀림없었다. 상승 내공으로 운기의 순환을 막지 않았다면 벌써 죽었을지도 모를 일이었다. 곽정은 급한 마음에 그의 상처를 빨아내기 시작했다.

"안 돼! 이 독은 매우 강해서 조금만 들이켜도 죽게 돼!"

주백통이 황급히 말렸다. 그가 죽지 않기를 바라는 마음만 간절할 뿐 자신의 안위를 걱정할 곽정이 아니었다. 곽정은 오른쪽 팔뚝으로 그의 하체를 단단히 누른 다음 끊임없이 상처를 빨았다. 주백통은 발버둥을 치며 막아보려고 했지만 사지에 힘이 풀리기 시작했고, 마침내 정신을 잃고 말았다. 곽정은 한참 동안 독을 빨다가 독액이 거의 없어졌을 때쯤 그것을 모두 땅바닥에 토해냈다. 주백통은 내공이 워낙 심후한지라 반 시진이 지나자 다시 정신을 차렸다.

"아무래도 난 틀린 것 같아. 그래도 죽기 전에 너처럼 의리 있고 정 많은 동생을 사귀게 됐으니 정말 기뻐……."

곽정과 그가 사귄 시간은 길지 않았지만 둘 다 솔직한 성격에 의기 투합도 잘돼서 마치 수십 년을 사귀어온 벗 같았다. 곽정은 그가 곧 세상을 떠날 거란 생각이 들자 자신도 모르게 굵은 눈물을 흘렸다.

주백통이 쓸쓸하게 미소 지었다.

"〈구음진경〉 상권은 내가 누워 있는 땅 밑의 석갑 안에 있다. 너한테 주고 싶었지만 복사의 독을 마셨으니 너도 오래 살지는 못할 것 같구나. 황천길에 서로 친구가 되어주면 외롭지는 않겠어. 저승에 가서라도 네 사람 놀이, 아니 네 귀신 놀이를 하면 재밌을 거야. 다른 귀신들이 영문을 몰라 멍청한 표정으로 우릴 쳐다보겠지?"

말을 마친 주백통은 다시 껄껄 웃기 시작했다. 곽정은 자신도 죽게 될 것이란 말을 들었지만 아무런 이상을 느낄 수 없었다. 다시 불을 밝히고 주백통의 상처를 살펴봤다. 불길이 얼마 못 가 잦아들며 곧 꺼지려 하자 그는 황용이 만두 안에 집어넣었던 쪽지를 꺼내 불을 옮겼다.

불을 밝히기 위해 마른 잎사귀나 나뭇가지를 찾아보았지만 때는 한여름이라 땅바닥에는 촉촉한 잔디뿐이었다. 그는 다급한 마음에 태울 것이 없나 하고 또다시 품속을 더듬었다. 주머니 속에서 천 같기도 하고 가죽 같기도 한 물체가 만져졌다. 바로 매초풍이 비수를 감쌌던 물건이었다. 이것저것 따져볼 겨를도 없이 바로 불을 붙이고 주백통의 얼굴을 살펴보니, 안색이 거무칙칙해져 아이 같던 천진난만한 모습은 찾아볼 수가 없었다.

주백통은 불빛을 보자 곽정에게 희미한 미소를 지었다. 주백통이 보기에 곽정은 독에 당한 흔적을 전혀 발견할 수 없을 만큼 멀쩡했다. 이상하다고 생각하며 불빛 쪽으로 고개를 돌리는데, 언뜻 글씨가 가득 적혀 있는 물체가 불에 타고 있는 게 눈에 띄었다. 자세히 살펴보니 빼곡히 쓰여 있는 글은 놀랍게도 무공을 연마하는 구결이었다. 열서너 자의 글자만 봐도 그것이 〈구음진경〉의 경문이란 것을 알 수 있었다. 주백통은 소스라치게 놀란 나머지 어디서 난 것인지 물을 틈도 없이 손바닥으로 불을 끄고 숨을 들이마셨다.

"아우, 혹시 무슨 영단 묘약을 먹었어? 왜 그 무서운 뱀의 독을 먹고도 아무렇지가 않지?"

주백통의 물음에 곽정이 곰곰이 생각해보니 삼선노괴의 대복사 피를 마셨기 때문인 것 같았다.

"예전에 대복사의 피를 마신 적이 있는데, 그 덕분인 것 같아요."

곽정이 말을 마치자 주백통이 땅바닥에 떨어진 인피를 가리켰다.

"저건 귀중한 보물이야. 훼손하면 절대……."

그는 말을 끝내기도 전에 다시 정신을 잃었다. 그러나 지금 곽정에게 보물이라는 말이 들릴 리 없었다. 다급한 마음에 그의 항문에 바람을 불어넣었으나 효과가 없었다. 종아리를 만져보니 손이 델 만큼 뜨겁고, 좀 전보다 더욱 심하게 부어 있었다.

주백통이 중얼거렸다.

"베틀 속 원앙이 곧 날아갈 듯하네……."

"그게 무슨 소리예요?"

"늙기도 전에 애처롭게…… 애처롭게……."

곽정은 주백통이 정신이 오락가락하며 헛소리를 하자 불안하고 무서워 동굴 밖 나무 위로 뛰어올라 고함을 쳤다.

"황용, 황용! 황 도주, 황 도주! 사람 살려요! 사람 살려!"

도화도는 사방이 수십 리에 이르는 거대한 섬이었다. 게다가 황약사의 거처는 너무 멀리 떨어져 있었다. 곽정이 목이 터져라 고함을 질렀지만 아무 소용이 없었다 잠시 후 계곡에서 "황 도주! 사람 살려요, 사람 살려!" 하는 메아리만 울려 퍼졌다. 나무 위에서 뛰어내린 곽정은 속수무책인 가운데 문득 한 가지 생각이 떠올랐다.

'내가 뱀독에 영향을 받지 않은 걸 보면 혈액 속에 독을 이겨내는 성분이 있을지도 몰라.'

곽정은 자세히 생각해볼 겨를도 없어 땅바닥에서 주백통이 매일 차를 마시는 사기 사발을 집어 들고는 비수로 왼쪽 팔뚝을 그어 피를 받았다. 한참을 흘리자 피가 응고되어 더 이상 나오지 않았다. 그는 다른 곳을 그어 다시 신선한 피를 받고 주백통의 머리를 무릎으로 받친 다음 사발에 반 넘게 담긴 피를 그의 입속으로 흘려 넣었다. 곽정은 건강한 체질임에도 불구하고 많은 피를 흘린 탓인지 사지에서 힘이 빠졌다. 주백통에게 피를 다 먹이고 나자 자기도 모르게 석벽에 기대 꾸벅꾸벅 졸았다. 얼마나 지났을까, 누군가 자신의 팔뚝을 동여매는 것 같았다. 눈을 떠보니 땅바닥에 흰 수염을 드리운, 바로 주백통이었다.

곽정은 너무 기뻐 소리쳤다.

"대형, 대형! 다 나았군요!"

"그래, 네가 죽음을 무릅쓰고 날 구해준 거야. 저승사자가 날 데리러 왔다가 실망해서 돌아가더라고……."

곽정이 그의 상처를 살펴보니 과연 종아리에 퍼져 있던 시꺼먼 기운은 사라지고 상처 부위만 빨갛게 부어 있었다. 독 성분이 없어진 것이다.

이날 아침, 둘은 조용히 앉아 운기조식을 하며 원기를 회복했다. 점심을 먹고 나자 주백통은 그 인피의 내력에 대해 묻기 시작했다. 곽정은 잠시 생각에 잠겼다가 이야기를 시작하며 둘째 사부 주총이 어떻게 귀운장에서 매초풍의 품에 있던 비수까지 함께 훔치게 됐는지 설명해주었다. 곽정은 인피에 새겨진 글을 한 구절도 이해하지 못했기 때문에 품 안에 쑤셔 넣고 신경 쓰지 않은 것이다. 주백통은 한참 동안 생각해보았지만 매초풍이 왜 인피에 〈구음진경〉을 새겨놓았는지 도무지 알 수 없는 노릇이었다.

"대형, 아까 이게 보물이라고 했는데, 대체 뭐죠?"

"자세히 살펴봐야 대답해줄 수 있을 것 같아. 진짜인지 가짜인지도 모르겠고……. 매초풍에게서 가져왔다면 무슨 곡절이 있겠지."

주백통이 말하며 인피를 받아 천천히 훑어보기 시작했다. 지난날 왕중양이 〈구음진경〉을 손에 넣은 것은 결코 사심이 있어서가 아니라 무림에 닥칠 대재앙을 막기 위해서였다. 따라서 전진교 제자들에게 비급에 적혀 있는 무공을 연마하지 못하도록 유언을 남겼던 것이다. 물론 주백통은 사형의 유언을 어길 엄두를 못 냈지만 늘 연마하지 않고 보기만 하는 건 유언을 어기는 게 아니라는 황약사 부인의 말이 떠오르곤 했다.

그래서 동굴을 지키는 15년의 세월 동안 무료함을 달래기 위해 보기 시작한 것이 이제는 비급의 상권을 달달 외우게 되었다. 비급의 상권에는 도가의 내공 수련 방법 및 권법과 검법의 이치만 기록되어 있을 뿐 적을 제압해 승리를 거두는 실전 무공이 없었기 때문에 하권의 실용 법문을 익히지 않는다면 무용지물에 불과했다. 주백통은 15년간 매일 하권에 기록된 내용이 무엇일지 추측했기 때문에 인피를 보자 그것이 곧 〈구음진경〉과 관련이 있다는 걸 직감할 수 있었다. 그리고 인피에 적힌 내용을 꼼꼼히 훑어본 다음에는 그것이 자신의 인생과 깊은 관련이 있는 비급의 하권이라는 걸 확신했다.

그러나 주백통은 난감한 생각부터 들었다. 무학에 미쳤다고 할 만큼 무학을 사랑하는 주백통은 천하의 무림인이 최고의 보물로 여기는 비급을 보자 그 무공을 연구해보고 싶은 욕망이 솟구쳤다. 그것은 명예를 추구하고자 함도 아니요, 복수를 하기 위함도 아니요, 천하를 호령하고 싶은 욕심도 아니었다. 순전히 무공에 대한 호기심을 억누를 수 없고 비급을 모두 연마한 후에는 자신의 실력이 얼마나 더 증진될지 알아보고 싶을 뿐이었다.

사형은 지난날 황상이 5,481권에 이르는 〈만수도장〉을 읽고 40년간 고심한 끝에 각 파의 무공을 제압하는 방법을 알아냈다고 말했다. 그러니 그 속에 포함된 기묘한 법문이 얼마나 대단할지 자못 궁금했다.

흑풍쌍살도 비급의 하권만을 연마해 강호를 피바다로 만들었으니 만약 상권, 하권을 다 익힐 수 있다면 그것은 천하무적의 무예가 되는 셈이었다. 그러나 사형의 유언을 어긴다는 건 있을 수 없는 일이라 아무리 생각해봐도 한숨밖에 나오지 않았다. 비급을 품에 안고 한참 동안 잠을 잔 주백통은 인피와 비급 상권을 같이 묻기 위해 나뭇가지로 땅을 파냈다. 그러면서도 계속 한숨을 쉬다가 갑자기 환호성을 질렀다.

"그래, 맞아. 그런 방법이 있었어!"

그는 흥분해 웃어대기 시작했다.

"대형, 무슨 방법인데요?"

주백통은 웃기만 할 뿐 대답이 없었다. 그의 머릿속에 묘책이 떠오른 것이다.

'곽정은 전진교 제자가 아니니 내가 비급의 무공을 그에게 모두 가르쳐주고, 그가 나에게 시범을 보인다면 사형의 유언을 어기는 것이 아니지 않은가……'

곽정에게 알려줄까 말까 망설이다가 이내 생각이 바뀌었다.

'아우의 말투는 〈구음진경〉을 증오하는 듯했어. 사악하고, 악랄한 무공이라고 했잖아. 사실 흑풍쌍살은 상권에 기재된 기본 내공 수련 방법을 몰랐기 때문에 이 상승 무공을 악랄한 수단으로 사용한 거야. 일단 말해주지 말고, 다 연마한 다음 놀라게 해줘야지. 그때는 무공을 다 익혔기 때문에 아무리 화가 난다 해도 버리거나 잊어버릴 수가 없을 거야. 그럼 얼마나 재밌을까?'

천성적으로 장난을 좋아하는 주백통은 남이 그를 욕하고 혼내도 맘에 두지 않았고, 칭찬하고 총애해도 거들떠보지 않았다. 그저 남을 놀려주는 데 삶의 즐거움이 있는 사람이었다. 그는 속으로 쾌재를 부르면서도 곽정이 눈치채지 못하도록 정색을 했다.

"난 이 동굴에 15년을 갇혀 살며 공명권과 쌍수호박 외에 여러 가지 무공을 창안해냈어. 어차피 할 일도 없는데 내가 하나씩 가르쳐줄까?"

"그럼 영광이죠. 한데 용이가 곧 우릴 구해줄 거라고 했는데……"

"그래서 구해줬어?"

"그건 아니지만요……"

"거봐, 기다리면서 배우면 되잖아."

"그럴게요. 대형이 가르쳐주는 무공이라면 분명 대단할 거예요."

주백통은 기뻐하는 곽정을 보며 생각했다.

'너무 좋아하지 마. 내 속임수에 말려든 거니까!'

이렇게 속으로 웃으며 〈구음진경〉 상권에 기재된 내용 중 요지를 골라 설명했다. 곽정은 잘 이해하지 못했지만 그는 인내심을 갖고 차분히 가르쳤다. 내공의 기초 법문은 물론 인피에 적힌 권법과 검술도 하나하나 들려주었다. 그는 멀찍이 떨어져 인피를 흘깃거리며 내용을 외웠는데, 가까이에서 자세를 바로잡아줄 땐 곽정이 눈치채지 못하도록 인피에는 눈길도 주지 않았다.

〈구음진경〉의 무공 전수법은 다른 무학과 엄청나게 달랐다. 가르친 당사자가 전혀 할 줄 몰랐던 것이다. 그는 말로만 설명할 뿐 절대 시범을 보이지 않았다. 곽정이 비급의 몇 가지 무공을 익히자 전진교의 무공으로 대련해보았는데 과연 비급의 무공은 오묘하기 그지없었다.

이렇게 며칠이 지나자 주백통의 묘책은 효과를 거뒀다. 곽정이 〈구음진경〉에 기재된 무공의 대부분을 익히기 시작한 것이다. 그때까지도 눈치를 못 챈 곽정은 자신의 무공 실력이 날로 성장하는 것이 너무 기쁜 나머지 자다가도 웃음이 터져 나왔다. 그러는 동안에도 황용은 모습을 드러내지 않은 채 계속 곽정을 위해 자신이 만든 음식을 보내주었다. 곽정은 크게 안심해 무공을 연마하는 속도가 더욱 빨라졌다.

그러던 어느 날, 주백통이 그에게 '구음신조九陰神抓'를 가르치며 정신을 집중해 진기를 순환시키고 열 손가락으로 석벽을 뜯어내는 것처럼 잡으라고 했다. 그 방식대로 수차례를 연습한 곽정은 갑자기 의심이 생기기 시작했다.

"대형, 매초풍도 이 무공을 연마하는 걸 봤어요. 그녀는 산 사람을 이용해 연습했는데, 다섯 손가락을 산 사람의 두개골에 집어넣었죠. 정말 잔인하고 끔찍했어요."

주백통은 그 말을 듣자 흠칫 놀랐다.

'그래, 매초풍은 정법正法을 모른 채 하권의 구결만을 익혔겠지. "오지五指에 힘을 주고 그 끝에 기를 모아 적의 정수리를 공격해 진기를 뺏는다"라는 경문 중 "정수리를 공격해"는 적의 급소를 노리라는 뜻인데, 그걸 손가락을 정수리에 꽂으라는 뜻으로 해석했으니, 연습을 할 때도 그랬겠지. 〈구음진경〉은 도가의 심오한 내공 수련을 기초로 사악한 마음을 다스리고 원기를 충전하는 것이 요지인데, 어찌 그런 잔인하고 악랄한 무공을 가르치겠는가. 매초풍도 정말 멍청하군. 하지만 곽정이 눈치를 챘으니 이 무공은 그만 가르쳐야겠어.'

그는 웃으며 말했다.

"매초풍이 익힌 건 사파의 무공인데 어찌 나의 정파 무공과 비교하겠냐? 어쨌든 이 구음신조 무공은 나중에 익히도록 하고, 다시 내공의 구결을 가르쳐주지."

그는 마음속으로 이미 결정을 내렸다.

'우선 상권에 기록된 기본 법문을 숙지하게 해야겠어. 그런 다음 하권에 적힌 실전 무공 구결을 보면 앞뒤가 잘 통할 테니, 더 이상 의심하지 않을 거야.'

그리고 주백통은 상권에 기록된 내공 구결을 한 구절 한 구절씩 자세히 설명해주었다. 그러나 그 내용은 구절마다 심오한 뜻을 내포하고, 글자마다 현묘한 이치를 함축하고 있어 한 번에 깨닫기는 무리였다. 주백통은 곽정의 이해 수준을 고려해 한 구절씩 따라 읽게 했다. 그 방법을 10여 차례 반복하자 의미는 몰라도 구절만은 암기하게 되었다. 그리고 다시 수십 번을 외우자 어느 정도 의미를 파악할 수 있었다. 또 며칠이 지나자 주백통은 경문의 반 이상을 곽정에게 가르쳤고, 외운 내용을 토대로 내공 수련을 하도록 훈련시켰다. 곽정은 이 내공 법문이 마옥이 전수한 이치보다 좀 더 현묘하고 심오하기는 하나 근

본원리는 일맥상통한다는 생각이 들었다. 게다가 주백통은 마옥의 사숙이니 오죽 많이 알고 있으랴 싶었다.

주백통은 무공을 가르치며 늘 짓궂은 표정을 지었지만 천성이 워낙 그런지라 곽정은 자신이 속임수에 넘어가고 있다는 생각은 꿈에도 하지 않았다. 〈구음진경〉 상권의 마지막 부분은 1천 자가 넘었고, 주문과도 같은 괴상한 문구라 아무리 되뇌어봐도 의미를 알 수 없었다. 오랫동안 동굴에 갇혀 있으면서 수백 번이나 생각해본 주백통조차 그 의미를 예측할 수 없는데 곽정이 이해할 수 없는 것은 당연했다. 답답한 마음에 곽정이 그 괴문怪文의 뜻을 물었다.

"천기를 누설할 수 없으니 무조건 외워."

하지만 그것은 다른 경문을 외울 때보다 수백 배 힘들었고, 아무리 총명한 사람이라도 쉽게 암기할 수 없을 만큼 어려웠다. 그러나 의지와 끈기가 강한 곽정은 수천 번을 외운 끝에 1천 자에 이르는 내용을 암송하게 되었다.

어느 날, 곽정이 아침 일찍 일어나 무공을 연마하는데 하인이 초반을 가져왔다. 찬합을 열어보니 예전처럼 황용이 만두 속에 쪽지를 넣은 흔적이 보였다. 허둥지둥 밥을 먹고 숲속에 들어가 쪽지를 펼쳤다.

오빠, 서독이 그의 조카와 날 결혼시키려고 해요. 아버지도 이미…….

쪽지는 그렇게 끝나 있었다. 상황이 다급해 대충 몇 글자만 적은 모양이었다. 그러나 뒤의 말은 분명 허락했다는 뜻이리라. 곽정은 머릿속이 어지러워 하인이 찬합을 가져가자마자 주백통에게 쪽지를 보여췄다.

"허락하면 어때? 우리랑 상관없는 일이잖아."

"안 돼요! 우린 장래를 약속했어요. 지금 용이는 아마 미칠 지경일 거예요."

"마누라를 얻으면 무공을 연마하는 데 방해만 될 뿐이야. 그게 얼마나 애석한 일이야? 나도 후회할 때가 얼마나 많은데…… 그 얘긴 집어치우고 아무튼 내 말 들어. 절대 혼인하지 마."

말이 안 통하자 곽정은 더욱 다급해졌다. 하지만 주백통은 여전히 뚱한 반응이었다.

"내가 총각 딱지만 안 떼었어도 사형의 상승 무공을 연마할 수 있었을 거야. 그럼 황약사도 날 이 섬에 가둘 수는 없었겠지. 봐, 너도 마누라를 얻을 생각에 벌써 한눈팔고 있잖아. 오늘은 연습해봤자 소용없겠구먼. 정말 황약사의 딸을 마누라로 삼을 거라면 그것보다 아까운 일은 없지. 여자가 얼마나 요물인데, 혹시 몸을 만지다 혈도라도 찍히면…… 아무튼 황약사 딸이랑 혼인하는 건 너무 위험해."

곽정은 주백통이 부정적인 말만 중얼대자 짜증이 났다.

"혼인하고 말고는 나중에 생각하고 일단 용이부터 구해야 해요."

그 말에 주백통은 웃기 시작했다.

"서독은 악랄한 놈이니까 조카도 보나마나 악인일 거야. 황약사의 딸이 예쁘장하긴 하지만 아비를 닮아 사악한 기운이 득실거릴 테니, 서독의 조카가 그 앨 마누라로 삼으면 고생은 물론이고 동자공童子功도 익히지 못할걸? 잘됐어. 그야말로 일거양득이니까 얼마나 좋은 일이냐?"

곽정은 한숨을 내쉬며 숲속으로 가 땅바닥에 털썩 주저앉아 생각에 잠겼다.

'도화도에서 길을 잃어 죽는 한이 있어도 용이를 찾아내야 해.'

결심을 하고 벌떡 일어나는데, 갑자기 두 개의 흰 그림자가 그를 덮쳐왔다. 바로 타뢰가 사막에서 데려온 수리 두 마리였다. 곽정은 반갑기 그지없어 손을 뻗어 수리를 잡았는데, 수컷의 다리에 죽통竹筒이 매달려 있었다. 급히 풀어보니 그 속에 황용의 편지가 들어 있었다.

사정이 급하게 됐어요. 서독이 며칠 후 조카 편에 혼인 예물을 보낸대요. 게다가 아버지도 너무 엄하게 지키셔서 방에서 한 발짝도 나갈 수 없는 건 물론 주방에서 요리하는 것도 못 하게 되었어요. 정말 달아날 방법이 없다면 죽어버리겠어요. 이 섬은 미로가 많고 곳곳이 함정이니 절대로 찾아나설 생각은 하지 마세요.

곽정은 한참 동안 넋을 잃고 있다가 비수를 뽑아 죽통에 "살아도 같이 살고, 죽어도 같이 죽자!"라는 글을 새겼다.

그리고 죽통을 수리의 발에 매달아 손을 휘저으니, 수리는 공중을 몇 바퀴 선회하다 북쪽으로 날아갔다. 그로부터 10여 일이 지났지만 황용에게선 아무런 소식이 없었다. 그러는 사이 곽정이 비급의 상권을 모두 암송하자 주백통은 속으로 환호성을 질렀다. 주백통은 즉시 비급의 하권에 기재된 무공 연마법을 하나하나 들려주었다. 눈치채지 못하도록 실전 연습을 못 하게 했지만 곽정은 그것을 일일이 기억해 두었다. 그리고 수백 번을 입으로 되뇌자 하권의 경문 역시 완벽하게 암기할 수 있었다.

주백통은 내심 감탄을 금치 못했다.

'머리는 아둔하지만 역시 끈기 있고 의지가 강한 놈이야. 나 자신이 부끄럽군.'

그날 밤은 하늘에 수많은 별이 반짝이고 은은한 달빛이 섬 주위의 바다 위에 은가루처럼 부서져 내렸다. 주백통은 곽정과 무예를 겨뤄보았는데 그의 내공이 엄청나게 증진되어 있었다.

'〈구음진경〉의 무공이 과연 현묘하기 이를 데 없군. 거기에 기록된 무공을 모두 익힌다면 황약사와 홍칠공을 능가하겠어.'

두 사람이 바닥에 앉아 한담을 나누는데 갑자기 멀리서 휙, 휙, 풀숲을 헤치는 소리가 들렸다.

"뱀이다!"

주백통이 고함치는데, 정말 어마어마한 뱀 떼가 몰려오는 괴성이 퍼졌다. 주백통은 얼굴이 하얗게 질려 동굴 속으로 뛰어 들어갔다. 그의 무공은 이미 경지에 도달했지만 이상하게도 뱀이나 벌레 소리를 들으면 어린애같이 겁을 집어먹었다. 곽정은 커다란 바위를 옮겨다가 동굴 입구를 막았다.

"대형, 제가 가서 살펴볼 테니 나오지 마세요."

"조심하고 빨리 돌아와. 근데 그 징그러운 독사는 뭐 하러 구경하려고 그래? 어떻게, 어떻게 뱀이 저리 많지? 도화도에서 15년을 넘게 있었지만 뱀이라곤 한 마리도 본 적이 없는데, 뭐가 잘못된 걸까? 황약사 그놈, 잘난 척만 했지 이 작은 도화도도 깨끗하게 관리하지 못하나 봐. 뱀에다 지네에다 별것이 다 기어 올라온단 말이야……."

곽정은 뱀 소리를 따라가보았다. 얼마쯤 가니 달빛 아래 수없이 많은 청사가 무리 지어 꿈틀꿈틀 나아가고 있었다. 흰옷을 입은 사내 10여 명이 손에 막대기를 들고 뱀 떼를 몰며 무리에서 벗어난 뱀을 무리 속으로 집어넣었다.

곽정은 놀라 머리털이 쭈뼛 서는 듯했다.

'이 뱀들을 왜 몰고 온 것일까? 서독이 도착한 걸까?'

위험을 무릅쓰고 일단 나무 뒤에 숨어 북쪽으로 향하는 뱀 떼를 따라갔다. 뱀을 모는 사내들은 무공이 없는 듯 누가 따라오는 것을 눈치채지 못했다. 뱀 떼 앞에서는 황약사의 하인인 벙어리가 길을 인도하고 있었다. 수풀 사이로 구불구불 난 길을 거쳐 고개 하나를 끼고 돌자 눈앞에 드넓은 초원이 나타났다. 초원 북쪽은 대나무 숲이었다. 뱀 떼는 초원에 다다르자 사내들의 피리 소리에 따라 멈춰 서서 고개를 쳐들었다.

곽정은 대숲 속에서 뭔가 수상쩍은 기운이 느껴져 몸을 드러낼 엄두를 내지 못했다. 곧장 동쪽 수풀 속으로 몸을 던지고는 방향을 틀어 북쪽으로 향했다. 대숲 주변에 다다르자 무슨 기척이 없는지 귀를 기울였다. 하지만 대숲 속에서는 아무런 소리도 들리지 않았다. 곽정은 그제야 발걸음을 가볍게 떼어 푸른 대나무 사이로 숨어들었다. 대숲 속에는 대나무 가지를 얽어 만든 정자가 있었다. 정자 위 현판에는 '적취정積翠亭'이라는 글자가 달빛에 뚜렷이 빛나고, 그 양옆으로는 '복사꽃 그림자 사이로 신검이 춤을 추고, 옥퉁소 소리에 푸른 물결 일렁인다桃花影裏飛神劍 碧海潮生按玉簫'는 구절이 적힌 대련이 걸려 있었다.

정자 안에는 대나무 탁자와 의자가 있었는데, 모두 오래된 물건인 듯 반질반질 윤이 나 달빛에 은은한 빛을 발하고 있었다. 정자 양옆에는 큰 소나무 두 그루가 서 있었다. 소나무의 울창한 가지가 수백 년의 세월을 말해주는 듯했다. 소나무와 대나무가 어우러진 푸른 정취가 수려하기 그지없었다.

곽정이 밖을 내다보니 뱀 떼가 꾸역꾸역 끊임없이 몰려오고 있었다. 이제는 푸른 살무사가 아니라 머리가 크고 긴 몸통에 금빛 비늘이 번득이는 뱀이었다. 이 뱀들 뒤로는 또 검은 뱀들이 밀려왔다. 드넓은 초원에 온갖 뱀이 모여 머리를 흔들며 불꽃처럼 붉은 혀를 날름거렸다. 뱀을 모는 사내가 뱀들을 동서로 갈라 가운데에 한 줄기 통로를 만들었다. 뒤이어 흰옷을 입은 여자 수십 명이 손에 붉은 초롱을 들고 천천히 걸어 들어와 수 장 간격으로 늘어섰다. 그 뒤로 두 사람이 느린 걸음으로 나타났는데, 앞선 사람은 흰 바탕에 금실로 수놓은 장포를 입고 손에는 쥘부채를 들고 있었다. 다름 아닌 구양극이었다. 대숲으로 들어선 그가 맑은 목소리로 외쳤다.

"서역의 구양, 도화도 황 도주를 뵈러 왔습니다."

곽정은 자신의 짐작을 확인한 듯 가볍게 고개를 끄덕였다.

'역시 서독이 온 것이었군. 위세가 대단하더라니……'

고수들의 위험한 대결

곽정은 구양극 뒤에 있는 사람을 유심히 살폈다. 체구가 크고 역시 흰옷을 입고 있었는데, 달빛을 등지고 있어 생김새를 자세히 볼 수는 없었다. 이 두 사람이 자리를 잡고 서자 대숲에서 다른 두 사람이 나타났다. 지켜보던 곽정은 깜짝 놀라 하마터면 소리를 지를 뻔했다. 황약사가 황용의 손을 끌고 나타난 것이다. 구양봉이 앞으로 몇 걸음 나서며 황약사에게 읍을 하자, 황약사도 답례를 했다. 구양극은 무릎을 꿇고 앉아 네 번 절했다.

"불초 소생, 장인어른께 문안 여쭙겠습니다."

"됐네."

황약사가 손을 뻗어 그를 일으켜 세웠다. 맑은 목소리로 인사를 주고받는 두 사람의 대화를 듣자니 곽정은 가슴이 쥐어뜯기는 듯 괴로웠다.

구양극은 황약사가 자신의 무공을 시험할 것이라 예상하고 절을 올릴 때부터 마음의 준비를 단단히 하고 있던 차였다. 황약사의 오른손이 자신의 왼쪽 어깨를 짚는 순간 온몸의 힘을 모아 방어하며 아무렇지도 않은 듯 일어나려 했으나 이미 몸이 흔들리며 "어이쿠" 하는 비명과 함께 거꾸로 나가떨어지고 말았다. 구양봉은 손에 쥐고 있던 지팡이를 들어 조카의 등을 가볍게 밀어주었다. 구양극은 그 힘을 받아 다시 몸을 뒤집어 겨우 바로 설 수 있었다.

"황 형도 참…… 그래, 사위에게 물구나무서기로 인사를 받아야 하겠소?"

구양봉의 목소리에는 귀를 찢는 듯한 금속성이 섞여 있었다.

황약사가 말을 받았다.

"지난번에는 다른 이들과 손잡고 내 눈먼 제자를 괴롭히더이다. 나중에는 뱀 떼까지 몰고 오더군요. 그래, 내 직접 사람됨을 좀 보려고 그랬습니다."

구양봉이 웃음을 터뜨렸다.

"아이들 간에 오해가 있었던 모양인데, 황 형은 개의치 마십시오. 이 아이가 댁의 따님을 마음에 두고 있지 않습니까?"

말을 마치고는 고개를 돌려 황용을 찬찬히 뜯어보았다.

"황 형, 대단하시군요. 어찌 이런 고운 따님을 두셨소이까?"

그러곤 품 안으로 손을 넣더니 비단 갑을 꺼내 뚜껑을 열었다. 안에는 비단 사이로 비둘기알만 한 크기의 누런색 구슬이 있었는데, 색깔이 거무칙칙한 것이 볼품없어 보였다.

"이 통서지용환通犀地龍丸은 서역의 신기한 동물 몸에서 얻은 것이라오. 내가 약재와 함께 배합해 만들어냈소. 몸에 지니고 있으면 독이 침범치 못하는 약으로, 천하에 유일하게 이것 하나뿐이오. 우리 질부가 가지고 있으면 이 숙부가 몰고 다니는 독사, 독충이 무섭지 않을 거요. 그 외에도 여러 가지 용도가 있지만 뭐, 진귀한 보물이랄 것까지는 없고……. 하긴 아버님이 천하를 휘젓고 다니시니 무슨 보물이든 못 본 것이 있겠소만은……. 시골 영감이 예의랍시고 꺼낸 물건이 너무 하찮은 것은 아닌지 모르겠구먼."

그러면서 미소 띤 얼굴로 구슬을 황용 코앞까지 들이밀었다. 구양봉은 각종 독물을 마음대로 다룰 줄 알았다. 이제 이러한 독물을 피할 수 있는 보물을 황용에게 주는 것은 혼사에 대한 자신의 정성을 보임으로써 황약사의 의심을 피하려는 의도이리라.

곽정은 이러한 광경을 바라보며 안절부절못했다.

'용이의 마음이 변할 리가 없어. 당신이 주는 선물 따위는 원치 않는단 말이야.'

그러나 예상치 못한 대답이 들려왔다.

"감사합니다."

황용이 웃으며 선물을 받아 들었다. 구양극은 넋을 잃은 듯 황용의 뽀얀 얼굴을 바라보고 있었다. 황용의 미소와 목소리에 그는 마치 구름 위를 걷는 듯한 기분이었다.

'부친이 혼사를 허락하니, 나를 대하는 태도가 확실히 달라졌군.'

그가 득의양양하던 차에 갑자기 눈앞에 금빛이 번쩍했다.

"아뿔싸!"

구양극은 황급히 철판교鐵板橋를 써 몸을 뒤로 젖혔다.

"무슨 짓이냐?"

황약사가 외치며 왼손을 휘둘러 황용이 던진 금침을 막았다. 곧이어 오른손을 뒤집어 황용의 어깨를 내리쳤다. 황용은 끝내 울음을 터 뜨렸다.

"흐흑……! 아버지, 저를 때려 죽이세요. 차라리 죽고 말지, 저 인간에게 시집갈 수는 없어요!"

구양봉은 황용의 어깨를 치려는 황약사의 손을 대신 막아주며 통서 지용환을 황용의 손에 밀어 넣었다.

"영애께서 조카 놈의 무공을 좀 시험해본 것을 갖고 뭘 그러십니까?"

황약사도 자신이 아끼고 사랑하는 딸인지라 내공을 실어 때리지는 않았기 때문에 구양봉이 가볍게 쳐낼 수 있었다. 구양극은 뻣뻣하게 서 있었지만, 왼쪽 가슴이 은근히 아려왔다. 아무래도 금침 한두 개 정도는 맞은 듯했다. 체면상 얼굴은 아무렇지도 않은 듯 꾸미고 있었지만 곤혹스러운 기색을 감출 수는 없었다. 속으로는 더욱이 죽을 맛이었다.

'정말 내게 시집오기 싫은 거로군.'

구양봉이 웃으며 입을 열었다.

"황 형, 화산에서 헤어진 뒤로 20년 만에 만나는군요. 우리 조카의 혼사를 허락해주신다니 앞으로 어떠한 분부라도 내 거절하는 일은 없을 거외다."

"누가 감히 노독물을 건드리겠소? 그래, 서역에서 20년간 무슨 대단한 무공을 쌓았는지 한번 보여주지 않으려오?"

황용은 무공을 보여달라는 말에 솔깃해 눈물을 거두고 아버지 곁에서서 구양봉을 뚫어지게 바라보았다. 구양봉은 손에 구불구불한 검은색 지팡이를 들고 있었는데, 무쇠로 만든 듯했다. 지팡이 머리 부분에는 흰 치아를 드러내며 흉악하게 웃고 있는 사람의 머리가 새겨져 있었다. 더욱 이상한 것은 은빛 비늘이 반짝이는 뱀 두 마리가 지팡이를 감은 채 쉬지 않고 꿈틀거리고 있는 것이었다.

구양봉이 미소를 지었다.

"과거에도 내 무공은 황 형에게 훨씬 못 미쳤지요. 그 후로도 20년을 허송세월했으니 더욱더 못 미칠 거요. 이제 혼사를 맺고 한 가족이 되었으니 도화도에서 며칠 묵으며 황 형에게 좀 배워가야겠소."

구양봉이 사람을 보내 조카의 혼담을 꺼냈을 때, 황약사는 구양봉 정도면 사돈으로 손색이 없다고 생각했다. 무공으로 자신과 어깨를 나란히 할 만한 당대 몇 안 되는 고수 중 하나이니 더 바랄 게 없다고 여긴 것이다. 게다가 서신의 언사가 겸손하고 정성이 깃들어 내심 흐뭇하던 터였다. 또 황용의 품성이 제멋대로이고 보니 아무에게나 시집을 보내면 제 힘을 믿고 남편을 괴롭힐 테고, 제가 골랐다는 곽가라는 애송이는 영 탐탁지 않았다.

반면 구양극은 숙부에게 직접 배웠을 테니 무공도 훌륭할 테고, 당대 젊은 세대 중에는 따라올 사람이 없을 듯해 구양봉이 보낸 사자에게 일단 허락의 뜻을 비친 것이었다. 그러나 구양봉이 스스로를 낮추며 입에 발린 소리를 해대니 조금씩 의심이 생기기 시작했다. 원래 구양봉은 표리부동해 배 속에 칼을 감춘 위인인 데다 교활하기가 이를 데 없어 무공을 논할 때는 더욱이 누구에게 승복한 적이 없었다.

'혹시 합마공이 왕중양의 일양지에 패하고 다시 합마공을 익히지 못한 것이 아닐까?'

황약사는 소매 속에서 옥통소를 꺼냈다.

"멀리서 귀한 손님이 오셨으니 내 한 곡조 불어보리다. 앉아서 천천히 들어보시오."

구양봉은 황약사가 벽해조생곡으로 자신의 무공을 시험해보려 한다는 것을 눈치챘다. 미소를 지으며 왼손을 들자 비단 초롱을 든 30여 명의 여자가 천천히 나와 땅에 엎드렸다.

"이들은 제가 사람을 보내 각지에서 모은 처녀들이오. 모두 서른두 명인데, 작은 정성이나마 옛 친구께 드리고 싶소이다. 모두 훌륭한 스승의 지도를 받아 가무와 연주에 뛰어나지요. 물론, 서역에서 자라다 보니 강남의 재색에는 떨어지지만 말이오."

황약사는 사양했다.

"나는 원래 이런 쪽으로는 흥미가 없소이다. 아내가 죽은 후 세상 여자들을 돌덩이만큼도 여기지 않는다오. 성의는 감사하나, 받지는 못하겠소."

"가무와 함께 여흥을 즐기다 보면 세월도 가고, 상처도 치유되는 것 아니겠습니까?"

황용이 여자들을 보니 모두 백옥 같은 피부에 키가 껑충하니 컸다. 금발에 벽안도 있고, 우뚝 솟은 코에 눈이 움푹 들어간 여자도 있었다. 중원의 여자들과는 확연히 다른 생김새였다. 그래도 하나같이 빼어난 용모에 요염한 자태로 사람의 마음을 흔들어놓을 만했다.

구양봉이 손뼉을 세 번 치니 여덟 명의 여자가 악기를 꺼내 연주하고 나머지 스물네 명은 아리따운 자태로 춤을 추기 시작했다. 악기들은 금琴이나 비파가 아니었다. 또 그 소리와 가락도 참으로 기묘했다.

여자들은 앞으로 넘어졌다 뒤로 일어나며 좌우로 빙글빙글 돌며 춤을 추었는데, 몸놀림이 부드럽기 짝이 없고 서로 몸을 바짝 붙이고 춤을 추어 마치 긴 뱀이 움직이는 듯했다. 각자 양어깨를 펴고 왼손 끝부터 오른손 끝까지 하느작거리며 꼬는 모습 역시 꿈틀거리는 뱀처럼 보였다. 황용은 구양극이 썼던 영사권靈蛇拳이 생각나 그쪽으로 눈길을 돌렸다가 마침 자신을 뚫어지게 바라보고 있는 구양극과 눈이 딱 마주쳤다.

'저 징그러운 작자를 없애려고 금침을 날린 것인데 아버지가 막아버렸으니……. 무슨 수를 써서라도 반드시 없애버려야지. 그러면 더 이상 그에게 시집가라고 괴롭히지도 않겠지?'

그거야말로 화근을 없애버리는 해결책이 될 터였다. 생각하다 보니 의기양양해져 얼굴에 미소가 떠올랐다. 구양극은 자기에게 미소를 짓는 황용을 보고는 기쁨에 들떠 가슴의 통증도 잊어버렸다. 여자들의 춤이 더욱 빨라졌다. 온갖 교태가 백출하고 변화무쌍한 춤이었다. 손으로 몸을 어루만지는가 하면, 옷을 풀어 헤치고 가슴으로 뛰어드는 시늉을 해댔다. 뱀을 모는 사내들은 진작부터 눈을 감고 있었다. 그 춤을 보다가 흥분해 실수를 저지를까 봐 아예 보지 않았던 것이다.

황약사는 미소를 머금고 춤을 지켜보다가 옥퉁소를 입에 갖다 대고 불기 시작했다. 온몸을 흔들며 춤을 추던 무희들의 걸음이 갑자기 엉켜버리고 말았다. 옥퉁소를 좀 더 불자 무희들은 아예 퉁소 소리에 맞추어 춤을 추었다. 구양봉은 뭔가 잘못되었음을 알고 손뼉을 쳤다. 한 시녀가 쇠로 만든 쟁箏을 들고 왔다. 구양극은 점차 가슴이 뛰기 시작했다. 여덟 명의 여자가 연주하던 악기의 가락도 이미 황약사의 퉁소 소리에 맞추어지고 있었다.

뱀을 모는 사내들은 뱀 떼 가운데서 뛰고 구르며 날뛰기 시작했다. 구양봉이 쟁의 현을 몇 번 켜자 창과 말발굽이 부딪치는 듯한 금속성이 스산하게 울렸다. 그러자 퉁소의 부드러운 음색이 어느 정도 누그러지는 듯했다.

황약사가 미소를 지었다.

"자, 함께 연주를 합시다."

퉁소 소리가 멈추자, 미친 듯한 춤사위가 잠시 가라앉았다. 구양봉이 외쳤다.

"나와 황 도주가 연주할 터이니, 모두들 귀를 틀어막아라."

그를 따라온 사람들은 이 연주가 보통이 아닐 것임을 알고 잠시 당황하는 기색을 보이다가 각자 옷깃을 찢어 귓구멍에 쑤셔 박더니 그것도 부족한지 머리를 겹겹이 싸맸다.

구양극마저도 솜으로 양 귓구멍을 틀어막았다.

"우리 아버지 연주를 듣는 것이 얼마나 영광인데 귀를 틀어막다니, 정말 무례하군. 도화도에 손님으로 와 감히 주인을 모욕하다니!"

황약사가 황용의 말을 막았다.

"이건 무례한 게 아니다. 감히 내 퉁소 소리를 들을 수가 없는 거야. 전에 들어본 적이 있어서 잘 알거든. 하하! 구양봉의 쟁 역시 천하에 둘도 없는 절기인데, 네가 어찌 들을 수 있겠느냐? 우리의 연주를 듣는다는 것이 그리 간단한 일은 아니다."

황약사는 품속에서 명주 손수건을 꺼내 반으로 찢더니 황용의 귀를 막아주었다. 곽정은 호기심이 일어 구양봉의 쟁이 얼마나 대단한지 들어보기 위해 오히려 가까이 다가갔다.

"구양 형의 뱀들은 귀를 가릴 수 없지 않소?"

황약사가 구양봉에게 이야기하며 고개를 돌려 옆에 서 있던 벙어리에게 손짓을 하자 하인은 고개를 끄덕이더니 뱀 모는 사내 중 우두머리에게 부하들을 데리고 피하라는 손짓을 했다. 그 자리를 빠져나가지 못해 안달하던 그들은 구양봉이 고갯짓으로 허락하자 황급히 뱀들을 몰고 벙어리 하인의 안내를 받아 멀리 사라졌다.

"부족한 점이 있더라도 황 형께서 양해하시구려."

구양봉이 널따란 바위 위에 무릎을 꿇고 앉아 눈을 감고 운기를 다스리고는 오른손 다섯 손가락을 놀려 쟁을 켜기 시작했다. 쟁은 원래 새되고 격한 음조가 특색이다. 그런 데다 구양봉이 서역의 쇠 쟁으로 켜니 연주 소리는 더욱 스산했다.

곽정은 음악에 대해 아는 바가 없었지만, 묘하게도 이 쟁의 음은 자신의 심장박동에 맞춘 듯했다. 쟁 소리가 빨라지면 심장도 빨리 뛰었다. 끝내는 가슴이 마구 뛰어 벅차오르며 숨까지 가빠졌다. 더 듣고 있다간 심장이 튀어나올 지경이었다.

'쟁 소리가 더 빨라지면 나는 숨이 막혀 죽을 것 아닌가?'

곽정은 황급히 주저앉아 마음을 가라앉히고 전진파 도가의 내공을 쓰기 시작했다. 심장박동이 점차 안정을 되찾아 얼마 후에는 쟁 소리에도 격동하지 않게 되었다. 계속해서 빨라지는 쟁 소리를 듣고 있자니 마치 금으로 만든 북이 함께 울리는 듯, 한 무리의 말이 질주하는 듯 땅이 약하게 진동하더니 한 줄기 은은한 퉁소 소리가 쟁 소리 사이로 섞여 들었다.

곽정은 가슴이 크게 출렁이면서 얼굴이 화끈거리기 시작했다. 서둘러 마음을 다스렸다. 쟁 소리는 사위를 가득 매우면서도 통소 소리를 덮어버리지는 못했다. 두 소리가 섞이면서 기묘한 음조를 만들어냈다. 쟁이 무협巫峽(양자강 삼협 중 하나)의 원숭이가 울부짖는 소리, 한밤에 귀신이 흐느끼는 소리를 낸다면 통소는 곤륜산의 봉황이 우는 듯한, 깊은 규방의 속삭임과 같은 소리를 냈다. 전자가 찢어질 듯 스산한 소리라면, 후자는 지극히 부드럽고 은은한 소리라고 할 수 있었다. 하나가 높아지면 하나는 낮아지고, 또 하나가 나아가려 하면 다른 하나는 물러섬으로써 맞서는 등 서로 한 치의 양보도 없었다.

황용은 애초에 미소를 머금은 채 바라보다가 두 사람의 진지함에 사뭇 놀랐다. 특히 황약사는 몸을 일으켜 걸으면서 통소를 불었는데, 걸음걸음이 팔괘의 방위를 그리고 있었다. 황용은 그것이 아버지가 평소 상승 내공을 수련할 때 쓰는 자세라는 것을 알고 있었다. 상대가 그만큼 대단하기 때문에 아버지도 있는 힘을 다하고 있는 것이리라. 구양봉 쪽을 보니 머리 위로 김이 모락모락 피어나며 쟁을 켜는 두 팔의 소맷자락은 바람 소리를 일으키고 있었다. 그 역시 조금도 물러서는 기색이 없었다.

곽정은 대숲 가운데서 두 사람의 연주를 들으며 이 통소와 쟁이 무공과 무슨 관계가 있는 것인지 생각에 잠겼다. 도대체 이 두 소리에 어떤 마력이 있기에 듣는 이의 마음을 뒤흔들어놓는 것인지 알 수가 없었다. 곽정은 마음을 가다듬고 흔들림 없이 연주를 가만히 들어보았다. 그리고 정신을 집중해 통소 소리와 쟁의 음률을 음미했다.

그렇게 잠시 듣고 있자니 문득 깨닫는 바가 있었다. 바로 부드러움과 강함이 서로 섞여 요동치는 것이었다. 때로는 부드럽게 나아가 공세를 취하고, 또 때로는 뒤로 물러나 적을 기다리는 듯한 음의 흐름은 바로 고수의 무공과 다를 바 없었다. 좀 더 생각을 기울인 결과, 마침내 결론에 도달했다.

'그래, 황 도주와 구양봉은 상승 내공으로 서로 맞서고 있는 거야.'

이러한 상황을 모두 이해하고 나서 다시 눈을 감고 그들의 대결에 귀를 기울였다. 곽정으로서는 운기를 행하며 쟁 소리와 퉁소 소리를 동시에 막아낸다는 게 쉬운 일은 아니었다. 그러나 지금은 마음을 비운 상태로 대결에서 한 걸음 물러나 있다 보니 두 사람의 대결을 귀로 직접 듣고 있어도 마음에 전혀 동요가 일어나지 않았다. 마음이 비어 있으니 대결의 세밀한 부분까지도 모두 똑똑히 들리고 이해가 되었다.

주백통이 그에게 전수한 72권로 공명권은 이공이명以空而明(비워둠으로써 밝게 한다)이라는 네 글자로 집약되는 것이었다. 그러나 그 이치를 알고 있다고 해도 만약 곽정이 직접 황약사, 구양봉과 맞선다면 내공이 뒤떨어지므로 이기기는 어려웠다. 하지만 전혀 관여치 않는다면 오히려 냉철한 평정심을 유지할 수 있어 오묘한 이치를 터득할 수 있었다. 이는 세상사에서 제삼자가 당사자보다 정확한 판단을 내릴 수 있는 이치와 같은 것이다.

곽정은 자신의 내공이 주백통보다 훨씬 떨어지는데도 어떻게 퉁소 소리를 견디는 힘은 더 강했는지 도무지 알 수 없었다. 그러나 주백통은 대결에 임하는 당사자여서 마음에 동요가 일어났기 때문에 퉁소 소리에 휘말려든 것이다. 그러므로 내공의 힘만 가지고 전체 실력을 평가할 수는 없다.

처음에는 구양봉이 벼락 같은 기세로 황약사를 압도하려 했다. 퉁소 소리는 동과 서로 그 기세를 피하며 쟁 소리에 조금이라도 틈이 보이기만 하면 곧장 찌르고 들어갔다. 잠시 후 쟁 소리가 점차 잦아들자 퉁소 소리는 오히려 격렬해졌다.

곽정은 주백통이 외우게 했던 공명권 중 두 구절이 생각났다. 즉, '강함은 오래가지 못하고, 부드러움은 지켜낼 수가 없다剛不可久 柔不可守'라는 말이었다.

'쟁 소리가 반격에 나서겠군.'

과연, 퉁소 소리가 우羽(고대 5음인 궁, 상, 각, 치, 우의 하나)에 이르자 갑자기 쟁 소리가 드높아지며 기세를 올렸다. 곽정은 공명권의 구결을 완전히 독파하기는 했지만 본래 이치를 깨닫는 데 둔한 편이었고, 주백통도 설명에 서툴러 그 속에 숨은 뜻은 10분의 1도 제대로 이해하지 못하고 있었다. 그런데 황약사와 구양봉이 겨루는 음악 소리를 들어보니 서로 펼치는 공수攻守, 진퇴進退가 자신이 알고 있는 구결과 맞물리는 데가 있는 듯했다. 제대로 알지 못하고 넘어간 부분도 두 소리가 수차례 맞부딪치는 가운데 조금씩 안개가 걷히듯 깨닫게 되어 여간 기쁘지 않았다. 곽정 스스로는 그것이 〈구음진경〉인지 알지도 못했지만, 가만히 생각해보니 주백통에게 배운 그 구결도 지금 귓가에 울리는 쟁, 퉁소 소리와 일맥상통하는 듯했다.

그러나 경문이 매우 심오한 데다 깊이 있는 공부가 부족한 탓에 곽정의 머릿속은 쉴 새 없이 들려오는 소리에 그만 난마처럼 얽혀버리고 말았다. 얽힌 생각을 즉시 풀어버리고는 다시는 경문에 대해 생각할 엄두를 내지 못했다. 잠시 더 듣고 있자니, 두 소리의 강약과 공수의 변환이 그가 배운 구결과 다른 부분도 적지 않았다. 곽정은 어찌 된 영문인지 알 수가 없었다.

황약사는 이미 여러 차례 이길 수 있는 기회를 잡았다. 퉁소 소리가 조금만 더 공세를 펴면 구양봉으로서는 막아낼 길이 없는 상황이었다. 물론 구양봉도 파고들 기회를 수차례 놓치고 있었다.

곽정은 두 사람이 서로 양보하는 줄 알았다. 그러나 좀 더 들어보니 그런 것도 아닌 듯했다. 곽정이 아둔하기는 하나 두 사람이 연주하며 겨루는 것을 반 시진 정도 듣고 나니 쟁과 퉁소가 서로 공세를 깨고 방어를 풀어내는 오묘한 이치를 깨닫게 되었다.

'공명권의 이치에 비추어보면 저 두 사람의 공수 중에 빈틈이 있는 듯하다. 설마, 주백통 형님의 구결이 황 도주나 서독의 무공보다 강하다는 말인가?'

불현듯 의문이 들었지만 곧 생각을 고쳤다.

'그건 아닐 거야. 만일 형님의 무공이 정말 황 도주보다 강하다면 15년간 수도 없이 싸워가면서 여전히 석굴에 갇혀 있을 리가 없잖아?'

곽정이 생각에 잠겨 있는 사이, 퉁소 소리가 점차 높아져갔다. 이제 조금만 더 높아지면 구양봉은 질 수밖에 없는 상황에 몰릴 것이다. 그러나 공세는 거기까지였다. 소리는 더 이상 높아지지 못했다. 아하! 곽정은 정신이 번쩍 들어 실소를 금할 수 없었다.

'이런, 명청하긴! 사람의 힘은 유한한 것. 하고자 하는 대로 다 할 수 있는 것은 아니지 않은가? 내 주먹을 내질러 만 근의 무게로 적을 공격하면 적은 당연히 산산이 부서져버리겠지. 하지만 내 주먹으로 어찌 만 근의 무게를 낼 수 있단 말인가? 사부님들도 남이 진 짐은 힘들 것이 없지만, 내가 진 짐은 허리가 부러질 듯 무거운 법이라고 말씀하셨

어. 짐 보퉁이가 그럴진대 하물며 이처럼 심오한 무공이라면 더 말할 것도 없겠지.'

두 사람의 연주가 점차 급해지고 이제는 완전히 육탄전의 태세에 돌입했다. 이제 좀 더 겨루면 우열이 가려질 판이었다. 곽정은 황약사가 지지는 않을까 걱정되었다. 이때 갑자기 멀리서 긴 휘파람 소리가 들려왔다. 퉁소와 쟁 소리가 동시에 뚝 멈췄다. 휘파람 소리가 점차 가까워졌다. 누군가 배를 타고 섬으로 다가오는 모양이었다. 구양봉이 손을 휘둘러 쨍, 쨍, 쟁을 울리자 비단을 찢는 듯한 날카로운 소리가 났다. 멀리서 들리던 휘파람 소리도 갑자기 높아졌다. 마치 구양봉과 한 합씩 주고받는 듯했다.

잠시 후, 황약사의 퉁소 소리도 이 대결에 끼어들었다. 퉁소 소리는 휘파람 소리에 맞서는 듯하다가 또 쟁과도 부딪쳤다. 세 가지 소리가 여기저기서 일어났다 잦아들었다 하며 한데 엉겼다.

곽정은 주백통과 사인상박四人相搏 놀이를 해본 적이 있어 이처럼 삼국의 군대가 혼전을 벌이는 상황이 아주 생소한 것은 아니었다. 그저 아마 무공이 뛰어난 무림의 선배가 온 모양이라고 짐작했다. 이제 휘파람 소리가 바로 옆 수풀까지 다가왔다. 휘파람 소리가 갑자기 높아졌다 낮아지며 용이 우는 듯 사자가 포효하는 듯하더니 어느 순간 늑대가 으르렁거리고 올빼미가 우는 듯한 낮은 울림으로 전해졌다. 바람이 수풀을 일으키는 듯하는가 하면, 가는 비가 꽃을 적시는 듯하기도 해 그 변화가 예측할 수 없이 다양했다.

퉁소 소리는 맑고 쟁 소리는 스산했다. 모두 절묘한 솜씨를 뽐내며 휘파람 소리에 전혀 뒤지지 않았다. 이 세 가지 소리가 한데 얽혀 어찌 떼어내볼 수도 없게 어우러지며 맞서고 있었다. 곽정은 이 절묘한 싸움에 자기도 모르게 감탄을 내뱉고 말았다.

"좋구나!"

소리를 내지르고는 곧 아차 싶어 달아나려고 했지만, 갑자기 푸른 그림자가 스치는가 싶더니 어느새 황약사가 자기 앞에 서 있었다. 쟁소리, 퉁소 소리, 휘파람 소리가 모두 멈췄다.

황약사가 낮은 소리로 외쳤다.

"애송이, 나를 따라오너라!"

"황 도주!"

곽정은 더 이상 아무 말도 하지 못하고 황약사를 따라 대나무 정자로 들어섰다. 황용은 손수건으로 귀를 막고 있어 곽정의 외침을 듣지 못했다. 그러다 갑자기 정자로 들어서는 곽정이 눈에 들어오자 놀라움과 기쁨이 교차하며 얼른 달려가 그의 두 손을 꼭 잡았다.

"오빠, 끝내 오셨군요……."

기쁘면서도 가슴 한구석이 아려왔다. 말을 채 마치지도 못하고 눈물이 왈칵 쏟아져 그만 곽정의 품에 뛰어들고 말았다. 곽정도 팔을 들어 그녀를 감싸 안았다.

구양극은 그러잖아도 곽정이 나타나 심기가 불편하던 터에 곽정을 대하는 황용의 모습을 보고 분노가 치밀었다. 그는 몸을 날려 앞으로 나서더니 곽정의 얼굴에 정면으로 주먹을 날렸다.

"쥐새끼 같은 놈! 너도 왔느냐?"

그는 스스로 자신의 무공이 곽정보다 뛰어나다고 생각하고 있었다. 게다가 무방비 상태의 적을 갑자기 기습하는 셈이니 틀림없이 일격을 가할 수 있으리라고 생각했다. 곽정이 일격을 맞아 눈이 붓고 코가 깨진다면 분이 좀 풀릴 것 같았다. 그러나 지금 곽정의 무공은 과거 보응유씨의 사당에서 그와 맞붙었을 때와는 사뭇 달라져 있었다. 날아드는 주먹을 보고는 몸을 비틀어 피하며 왼손으로는 홍점어륙鴻漸於陸을, 오른손으로는 항룡유회를 날렸다. 두 손이 각각 다른 항룡십팔장 중의 초식을 뿜어낸 것이다.

항룡십팔장은 그 자체가 천하에 둘도 없는 절기이다. 하나도 막아내기가 힘든 판에 곽정이 주백통에게 배운 쌍수호박을 이용해 동시에 두 가지 초식을 써 공격해 들어오니 더 말할 것도 없었다. 견문이 넓고 아는 게 많은 황약사와 구양봉도 이런 공격은 본 적이 없는바, 놀라움을 금치 못했다. 구양극은 그제야 곽정의 왼손 공격이 자신의 오른쪽 어깨를 노리고 있음을 알았다. 자신도 항룡십팔장의 위력을 잘 알고 있으니 막는 것은 불가능했다. 황급히 왼쪽으로 몸을 틀어 피하는 도리밖에 없었다. 그때 곽정의 항룡유회가 퍽, 하는 소리와 함께 구양극의 왼쪽 가슴에 적중했다.

우드득, 구양극의 늑골이 부러졌다. 구양극은 곽정의 장력이 가슴에 닿는 순간, 이 공격을 정면으로 받는다면 내장이 파열될 것을 알고 힘의 방향을 따라 뒤로 물러섰다. 곽정의 장력에 스스로 뒤로 물러서는 힘까지 더해져 그의 몸뚱이는 대나무 정자 위까지 치솟아 올라 비틀거리다가 땅에 떨어졌다. 견딜 수 없이 창피해진 구양극은 가슴까지 욱신거려 천천히 자리로 돌아왔다. 곽정의 공격에 동사, 서독 모두 눈이 휘둥그레졌다. 구양극은 놀라는 한편 분노를 억누를 수가 없었다. 반면 황용은 손뼉을 치며 기뻐했다.

곽정 스스로도 자신의 무공이 이렇게 크게 진보한 것이 놀라울 따름이었다. 아마도 구양극이 잠시 방심해 손쓸 새도 없이 당한 거라고 생각했다. 곽정은 구양극이 다시 살수를 써 반격해올까 두려워 두어 걸음 뒤로 물러나 방어에 정신을 집중했다. 구양봉은 눈을 부릅뜨고 곽정을 노려보다 냅다 고함을 질렀다.

"거지 영감, 아주 좋은 제자를 두셨소이다!"

이미 귀에서 수건을 빼놓은 황용은 구양봉이 외치는 소리를 듣고 홍칠공이 왔다는 것을 알았다. 하늘이 보우하사 제 편을 들어줄 사람이 왔으니 기쁘기 그지없었다. 황용은 정자를 박차고 나가 홍칠공을 향해 달려갔다.

"사부님, 사부님!"

황약사는 어안이 벙벙했다.

'용이가 어찌 저 거지를 사부님이라 하지?'

홍칠공은 붉은 호로병을 등에 메고 오른손에는 죽봉을 짚은 채 왼손으로 황용의 손을 끌며 웃는 얼굴로 정자에 들어섰다. 황약사는 홍칠공에게 예를 갖추어 인사말을 몇 마디 주고받고는 딸을 돌아보았다.

"용아, 칠공을 무어라 부른 거냐?"

"칠공을 제 스승으로 모셨어요."

황약사는 뛸 듯이 기뻐하며 홍칠공에게 감사의 뜻을 표했다.

"칠공께서 제 여식을 잘 보아주시니 감사할 따름입니다. 아이가 버릇이 없으니 잘 좀 지도해주십시오."

그는 홍칠공에게 허리를 깊이 숙여 읍을 했다.

"황 형의 문파에 전해져 내려오는 무학은 저로서는 평생을 배워도

다 못 배울 것입니다. 게다가 견문도 워낙 넓으시니 제가 무슨 쓸모가 있겠습니까? 사실은 제가 영애를 제자로 거둔 것은 음식이나 얻어먹으려고 그런 것이올시다. 끼니마다 귀한 음식을 맛나게 먹었으니 제게 고마워할 것도 없소이다."

두 사람은 서로 마주 보며 웃었다. 황용이 구양극을 가리키며 입을 열었다.

"아버지, 전에 저 사람이 날 괴롭혔어요. 홍칠공께서 아버지 얼굴을 봐서 도와주지 않았다면 다시는 아버지를 못 볼 뻔했다고요."

황약사가 황용을 나무랐다.

"무슨 소리? 저렇게 점잖은 공자가 어찌 너를 괴롭혔겠느냐?"

"아버지께서 믿지 못하시겠다면 제가 물어보죠."

황용은 구양극을 돌아보며 쏘아붙였다.

"우선 맹세를 하시죠. 묻는 말에 대답하면서 조금이라도 거짓이 있으면 당신 숙부 지팡이에 있는 독사한테 물려 죽기로 해요."

황용이 말을 마치자 구양봉과 구양극 두 사람 모두 얼굴빛이 변했다. 구양봉의 지팡이에 있는 뱀 두 마리는 십수 년에 걸쳐 여러 종류의 독사를 교배해 얻은 것으로 맹독을 가졌다. 구양봉은 수하의 배신자나 특히 미워하는 자를 처벌할 때 이 뱀을 쓰곤 했다. 이 뱀에게 물린 자는 가려움을 참지 못해 괴로워하다 숨을 거두었다. 구양봉에게 해독약이 있기는 하지만 이 약을 먹고 목숨을 건진다고 해도 무공을 완전히 잃게 되어 평생을 불구로 살아야 했다. 황용은 지팡이를 휘감은 뱀의 모양이 하도 기이해 마음대로 해본 얘기일 뿐, 두 사람이 가장 두려워하는 말이라는 사실은 전혀 몰랐다.

구양극이 공손히 입을 열었다.

"장인어른께서 물으신다면 제가 어찌 허튼 말씀을 올리겠습니까?"

황용이 쏘아붙였다.

"계속 헛소리하면 먼저 따귀를 때린 다음에 시작할 거예요. 자, 조왕부에서 나를 만난 적이 있지요?"

구양극은 늑골이 부러지고 황용의 금침까지 맞은 상태여서 고통을 견디기 힘들었다. 그러나 지기 싫어하는 성격이라 죽을힘을 다해 내공을 써 버티고 있는 형편이었다. 말을 하지 않을 때는 그나마 견딜 만했지만 몇 마디 말을 하고 나니 고통이 심해지며 이마에 식은땀이 흘러내렸다. 그는 황용의 질문을 들으면서도 더 이상 말문을 열지 못하고 고개만 끄덕였다.

"그때 당신은 사통천, 팽련호, 양자옹, 영지상인과 한통속이 되어 나를 공격했어요. 그렇죠?"

구양극은 그들과 함께 황용을 괴롭히려고 미리 작정한 것은 아니었다는 변명을 하고 싶었지만 길게 말을 할 수가 없었다.

"그…… 들과 한패는…… 아니오."

가슴이 고통으로 먹먹해져 더 이상 말을 잇지 못했다.

"그래요, 나도 당신 대답을 듣고 싶지는 않아요. 내가 묻는 말에 맞으면 고개를 끄덕이고, 아니면 옆으로 저어요. 사통천, 팽련호, 양자옹, 영지상인 이 사람들이 모두 저와 겨루었지요?"

구양극이 고개를 끄덕였다.

"그들은 모두 나를 잡으려고 했지만 그러지 못했어요. 그러자 당신이 나섰죠. 그렇죠?"

구양극이 또 고개를 끄덕였다.

"조왕부의 대청에 있을 때 나를 도와주는 사람은 아무도 없었어요. 정말 제 신세가 얼마나 가여웠는지 몰라요. 아버지도 제가 처한 상황을 모르시니 오실 수가 없었잖아요?"

구양극은 황용이 아버지의 마음을 흔들어 자신을 미워하게 만들려는 속셈이라는 것을 눈치챘지만 어쩔 수 없이 고개를 끄덕였다. 황용은 아버지의 손을 잡아끌었다.

"아버지, 보세요. 제가 불쌍하지도 않으세요? 엄마가 계셨다면 제가 이런 상황에 놓이게 하지는 않으셨을 거예요……."

이미 세상을 떠난 아내 이야기가 나오자 황약사는 코끝이 시큰해져 왼손을 들어 딸을 감싸 안았다. 구양봉은 사태가 심상치 않게 변해가자 얼른 말을 끊었다.

"낭자, 무림의 그 많은 고수가 낭자를 잡으려 했다 해도 낭자에게는 가문에 전해지는 절세의 무공이 있으니 그들이 어찌하지는 못했을 테지요?"

황용이 미소를 지으며 고개를 끄덕였다. 황약사는 구양봉이 집안의 무공을 칭찬하자 가만히 웃음 지었다. 구양봉이 이번에는 황약사 쪽으로 고개를 돌렸다.

"황 형, 저희 조카 놈이 영애의 무공을 보고 그만 마음을 빼앗겼나 보오. 비둘기에 서신을 달아 중원에서 그 먼 백타산까지 보내지 않았겠소? 저더러 이 먼 도화도까지 와 혼인을 주선해달라고 애원을 하더이다. 제가 불민하지만 불원천리 이렇게 쉬지 않고 달려왔소. 요즘 세상에 황 형만 한 분이 또 어디 있겠소?"

황약사가 미소를 지었다.

"과찬이시오."

황약사는 구양봉쯤 되는 인물이 먼 길을 재촉해 친히 와준 것에 내심 만족하던 차였다. 구양봉이 홍칠공을 돌아보았다.

"칠공, 우리 숙질은 도화도의 무공을 흠모하는 마음에 이곳까지 왔소만 칠공은 또 무슨 일이 있어 후배 일에 끼어드십니까? 듣자 하니 제 조카의 명이 길었기에 망정이지, 그렇지 않았다면 칠공의 만천화우 척금침에 목숨을 잃을 뻔했습니다."

홍칠공이 일전에 황용이 던진 금침으로부터 구양극을 구해준 적이 있는데, 구양봉은 오히려 홍칠공을 탓하고 있었다. 이는 구양극이 거짓으로 숙부를 속인 것이 아니라면 구양봉이 일부러 반대로 이야기하고 있는 것이다. 그러나 홍칠공은 그런 것에는 개의치 않고 허허, 웃어버리고는 호로병 마개를 열고 술을 한 모금 마셨다. 곽정이 참지 못하고 나섰다.

"칠공께서는 조카의 목숨을 살려주셨습니다. 어찌 도리어 칠공을 탓하십니까?"

황약사가 버럭 소리를 질렀다.

"어른들 말씀하시는데, 어디서 감히 입을 놀리고 끼어드느냐!"

곽정은 마음이 다급해졌다.

"용아, 구양극이 정 낭자를 납치한 일을 말씀드려."

황용은 아버지의 성품을 잘 알고 있었다. 황약사는 원래 세상의 속된 일을 싫어하는 사람이었다. "예법이 어찌 지금 세대를 위해 만들어진 것이겠느냐?"라는 말을 자주 하며 진晉 대 사람들의 자유로운 기질을 좋아했다. 일을 행할 때도 마음 가는 대로 하고자 하니 세상 사람들이 옳다고 하는 것도 그르다 하는 경우가 있고, 또 반대로 세상 사람들이 그르다 하는 것도 때로는 옳다고 생각했다. 이 때문에 동사東邪라는 별호를 얻게 된 것이었다.

'구양극의 하는 짓이 얄밉기는 하지만, 아버지라면 오히려 풍류가 넘친다고 하실지도 몰라.'

황용은 아버지가 곽정을 쏘아보는 걸 보면서도 아무렇지도 않은 듯 마음을 다잡고 구양극을 향해 입을 열었다.

"내 질문은 아직 다 끝나지 않았어요! 그날 당신과 내가 조왕부에서 겨룰 때 당신은 두 손을 등 뒤로 묶어 손을 쓰거나 반격하지 않고도 나를 이길 수 있다고 말했어요. 그렇죠?"

구양극이 고개를 끄덕였다.

"나중에 내가 칠공을 사부님으로 모시고 보응에서 두 번째로 당신과 겨룰 때 아버지의 무예를 쓰든, 홍칠공의 무예를 쓰든 당신은 숙부가 전수해준 권법으로 모두 이길 수 있다고 말했죠?"

'그건 당신이 정한 방법이지, 내가 정한 것이 아니잖소?'

구양극이 대답하지 않자 황용이 다그쳐 물었다.

"당신이 발로 땅에 원을 그리고 내가 아버지께서 가르쳐주신 무공으로 당신을 원 밖으로 밀어내면 진 걸로 하겠다고 했잖아요. 맞죠?"

구양극이 고개를 끄덕였다.

"아버지, 들으셨죠? 저 사람은 칠공뿐 아니라 아버지도 무시했다고요. 두 분 무공을 합쳐도 자기 숙부만 못하다고 했는걸요. 물론 저는 믿지 않지만요."

"그 녀석, 참…… 그렇게 함부로 입을 놀리는 게 아니다. 무학을 한다는 사람치고 동사, 서독, 남제, 북개의 무공이 막상막하, 백중지세라는 것을 모르는 사람이 있더냐?"

입으로는 그렇게 말했지만 황약사는 이미 구양극의 경망함에 불쾌해진 터였다. 그는 이런 이야기를 그만두고 싶은 마음에 말머리를 홍칠공에게 돌렸다.

"홍 형, 멀리 도화도까지 오셨는데, 무슨 일이라도 있으신지요?"

"예, 부탁드릴 일이 있소이다."

홍칠공이 세상을 깔보고 우스꽝스러운 짓을 일삼기는 하지만 정직하고 의협심이 강한 데다 무공 또한 뛰어난 인물이어서 황약사도 내심 그의 성품에 탄복하고 있었다. 또 아무리 어렵고 큰일이라도 수하의 개방 인물들과 함께 모든 일을 처리한다는 것을 잘 알고 있었다. 그런 그가 이렇게 찾아와 부탁할 일이 있다니 기분이 우쭐해졌다.

"우리는 수십 년간 우정을 쌓아온 사이 아닙니까? 홍 형 부탁이라면 제가 어찌 따르지 않겠습니까?"

"성급히 승낙하실 일이 아니오. 그리 쉬운 일은 아닐 겁니다."

"쉬운 일이라면야 홍 형께서 제게 부탁하시겠습니까?"

황약사가 웃으며 답하자, 홍칠공도 손뼉을 치며 응수했다.

"그렇군요. 역시 지기는 다르십니다. 그럼 승낙하신 걸로 알겠습니다."

"더 말할 것 없지요. 불로 뛰어들라시면 불로 뛰어들고, 물로 들어가라시면 물로 들어가야지요."

구양봉이 뱀 지팡이를 흔들며 끼어들었다.

"황 형, 기다리시구려. 우선 홍 형께 무슨 일인지부터 물어보아야 하지 않겠습니까?"

홍칠공이 웃으며 가로막았다.

"노독물, 이 일은 당신과 상관없으니 괜히 끼어들지 마시오. 가만있다가 잔치 술이나 실컷 얻어먹으면 되지 않소?"

"잔치 술이오?"

"그렇소, 잔치 술이지요."

홍칠공은 곽정과 황용을 가리키며 말을 이었다.

"이 아이들은 모두 내 제자라오. 내 황약사께 부탁해 혼인 허락을 받아주기로 약속했습니다. 그런데 황 형께서 이렇게 허락을 해주신 것이지요."

곽정과 황용은 너무 놀라고 기쁜 나머지 서로 바라보기만 했다. 구양봉과 구양극, 황약사는 놀라 할 말을 잊었다. 구양봉이 나섰다.

"홍 형, 안 될 말씀이십니다! 황 형의 따님은 이미 제 조카 녀석과 혼약을 맺었습니다. 오늘 제가 도화도에 온 것도 청혼의 예를 갖추기 위함입니다."

홍칠공이 황약사를 돌아보았다.

"황 형, 사실인가요?"

"그렇습니다. 홍 형, 농담은 그만하시지요."

홍칠공의 얼굴이 어두워졌다.

"누가 농담을 한다고 그러시오? 딸 하나를 두 집에 시집보내다니, 부모의 도리는 지켜야 하는 법!"

다시 구양봉을 쏘아보더니 말을 이었다.

"나는 곽정 집안의 중매인이오. 그쪽 중매인은 어디에 있소?"

뜻밖의 질문에 구양봉은 잠시 말문이 막혔다.

"황 형께서 승낙하시고, 제가 승낙했습니다. 무슨 중매인이 필요하겠습니까?"

"아직 한 사람이 승낙하지 않았소!"

"누굽니까?"

"바로 나, 거지 영감이오!"

홍칠공이 성품이 곧고 과감하게 일을 처리하는 인물이라는 것은 구양봉도 익히 알고 있는 사실이었다. 지금 홍칠공이 하는 말을 듣고 그는 싸움을 피할 수 없으리라 직감했다. 얼굴빛에는 전혀 변화가 없었지만 입에서는 낮은 신음 소리가 흘러나왔다. 홍칠공은 오히려 웃고 있었다.

"당신 조카의 못된 품성이 어찌 황 형의 귀한 따님과 어울릴 수 있겠소? 당신 둘이서 억지로 혼사를 성사시킨다 해도 정작 두 사람은 서로 맞지 않을 것이오. 날마다 창검을 휘두르고 서로 베고 찌른다면 어찌 되겠소?"

황약사는 마음이 조금 흔들렸다. 딸아이를 돌아보니 정이 뚝뚝 묻어나는 눈길로 곽정을 바라보고 있었다. 흘깃 곽정을 보는 순간, 그 멍청한 녀석에게 뭐라 말할 수 없이 얄미운 감정이 일었다. 황약사는 머리가 비상하고 문무를 겸비했으며 음악, 바둑, 서화 등 무엇 하나 정통하지 않은 분야가 없었다. 그간 교류해온 사람들도 당대의 재사才士이거나 선비였고, 그 자신의 부인과 딸도 보통 사람보다 머리가 훨씬 뛰어난 인재였다. 그런데 눈에 넣어도 아프지 않을 외동딸을 저런 멍청한 얼간이에게 시집보낼 생각을 하니 그야말로 돼지 목에 진주라 아니할 수 없었다.

구양극과 나란히 서 있는 곽정을 쏘아보며 두 사람을 비교하니, 준수한 용모에 기품 있는 풍모, 재주까지 갖춘 구양극이 어딜 봐도 훨씬 뛰어나 보였다. 결국 구양극에게 시집보내리라 결심을 굳혔다. 하나 홍칠공의 체면도 생각해야 하는 상황이었다. 마침내 그는 한 가지 계책을 생각해냈다.

"구양 형, 조카가 부상을 입은 듯하니 일단 치료하고 천천히 상의해보십시다."

그러잖아도 구양봉은 내내 조카의 상처가 걱정되던 차였다. 그는 황약사의 말이 떨어지자마자 얼른 조카를 불러 대숲으로 데리고 들어갔다. 황약사는 홍칠공과 잠시 이야기를 나누었다. 잠시 후 숙질 두 사람이 정자로 돌아왔다. 구양봉이 조카 몸에서 금침을 뽑아주고 부러진 늑골을 이어주었다.

"제 여식이 약골인 데다 성격도 제멋대로여서 군자의 아내가 되기에는 부족함이 많습니다. 뜻밖에 홍 형과 구양 형께서 저를 잘 봐주셔서 이렇게 혼담을 꺼내시니 저로서는 더없는 영광이랄밖에요. 원래는 구양 형 댁과 혼인을 맺으려 했지만, 홍 형의 말씀도 거절하기가 참으로 어렵습니다. 하여 궁리 끝에 생각해낸 것이 있는데 한번 들어보시겠습니까?"

홍칠공이 선뜻 나섰다.

"얼른 말씀해보시구려. 나는 성질이 급하니 거두절미하고 본론을 내놓으시지요."

황약사 얼굴에 미소가 떠올랐다.

"제 딸아이의 품성이나 용모가 부족한 점이 많습니다만, 아비 된 자로서 좋은 짝을 만나기를 소원했습니다. 구양 공자는 구양 형의 조카이고, 곽 공자는 홍 형의 제자라니…… 인품이야 더 말할 나위가 없으리라 생각합니다. 선택을 하자니 너무나 어려운 일이라, 세 가지 문제를 내어 두 공자를 시험해봤으면 합니다. 이긴 사람에게 제 딸을 드리겠습니다. 물론 절대 제가 한쪽 편을 드는 일은 없을 겁니다. 두 분 생각은 어떠신지요?"

구양봉이 손뼉을 치며 맞장구를 쳤다.

"묘책이시오! 참으로 묘책이시오! 단, 제 조카는 부상을 입었으니 무공을 겨루는 것이라면 상처가 아물기를 기다려주셔야겠습니다."

그는 곽정의 일격에 조카가 쓰러지는 것을 이미 보았기 때문에 만일 무공으로 겨룬다면 백이면 백 지고 말 것이라 생각했다. 다행히 조카의 부상이 오히려 좋은 핑곗거리가 되었다.

황약사도 고개를 끄덕였다.

"그렇지요. 또 무술을 겨루어 두 집안의 화목함을 상하게 할 것이 뭐 있겠습니까?"

홍칠공은 화가 울컥 치밀었다.

'황약사, 이놈 봐라. 무림의 인물들이 모인 자리 아닌가? 시험을 보면서 무예를 겨루지 않고 문재文才를 겨루겠다면 과거 시험에 장원급제한 자를 데려다 사위를 삼으면 될 것 아닌가. 시詩나 사詞, 부賦를 문제로 내면 아둔한 곽정 놈은 젖 먹던 힘까지 짜내도 질 게 뻔하다. 한쪽 편을 들지 않겠다더니, 이것이 편드는 것이 아니면 무엇이란 말인가? 이건 정이가 이길 수 없는 시험인데…… 젠장, 먼저 노독물과 한

판 붙어볼 수밖에 없겠구나.'

홍칠공은 한바탕 앙천대소하더니 눈을 부라리며 구양봉을 쏘아보았다.

"우리는 모두 무학을 한다는 사람 아니오? 무예를 겨루지 않으면 설마하니 밥 먹고 똥 누는 것을 겨루겠다는 말이오? 조카는 다쳤다지만 당신은 멀쩡하니 자, 자! 우리가 한번 시험을 치러봅시다."

구양봉이 미처 대답할 새도 없이 홍칠공은 이미 손을 휘두르며 공격해 들어갔다. 구양봉은 어깨를 낮추어 공격을 피하고 몇 걸음 물러섰다. 홍칠공은 죽봉을 옆에 있는 대나무 탁자에 올려놓고 외쳤다.

"반격하시오!"

말을 마치자마자 공격을 하며 순식간에 일곱 초식을 썼다. 전광석화와도 같은 솜씨였다. 구양봉도 이리저리 몸을 날려 그 일곱 초식을 모두 피했다. 오른손으로 뱀 지팡이를 정자의 벽돌에 박아 넣으면서, 왼손으로는 눈 깜짝할 새에 홍칠공의 일곱 초식을 모두 반격했다. 황약사는 탄성을 내지르며 말릴 생각도 하지 않았다. 자신과 어깨를 나란히 하는 이 무림 고수들이 근 20년간 얼마나 발전했는지 두 눈으로 확인할 생각이었다.

홍칠공과 구양봉은 엄연히 한 문파의 종주宗主였다. 무공 역시 근 20년 새에 절정에 달해 있었다. 화산논검대회 이후, 더욱 심혈을 기울여 수련한 결과 무공이 더욱 정교해진 것이다. 도화도에서 다시 만나 무공을 겨루는 모습이 화산논검대회 때와는 사뭇 달랐다. 두 사람 모두 빠른 초식을 써 미처 상대의 몸에 닿기도 전에 힘을 거두어들임으로써 서로 전력을 탐색했다. 두 사람의 주먹과 손의 움직임이 대나무

잎 사이로 춤을 추듯 흔들리며 시험 삼아 써보는 초식임에도 정교하고 심오한 무학의 기술이 담겨 있었다.

곽정은 옆에서 멀거니 두 사람의 공방을 바라보았다. 어느 하나 사람의 의표를 찌르지 않는 몸놀림이 없었다. 〈구음진경〉에 담긴 내용은 천하 무학의 정수라 할 수 있었다. 내가, 외가, 권법, 검술 할 것 없이 가장 기본이 되는 법문과 비기는 모두 〈구음진경〉의 상권에 쓰여 있었다. 저도 모르게 그것을 외운 곽정은 그 이치를 완전히 깨닫지는 못했지만 어느새 식견이 크게 넓어져 있었다.

두 고수의 대결을 보면서도 공수 하나하나가 모두 경문 중에 적힌 법문과 부절符節처럼 맞물리는 것을 느낄 수 있었다. 또한 이들의 몸놀림이 곽정으로서는 꿈에서도 상상하지 못하던 절묘한 것이라 잘 살펴보려고 마음먹었다. 그러나 초식의 변환이 너무 빨라 미처 보지 못하고 그저 어렴풋하게나마 움직임을 기억해두었다.

조금 전, 황약사의 퉁소와 구양봉의 쟁 대결은 형체가 없는 내공의 싸움이었다. 당연히 경문의 내용과 비교해 확인하는 것이 쉽지 않았다. 그러나 지금 눈앞에서 벌어지는 싸움은 형체가 있어 더 쉽게 확인할 수 있으리라 생각했다. 곽정은 그저 가슴이 벅차오르며 손이 근질근질했다.

눈 깜짝할 새에 두 사람은 이미 300여 초식을 주고받았다. 홍칠공과 구양봉 모두 상대의 솜씨에 놀라 내심 경탄을 연발했다. 황약사도 옆에서 대결을 바라보며 한숨을 내쉬었다.

'내가 도화도에서 힘든 수련을 견뎌내며 왕중양이 세상을 떠난 뒤 나의 무공이 천하제일이라고 자부했거늘, 홍칠공과 노독물도 나름대

로 발전을 이루었구나. 대단한 무공을 쌓았어!'

구양극과 황용은 서로 다른 사람을 응원하며 자기편이 빨리 이겨 주기를 바라고 있었다. 그러나 두 사람의 무예가 워낙 정교해 그 묘미를 이해하지는 못했다. 그런 와중에 황용이 잠시 옆으로 눈을 돌리니 땅바닥에 웬 검은 그림자가 손발을 부지런히 놀리는 것이 보였다. 바로 곽정이었다. 곽정은 처음 보는 이상한 표정으로 마치 기뻐 날뛰는 광인처럼 손발을 끊임없이 움직이고 있었다. 황용은 깜짝 놀라 가만히 곽정을 불러보았다.

"오빠!"

그러나 곽정은 아무것도 들리지 않는 듯 주먹질, 발길질에 정신이 없었다. 그는 홍칠공과 구양봉의 무예를 따라 하고 있었다. 대결을 벌이던 두 사람의 권로가 바뀌어 모든 초식을 천천히 펼쳤다. 때로는 한쪽이 잠시 생각에 잠겼다 권을 뻗으면 상대방은 이를 피한 다음 땅에 앉아 한동안 쉬다가 다시 일어나 공격을 했다. 이를 무슨 대결이라고 할 수 있단 말인가. 사부가 제자를 가르치는 모습보다도 더 느리고 긴장이 풀려 있는 듯했다. 그러나 두 사람의 모습은 방금 빠른 초식으로 맞설 때보다도 더 진지해 보였다.

황용이 고개를 돌려 아버지를 바라보니, 그는 두 사람의 대결을 지켜보느라 정신이 없어 얼굴 표정까지도 묘하게 일그러져 있었다. 구양극만 끊임없이 황용에게 야릇한 눈길을 보내며 손에 든 부채를 살랑살랑 흔들어댔다. 보기에는 아주 여유가 넘치는 모습이었다. 곽정은 자기도 모르게 탄성을 지르며 갈채를 보냈다. 구양극이 끝내 한마디 쏘아붙였다.

"네까짓 게 뭘 안다고 시끄럽게 구는 거냐?"

황용도 지지 않고 맞받아쳤다.

"자기가 모른다고 다른 사람도 모르는 줄 아나 보지?"

"공연히 나서서 아는 척하는 거지요. 어린 애송이 놈이 숙부의 신묘한 무공을 가늠이나 할 수 있겠습니까?"

"당신이 곽정 오빠도 아닌데, 그걸 어떻게 알아요?"

두 사람이 한쪽에서 말다툼을 벌이는 동안에도 황약사와 곽정은 아무 소리도 들리지 않는 듯 대결에만 정신을 쏟고 있었다. 이때 홍칠공과 구양봉이 땅바닥에 웅크리고 앉았다. 한 사람은 왼손 중지로 자신의 이마를 가볍게 튕기고, 또 다른 한 사람은 두 귀를 쥐고 눈을 감은 채 생각에 잠겨 있었다.

순간, 갑작스러운 외침 소리와 함께 두 사람이 동시에 뛰어올랐다. 그들은 공중에서 각각 주먹과 발 공격을 주고받은 후 다시 떨어져 생각에 잠겼다. 두 사람은 무공이 최고의 경지에 이르러 모든 문파의 무술 가운데 알지 못하는 것이 없었다. 즉, 세상에 이미 나와 있는 초식을 사용해봐야 소용이 없었다. 제아무리 대단한 살수를 쓴다고 해도 상대는 이를 쉽게 무력화시킬 수 있었다. 결국, 더욱 심오한 초식을 새롭게 만들어내 공격해야만 상대를 제압할 수 있는 상황이었다. 두 사람이 20년 전 무예를 겨룬 후 하나는 중원에, 하나는 서역에 서로 떨어져 있어 서로 소식을 들을 수 없었다. 따라서 상대방이 어떤 새로운 무공을 익혔는지도 알 수가 없었다. 지금에 이르러 서로 대결을 펼쳐보니 두 사람 모두 무공은 크게 진보했으되 20년 전과 비교해 그 바탕은 달라진 것이 없었다. 즉, 각자 장기로 삼는 것, 혹은 금기시하는 것이 있어 상대방을 완전히 제압하지 못하고 있었다.

달빛이 점차 옅어지며 붉은 태양이 동쪽 하늘로 서서히 떠올랐다. 두 사람은 온갖 궁리를 해가며 수없이 많은 초식을 만들어보았다. 권법, 장력, 천변만화千變萬化의 초식을 모두 써보았지만 역시 무공이 엇비슷해 우열을 가릴 수가 없었다.

곽정이 보기에는 이 무림 고수들의 대결에서 심오하고 정교한 초식이 끝없이 쏟아져 나오는 듯했다. 때로는 주백통이 가르쳐준 권법의 이치와 비슷해 따라 해보기도 했지만 여전히 알 듯 모를 듯 했다. 한참을 따라 하다 보면 홍칠공과 구양봉이 또 새로운 초식을 내놓으니, 곽정은 앞서 따라 한 것을 깡그리 잊어버렸다. 황용은 이런 곽정을 바라보며 내심 놀라고 있었다.

'열흘 정도 떨어져 있었을 뿐인데, 그새 천상의 무공이라도 익혔단 말인가? 나는 도무지 모르겠는데, 오빠는 어쩜 저렇게 좋아하며 즐길 수 있는 것일까?'

또 한편 엉뚱한 생각이 들기도 했다.

'순진한 오빠가 나를 그리워하다가 미쳐버린 것은 아닐까?'

곽정과 황용은 며칠 떨어져 지내며 만나지 못했고, 만나고 나서도 마음껏 반가움을 드러낼 수 없었다. 황용은 곽정에게 다가가 그의 손을 잡으려 했다. 그때 곽정은 구양봉이 몸을 뒤집으며 펼치는 장법을 따라 하고 있었다. 이 장법은 보기에는 평범하고 특이할 것이 없었지만, 사실은 엄청난 내공의 힘을 숨기고 있었다. 황용이 막 곽정의 손을 잡으려는 순간, 그만 갑자기 뻗어나온 이 힘에 걸려들고 말았다. 일순 어떤 힘이 몸을 밀어내는 듯하더니 순식간에 몸이 허공으로 붕 날아올랐다.

곽정은 손바닥을 내뻗고 나서야 알아채고는 아이코, 하고 놀라며 몸을 날려 황용을 붙잡으려 했다. 황용은 이미 허리를 비틀어 정자 지붕에 올라섰다. 곽정은 일단 땅에 내려앉았다가 다시 몸을 솟구쳐 왼손으로 정자 지붕의 처마를 붙잡고 반동을 이용해 지붕으로 올라갔다. 두 사람은 나란히 지붕 위에 앉아 아래에서 벌어지는 대결을 지켜보았다.

두 사람의 대결은 이제 또 새로운 국면으로 접어들었다. 구양봉이 땅바닥에 웅크리고 앉아 구부린 두 손을 어깨와 나란히 하고 있었다. 흡사 커다란 개구리가 뭔가를 덮치기 위해 자세를 취하고 있는 모습이었다. 입으로는 늙은 소가 우는 듯 이상한 소리를 간헐적으로 냈다.

황용은 그 모습이 무척 우스웠다.

"오빠, 저 사람 뭐 하고 있는 거예요?"

"나도 모르겠는걸."

대답을 하고 보니 주백통이 해준 이야기가 생각났다. 바로 왕중양이 일양지로 구양봉의 합마공을 깨뜨렸다는 이야기였다. 그제야 곽정은 고개를 끄덕였다.

"그렇구나. 저건 합마공이라는 엄청난 무공이야."

황용이 손뼉을 치며 깔깔 웃어댔다.

"정말 이름대로 두꺼비같이 생겼네요!"

두 사람이 나란히 앉아 이런저런 이야기를 하며 웃는 모습을 본 구양극은 질투심에 불탔다. 생각 같아서는 당장 지붕으로 뛰어올라 곽정과 한판 붙고 싶었지만 가슴 통증이 여전해 힘을 쓸 수가 없었다. 게다가 자신이 곽정의 상대가 안 된다는 것을 아는지라 입술을 깨물며 웃음 섞인 황용의 목소리를 잠자코 듣고 있었다. 그러다 두 사람이 두꺼비가 백조 고기를 먹으려 한다며 자신의 분수를 모른다고 숙부 구양봉을 비웃자 질투가 분노로 바뀌어 더 이상 참고 있을 수가 없었다. 오른손에 자신의 암기인 비연은사飛燕銀梭 세 개를 움켜쥐고 살금살금 정자 뒤로 돌아갔다. 상처가 아팠지만 이를 악물고 팔을 들어 올려 암기를 곽정의 등을 향해 날렸다.

이때 홍칠공이 두 차례 날린 장력이 구양봉의 몸을 휘돌며 회전하고 있었다. 항룡십팔장으로 합마공에 맞서려는 것이었다. 각자 두 사람이 가장 오랫동안 수련해온 절정의 무공을 펼치고 있었다. 대결이 여기에 이르자 이제는 아까처럼 느릿느릿 새로운 기술로 맞서거나 상대의 의표를 찌르려는 것이 아니라, 수십 년간 닦아온 무공으로 맞붙어 한순간에 생사의 결판을 내려고 했다.

자신의 무공에서 가장 심혈을 기울인 것이 항룡십팔장이고 보니 곽정도 가슴이 떨렸다. 이제 사부님이 직접 이 장법을 펼쳐 보이니 그 위풍과 오묘함이 자신이 배운 것과는 실로 차원이 다름을 깨달았다. 정신을 빼놓고 관전에 여념이 없는 곽정이 등 뒤에서 날아오는 암기를 알아챌 리 만무했다. 황용은 이 두 고수의 결투가 이미 가장 긴박한 순간에 이르렀다는 것을 알지 못한 채 그저 웃고 떠들 뿐이었다. 그러다 문득 둘러보니 정자 밖에 서 있던 사람이 눈에 띄지 않았다.

황용은 즉시 구양극이 뭔가 농간을 부리고 있다는 것을 알아차렸다. 그 순간 갑자기 등 뒤에서 바람을 가르는 소리가 들렸다. 암기가 곽정의 등을 향해 날아오는데, 흘깃 보니 곽정은 전혀 눈치채지 못하고 있었다. 황용은 황급히 몸을 일으켜 곽정을 등 뒤에서 감싸 안았다.

팍! 팍! 팍! 날아든 암기 세 개가 그녀의 등에 명중했다. 그러나 그녀는 연위갑을 입고 있어 조금 따끔했을 뿐, 상처를 입지는 않았다. 황용은 암기 세 개를 손에 받아 들고 미소를 지었다.

"제 등이 가려울까 봐 이러신 거죠? 고맙군요. 돌려드릴게요."

황용이 암기를 대신 맞자, 구양극은 극심한 질투심에 치가 떨렸다. 어찌 되었든 암기를 던져주기를 기다리는데, 황용은 그저 손에 쥐고 와서 가지고 가라는 듯 내밀 뿐이었다. 구양극은 왼발로 땅을 찍고 박차 올라 정자 지붕으로 올라갔다. 일부러 경공술을 뽐내기 위해 가볍게 지붕의 끝자락에 올라서는데, 흰 장포 자락이 바람에 가볍게 나부끼는 모습이 정말 신선이라도 되는 양 풍류가 넘쳤다.

"경공술이 대단하시네요."

황용도 찬사를 던지며 한 걸음 다가서면서 암기를 돌려주었다. 구양극은 황용의 흰 손목이 드러나자 눈앞이 아득해졌다. 암기를 돌려받으면서 그녀의 손목을 한번 잡아보고 싶은 충동이 불같이 일었다. 이때 갑자기 뭔가 금빛으로 번득이는 것이 눈앞을 스쳤다. 이미 두 차례나 혼난 적이 있는지라 구양극은 몸을 날려 지붕 아래로 뛰어내렸다. 소매를 흔들자 금침이 후두둑 떨어졌다. 황용은 깔깔 웃으며 암기 세 개를 바닥에 웅크리고 있는 구양봉을 향해 힘껏 내던졌다.

"안 돼!"

곽정이 외치며 황용의 허리를 끌어안고 지붕에서 뛰어내렸다. 두 발이 채 땅에 닿기도 전에 황약사의 외침이 울렸다.

"구양 형, 멈추시오!"

곽정은 산이라도 뒤집어엎을 듯한 엄청난 힘이 밀려오는 것을 느끼며 황용을 옆에 내려놓고 힘을 모아 항룡십팔장 중 견룡재전으로 맞섰다. 펑, 하는 굉음과 함께 구양봉의 합마공 위력에 뒤로 예닐곱 걸음을 밀려났다. 가슴에 기혈氣血이 요동치며 극심한 고통이 밀려왔다. 그러나 구양봉이 일으킨 엄청난 장력이 황용을 다치게 할까 봐 간신히 두 다리로 버티고 서서 숨을 몰아쉬며 구양봉의 공세를 막기 위한 태세를 취하고 있었다. 이때 홍칠공과 황약사가 함께 앞을 가로막았다.

구양봉이 몸을 일으켰다.

"이런, 부끄럽습니다. 힘을 미처 거두지 못해서…… 낭자, 다치지 않았나?"

황용은 놀라 얼굴이 창백해져 있다가 겨우 미소를 지어 보였다.

"저희 아버지가 계신데, 별일이야 있겠습니까?"

황약사는 마음이 놓이지 않는 듯 딸의 손을 붙잡고 나직이 물었다.

"몸에 이상은 없느냐? 심호흡을 해보아라."

황용은 아버지 말에 따라 숨을 깊이 들이켰다 내쉬어보았지만 별다른 이상은 없는 듯했다. 황용이 웃으며 고개를 젓자, 황약사는 그제야 안심이 되는 듯 딸을 나무랐다.

"어르신들께서 무공을 펼쳐 보이시는데 어찌 계집애가 끼어드느냐? 구양 노선배님의 합마공은 보통 무공이 아니란 말이다. 사정을 봐주시지 않았다면 넌 이미 죽은 목숨이었을 거야."

구양봉의 합마공은 정靜으로써 동動을 제압하는 무공으로, 온몸에 기를 모으고 이를 그대로 머금고 있다가 적이 공세를 펴면 즉시 엄청난 힘을 분출시켜 반격하는 무공이었다. 마침 온 힘을 다해 홍칠공과 경합하던 중이어서 마치 잔뜩 당겨진 활시위처럼 팽팽해진 채 화살을

구양봉의 합마공은 온몸에 기를 모은 뒤 적이 공세를 펴면
즉시 엄청난 힘으로 분출시키는 무공이었다.

쏠 때만 기다리던 참이었다. 이때 황용이 이를 건드렸으니, 제 무덤을 판 것이나 마찬가지였다. 구양봉이 상대가 황용이라는 것을 알았을 때는 이미 힘이 분출된 뒤였다. 그는 깜짝 놀라 이제 큰일이구나 싶었다. 황약사의 금지옥엽 같은 딸이 자신의 장력에 죽게 될 판이었다. 황약사의 외침을 듣고 황급히 힘을 거두어보기는 했지만, 이미 시위를 떠난 화살이었다. 이때 엄청난 장력이 자신의 공격을 가로막았기 때문에 그나마 그 반동으로 힘을 거둘 수 있었다. 황용의 목숨을 구한 것이 곽정이라는 사실을 알고 구양봉은 홍칠공에게 감탄하지 않을 수 없었다.

'늙은 거지가 대단하긴 하군. 어린 제자를 이 정도로까지 가르쳐놓다니……'

황약사는 귀운장에서 이미 곽정의 무예를 본 적이 있었다.

'이 애송이가 하늘 높은 줄 모르고 구양봉의 필생 절기인 합마공을 막고 나서다니……. 그가 나를 봐서 힘을 거두어들이지 않았다면 너는 이미 산산조각이 나버렸을 것이다.'

그는 곽정의 무공이 이미 귀운장에서 봤을 때와는 완전히 달라졌다는 것을 알지 못했다. 그러나 방금 황용의 목숨을 구한 것이 이 애송이가 제 목숨을 돌보지 않고 나선 덕이라는 사실만은 분명하므로 미움이 조금은 가시는 듯했다.

'애송이 놈, 마음씨는 고운 모양이군. 용이에 대한 마음도 진실한 듯하고……. 용이를 주지는 못해도 뭔가 상을 주기는 해야겠군.'

곽정이 어수룩하고 아둔하기는 하지만, 마음이 진실한 점은 제법 마음에 들었다. 이때 홍칠공의 목소리가 들려왔다.

"노독물, 하는 짓하고는……. 아직 승패를 가리지 못했으니 계속합시다!"

구양봉도 지지 않고 나섰다.

"좋소, 나도 목숨을 걸고 끝까지 해보겠소."

"거 고마운 말씀입니다그려."

홍칠공이 웃으며 몸을 날려 장내로 들어섰다. 구양봉이 이를 따르려는 찰나, 황약사가 왼손을 들어 가로막았다.

"잠깐, 홍 형! 구양 형! 두 분께서 이미 1천여 초식을 겨루었으나 우열을 가리지 못했소. 오늘은 두 분 모두 도화도를 찾아주신 귀한 손님들이시니 함께 좋은 술이라도 드시는 것이 어떨지요? 화산논검대회도 얼마 남지 않았으니 그때 가서 우열을 가려도 되지 않겠소? 또 저와 단황야도 참가하실 테고요. 오늘의 대결은 이쯤에서 그만 마무리하십시다."

구양봉이 웃으며 대답했다.

"좋소, 계속 겨루다간 내가 질 것 같소이다."

홍칠공도 돌아서 다가왔다.

"서역의 노독물은 입으로만 겸손하시기로 이름이 높지요. 질 것 같다고 하시면 반드시 이기겠다는 말이나 마찬가지입니다. 그래서 이 거지 놈은 그 말씀을 믿지 못하겠습니다."

"그러면 홍 형의 가르침을 좀 더 받아볼까요?"

구양봉의 말에 홍칠공이 소매를 떨치고 나섰다.

"거 좋지요."

황약사가 웃으며 만류했다.

"두 분께서는 아마도 무예를 뽐내기 위해 도화도에 오셨나 봅니다."

그제야 홍칠공이 껄껄 웃으며 수긍했다.

"황 형께서 날카롭게 꼬집으십니다그려. 원래 혼사를 위해 왔지, 싸우려고 온 것이 아닌데……."

세 가지 시험

황약사가 입을 열었다.

"제가 세 가지를 시험해 두 분 공자의 재주를 비교해보겠다고 했습니다. 이기신 분을 제 사위로 삼을 것이지만, 지신 분도 그냥 돌아가시게 하지는 않을 것입니다."

"어찌하시려고요? 따님이 한 분 더 있으시오?"

홍칠공이 사뭇 놀라는 기색으로 물었다.

"없습니다. 이제 다시 아내를 얻어 낳는다고 해 너무 늦은 일이지요. 제가 유가, 도가, 음양 등 각종 유파와 의술, 점술, 성상 등 잡학을 미흡하나마 공부하지 않았습니까. 부족한 점이 많습니다만, 개의치 않으신다면 지신 공자께는 그중 한 가지 원하는 학문을 전수할까 합니다. 도화도에 헛걸음한 것이 되지 않도록 성심껏 가르치겠습니다."

홍칠공은 황약사의 재주를 잘 알고 있었다. 만일 곽정이 사위가 되지 못하더라도 황약사에게 학문을 배울 수 있다면 평생 유용하게 쓸 수 있을 터였다. 그러나 어떤 시험을 하든 곽정이 질 게 뻔한지라, 아무래도 손해를 보는 느낌이었다. 홍칠공이 침묵을 지키고 있자 구양봉이 먼저 입을 열었다.

"좋습니다. 그렇게 하지요. 황 형께서는 이미 제 조카 녀석의 청혼을 허락하셨습니다만, 홍 형의 체면을 봐서 두 사람을 시험해보도록 하지요. 그것이 서로 낯을 붉히지 않는 방법인 것 같습니다."

이어서 고개를 돌려 구양극에게 당부했다.

"만일 네가 곽정 공자에게 지게 되면 그것은 네가 부족한 탓이다. 누구를 원망하지 말고 기쁘게 곽정 공자를 위해 잔치 술을 마셔야 할 것이야. 다른 마음을 품고 엉뚱한 짓을 하면 안 된다. 그럴 경우 여기 계신 두 분 선배님뿐 아니라 나도 그냥 두지 않을 것이다."

홍칠공이 껄껄 웃어젖혔다.

"노독물, 이길 자신이 있으신 모양이구려. 그 말씀은 우리 들으라고 하시는 것 같소이다. 승부에서 지면 얌전히 물러나라는 말씀이시지요?"

"누가 이기고 질지는 아무도 모르는 일 아니겠습니까? 그저 무학을 하는 사람으로서 졌으면 대범하게 인정해야 한다는 것이지요. 지고도 소란을 부린다면 안 될 일 아니겠습니까? 황 형, 시제를 내시지요."

황약사는 내심 구양극에게 딸을 시집보내고 싶은 마음이었으므로 구양극이 이길 수 있는 시제를 내기로 마음을 정했다. 그러나 너무 노골적으로 편을 들면 자신의 체면도 깎일 뿐 아니라 홍칠공에게도 면목 없는 일이 될 터라 얼른 결정을 내리지 못하고 망설였다.

홍칠공이 얼른 선을 그었다.

"우리는 무공을 연마하는 사람들이니 시제는 반드시 무공과 관련한 것이어야 하오. 무슨 시詩, 사詞라든지 가歌, 부賦, 경서經書 이런 것을 낸다면 우리는 그냥 진 셈 치고 궁둥이 털고 일어나겠소. 괜한 망신을 당할 필요는 없지 않겠소?"

"그야 물론이지요. 첫 번째 시제는 무예를 겨루는 것이올시다."

구양봉도 가만있지 않았다.

"그건 안 될 말씀이오. 제 조카는 다치지 않았습니까?"

"그건 저도 잘 알고 있습니다. 두 분 공자를 도화도에서 싸우게 해서 두 집안의 의를 상하게 하지는 않을 겁니다."

"이 두 사람이 겨루는 것이 아니라고요?"

"그렇습니다."

그제야 구양봉의 얼굴에 웃음이 돌아왔다.

"좋소. 그럼 황 형께서 문제를 내면 두 사람이 각각 무공을 보여주는 거군요?"

황약사가 고개를 가로저었다.

"그것도 아닙니다. 그렇게 되면 제가 한쪽 편을 든다는 오해를 면치 못할 테지요. 제가 내는 문제 중에는 어려운 것도 있고, 쉬운 것도 있을 수 있을 테니까요. 구양 형과 홍 형의 무공은 모두 절정에 달한 상승 무공이올시다. 좀 전에 1천여 초식을 겨루고도 승부를 내지 못했지요. 그러니 구양 형께서 곽정 공자를, 홍 형께서 구양 공자를 시험해주십시오."

홍칠공이 고개를 끄덕였다.

'그러면 공평하겠군. 역시 영리한 사람이야. 이런 방법은 나라면 생각도 못 할 거야.'

"그 방법이면 쓸 만하겠소. 자, 자! 시작합시다."

247

세 가지 시험

홍칠공은 구양극에게 손짓을 했다. 황약사가 홍칠공을 만류하며 덧붙였다.

"잠시만요. 먼저 세 가지를 약속해야 합니다. 첫째, 구양 공자는 부상을 입어 운기를 할 수 없으니 무예의 초술招術만 봐야지, 무공을 시험해서는 안 됩니다. 둘째, 네 분께서는 이 두 그루 소나무에 올라가서 시험을 하십시오. 먼저 떨어지는 분이 지는 겁니다."

황약사가 가리키는 곳을 보니 대나무 정자 옆에 아름드리 소나무 두 그루가 우뚝 서 있었다.

"셋째, 구양 형과 홍 형께서 지나치게 어려운 무공을 써 후배를 다치게 한다면 그쪽이 지는 겁니다."

홍칠공이 고개를 갸웃거렸다.

"다치게 하면 진다고요?"

"물론입니다. 두 분은 절정의 무공을 지닌 고수들입니다. 이러한 약속이 없다면 단번에 두 분 공자의 목숨을 앗아갈 수도 있습니다. 홍 형께서 구양 공자에게 조그만 상처라도 내신다면 이 대결에서 지시는 겁니다. 구양 형도 마찬가지시고요. 두 분 공자 중 한 분은 어쨌든 제 사위가 될 사람입니다. 두 고수님 손에 다치는 일이 있어서는 안 되지요."

홍칠공이 머리를 긁적이며 웃었다.

"모두들 황 형더러 괴짜라 하더니, 과연 명불허전이오. 상대를 다치게 하면 진다니…… 듣도 보도 못한 규칙이외다. 아무튼 좋소, 그리합시다. 공평하기만 하면 이 거지 영감은 그리하겠습니다."

황약사가 손짓을 하자 네 사람은 동시에 소나무 위로 뛰어올라 두 편으로 나뉘었다. 홍칠공은 구양극과 오른편에, 구양봉은 곽정과 왼편에 자리 잡았다. 홍칠공은 싱글싱글 웃는 얼굴이었으나 다른 세 사람은 자못 진지한 표정이었다.

황용은 구양극의 무공이 곽정보다 훨씬 뛰어나다고 알고 있었다. 다행히 그가 부상을 입기는 했지만, 이런 방식으로 무예를 시험한다면 경공이 뛰어난 구양극이 곽정보다 유리한 상황이었다. 황용이 걱정되어 안절부절못하는 동안 황약사의 외침이 울렸다.

"내가 하나, 둘, 셋 하면 시작하게. 구양 공자! 곽 공자! 먼저 떨어지는 사람이 지는 거네!"

황용은 곽정을 도울 방도를 궁리해보았으나 구양봉의 무공이 워낙 뛰어나 자신이 끼어들 틈이 없을 것 같았다.

"하나, 둘, 셋!"

황약사의 구령이 떨어지고, 나무 위에서 사람의 그림자가 춤을 추듯 네 사람이 움직이기 시작했다. 황용은 곽정에게만 마음이 쓰여 구양봉과 곽정의 대결만 지켜보았다. 순식간에 두 사람은 이미 10여 초식을 주고받았다.

'어떻게 된 일이지? 무공이 저렇게 갑자기 강해져 10여 초식을 받고도 질 기미를 보이지 않다니……'

황용이 의아해하는 동안 황약사도 같은 생각을 하고 있었다.

한편 구양봉은 마음이 급해지기 시작했다. 장력을 높이며 조금씩 몰아가면서 곽정이 다칠까 봐 숨 돌릴 틈을 남겨주기도 했다. 그러면서도 두 다리를 마치 바퀴처럼 돌리며 곽정을 나무에서 떨어뜨리려 애썼다. 그러나 곽정은 이에 항룡십팔장 중 비룡재천으로 맞섰다. 높이 떠오르지는 않으면서 양팔의 장력을 검이나 가위처럼 날카롭게 구사해 상대방의 발 공격을 무력화시키고 있었다.

황용의 가슴이 두근거렸다. 곁눈으로 홍칠공 쪽을 보니 두 사람의 상황은 곽정 쪽과 달랐다. 구양극이 경공을 써 소나무 위 이곳저곳을 누비며 홍칠공의 접근을 피하고 있었다. 홍칠공이 몰아치면 구양극은 그의 접근을 기다리지 않고 달아나버리는 것이었다. 홍칠공도 애가 탔다.

'이 녀석, 새처럼 요리조리 피해 다니며 시간을 끄는구나. 곽정, 이 아둔한 놈은 노독물과 정면으로 맞서고 있으니 먼저 떨어질 것이 뻔하다. 홍! 구양극, 이놈아! 네놈의 속셈에 내가 놀아날 성싶으냐?'

홍칠공이 공중으로 솟구쳐 오르더니 열 손가락을 갈퀴처럼 벌리고 구양극의 정수리를 덮쳤다. 구양극은 홍칠공의 공세가 거세지는 것을 느꼈다. 아무래도 경공술을 시험하는 것이 아니라 자신의 생명을 노리는 듯했다. 일순 간담이 서늘해져 황급히 오른쪽으로 방향을 틀어 몸을 날렸다. 그러나 홍칠공의 공격은 허초虛招였다. 그는 구양극이 오른쪽으로 피할 것을 예상하고 공중에서 몸을 틀어 먼저 오른쪽 나뭇가지에 내려앉았다. 홍칠공이 두 손을 앞으로 뻗으며 외쳤다.

"내 설사 승부에서 지더라도 네놈은 오늘 끝장을 내주마!"

홍칠공이 공중에서 방향을 트는 것을 보고 구양극은 이미 얼이 빠져 있었다. 게다가 홍칠공의 외침에 감히 그의 공격을 받아내지 못하고 발이 허공을 짚으며 땅으로 떨어져 내렸다. 첫 대결은 졌구나 생각하고 있는데, 옆에서 바람 소리가 들리며 곽정도 떨어지는 모습이 보였다. 애초에 구양봉은 곽정과의 대결을 오래 끌 수 없다고 판단했다.

'이 애송이와 50초식 이상을 간다면 이 서독의 명성은 뭐가 된단 말

인가?'

구양봉은 왼손을 전광석화같이 뻗어서는 곽정의 덜미를 꽉 붙잡았다.

"떨어져라!"

곽정이 고개를 숙여 비켜나며 역시 왼손을 뻗어 위를 막자, 구양봉은 갑자기 힘을 주었다.

"아니, 이건……."

곽정도 황급히 힘을 주며 황약사가 정한 약속을 어기는 것 아니냐고 항의하려 했다.

"내가 뭘 어쨌다고 그러시오?"

구양봉은 웃으며 힘을 거두어들였다.

곽정은 구양봉이 합마공으로 자신의 내장을 상하게 하는 게 아닌가 싶어 있는 힘을 다해 막고 있었다. 모든 힘을 집중시키고 있는데 상대방의 힘이 갑자기 썰물처럼 빠져나가버린 것이었다. 곽정은 무공이 아직 성숙하지 못해 구양봉처럼 순식간에 마음대로 힘을 조절할 수 없었다. 주백통과 72권로의 공명권을 익힌 덕에 강함 중에 부드러움을 유지할 수 있었던 것이 그나마 다행이었다. 그러지 않았다면 귀운장에서 황약사와 겨루었을 때처럼 어깨가 탈골되었을 터였다. 그럼에도 역시 균형을 잃고 머리부터 곤두박질쳤다.

구양극은 똑바로 떨어지고, 곽정은 거꾸로 떨어지는 형세였다. 얼핏 보기에는 동시에 떨어질 듯했다. 구양극은 곽정이 옆에서 떨어지는 것을 보고는 얼른 꾀를 내어 두 손을 뻗어서 곽정의 발바닥을 누르고 자신은 그 힘을 이용해 위로 솟구쳤다. 이대로라면 곽정이 더 빨리 떨어질 상황이었다. 황용은 아무래도 곽정이 질 것 같자 "어머나!" 하고 외마디 비명을 내질렀다.

순간, 곽정의 몸이 공중으로 솟구치며 구양극이 땅에 떨어졌다. 곽정은 이미 소나무 가지에 올라가 그 탄력을 이용해 천천히 흔들리고 있었다. 황용은 기뻐 어찌할 바를 몰랐다. 곽정이 어떻게 거의 다 떨어진 상황에서 위기를 모면하고 승리를 거두었는지 제대로 보지는 못했지만 너무 기쁜 나머지 "어머나!" 하는 감탄이 다시 터져 나왔다. 두 차례 모두 같은 외침이었지만 마음은 정반대였다.

구양봉과 홍칠공은 이미 내려와 있었다. 홍칠공이 만족스러운 듯 껄껄 웃어젖혔다.

"절묘하구나!"

구양봉의 얼굴은 흙빛이 되어 있었다.

"홍 형, 제자의 무공이 참으로 복잡하더이다. 몽고인의 씨름 기술까지 쓰더군요."

"그건 나도 할 줄 모르니, 내가 가르친 것이 아니오. 괜히 나에게 분풀이 마시오."

곽정은 구양극이 발바닥을 누르는 통에 속절없이 떨어지고 있었다. 그런데 구양극의 두 다리가 눈앞에 보이자 급한 김에 두 팔로 그의 다리를 잡고 아래로 당기며 제 몸은 그 반동으로 솟구쳐 오른 것이다. 이때 사용한 것이 바로 몽고 사람들이 씨름할 때 쓰는 기술이었다. 몽고인의 씨름은 대대로 전해지며 천하에 둘도 없는 훌륭한 기술들을 고안해냈다. 곽정은 사막에서 자라던 어린 시절부터 타뢰 등 친구들과 매일 씨름을 하며 놀았다. 그래서인지 그에게 씨름 기술은 마치 밥 먹거나 길을 걷는 것과 마찬가지로 자연스러운 것이었다. 그러지 않았다면 그 둔한 머리로 곽정이 위급한 상황에 이런 기술을 생각해낼 리 만무했다. 우당탕거리며 된통 떨어지고 나서도 한참 후에야 '아차, 내가 왜 구양극의 다리를 잡을 생각은 못 했을까' 하며 이마를 쳤을지도 모를 일이다. 곽정은 저도 모르게 공중 씨름을 선보이고 승리를 거두었지만, 이기고 나서도 한참 동안 어쩌다 자기가 이겼는지 어리둥절했다.

황약사는 천천히 고개를 가로저었다.

'곽정, 이 바보 같은 놈이 이번에 이긴 것은 운이 좋았던 거다.'

"이번에는 곽 공자가 이겼네. 구양 형께서는 너무 서운해하지 마시구려. 두 번째, 세 번째 대결에서 이길 수도 있지 않겠소?"

"그럼 어서 황 형께서 두 번째 시제를 주시오."

구양봉이 황약사를 채근했다.

"두 번째, 세 번째 시제는 글로써……."

황용이 아버지의 말을 가로막았다.

"아버지, 불공평해요. 아까는 무예만 겨루게 하겠다고 해놓고 갑자기 무슨 글이에요? 오빠, 아예 그만두세요."

"네가 뭘 안다고 나서느냐? 무공이 상승 경지에 오르고도 허구한 날 몸으로만 싸운다더냐? 우리쯤 되는 사람이면 속세의 일반 무인과는 달라야 할 것이다. 무조건 싸워서 이기는 쪽과 혼사를 맺는 일 따위는……."

황용은 아버지의 말은 더 듣지도 않고 눈을 들어 곽정을 바라보았다. 곽정도 황용을 보고 있었다. 두 사람 모두 목염자와 양강이 수도에서 비무초친으로 만난 일을 떠올렸다.

황약사의 말이 이어졌다.

"두 번째 시제는 악곡樂曲으로 하겠소."

구양극은 기쁨을 감추지 못했다.

'제까짓 놈이 무슨 음악을 알랴. 그렇다면 이번에는 내가 이길 것이 틀림없다.'

구양봉은 황약사가 퉁소 소리로 두 사람의 내공을 시험하려 한다는 것을 눈치챘다. 방금 첫 번째 대결에서 그는 이미 곽정의 내공이 제법 심후하다는 것을 느꼈기 때문에 반드시 조카의 승리를 자신할 수는 없었다. 또 조카가 부상을 입은 상태여서 혹여 황약사의 퉁소 소리에 또 부상을 입지는 않을까 염려되기도 했다.

"후배들의 무공이 아직 깊이가 없어 황 형의 연주를 잘 알아들을 수 있을지 모르겠습니다. 그래도……."

"평범한 곡으로 연주할 것이고, 내공을 시험하는 것도 아니니 구양 형은 염려 마시구려."

황약사는 구양봉의 말이 채 끝나기도 전에 잘라 말하고는 구양극과 곽정 쪽으로 몸을 돌려 지시를 내렸다.

"두 공자는 각각 대나무 가지를 꺾어다가 내 퉁소 소리를 들으며 박자를 맞추어주게. 잘 맞추는 사람이 이기는 것으로 하겠네."

곽정이 앞으로 나서며 읍을 했다.

"황 도주님, 제가 우매해 음률에 대해서는 아는 바가 없습니다. 이번에는 제가 진 것으로 하지요."

"급할 것 없다. 이왕 지는 것이라면 좀 들어본들 또 무슨 상관이겠느냐? 망신을 당할까 봐 그러는 것이냐?"

홍칠공이 나서서 권하자, 곽정은 사부의 말을 거역할 수 없었다. 구양극이 이미 대나무 가지를 꺾어 손에 들고 있는 것을 보고는 할 수 없이 저도 하나를 꺾어왔다.

"홍 형과 구양 형도 계신데 부족하나마 불어보겠습니다."

황약사가 웃으며 퉁소를 입술에 갖다 대고는 곧 연주를 시작했다. 은은하게 퍼지는 퉁소 소리에는 내공이 전혀 실려 있지 않아 일반인이 연주하는 것과 다를 바 없었다.

구양극은 음률을 고르며 궁宮에서 치고 상商에서 쉬는 등 정확히 박자를 잡아냈다. 그러나 곽정은 망연히 자리에 앉아 대나무 가지를 손에 쥔 채 박자를 맞출 엄두도 내지 못하고 있었다. 황약사가 한참을 연주했건만 곽정은 한 번도 박자를 맞추지 못했다. 구양봉 쪽은 숙질이 모두 득의양양해 이번에는 틀림없이 이길 것이라 자신했다. 세 번째도 문文으로 시험을 치른다고 했으니 십중팔구는 이길 게 분명했다.

황용은 마음이 초조해졌다. 곽정이 그대로 따라 해주기를 바라는 마음에 오른손 손가락으로 왼팔을 한 박자 한 박자 두드려보았지만 곽정은 고개를 들고 멍하니 하늘만 바라볼 뿐, 황용 쪽은 쳐다보지도 않았다. 황약사가 또 한참을 연주하자 곽정이 갑자기 손을 들어 대나무 가지를 내려쳤다. 그러나 두 박자 사이를 친 것이었다. 구양극이 킥킥거리며 비웃었다.

'멍청한 놈이 저도 한 번 쳐보겠다고 한 것이 하필이면 박자를 피해 갔구나.'

곽정이 또 이어서 한 번을 쳤지만 역시 두 박자 사이를 치고 말았다. 이렇게 연달아 네 번을 쳐보았지만 모두 박자를 놓쳐버렸다.

황용이 고개를 설레설레 흔들었다.

'바보 같으니라고……. 오빠는 음률도 모르는데, 아버지는 괜한 시험을 보는 거야.'

아버지가 원망스러워 어떻게든 이 시험을 망쳐놓을 궁리를 하기 시작했다. 차라리 시험을 망쳐서 비긴 것으로 하도록 할 셈이었다. 그런데 아버지를 바라보니 표정이 이상했다. 곽정이 또 몇 차례 대나무 가지를 치자 퉁소 소리가 갑자기 움찔하는 듯하더니 다시 원래 곡조로 돌아왔다.

곽정이 계속 박자를 쳤지만 모두 퉁소 소리의 박자를 비켜갔다. 어떤 때는 너무 빨랐고, 또 어떤 때는 너무 늦었다. 퉁소 소리는 몇 차례 곽정의 박자에 어지러워지는 듯했다. 이렇게 되자 황약사는 더욱 정신을 집중시켰고, 홍칠공과 구양봉은 의아해하며 지켜보았다.

곽정은 아까 세 사람이 퉁소 소리와 쟁 소리, 휘파람 소리로 겨룰 때 곡조 속에 있는 공방의 법문에 대해 깨달은 바가 있었다. 그는 음률이나 박자를 전혀 몰랐지만, 황약사의 퉁소 소리를 들으며 어떻게 퉁소 소리에 대항하느냐가 시제라는 것을 알았다. 그래서 대나무 가지를 쳐서 황약사의 연주를 어지럽혔다. 곽정이 대나무 가지로 둥둥 소리를 내자 당대 최고봉이라는 황약사의 내공도 하마터면 이에 말려들 뻔했다. 그는 이 조잡하고 거슬리는 곽정의 박자를 따라가려다가 간신히 빠져나왔다.

정신을 가다듬은 황약사는 곽정에게 이런 재주가 있다는 것에 놀라며 곡조를 바꾸어 부드럽고 변화무쌍한 음악으로 전환했다. 구양극은 잠시 듣고 있다가 저도 모르게 손에 대나무 가지를 쥔 채 춤을 추기 시작했다. 구양봉은 한숨을 내쉬며 얼른 다가가 그의 맥문을 누르고 손수건으로 귀를 막아주었다. 잠시 후 구양극이 마음을 안정시키고 춤을 그치고서야 손을 풀어주었다.

황용은 어려서부터 아버지가 연주하는 벽해조생곡을 듣고 아버지의 설명도 들었기 때문에 곡조의 모든 변화를 알고 있었고, 또 전혀 동요하지 않고 들을 수 있었다. 그러나 이 통소 소리가 지닌 엄청난 마력 또한 잘 알고 있었기 때문에 곽정이 이겨내지 못할까 봐 걱정했다.

수만 리 광활하게 뻗은 잔잔한 바다 저 멀리서 조수가 천천히 밀려오는 듯 통소 가락이 오묘하게 울려 퍼졌다. 조수는 가까워질수록 빨라졌다. 성난 파도가 일렁이며 끊임없이 흰 포말이 밀려왔다. 또한 파도 속에서 물고기가 펄떡이고 고래가 헤엄치며, 해수면 위에는 거센 바람이 불고 갈매기가 날아다니는 듯했다. 그리고 수중의 뭇 악귀들이 바닷속에서 요동을 치는 듯했다. 갑자기 빙산이 떠내려오고 다시 뜨거운 기운이 들끓는 듯 무궁무진한 변화가 이어지더니 조수가 밀려가자 바다는 잔잔한 고요를 되찾았다.

그러나 바다 밑에는 여전히 물살이 세차게 일렁이고 있었다. 소리가 없는 곳에 오히려 더 큰 위험이 도사리고 있었으니, 통소 소리를 듣는 이들은 저도 모르게 이 가락에 더욱 몰입되어 그 유혹을 떨치기가 훨씬 힘들어졌다. 곽정은 책상다리를 하고 앉아서 전진파의 내공을 운행했다. 잡념을 떨쳐버리고 정신을 집중해 통소 소리의 유혹을 견디려고 했다. 동시에 대나무 가지를 서로 부딪쳐 통소 소리를 교란시켰다.

황약사, 홍칠공, 구양봉 세 사람이 음률로 대결할 때는 각자 공격과 수비의 방식이 있었다. 그들은 마음을 가라앉히고 정신을 집중해 상대의 허점만 보이면 바로 공격해 들어갔다. 또 한편 자신의 허점을 막으면서 계속해서 상대의 정신을 공격했다.

곽정의 공력은 이들 세 사람에 훨씬 못 미치므로 방어만 할 뿐 공격은 하지 못했다. 대신 철통 같은 방어를 유지했기 때문에 비록 반격하지는 못했지만, 황약사의 변화무쌍한 곡조도 곽정을 무너뜨리지는 못했다. 다시 한참이 지나자 점점 소리가 가늘어지더니 거의 들리지 않을 정도로 잦아들었다. 곽정은 대나무 치는 것을 멈추고 소리에 집중했다.

그러나 여기에 바로 황약사의 절정 무공이 감추어져 있었다. 통소 소리가 가늘어질수록 그 유혹은 점점 강해지는 것이다. 곽정은 그 소리에 정신을 집중하다 보니 마음속의 음률과 박자가 점점 통소 소리와 일치되어가는 것을 느꼈다. 다른 사람이라면 벌써 소리에 빠져 헤어나지 못했을 것이다. 그러나 곽정은 쌍수호박을 연마해 마음을 둘로 분산시킬 수 있었다. 위험에 빠진 것을 알아채자 억지로 마음을 분산시킨 뒤 왼쪽 신발을 벗어 들고 탁탁탁, 대나무를 소리내어 때리기 시작했다.

황약사의 얼굴에 놀라는 표정이 역력했다.

'이 젊은이는 기이한 무공을 지녔군. 얕봐서는 안 되겠다.'

황약사는 팔괘의 방위로 발을 움직이며 통소를 불기 시작했다. 이에 맞서 곽정은 양손으로 각자 통소 소리와 전혀 맞지 않는 박자를 두드리기 시작했다. 양손으로 서로 다른 박자를 두드리니 마치 두 사람이 힘을 합쳐 황약사에게 대항하는 것처럼 무공이 일시에 두 배로 강해졌다.

이때 홍칠공과 구양봉은 몰래 정신을 집중하고 있었다. 두 사람의 내공으로 공격하지 않고 방어만 한다면 이 퉁소 소리를 견뎌내기에 충분했지만, 그럼에도 마음을 놓을 수가 없었다. 만일 내공을 써서 대항하고 있다는 기색을 알아채면 곽정과 황약사가 그들을 얕볼 것이라고 생각했다.

퉁소 소리는 높아졌다 낮아졌다 하며 점점 변화무쌍하고 기이해졌다. 곽정은 다시 한참을 버티었다. 갑자기 퉁소 소리에 냉랭한 한기가 실리더니 삽시간에 얼음이 자신의 몸을 감싸는 듯 덜덜 떨려왔다. 원래 퉁소 소리는 부드럽고 완곡한 것이 특징이다. 그런데 지금의 퉁소 소리는 날카롭고 스산하기 그지없었다. 곽정은 냉기가 뼛속까지 파고드는 것 같았다. 큰일이다 싶어 서둘러 마음을 분산시키고 다른 상상을 했다. 이글거리는 태양 아래 서 있는 모습, 한여름 철을 제련하는 모습, 손에 큰 숯을 들고 있는 모습, 큰 용광로에 빠져 뜨거운 불에 고통받는 모습 등을 생각하니 한기가 금세 사라졌다.

황약사는 곽정의 왼쪽 반신은 한기가 서려 있고, 오른쪽 반신은 땀이 나는 것을 보고 다시 한번 놀라지 않을 수 없었다. 황약사는 다시 가락을 바꾸었다. 이번에는 엄동설한이 지나가고 무더운 여름이 오는 것 같았다. 곽정은 다시 마음을 분산시켜 막아보려 했으나 손의 박자가 이미 퉁소 가락을 따라가고 있었다. 그런 곽정을 보는 황약사의 표정이 조금 누그러졌다.

'그렇게 억지로 버티면 잠시는 견딜 수 있을 테지. 그러나 갑자기 추워졌다 더워졌다를 반복하면 반드시 큰 병에 걸릴 것이다.'

갑자기 퉁소 소리가 끊어질 듯 가늘게 이어졌다. 곽정은 마치 숲속을 한가로이 거니는 듯했다. 그러다 돌연 소리가 멈추었다. 곽정은 길게 숨을 내뱉고 몸을 일으켰다. 순간 휘청하더니 다시 주저앉을 뻔했다. 그는 다시 기를 집중시키고 숨을 골랐다.

"황 도주님, 이렇게 봐주시니 정말 감사드립니다. 후배, 큰 은혜 깊이 새기겠습니다."

황용은 곽정이 아직도 손에 신발 한 켤레를 들고 있는 것을 보고 웃음을 참지 못했다.

"곽정 오빠, 이제 그만 신발 신으세요."

"그래."

그제야 곽정은 신발을 신었다.

'저 아이는 어린 나이에도 대단한 무공을 연마했다. 일부러 모자란 척하지만 실은 대단히 총명한 아이가 아닐까? 만약 그렇다면 딸아이를 시집보내도 괜찮겠지?'

이런 생각에 황약사의 입가에는 절로 미소가 떠올랐다.

"참 잘했다. 그런데 아직도 나를 황 도주라 부르는 거냐?"

이 말에는 분명 세 번의 시합에서 두 번을 이겼으니, 장인어른으로 불러도 좋다는 뜻이 담겨 있었다.

"전…… 전……."

곽정은 황약사의 말이 무슨 뜻인지 몰라 우물쭈물하며 황용에게 도와달라는 눈짓을 보냈다. 황용은 속으로 뛸 듯이 기뻤다. 절을 하라는 뜻으로 오른손 엄지손가락을 계속 구부리자, 곽정은 그제야 알아채고 바닥에 엎드려 황약사에게 연거푸 네 번 절을 올렸다. 그러나 여전히 아무 말도 하지 못했다.

"왜 내게 절을 하는 거냐?"

"황용이 절을 하라고 해서요."

황약사는 속으로 끌끌 혀를 찼다.

'저 녀석, 정말 바보로구나.'

황약사는 구양극의 귀에 싼 명주 손수건을 풀어주었다.

"내공으로 따지자면 곽 현질이 조금 강하지만, 방금 내가 시험하고자 한 것은 음률이네. 음률은 구양 현질이 훨씬 뛰어나지. 이렇게 하세. 이번엔 두 사람이 비긴 걸로 하고 다시 시합 하나를 제의하겠네. 이 시합으로 승패를 결정하지."

구양봉은 조카가 패하자 어떻게 해서든 감싸주려고 생각하던 터였다.

"좋습니다, 좋아요. 한 번 더 겨룹시다."

홍칠공은 화가 치밀었으나 내색은 못 하고 속으로만 이를 갈았다.

'네 딸은 네가 낳았으니 저 망나니 놈한테 시집보내든 말든 내 알바 아니다. 네놈과 한판 붙고 싶지만 혼자서는 둘을 감당하기 힘드니 단황야와 함께 오면 그때 다시 따져보자.'

그때 황약사가 품에서 붉은 비단으로 표지를 댄 책 한 권을 꺼냈다. 그는 홍칠공과 구양봉에게 말했다.

"나와 처는 이 아이 하나밖에 낳지 못했소. 아내는 딸아이를 낳고 세상을 떠났고요. 오늘 구양 형과 홍 형, 두 분이 함께 청혼하러 오셨으니 아내가 살아 있다면 필시 기뻐했을 것이오."

황용은 부친의 말에 벌써 눈시울이 붉어졌다.

"이 책은 아내가 살아 있을 때 친필로 쓴 것이오. 아내의 심혈이 담겨 있는 책이지요. 곽 현질과 구양 현질은 이 책을 한 번 읽은 후 암기하게. 더 많이, 더 정확히 암송한 사람에게 딸을 시집보내겠네."

황약사는 홍칠공이 옆에서 냉소를 짓고 있는 것을 보고 다시 말을 이었다.

"곽 현질이 이미 한 차례 이겼소만, 이 책은 내 일생을 좌지우지했고 아내도 이 책 때문에 운명을 달리했소. 나는 아내의 혼이 사위를 직접 고르고, 그 사람이 이기도록 아내가 비호해줄 것이라 생각하오."

홍칠공은 더 이상 참지 못하고 소리를 질렀다.

"황약사, 무슨 그런 헛소리를 하시오! 내 제자가 우둔하고 시서에 약하다는 것을 알면서 암송 대결을 제의해놓고 죽은 부인을 들먹거려 사람을 놀리다니…… 부끄러운 줄 아시오!"

홍칠공은 소매를 털며 몸을 휙 돌려 걸어갔다. 이에 황약사는 냉랭한 목소리로 말했다.

"홍 형, 이 도화도에서 위세를 떨치고 싶으면 몇 년 더 수련하고 오시오."

홍칠공은 걸음을 멈추더니 몸을 휙 돌리고 두 눈썹을 치켜떴다.

"뭐라고? 지금 싸우자는 거요? 나를 여기에 가두겠다는 말이오?"

"기문오행을 모르실 테니 내 허락 없이 이 섬에서 나가는 건 꿈도 꾸지 마시오."

홍칠공은 불같이 화를 냈다.

"네놈의 더러운 꽃과 나무에 불을 질러버리겠다."

"능력이 있으면 한번 해보시오."

두 사람의 말이 격해지며 금방이라도 싸울 듯하자 곽정은 걱정이 되었다. 도화도의 배치는 기묘하기 그지없으니 사부님을 이 섬에 묶어

두어서는 안 된다는 생각에 급히 둘 사이에 나섰다.

"황 도주님! 사부님! 저와 구양 형이 책 암송 시합을 하면 될 것 아닙니까? 진다 해도 제가 아둔한 탓이니 할 말이 없습니다."

'사부님이 빠져나가면 용이와 함께 바다로 뛰어들어야겠다. 힘이 다할 때까지 헤엄쳐 가다가 함께 빠져 죽으면 그만이다.'

홍칠공이 소리쳤다.

"잘한다! 창피당하는 것을 좋아하니 추태 한번 부리면 그만이겠지. 해봐라! 어서 해봐!"

홍칠공은 어차피 질 시합이라면 겨룰 필요가 없다고 생각해 제자들과 함께 도망치다가 해변에서 배를 빼앗아 섬을 떠날 심산이었다. 그런데 바보 같은 제자 녀석이 전혀 기지를 발휘하지 못하고 답답한 소리를 해대니 정말 기가 막힐 노릇이었다.

황약사는 딸을 주의시켰다.

"소란 피우지 말고 얌전하게 앉아 있거라."

그러나 황용은 대답하지 않고 생각에 잠겨 있었다. 이번 대결에서는 곽정이 질 게 분명했다. 그런데 아버지는 이 대결로 죽은 어머니가 사위를 고를 것이라고 말했다. 앞의 두 대결에서 곽정이 이겼음에도 아무 소용이 없게 되어버린 것이다.

'앞의 한 차례 시험에서는 곽정이 이겼으므로 이번 시험에서 구양 극이 이겨 전체 결과가 비긴 게 되면 아버지는 구양극이 이길 때까지 또 문제를 내겠지?' 하는 생각에 황용은 곽정과 도화도를 빠져나갈 계책을 궁리했다.

황약사는 구양극과 곽정 두 사람을 나란히 돌 위에 앉혀놓고 책을 내놓았다. 구양극은 책 위에 전서篆書로 '구음진경 하권'이라고 적힌 여섯 글자를 보자 눈앞이 환해지는 듯했다.

'이 〈구음진경〉은 천하제일의 무공을 적은 것이다. 장인어르신이 특별히 나에게 이 기서奇書를 보도록 허락해주신 것이로군.'

곽정 역시 전서로 적힌 여섯 글자를 보았지만 하나도 읽을 수가 없었다.

'일부러 나를 골탕 먹이려고 하는구나. 이렇게 비뚤비뚤한 글자를 어떻게 알아볼 수 있겠는가? 이번엔 졌구나.'

황약사는 첫 장을 넘겼다. 다행히 책 안의 글자는 해서楷書로 적혀 있었고, 글자도 가지런한 것이 분명 여인의 필체였다. 곽정은 첫 행을 보자 가슴이 쿵쿵거리기 시작했다. 첫 구절에 이렇게 적혀 있었다.

하늘의 도는 넘치는 것을 줄이고 부족한 것을 보충한다. 그런 까닭에 허虛가 실實을 이기고, 부족한 것이 넘치는 것을 이기는 것이다.

天之道 損有餘而補不足 是故虛勝實 不足勝有餘

이것은 주백통이 곽정에게 외우라고 시켰던 구절이었다. 다시 보니 매 구절마다 곽정에게 너무 익숙한 것이었다. 황약사는 잠시 뒤 두 사람이 다 읽었다고 생각하고 다음 장을 넘겼다. 두 번째 장에는 글자가 빠진 곳이 있는가 하면 뒤로 갈수록 문구가 뒤죽박죽이고, 필체 또한 점점 힘이 없어졌다.

곽정은 부인에 대해 주백통이 한 말이 생각나 가슴이 미어졌다. 황부인은 억지로 〈구음진경〉을 외우느라 기력이 쇠해 황용을 낳다가 죽었다. 그렇다면 이 책은 부인이 죽기 직전에 쓴 것이리라.

'주 대형이 외우라고 했던 것이 바로 〈구음진경〉이었단 말인가? 아니다, 아니야. 〈구음진경〉 하권은 매초풍이 잃어버렸는데, 어찌 주 대형 수중에 있을 수 있단 말인가?'

황약사는 넋이 나가 있는 곽정의 모습을 보고 벌써 얼이 빠졌구나 생각하며 전혀 상관하지 않고 천천히 다음 장으로 넘겼다. 구양극은 처음 몇 행은 뚜렷이 기억할 수 있었지만 연공의 구체적인 방법에 관한 뒷부분의 내용은 글자가 뒤죽박죽이라 한 구절도 해석할 수 없었다. 다시 뒤쪽을 보았으나 행과 글자가 여기저기 빠져 있었다.

'역시 〈구음진경〉의 전문은 보여주지 않는군.'

구양극은 낙담해 한숨이 나왔다. 그러나 다시 생각을 고쳐먹었다.

'내 비록 진경의 전문은 보지 못했지만, 저 멍청이보다는 더 많이 기억할 것 아닌가? 이번 대결에서는 내가 필시 이기겠구나.'

여기에 생각이 미치자 기쁜 마음에 절로 눈길이 황용에게 갔다. 구양극과 시선이 마주치자 황용은 혀를 쏙 내밀고 익살스러운 표정을 지었다.

"목염자 언니를 잡아서 사당의 관 속에 넣고 산 채로 매장했지요? 어젯밤 꿈에 언니가 머리는 산발을 하고 얼굴에 피를 뚝뚝 흘리며 나타나서는 당신을 죽여달라고 했어요."

구양극은 그 일을 까마득히 잊어버리고 있다가 황용의 말을 듣고 흠칫 놀라 자신도 모르게 소리가 새어나왔다.

"이런, 꺼내주는 것을 잊어버렸군."

그와 동시에 머릿속에는 다른 생각이 스쳤다.

'그 계집이 죽다니, 아까운걸.'

그러나 웃음을 머금고 있는 황용의 얼굴을 보자 거짓말이라는 걸 알아차리고 반문했다.

"목 낭자가 관 속에 있는 건 어찌 알았소? 황 낭자께서 구해주셨소?"

구양봉은 일부러 조카의 정신을 혼란시켜 책 내용을 기억하지 못하게 하려는 황용의 의도를 눈치챘다.

"극아, 다른 일은 신경 쓰지 말고 책에 정신을 집중하거라."

"네."

숙부의 질책에 구양극은 뜨끔해서 급히 책으로 눈을 돌렸다.

곽정은 책의 매 구절이 모두 주백통이 외우게 했던 내용과 일치하자 깜짝 놀랐다. 단지 책에는 빠진 글자가 많아 자신이 외운 것처럼 완벽하지 않을 뿐이었다. 고개를 들어 나뭇가지 끝을 바라보며 아무리 생각해봐도 도무지 영문을 알 수 없었다.

잠시 뒤, 황약사가 책을 덮었다.

"누가 먼저 외우겠소?"

'책의 글자는 뒤죽박죽이라 외우기가 너무 어렵다. 아직 기억에 남아 있을 때 빨리 하면 훨씬 많이 말할 수 있을 거야.'

구양극은 그런 생각에 황급히 입을 열었다.

"제가 먼저 외우겠습니다."

황약사는 고개를 끄덕이며 곽정을 돌아보았다.

"곽 현질은 듣지 말고 대나무 숲으로 가 있게."

곽정은 황약사의 말에 순순히 멀찍이 물러났다. 황용은 지금이야말로 몰래 달아날 수 있는 절호의 기회다 싶어 곽정 쪽으로 살금살금 다가갔다.

그때 황약사의 호령이 떨어졌다.

"용아, 이리 오너라. 나중에 내가 구양 현질 편을 들었다 하지 말고, 너도 책 외우는 것을 듣거라."

"아버진 원래부터 구양극 편이었으니 들을 필요도 없어요."

"이런, 버릇없기는……. 이리 오너라!"

"싫어, 안 가요."

그러나 영민하기 그지없는 아버지가 이미 눈치챈 이상 도망가기는 틀렸고, 다른 방도를 궁리해봐야겠다는 생각에 천천히 걸어갔다. 황용은 구양극을 향해 생긋 웃어 보였다.

"나의 어디가 좋아요? 왜 그리 나를 좋아하죠?"

구양극은 홀린 듯 넋이 나가 말을 잇지 못했다.

"누이, 누이는…… 누이는……."

"너무 서둘러 서역으로 가지 말고 도화도에서 며칠 더 묵으세요. 서역은 춥죠?"

"서역은 아주 커서 추운 곳도 많지만 강남처럼 바람과 햇살이 따뜻한 곳도 있소."

"못 믿겠는걸요! 원래 잘 속이시는 분이잖아요?"

구양극이 뭐라 변명하려 하자 구양봉이 냉랭하게 말을 끊었다.

"얘야, 상관없는 말은 나중에 천천히 해도 늦지 않다. 먼저 책을 외우거라."

구양극은 순간 멍해졌다. 황용이 갑자기 끼어드는 바람에 억지로 외웠던 내용마저 많이 잊어버린 것 같았다. 다시 정신을 집중해 천천히 외우기 시작했다.

"하늘의 도는 넘치는 것을 줄이고, 부족한 것을 보충한다. 그런 연유로 허가 실을 이기고, 부족한 것이 넘치는 것을 이기는 것이다."

그는 과연 총명하기 그지없었다. 앞의 구절을 한 자도 빠뜨리지 않고 외운 것이다. 그러나 뒤의 연공법에 관한 내용은 황 도주의 부인이 무공을 모르는 사람이라 단편적이고 산만하게 기록했을 뿐 아니라 글자까지 뒤죽박죽 엉망이라 1할 정도밖에 외우지 못했다. 게다가 황용이 옆에서 계속 "아니, 틀렸어요" 하며 끼어드는 바람에 그나마도 다 말하지 못했다. 그러나 황약사는 만족스러운 듯 웃었다.

"이렇게 많이 외우다니, 정말 수고했소."

"곽 현질, 이리 건너오시오."

곽정은 구양극의 득의양양한 표정을 보고 생각했다.

'과연 대단한 사람이다. 한 번 보고 그 뒤죽박죽 섞인 구절을 기억해내다니…… 틀렸다. 주 대형이 가르쳐준 대로 외울 수밖에 없군. 분명 틀리겠지만, 그래도 방법이 없지 않은가?'

홍칠공이 끼어들었다.

"이 바보야, 저들은 우리를 웃음거리로 만들려고 하는 거야. 그냥 졌다고 인정하고 말자."

그때 갑자기 황용이 대나무 정자로 뛰어올라가더니 비수를 자신의 가슴에 겨누었다.

"아버지, 강제로 그 못된 놈과 서역으로 가라고 하시면 오늘 여기서 죽어버리고 말겠어요."

황약사는 한다면 결국 하고야 마는 딸의 성격을 아는지라 황급히 소리쳤다.

"먼저 비수를 내려놓거라! 할 말이 있으면 이야기해보자꾸나."

구양봉이 지팡이로 땅을 한 번 치니 웅, 하는 괴성과 함께 지팡이 머리에서 기이한 모양의 암기가 황용을 향해 날아갔다. 암기가 얼마나 빨리 날아가는지 황용이 보지도 못하는 사이에 탕, 하는 소리와 함께 손에 들고 있던 비수가 땅에 떨어졌다. 황약사는 바람같이 정자로 몸을 날려 딸의 어깨를 감싸 안으며 부드러운 목소리로 달랬다.

"정말 시집가기 싫다면, 좋다. 도화도에서 평생 아버지랑 함께 살자꾸나."

황용은 두 발을 동동 구르며 울기 시작했다.

"아버지, 아버진 용이를 사랑하지 않아요. 절 사랑하지 않아요."

홍칠공은 강호를 휘저으며 눈 하나 깜짝하지 않고 사람을 죽이는 대마두大魔頭가 어린 딸아이한테 꼼짝 못 하는 것을 보니 절로 웃음이 터져 나왔다.

'무슨 수를 써서라도 저 늙은이와 곽가를 내쫓아버리면 앞으로의 일은 쉽게 풀리겠다. 여자아이들은 원래 저렇게 어리광을 부리는 것이니 신경 쓸 필요도 없지.'

구양봉은 그렇게 생각하고 입을 열었다.

"곽 현질은 무예가 뛰어난 젊은 영웅이시니 기억력도 필시 좋을 것이오. 황 형께서 한번 외워보라고 해보시오."

"좋소. 용아, 네가 계속 떠들면 곽 현질한테 방해가 될 뿐이다."

그 말에 황용은 즉시 입을 다물었다. 구양봉은 어떻게든 곽정을 망신 줄 생각이었다.

"곽 현질께서 외워보시지. 우리는 여기서 경청할 테니."

곽정은 부끄러워 얼굴이 벌게졌다.

'어쩔 수 없다. 주 대형이 가르쳐주신 대로 외우는 수밖에.'

"하늘의 도는 넘치는 것을 줄이고 부족한 것을 보충한다……."

〈구음진경〉인지도 모른 채 그 경문을 이미 수백 번 암송한 곽정은 조금도 머뭇거리지 않고 거침없이 외워 내려갔다. 그렇게 반 장 정도를 외우자 모두 놀라 입을 다물지 못했다.

'저 젊은이는 일부러 우둔한 척하고 있었던 거야. 실제로는 총명하기 그지없구나.'

모두 같은 생각이었다. 순식간에 곽정은 네 장을 단숨에 줄줄 외웠다.

홍칠공과 황용은 곽정에게 이런 재능이 없다는 것을 뻔히 아는 터라 더욱 어리둥절했다. 그들의 얼굴은 기쁨으로 가득 찼지만 한편으로는 기이하다는 듯한 표정도 감출 수 없었다. 곽정이 암송하는 내용이 책보다 열 배 정도 더 많고, 게다가 구절도 이치에 들어맞는 것으로 보아 원래의 경문이 아닐까 하는 생각이 들자, 황약사는 자기도 모르게 식은땀이 났다.

'진정 저승에서 부인이 경문을 생각해내어 저 아이한테 전해준 것이란 말인가?'

황약사는 곽정이 청산유수처럼 줄줄 암송하는 것을 들으면 들을수록 더욱 그런 확신이 들었다. 그는 고개를 들어 하늘을 보며 중얼거렸다.

"아형阿衡, 아형! 나에 대한 사랑이 이리도 깊어 저 아이의 입을 빌려 〈구음진경〉을 전해주셨구려. 근데 어찌 얼굴을 보여주지 않는 거요? 저녁마다 당신에게 불어준 통소 소리를 들으셨구려!"

아형은 황 부인의 애칭이니 다른 사람들은 알 리가 없었다. 그저 황약사의 낯빛이 이상해지면서 눈에 눈물이 글썽이고 아무 말도 못 하자 이상하게만 생각했다. 황약사는 그렇게 넋이 나가 있다가 갑자기 뭔가를 생각해낸 듯 손을 휘저어 곽정의 입을 막았다. 다시 엄숙한 얼굴을 하고 매서운 소리로 캐물었다.

"매초풍이 잃어버린 〈구음진경〉이 네 수중에 있는가?"

곽정은 살기등등한 황약사의 눈초리에 덜컥 겁이 났다.

"후배, 매…… 매 선배의 경문이 어디에 있는지 모릅니다. 만약 안다면 응당 선배님을 도와 도화도로 가져올 것입니다."

황약사는 조금도 거짓 없는 곽정의 언행을 보고 죽은 부인이 저승에서 전해준 게 분명하다고 확신했다. 기쁜 가운데에도 가슴이 아려왔다.

"좋소. 홍 형! 구양 형! 이는 죽은 아내가 사위를 점지한 것이니, 더 이상 말하지 않겠소. 용이를 너와 짝지어줄 테니 잘해주어야 한다. 너무 응석받이로 키워서 버릇이 없으니 네가 많이 참아라."

황용은 기쁜 마음에 절로 웃음이 나왔다.

"제가 어디 응석받이라 버릇이 없어요? 제가 얼마나 착한데요."

곽정이 아무리 우둔하다 하나 이번만은 황용이 시키지 않아도 알아서 무릎을 꿇고 절을 했다.

"장인어른!"

〈구음진경〉을 찾아서

곽정이 미처 몸을 일으키기도 전에 구양극이 소리쳤다.

"잠깐!"

홍칠공은 경전 암송 시합이 이렇게 끝날 줄 전혀 예상치 못했다. 게다가 곽정이 구양극을 여러 차례 보기 좋게 쓰러뜨리니 놀라울 따름이었다. 너무 기쁜 나머지 벌린 입을 다물 줄 모르고 있는데 구양극이 소리치자 대뜸 화가 났다.

"뭐야? 아직도 굴복하지 못하겠다는 거냐?"

"곽 형이 외운 것은 책 내용보다 훨씬 많습니다. 필시 〈구음진경〉을 손에 넣은 것이 틀림없습니다. 후배, 감히 곽 형의 몸을 한번 뒤져보아야겠습니다."

"황 도주가 이미 혼인을 허락한 마당에 왜 또 쓸데없는 일을 거론하는 거냐? 네 숙부가 무슨 말을 한 거냐?"

홍칠공의 말에 구양봉은 눈을 부라렸다.

"나 구양봉, 함부로 남을 속이는 사람은 아니오!"

구양봉은 조카의 말을 듣고 곽정이 분명히 〈구음진경〉을 가지고 있을 거라 확신했다. 그는 이제 오로지 그 경문을 손에 넣고 싶다는 생각뿐이었다. 황약사 딸과의 혼인은 이미 중요한 문제가 아니었다.

"구양 선배께서 뒤져보십시오."

곽정은 옷깃을 풀어 헤치고 품속의 물건을 하나하나 꺼내 돌 위에 늘어놓았다. 은냥, 손수건, 부싯돌 등이 나왔다. 구양봉은 코웃음을 치고는 손을 뻗어 곽정의 몸을 뒤지기 시작했다.

구양봉의 악랄함을 잘 알고 있는 황약사는 그가 몰래 독수를 쓰지 못하도록 해야겠다는 생각이 들었다. 구양봉은 공력이 깊어 한번 독수를 쓰면 누구도 구할 수가 없었다. 황약사는 잔기침을 한 번 내뱉고는 구양봉의 목뒤 척추뼈에 왼손을 올려놓았다. 그곳은 치명적인 급소로 손에 힘만 한 번 주면 척추가 부러져 구양봉은 그길로 황천으로 갈 터였다.

홍칠공은 황약사의 뜻을 짐작하고 속으로 웃음이 나왔다.

'황약사는 편애가 심하구먼. 딸 사랑이 사위에게 옮겨져 이제는 저 바보 녀석을 보호하려고 애쓰다니……. 거참! 저 녀석이 그렇게 책을 잘 외우다니 멍청한 것도 아니었구먼.'

구양봉은 원래 합마공으로 몰래 곽정의 복부를 가격하려 했다. 이 장을 맞으면 3년 뒤에 발병해 죽게 되어 있었다. 그런데 황약사가 사전에 손을 쓰니 감히 일장을 날리지 못하고 그저 곽정의 몸을 이 잡듯 샅샅이 뒤질 뿐이었다. 그러나 아무리 뒤져도 다른 물건이 나오지 않자 잠시 신음했다. 구양봉은 황약사의 부인이 저승에서 사위를 점지했다는 등의 말은 처음부터 믿지 않았다. 그때, 갑자기 곽정이 멍청하고 거짓말을 못할 듯하니 캐물으면 경전의 행방을 말할지도 모르겠다는 생각이 들었다. 즉시 뱀 지팡이를 한 번 흔들자 금 고리가 딸랑딸랑 소리를 내면서 두 마리의 뱀이 지팡이 밑에서 기어 올라왔다. 황용과 곽정은 이 이상한 광경에 겁을 집어먹고 한 발짝 뒤로 물러났다.

구양봉은 날카로운 목소리로 캐물었다.

"곽 현질, 〈구음진경〉의 경문을 어디에서 배웠는가?"

구양봉은 날카로운 눈빛으로 곽정을 쏘아보았다.

"〈구음진경〉이 있다는 소리만 들었지, 눈으로 본 적은 없습니다. 상권은 주백통 형님께서……."

이번에는 홍칠공이 나섰다.

"어찌 주백통을 형님이라 부르는 거냐? 노완동 주백통을 만났느냐?"

"그렇습니다. 주 대형과 저는 의형제를 맺었습니다."

"늙은이와 어린애가 의형제를? 말도 안 돼, 말도 안 돼!"

구양봉이 다시 물었다.

"그럼 하권은?"

"매초풍…… 매, 매 사저가 태호에서 잃어버렸습니다. 지금 장인어른의 명을 받들어 사방에서 찾고 있는 중입니다. 장인어른의 명만 떨어지면 매 사저를 돕고 싶습니다."

구양봉이 다시 엄한 소리로 캐물었다.

"〈구음진경〉을 보지도 않고 어찌 그리 유창하게 외울 수가 있는가?"

"제가 외운 것이 〈구음진경〉이라고요? 아닙니다. 저는 주 형님께서 가르쳐주신 것을 외웠을 뿐입니다. 제가 외운 것은 주 형님께서 스스로 창안하신 무공입니다."

황약사는 속으로 탄식하며 실망을 금치 못했다.

'주백통은 사형의 유지를 받들어 〈구음진경〉을 지키고 있다가 구슬 던지기에서 나한테 지고 또 나한테 속아서 경전을 찢어버렸다. 그런데 그 전에 이미 다 외우고 있었구나. 그래, 그건 전혀 이상할 게 없지. 그럼 죽은 처가 책 내용을 알려주었다는 것은 내 망상이었단 말인가. 딸아이와 곽정이 과연 배필의 연이 있다 생각했더니, 바로 그런 속내가 있었군.'

황약사가 그런 생각으로 마음 상해 있는데, 구양봉이 다시 캐물었다.

"그럼 주백통은 지금 어디 있느냐?"

곽정이 대답하려 하는데 황약사가 말을 낚아챘다.

"정아, 더 대답할 필요 없다."

황약사는 다시 구양봉에게 고개를 돌렸다.

"그런 일을 이 아이에게 물어본들 무슨 소용이 있겠소? 구양 형! 홍 형! 20년 만에 만났는데 도화도에서 실컷 취하도록 마셔봅시다."

황용도 나섰다.

"사부님, 제가 몇 가지 요리를 해 올릴게요. 도화도의 연꽃은 최상급 이랍니다. 연꽃잎으로 찐 닭과 신선한 마름 열매와 연꽃잎으로 만든 죽은 정말 맛있어요. 분명 좋아하실 거예요."

"오늘 드디어 네 소원을 이루었구나. 저 좋아하는 모습 보게나."

홍칠공이 웃으며 말하자, 황용이 살짝 미소를 띠었다.

"사부님! 구양 아저씨! 구양 오빠! 어서 가요."

황용은 곽정과의 혼인을 허락받자 기쁘고 들뜬 나머지 구양극에 대한 증오심도 누그러지고 세상 모든 사람이 좋게만 느껴졌다. 그러나 구양봉은 황약사에게 읍을 했다.

"황 형, 마음은 잘 받겠습니다만 오늘은 이만 가보도록 하겠습니다."

"구양 형께서 멀리서 친히 찾아주셨는데, 주인으로 대접도 제대로 하지 못했으니 어찌할 바를 모르겠소이다."

구양봉이 만 리 길을 멀다 하지 않고 달려온 것은 조카의 혼사 외에 다른 속셈이 있기 때문이었다. 구양봉은 얼마 전 조카에게 〈구음진경〉이 다시 세상에 모습을 나타냈고, 지금 황약사의 눈먼 여제자가 그것을 가지고 있다는 내용의 비둘기 전서를 받았다. 편지를 읽고 황약사와 사돈이 되어 두 사람이 힘을 합친다면 천하의 기서라는 〈구음진경〉을 손에 넣을 수 있겠구나 생각했다. 그런데 혼사가 이미 물 건너 가버렸으니 크게 낙담한 마음에 이곳을 한시라도 빨리 떠나고 싶었다.

그때 구양극이 말문을 열었다.

"숙부님, 조카가 무능해 숙부님의 체면을 깎았습니다. 그러나 황약사께서 저에게 무공 하나를 전수해주겠다는 약조도 있고 하니……."

구양봉은 코웃음을 치며 생각했다.

'아직도 저 조그만 계집을 단념하지 못했군. 무예를 배우겠다는 핑계로 황용과 가까이 지낸 다음 수작을 부려 저 계집을 손에 넣겠다는 속셈이로구나.'

황약사는 구양극이 대결에서 분명 이길 것이라 예상하고 곽정에게 무공 하나를 가르쳐주어야겠다고 생각한 것이었다. 그런데 구양극이 연달아 세 번을 패하니 미안한 마음이 들었다.

"구양 현질, 숙부의 무공은 천하제일이니 다른 사람은 발끝의 먼지만도 못하네. 가문에서 전수하는 무예가 있으니 다른 사람의 무예를 배울 필요는 없을 걸세. 그러나 사도邪道의 무공이라면 이 늙은이가 조금 할 줄 아니 미천한 무공이나마 배울 것이 있다 생각되면 얼마든지 도와주겠네."

'배우는 데 가장 시간이 오래 걸리는 무공을 말해야겠다. 도화도의 오행기문이 천하의 둘도 없는 것이라 들었다. 분명 단시일 내에 습득할 수 있는 것은 아닐 터.'

구양극은 몸을 굽혀 절을 올렸다.

"소생, 예전부터 어르신의 오행기문술을 흠모해왔습니다. 가르쳐주십시오."

황약사는 난처해 말문이 막혔다. 오행기문술은 그가 평생 가장 자랑스러워하는 무학이었다. 선현의 무학을 모두 통달했을 뿐 아니라 스스로 만들어낸 독문의 방책도 적지 않았다. 자신의 친딸도 나이가 어려 아직 다 익히지 못했는데, 어찌 외부인에게 전수해줄 수 있겠는가? 그러나 한번 내뱉은 말을 다시 주워 담을 수는 없었다.

"기문의 술수란 매우 광범위하네. 그래, 어느 것을 배우고 싶나?"

구양극은 도화도에 오래 머무르고 싶다는 생각밖에 없었다.

"소생, 도화도의 길이 어지러이 선회하고 꽃과 나무들이 복잡하게 얽혀 있는 것을 보고 경탄을 금치 못했습니다. 이 섬에 몇 개월 더 머무르게 해주신다면, 그 속에 담긴 생극변화生剋變化에 대해 자세히 연구해보고 싶습니다."

황약사는 낯빛이 약간 변하며 구양봉에게 눈길을 주었다.

'도화도의 오묘한 배치를 알고 싶다니, 대체 무슨 꿍꿍이냐?'

구양봉은 황약사의 얼굴에 의구심이 떠오르는 것을 보고 즉시 조카를 나무랐다.

"정말 오만방자한 놈이로구나! 도화도는 황약사께서 평생의 심혈을 기울여 만드신 것이다. 외부의 적이 침입하지 못한 것도 모두 도화도의 오묘한 배치 덕인데 어찌 너에게 말씀해주시겠느냐?"

황약사가 냉소를 지으며 말했다.

"도화도가 텅 빈 돌산이라 한들, 나 황약사가 다른 사람의 손에 해를 당하겠소?"

구양봉도 웃으며 응대했다.

"어린 녀석의 실언에 너무 마음 쓰지 마시오."

"노독물, 황 형을 자극해 조카의 청을 들어주게 하다니…… 술수가 참 대단하시오."

홍칠공이 웃으며 말하는 동안 황약사는 옥통소를 소매 속에 넣고 앞으로 나섰다.

"여러분, 저를 따라오십시오."

구양극은 황약사의 얼굴에 노기가 서린 것을 보고 눈빛으로 숙부에게 도움을 요청했다. 구양봉은 고개를 끄덕이더니 황약사의 뒤를 따랐다. 잠시 후 모두가 그 뒤를 따라 자리를 떴다. 구불구불한 죽림을 이리저리 넘어가자 큰 연못이 나타났다. 못 가운데 무성히 핀 흰 연꽃이 은은히 맑은 향기를 뿜어냈다. 녹색의 연꽃잎으로 가득한 못 가운데, 작은 돌 제방이 연못 중앙을 가로지르고 있었다. 황약사는 제방을 건너 별채에 들었다.

껍질을 벗기지 않은 소나무로 지은 별채는 푸른 등나무로 뒤덮여 있었다. 무더운 여름이었음에도 이곳에 들어서자마자 시원한 냉기가 느껴졌다. 네 사람을 서재에 데리고 간 황약사는 하인을 시켜 차를 내왔다. 짙은 녹색 차를 마시자 얼음물을 마신 듯 시원함이 뼛속까지 파고들었다.

홍칠공이 껄껄 웃었다.

"3년만 거지 생활을 하면 너무 편해 고관대작도 마다한다는 말이 있는데, 이 별천지에 3년만 살면 거지도 마다하겠소이다!"

"홍칠공께서 이곳에 머물며 함께 술도 마시고 흉금을 터놓고 이야기도 나눈다면 얼마나 좋겠소?"

홍칠공은 황약사의 진심 어린 말에 감동을 받았다.

"너무 감사하오. 그러나 이 거지는 고생 운을 타고났으니 황 형처럼 고상한 생활은 못 합니다."

"두 분이 싸우지 않고 이렇게 함께 있으면 두 달도 안 되어 독문의 권법과 검술을 만들어내겠소이다그려."

구양봉의 말에 홍칠공이 웃으며 대꾸했다.

"부럽소?"

"대단한 두 무학이 만났으니, 그보다 더 절묘할 수는 없겠지요."

"허허…… 또 마음에 없는 소리를 하시는구려."

두 사람은 서로 깊은 원한은 없으나 원래부터 마음이 잘 맞지 않았다. 구양봉은 일거에 홍칠공을 죽이지 못할 바에야 얼굴 붉히며 싸울 일을 만들지 말자는 생각에 이번에도 묵묵히 웃기만 했다.

이때 황약사가 탁자의 한쪽을 누르니, 서쪽 벽에 걸려 있던 산수화가 천천히 위로 올라가고 그 자리에 문이 하나 나왔다. 황약사는 문을 열고 두루마리 하나를 꺼내 가볍게 몇 번 문지른 후 구양극에게 말했다.

"이것은 도화도의 지도네. 섬의 모든 오행생극과 음양팔괘의 변화가 모두 이 안에 적혀 있으니 가져가 연구해보게."

구양극은 크게 실망했다. 도화도에 조금이라도 더 머물고 싶은 마음에 그런 청을 한 것인데, 지도를 주며 가져가라니…… 자신의 소망이 물거품이 되었으나 어쩔 수 없이 공손히 받아 들었다. 그때 황약사가 소리쳤다.

"잠깐!"

구양극은 놀라 두 손을 움츠렸다.

"이 지도를 가지고 임안부의 객점이나 절에 가서 머물도록 하게. 석 달 후, 사람을 보내 찾으러 가겠네. 지도의 내용은 머리로 기억만 하고, 절대 베껴서는 아니 되네."

'도화도에 머물지 못하게 된 이상 그런 사문의 무공은 귀찮게 뭐 하러 배우겠는가. 게다가 석 달 동안 이 지도를 잘 간수해야 하고, 파손되거나 잃어버린다면 책임져야 할 텐데…… 그냥 안 하고 말지.'

구양극은 완곡하게 거절하려다 갑자기 다른 생각이 떠올랐다.

'사람을 보내 찾아온다 했겠지? 분명 딸을 보낼 것이다. 가까워질 수 있는 좋은 기회가 아닌가?'

그런 생각이 들자 구양극은 기쁜 마음에 얼른 지도를 받았다. 황용은 통서지용환이 든 작은 상자를 꺼내 구양봉에게 넘겨주었다.

"구양 어르신, 독을 피한다는 이 진귀한 보물은 감히 받지 못하겠습니다."

'이 물건이 황약사의 수중에 들어간다면 내 독에 대해 두려움이 줄

어들 것이다. 이미 준 물건을 다시 받는 것이 좀 우습긴 하지만, 그런 걸 가릴 처지가 아니지.'

구양봉은 상자를 받아 들고 황약사에게 손을 모아 작별을 고했다. 황약사도 더 이상 만류하지 않고 배웅하러 나갔다. 문 앞까지 오자 홍칠공이 입을 열었다.

"구양 형, 내년에 화산논검대회가 열리오. 구양 형의 기력도 다 회복되었으니 다시 한번 겨루어봅시다."

그러나 구양봉은 담담히 미소를 지으며 말했다.

"제가 보기에 우리 둘이 괜히 힘들게 싸울 필요가 없을 것 같소. 천하제일의 무공 자리는 이미 주인이 정해진 것 같으니 말이오."

"주인이라니오? 구양 형께서 이미 천하제일의 무공을 연마하셨단 말이오?"

"나같이 미천한 무공으로 어찌 천하제일의 자리를 노리겠소? 나는 곽 현질에게 무공을 전수해준 사람을 말하는 것입니다."

"이 늙은 거지 말씀이시오? 구양 형도 생각을 한번 해보시오. 황 형의 무공은 날로 정진을 거듭하고, 구양 형도 점점 명이 길어지고 있소. 게다가 단황야의 무공도 빠질 수는 없지요. 이 늙은 거지한테까지 그 자리가 돌아오겠소?"

구양봉은 여전히 냉랭히 말했다.

"곽 현질에게 무공을 전수해준 사람 중에 꼭 홍 형의 무공이 최고라 할 수는 없겠지요."

"뭐라고요?"

황약사가 홍칠공의 말을 잘랐다.

"흥! 그 노완동 주백통을 말씀하시는 거요?"

"그렇소! 주백통이 〈구음진경〉을 익힌 이상 우리 동사, 서독, 북개도 이제 그의 적수가 되지 못할 것 같소."

"꼭 그렇다고 볼 수는 없소. 경전은 죽어 있는 것이고, 무공은 살아서 발전하는 것이지 않소?"

구양봉은 앞서 황약사가 곽정의 말 도중에 끼어들어 주백통이 있는 곳을 말하지 못하도록 하자 뭔가 수상쩍은 구석이 있음을 직감했다. 그래서 떠나기 전 다시 한번 말을 꺼낸 것이다. 그런데 자기의 술수에 황약사가 바로 걸려들었다. 구양봉은 여전히 속내를 감추고 담담하게 말했다.

"전진파의 무공은 실로 예사롭지 않소. 여기 있는 우리 모두가 직접 겪었으니 다들 알 것이오. 주백통은 전진파의 무공에다 〈구음진경〉까지 익혔으니 왕중양이 다시 부활한다 해도 그의 적수가 되지 못할 터. 우리는 더 말할 필요도 없겠지요. 아…… 전진파는 활개를 칠 것이 분명하고, 그럼 여기 우리 세 사람은 평생 동안 무공을 연마해도 결국은 그보다 한 수 아래일 수밖에 없겠구려."

"주백통의 무공이 나보다 강할지는 모르나 구양 형이나 홍 형에는 훨씬 못 미칩니다. 내가 확신할 수 있어요."

"너무 겸손하게 말할 필요 없습니다. 황 형과 저의 무공은 막상막하인데 그렇게 말씀하시니, 주백통의 무공이 황 형보다 못하다는 것을 확신하시는 것 같군요. 그럼 설마……."

구양봉이 계속 고개를 갸웃거리며 말하자, 황약사가 미소로 답했다.

"내년 화산논검대회에서 자연히 알게 될 것이오."

구양봉이 갑자기 정색을 하며 말했다.

"황 형, 평소 황 형의 무공을 흠모해왔지만 주백통을 이길 수 있다는 말은 믿지 못하겠습니다. 그를 너무 얕보지 마십시오."

황약사는 구양봉이 고의로 자신을 자극하려 한다는 것을 모를 리 없었지만, 자만심에 가득 찬 나머지 말을 뱉어버리고 말았다.

"주백통은 15년 동안이나 도화도에 갇혀 있소."

황약사의 말에 구양봉과 홍칠공은 모두 흠칫 놀랐다. 홍칠공은 놀라 눈썹을 치켜떴으나 구양봉은 하하, 큰 소리로 웃음을 터뜨렸다.

"황 형, 농담도 잘하시오!"

황약사는 더 이상 말을 하지 않고 손가락으로 한 방향을 가리키더니 길을 안내했다. 그는 발끝에 힘을 한 번 주어 순식간에 날듯이 죽림으로 들어갔다. 홍칠공은 왼손과 오른손으로 각각 곽정과 황용을 끼고, 구양봉도 조카의 팔을 잡더니 각자 상승의 경공을 펼치며 순식간에 주백통이 있는 동굴 근처에 도달했다.

멀리서 보니 동굴에 사람이 없는 것 같아 황약사는 "이런" 하고 낮은 소리로 중얼거렸다. 마치 허공을 날아가는 것처럼 다시 가볍게 몸을 날려 몇 번을 뛰니 금세 동굴 입구에 도달했다. 왼발을 땅에 내리자마자 갑자기 발이 쑥 빠지는 느낌이 들었다. 구덩이를 짚은 것이다.

그러나 황약사는 뜻밖의 상황에 전혀 당황하지 않고 오른발로 허공을 차서 그 힘으로 다시 날아올라 동굴 안으로 들어갔다. 착지할 때 왼발이 쑥 빠지는 느낌이 들더니 또 빈 구덩이에 떨어졌다. 이번에는 발에 힘을 실을 곳이 없어 옷깃에서 퉁소를 꺼내어 퉁소로 동굴 벽을 짚고 그 힘으로 화살같이 동굴 밖으로 몸을 날렸다. 이 모든 동작은 실로 눈 깜짝할 사이에 이루어졌다.

홍칠공과 구양봉은 그의 절묘한 신법에 갈채를 보냈다. 그때 픽, 하는 소리와 함께 황약사의 두 발이 동굴 밖에 파놓은 깊은 구덩이에 빠지고 말았다. 황약사는 발에 축축하고 끈적한 것이 닿는 느낌이 들었다. 발끝에 힘을 주어 허공에 살짝 몸을 띄우고 홍칠공과 구양봉 등을 보니, 그들은 이미 동굴 앞까지 와 있고 땅에는 아무 이상이 없어 보였다. 황약사는 안심하고 황용의 곁에 착지했다. 그때 이상한 구린내가 코를 찔렀다. 발밑을 보니 신발에 똥이 잔뜩 묻어 있었다. 황약사같이 무공도 뛰어나고 약삭빠른 사람이 어찌 다른 사람의 함정에 빠질 수 있는지 모두들 신기할 따름이었다.

황약사는 화가 치밀어 견딜 수 없었다. 나뭇가지를 꺾어 여기저기 땅을 찔러보니 자기가 빠진 세 곳의 구덩이 외에는 모두 멀쩡했다. 주백통은 황약사가 동굴 앞의 첫 번째 구덩이에 빠질 것을 미리 예상했다. 또 대단한 경신법을 지닌 황약사가 첫 번째 구덩이를 가뿐히 피하고 동굴 안으로 몸을 날릴 것이라는 것도 예상해 동굴 안에 두 번째 구덩이를 파놓은 것이다. 두 번째 구덩이로도 그를 잡지 못하리라고 짐작한 주백통은 치밀하게도 그가 뒤로 몸을 날려 착지할 곳까지 미리 예상해 세 번째 구덩이를 파놓고 그곳에 똥을 채워 넣은 것이다. 황약사는 동굴 안으로 들어가 사방을 살펴보았다. 그러나 동굴에는 사기 항아리와 사기그릇만 있을 뿐 이상한 물건은 전혀 없었다.

그때 동굴 벽에 희미하게 적혀 있는 글씨들이 눈에 들어왔다. 구양봉은 황약사가 함정에 걸려들자 속으로 웃음을 참지 못했다. 그리고 황약사가 동굴 벽을 자세히 살피는 것을 보고 이곳의 머리카락 하나,

실오라기 하나라도 〈구음진경〉과 관련이 있을지 모른다는 생각이 들어 서둘러 그의 곁으로 다가갔다. 동굴 벽에는 예리한 것으로 새긴 듯한 글자가 보였다.

황약사, 당신에게 양다리가 부러진 채 이곳에 15년을 갇혀 있었소. 당신의 양다리도 부러뜨려 화를 풀려 했으나 그냥 용서해주겠소. 대신 똥 한 무더기와 오줌 항아리를 선물로 드릴 테니 받으시오.

'받으시오'라는 네 글자 아래 나뭇잎이 붙어 있고, 그 아래 글자들은 보이지 않았다. 황약사는 나뭇잎을 떼어냈다. 그때 나뭇잎에 가느다란 실이 연결되어 있는 게 보였다. 아무 생각 없이 손으로 잡아당겼더니 머리 위에서 우르르 무엇인가가 쏟아졌다. 순간, 정신이 번뜩 들어 급히 옆으로 몸을 비켰다. 구양봉도 재빠른 사람이라 황약사가 움직이는 것을 보자마자 즉시 오른쪽으로 몸을 날렸다. 그러나 우르르하는 소리가 나더니 왼쪽과 오른쪽 동굴 천장에서 사기그릇이 떨어졌다. 두 사람은 온몸에 지린내 나는 오줌을 뒤집어썼다. 홍칠공은 두 사람의 모습을 보고 박장대소했다.

"냄새 좋군, 냄새 좋아!"

황약사는 화가 머리끝까지 치밀어 연신 욕을 해댔다. 구양봉은 감정을 얼굴에 드러내지 않는 사람이라 이번에도 여전히 미소만 지을 뿐이었다. 황용은 급히 집에서 새 옷을 가져와 부친에게 주고, 구양봉에게도 부친의 장포를 건넸다.

황약사는 다시 동굴로 들어가 사방을 꼼꼼히 살펴보았다. 이제 더 이상 함정은 없는 것 같았다. 앞에 나뭇잎을 붙여놓았던 곳을 자세히 살펴보니, 아주 가는 글씨가 적혀 있었다.

나뭇잎을 절대 뜯지 마시오. 위에서 오줌이 떨어지니 절대, 절대로 뜯지 마시오. 분명히 미리 경고했소.

황약사는 화도 나고 우습기도 했다. 그때 갑자기, 오줌이 아직 뜨끈했다는 데 생각이 미쳤다. 황약사는 급히 동굴 밖으로 나갔다.

"주백통이 떠난 지 얼마 되지 않으니 빨리 쫓아갑시다."

'두 분이 만나면 필시 큰 싸움이 벌어질 텐데⋯⋯.'

그렇게 생각한 곽정이 말려보려 했으나 황약사는 이미 동쪽을 향해 가고 있었다. 모두들 도화도의 길이 기괴하다는 것을 알고 있는 터라 그를 놓칠까 봐 바짝 뒤쫓아갔다. 얼마 지나지 않아 저 앞에서 천천히 걸어가고 있는 주백통이 보였다. 황약사는 발끝에 힘을 주고 몸을 화살처럼 날려 순식간에 그의 뒤로 다가가 목을 낚아채려 했다. 주백통은 왼쪽으로 살짝 피하면서 몸을 돌렸다.

"황약사, 냄새 좋은걸!"

황약사의 낚아채기 금나수법은 수십 년 동안 수련을 거듭한 끝에 만들어낸 무공으로, 매우 빠르고 그 위력도 대단했다. 게다가 주백통에 대한 분노가 극에 달한 상태에서 전개한 것이라 그 위력이 평소보다 수십 배는 강했다. 그런 황약사의 공격을 주백통은 너무나 가볍게 옆으로 피했다. 황약사는 흠칫 놀라 더 이상 공격하지 못하고 다시 정신을 집중시켜 그를 보았다. 주백통은 왼손과 오른손을 밧줄로 묶어 가슴 앞에 놓고 얼굴에는 미소를 띤 채 득의양양한 표정을 짓고 있었다.

곽정은 황급히 앞으로 나섰다.

"형님, 황 도주는 제 장인이 되셨으니 우린 이제 한식구입니다."

주백통이 탄식하며 말했다.

"장인이라고? 너는 왜 내 말을 듣지 않는 거냐? 황약사는 간사하기 그지없는 자이니 그 딸도 결코 만만치는 않을 것이다. 넌 평생에 가장 큰 고통을 자초한 거야. 아우, 내 말 좀 들어보게. 세상의 모든 일을 다 해도 괜찮아. 매일 오줌을 덮어써도 괜찮다고. 그저 마누라만 얻지 않으면 돼. 다행히 아직 정식으로 혼례를 치르지 않았으니 빨리 달아나게. 평생 찾아내지 못하게 멀리 숨어버려."

주백통이 계속 잔소리를 해대고 있는데, 황용이 앞으로 다가가 웃으며 말했다.

"주 오라버니, 뒤에 누가 왔을까요?"

주백통이 고개를 돌려보았으나 아무도 없었다. 황용은 부친이 갈아입은 냄새나는 옷을 주백통의 등을 향해 던졌다. 주백통은 바람 소리를 듣고 옆으로 피했다. 옷이 털썩 땅에 떨어지면서 구린내가 사방으로 퍼졌다.

주백통은 배를 움켜잡고 파안대소했다.

"황약사, 15년이나 나를 가두고 다리까지 부러뜨렸으나 난 그저 두 발에 똥을 묻히고 머리에 오줌을 덮어씌운 것밖에 없소. 이제 그만합시다. 당신도 손해 볼 건 없지 않소?"

황약사는 그 말도 일리 있다는 생각에 마음을 가라앉히고 차분히 말했다.

"왜 두 손을 묶고 있소?"

"다 그럴 만한 이유가 있소만, 천기를 누설할 수는 없소."

주백통은 연신 고개를 흔들며 엄숙한 표정을 지었다.

사실 주백통은 갑갑한 동굴을 뛰쳐나가 황약사와 한판 붙고 싶다는 생각이 수차례 들었다. 그러나 황약사의 적수가 되지 못하니 공연히 싸웠다가 죽거나 혈도를 찍히면 〈구음진경〉 상권을 빼앗길 거라는 생각에 화를 억누를 수밖에 없었다. 그러나 곽정을 만난 뒤 자신이 무의식중에 마음을 분산시켜 공격하는 분심합격分心合擊이라는 최상의 무공을 연마했다는 사실을 알게 되었다. 황약사의 무공이 제아무리 대단해도 두 명의 주백통을 이길 수는 없을 것이다. 이 사실을 깨달은 주백통은 어떻게 15년 동안 당한 수모를 갚아줄까 궁리했다. 곽정이 떠난 후 동굴에 앉아 있으니 지난 수십 년 동안 겪은 사랑과 증오, 은혜와 원한의 감정이 주마등처럼 하나하나 그의 뇌리를 스쳐갔다. 그러다 갑자기 퉁소, 쟁, 휘파람이 서로 겨루는 소리가 멀리서 들려왔다. 다시 마음이 산란해지고 미친 듯 요동치며 진정할 수 없었다. 그런 가운데 문득 한 가지 생각이 떠올랐다.

'아우의 무공은 나보다 훨씬 못한데 어떻게 황약사의 퉁소 소리를 이겨낼 수 있었지?'

일전에는 그 까닭을 알 수 없었는데, 곽정과 함께 시간을 보내면서 그의 성품을 알게 되고 좀 더 깊이 생각해보니 깨닫는 바가 있었다.

'맞다, 맞아! 아우는 나이가 어려 남녀의 오묘한 관례에 대해 모르는데다 천성이 순박해. 무욕無慾에서 강함이 나오는 것이라 했거늘…….그 아이야말로 순수하고 욕심 없는 사람이 아닌가. 나는 이 나이를 먹

도록 아직도 복수할 생각뿐인데……. 내 속이 이렇게 좁다니 참으로 우습구나!'

주백통은 전진파의 도사는 아니지만 전진교의 청정무위淸靜無爲와 담박현묵淡泊玄默 교지의 영향을 깊이 받은 사람이라 순간 큰 깨달음을 얻었다. 주백통은 긴 웃음을 날리고 일어섰다. 동굴 밖의 끝없이 푸른 하늘과 흰 구름을 보자 마음에 공명이 찾아들었다. 황약사에게 15년 동안 당한 핍박도 하잘것없는 작은 일로 느껴져 더 이상 마음을 괴롭히지 않았다.

주백통은 문득 이런 생각이 들었다.

'이번에 가면 도화도에는 영원히 안 올 텐데, 황약사에게 아무것도 남기지 않고 가버리면 훗날 무슨 추억이 남겠는가?'

황약사를 골려줄 생각에 신이 난 주백통은 구멍을 파서 똥을 누는가 하면, 항아리에 오줌을 누는 등 한바탕 분주하게 북새통을 떤 다음 동굴을 떠났다. 몇 걸음 가지 않아 다시 또 이런 생각이 들었다.

'도화도의 길은 기괴해 어떻게 길을 찾아야 할지 알 수가 없구나. 곽 아우도 도화도에 머물러 있으면 필시 흉한 일이 많이 생길 터이니 데리고 나가야겠다. 황약사가 저지하면…… 하하! 황약사 한 명으로는 두 명의 주백통을 상대하지 못하지!'

주백통은 의기양양해서 내키는 대로 손을 휘둘렀다. 순간 길가의 작은 나무가 뚝 부러졌다. 주백통 자신도 화들짝 놀랐다.

'어떻게 내 무공이 이만큼이나 정진되었을까? 이것은 쌍수호박의 무공과는 상관없는데…….'

꽃나무에 손을 얹고 잠시 멍하게 생각에 빠져 있다가 양손을 연이어 휘두르니 다시 일고여덟 그루의 나무가 차례로 부러져버렸다.

'이것은 〈구음진경〉의 무공이로구나. 내, 내가 언제 그것을 연마했단 말인가?'

순식간에 온몸에 식은땀이 흘러내렸다.

"귀신이다, 귀신!"

그는 자신의 사형인 왕중양의 유지를 받들어 〈구음진경〉의 무공은 절대 연마하지 않았다. 그러나 곽정에게 가르쳐주려고 매일 입으로 뜻을 풀이하고 손으로 연습하는 사이 자신도 모르게 경문의 내용이 뇌리에 박혔고, 잠자는 동안에도 정신은 살아 있어 자신도 모르게 되뇌다 보니 절세의 무공이 저절로 완성된 것이다. 주먹과 발을 휘둘러보니 모두 경전의 권법과 일치했다.

주백통은 원래 뛰어난 무예를 지니고 있어 무학을 깨닫는 데도 경지에 오른 사람이다. 게다가 〈구음진경〉은 도가의 학문을 바탕으로 하고 있어 그의 학문과도 일맥상통했으니 무공을 배우고 싶지 않아도 절로 몸에 붙어버린 것이었다.

주백통은 소리 높여 탄식하기 시작했다.

"큰일이다, 큰일이야! 귀신이 달라붙어 떨어지질 않네. 곽 아우에게 장난 좀 쳐보려다 내 꾀에 내가 넘어가고 말았구나."

주백통은 한참을 탄식하며 연신 자신의 머리를 치다가 갑자기 좋은 생각이 떠올랐다. 그는 황급히 나무껍질을 벗겨 밧줄을 만들고 이빨로 두 손을 꽁꽁 묶고는 중얼거렸다.

"오늘부터 〈구음진경〉의 무공을 깡그리 잊어버리지 않는 한 절대 무공을 쓰지 않을 것이다. 황약사가 쫓아온다 해도 절대 출수하지 않을 거야. 그렇게 하면 사형의 유지를 지킬 수 있겠지. 아…… 주백통, 주백통아! 내 덫에 내가 걸리고 말았구나. 이번엔 정말 큰 덫에 걸렸어."

황약사는 이런 내막을 알 턱이 없었으니 그저 또 장난질을 치겠거니 생각할 뿐이었다.

"주백통, 이분은 구양봉이시오. 만나본 적이 있지요? 그리고 이분은……."

황약사의 말이 끝나기도 전에 주백통은 사람들 주위를 한 바퀴 돌면서 킁킁거리며 냄새를 맡기 시작했다.

"이분은 필시 늙은 거지 홍칠공이 틀림없겠군. 내가 맞혔지요? 홍칠공은 좋은 사람이오. 하늘의 법망은 성긴 것 같지만 악인은 절대 놓치지 않는 법. 동사, 서독 두 사람만 오줌을 덮어썼구려. 구양봉, 일전 당신이 나를 한 번 쳤고 오늘 내가 당신에게 오줌으로 빚을 갚았으니 우린 이제 비긴 거요."

구양봉은 미소를 지으며 대꾸하지 않고 황약사의 귀에 대고 속삭였다.

"황 형, 저 사람의 신법은 날래기 그지없으니 무공 또한 필시 우리보다 한 수 위일 것이오. 건드리지 않는 것이 좋겠소."

'서로 15년 동안이나 만나지 못했는데 내 무공이 주백통보다 아래라는 것을 어찌 확신한단 말인가?'

황약사는 이런 생각을 하며 주백통을 불렀다.

"주백통, 일전에 내가 말한 것처럼 당신은 그저 〈구음진경〉만 두고 가시오. 그 책을 불태워 죽은 아내에게 제사를 지낸 다음 당신을 놓아주겠소. 한데 지금 어디로 가려는 거요?"

"이 섬은 이제 지겨워 밖에 놀러 나가려고 하오."

"그럼 책은?"

"벌써 당신에게 주지 않았소?"

"헛소리 마시오. 언제 나한테 줬다고 그러시오?"

주백통은 웃으며 말했다.

"곽정이 당신의 사위가 됐지 않소? 그럼 그의 것이 당신 것 아니오? 〈구음진경〉을 처음부터 끝까지 곽정에게 전수해줬으니, 당신에게 전수해준 거나 마찬가지 아니냔 말이오?"

이 말을 들은 곽정은 대경실색하지 않을 수 없었다.

"형님, 그…… 그럼…… 저에게 가르쳐주셨던 것이 바로 진짜 〈구음진경〉이란 말입니까?"

주백통은 파안대소를 했다.

"그럼 가짜란 말이냐?"

곽정은 눈이 휘둥그레져서 할 말을 잃었다. 주백통은 그런 곽정의 모습에 마냥 즐겁기만 했다. 많은 노력을 들여 곽정에게 〈구음진경〉을 외우도록 한 것도 바로 진상이 밝혀진 후 놀라 아연실색하는 모습을 보고 싶어서였다. 드디어 소원을 성취한 셈이니 즐겁기 그지없었다.

"상권은 원래 당신이 가지고 있었고, 하권은 어디서 얻었소?"

황약사의 질문에 주백통이 웃으며 대답했다.

"당신의 착한 사위가 직접 나에게 주지 않았겠소?"

"전…… 전 아닙니다."

당황한 곽정의 대답에 황약사의 분노가 극에 달했다.

'곽정 네놈이 감히 나에게 농간을 부려? 매초풍은 아직도 죽을힘을

다해 책을 찾고 있을 텐데······.'

분노의 눈길로 곽정을 쏘아보고는 다시 주백통에게 말했다.

"〈구음진경〉 원본을 내놓으시오."

"아우, 내 품에서 책을 꺼내주게."

곽정은 주백통의 품을 더듬어 반 촌† 두께의 책을 꺼내 주백통에게 건네주었다.

"이것이 〈구음진경〉 상권이고, 하권은 이 속에 끼워놓았소. 능력이 있으면 가져가보시오."

"무슨 능력 말이오?"

주백통은 두 손 사이에 책을 끼운 다음 황약사를 외면하며 말했다.

"잠시 생각 좀 해봅시다."

그러더니 조금 있다가 웃으며 입을 열었다.

"도배장이의 능력 말이오."

"뭐라고요?"

주백통은 두 손을 머리 위로 높이 들어 올리고 위로 책을 던졌다. 갈기갈기 찢어진 종잇조각들이 사방으로 흩어져 날렸다. 마치 나비 떼가 해풍을 맞아 사방을 날아다니며 춤을 추는 것 같았다.

'주백통의 내공이 이처럼 대단하다니. 순식간에 책 한 권을 종잇조각으로 만들었잖아.'

황약사는 놀랍고 분한 마음에 어찌할 바를 몰랐다. 한편 죽은 처를 생각하니 마음이 아려왔다.

"주백통! 나를 상대로 장난을 치다니, 오늘 이 섬을 빠져나갈 생각은 하지도 마라!"

황약사는 바람같이 몸을 날려 주백통의 얼굴 앞에서 일장을 펼쳤다. 주백통은 몸을 약간 휘청하더니 연이어 좌우로 몸을 피했다.

휙! 휙! 장풍 소리와 함께 황약사의 손이 주백통의 몸 근처에서 춤을 추는 듯했다. 그러나 그는 주백통의 털끝 하나도 건드리지 못했다. 낙영신검장은 황약사가 최고라 자부하는 무공인데 20여 초식이 지나도록 아무 효과도 거두지 못했다. 황약사는 주백통이 전혀 반격하지 않자 그를 궁지에 몰아 어쩔 수 없이 맞받아치도록 하기 위해 더 큰 진력을 불어넣었다. 순간, 이런 생각이 들었다.

'나 황약사가 어찌 두 손을 묶은 사람과 싸움을 할 수 있단 말인가?'

황약사는 즉시 뒤로 세 발짝 물러났다.

"주백통, 다리도 이미 다 나았으니 내가 또 일어설 수 없도록 만들어줄까? 어서 밧줄을 끊고 〈구음진경〉의 대단한 무공을 구경시켜주시게."

그러나 주백통은 미간을 찌푸리며 연신 고개를 내저을 뿐이었다.

"정말로 말 못 할 속사정이 있다네. 밧줄은 절대로 끊을 수가 없어."

"그럼 내가 끊어주지."

황약사가 손목을 잡자 주백통은 땅 위를 데굴데굴 구르며 소리를 지르기 시작했다.

"아이고! 사람 살려! 사람 살려!"

"장인어른!"

곽정이 놀라 만류하려 하자 홍칠공이 그의 팔을 잡고 낮은 소리로 말했다.

"멍청하게 굴지 마!"

곽정은 그저 지켜보는 수밖에 없었다. 주백통이 얼마나 빨리 땅 위

를 구르는지 황약사가 손으로 잡고 발로 차려 해도 전혀 그의 몸에 닿
지 않을 정도였다.

"그의 신법을 잘 지켜봐라."

홍칠공의 말에 곽정이 보니, 주백통의 이 무공은 바로 〈구음진경〉의
사행리번蛇行狸翻이었다. 집중해서 그의 신법을 지켜보니, 그 무공의 절
묘함에 절로 감탄이 나왔다.

황약사는 점점 더 화가 났다. 그의 주먹에 마치 도끼와 칼에 잘리듯
주백통의 옷이 조각조각 찢기고, 잠시 뒤 그의 장발과 긴 수염도 황약
사의 장력에 총총히 잘려 나갔다. 주백통은 아직 부상은 입지 않았지만
이대로 가다간 필시 큰 화를 입으리라는 것을 알고 있었다. 한 초식이
라도 맞는 순간 죽지 않으면 큰 부상을 당할 게 뻔했다.

황약사는 왼쪽 장을 치는 동시에 오른쪽 장으로 옆을 찍으며 공격
했다. 게다가 세 초식마다 살초가 숨어 있으니, 주백통의 신법이 아무
리 빠르다 한들 피하기는 어려웠다. 주백통은 어쩔 수 없이 양어깨에
힘을 주어 밧줄을 끊었다. 그리고 왼손으로 공격을 막고 오른손으로는
자신의 등을 마구 긁었다.

"아이고, 가려워 죽겠네."

황약사는 격렬한 싸움 중에 갑자기 주백통이 여유만만하게 등을 긁
자 당황했지만, 다시 맹렬히 세 초식을 전개했다. 이는 황약사가 가장
자부심을 갖는 절묘한 무공이었다.

"한 손으로는 이길 수가 없어. 아, 그러나 방법이 없구나. 누가 뭐라
해도 사형에게 잘못을 저지를 수는 없지."

주백통은 오른손에만 진력을 실어 공격을 막고 왼손은 옆으로 축

늘어뜨렸다. 주백통의 무공이 원래 황약사만 못한데도 오른손으로만 막으니 황약사의 힘을 견디지 못하고 그대로 꼬꾸라지면서 뒤로 몇 걸음 밀려났다. 황약사는 주백통에게 몸을 날렸다. 황약사의 두 손은 이미 주백통을 겨냥하고 있었다.

"두 손으로 막아라! 한 손으로는 막지 못한다!"

"안 돼! 한 손으로만 막겠다."

"좋다. 그럼 어디 한번 해봐라!"

황약사의 두 손과 주백통의 한 손이 맞닥뜨렸다. 황약사가 진력을 실으니 픽, 하는 소리가 울려 퍼졌다. 주백통은 땅에 앉아 두 눈을 꼭 감았다. 그러나 황약사는 더 이상 공격하지 않았다.

왈칵, 주백통의 입에서 붉은 선혈이 터져 나왔고, 낯빛이 백지장처럼 파리해졌다. 주백통이 황약사와 있는 힘껏 대적한다면 이기는 건 장담할 수 없어도 패하지는 않을 텐데 왜 두 손을 사용하지 않았는지 모두들 의아해할 뿐이었다. 주백통은 천천히 몸을 일으켰다.

"내 꾀에 내가 걸려들었구려. 나도 모르게 〈구음진경〉의 무공을 익혀 사형의 유지를 어기고 말았소. 내가 두 손을 사용하기만 하면 황약사, 당신은 나를 이기지 못할 것이오."

황약사는 빈말이 아니라는 것을 알고 묵묵히 말이 없었다. 그러다 자신이 무고한 그를 15년 동안이나 가두고 지금 또 부상까지 입혔으니 참으로 도리에 어긋난 짓을 했다는 생각이 들었다. 황약사는 품에서 옥 상자를 꺼내 뚜껑을 열더니 피같이 붉은 단약丹藥 세 알을 집어 주백통에게 주었다.

"백통, 상처를 치유하는 약 중에서 도화도의 무상단無常丹보다 좋은 것은 세상에 없을 것이오. 일주일에 한 알씩 복용하면 내상이 완전히 치유될 것이오. 이제 섬을 떠나도 좋소."

주백통은 고개를 끄덕이고 단약을 받아 한 알을 삼킨 다음 운공조식했다.

"윽!"

잠시 뒤 입에서 어혈瘀血이 터져 나왔다.

"황약사, 이 단약은 정말 신통하구려. 그래서 당신 이름이 약사藥師인 모양이오. 어라, 이상하다. 내 이름은 백통伯通인데, 그건 또 무슨 뜻일까?"

그는 잠시 생각하다 고개를 절레절레 흔들었다.

"황약사, 나는 가오. 아직 나를 잡아둘 생각이 있으시오?"

"어찌 감히 그러겠소? 마음대로 왔다 갔다 하시구려. 다음에 주 형이 오시면 버선발로 달려 나가 환대하겠소이다. 그럼 배를 보내 섬을 떠나도록 배웅해드리겠소."

곽정은 무릎을 굽혀 주백통을 부축하고 황약사를 따라 해변으로 갔다. 해변에는 크고 작은 예닐곱 척의 배가 정박해 있었다. 이때 구양봉이 입을 열었다.

"황 형, 주 형을 다른 배에 태울 것 없이 그냥 제 배에 모십시다."

"그럼 구양 형의 신세를 지겠습니다."

황약사가 배 근처의 벙어리 하인에게 손짓을 하자 하인이 큰 배에서 금환金丸을 가져왔다.

"주 형, 이 금을 가져가서 내키는 대로 쓰십시오. 주 형의 무공은 나 황약사보다 한 수 위시니 탄복하는 의미로 드리는 겁니다."

주백통은 눈을 찡긋하더니 익살스러운 표정을 지어 보이고 구양봉의 배로 눈길을 주었다. 그 배의 뱃머리에는 큰 깃발이 걸려 있고, 깃발에는 머리 두 개 달린 뱀이 혀를 날름거리는 형상이 수놓여 있었다.

주백통은 눈살을 찌푸리며 고개를 저었다. 구양봉이 목피리를 꺼내 몇 번 불자 잠시 뒤 숲속에서 이상한 소리가 들려오기 시작했다. 도화도의 하인 두 명의 안내를 받아 백타산의 뱀 부리는 사람들이 뱀을 몰고 나왔고, 뱀들은 발판을 따라 차례로 줄을 지어 선실로 들어갔다.

"나는 서독의 배에는 안 탈 거야. 난 뱀이 싫어!"

황약사가 미소를 머금고 작은 배를 손으로 가리켰다.

"그럼 저 배를 타시지요."

"나는 작은 배는 안 타. 저기 큰 배를 타게 해주시오."

황약사는 안색이 약간 변했다.

"저 배는 망가진 뒤 수리를 하지 않아 못 탑니다."

그러나 그 배는 멋있게 올라간 뱃머리며 미끈한 모양새에 눈부신 금빛으로 칠해져 있어 전혀 망가진 것처럼 보이지 않았다.

"난 저 배 아니면 안 탈 거요. 황약사, 뭐 그리 쩨쩨하게 구시오?"

"저 배는 흉조가 든 배요. 저 배를 탄 사람은 병들거나 그에게 재앙이 닥친답니다. 그래서 여기에 정박해두고 이제껏 사용하지 않은 것이오. 내가 왜 쩨쩨하게 굴겠소? 믿지 못하겠으면 주 형 눈앞에서 불을 질러 보이겠소."

황약사가 손짓을 하자 하인 네 명이 배에 불을 지르려 했다. 그러자 주백통은 갑자기 땅에 털썩 주저앉아 수염을 마구 잡아 뜯으며 대성통곡하기 시작했다. 모두 어안이 벙벙했지만 곽정만은 그의 성격을 아는지라 속으로 웃었다. 주백통은 수염을 마구 쥐어뜯다가 이번엔 갑자기 땅을 데굴데굴 구르며 울기 시작했다.

"난 새 배에 타고 싶어. 새 배에 타고 싶단 말이야!"

황용이 다가서려 하자 하인 네 명이 못 가게 말렸다.

이때 홍칠공이 나서며 말했다.

"황 형, 이 늙은 거지는 평생 흉조가 든 팔자니 내가 주 형과 함께 저 흉조가 든 배를 타고 가겠소. 독으로 독을 물리치는 법. 이 거지의 나쁜 운이 더 센지, 저 배의 흉조가 더 강한지 어디 한번 봅시다."

황약사는 홍칠공이 떠나려 하자 못내 아쉬운 듯 말했다.

"홍 형, 도화도에 며칠 더 머무시지 왜 그리 서둘러 떠나시오?"

"천하의 늙은 거지, 젊은 거지, 어린 거지들이 곧 강남 악양岳陽에 모여 집회를 연다오. 집회에서 나는 개방파 두령의 계승자를 뽑아야 하오. 미리 계승자를 뽑아놓지 않으면 내가 혹여 어떤 뜻하지 않는 변고가 생겨 죽을 때 천하의 거지들은 우두머리를 잃지 않겠소? 그러니 서둘러 가야만 하오. 황 형의 호의는 참으로 감사히 받겠소. 따님이 혼례를 올릴 때 축하 인사나 하러 다시 들르겠소이다."

황약사는 탄식했다.

"홍 형은 참으로 가슴이 따뜻한 사람이구려. 평생을 남을 위해 이리도 말발굽이 닳도록 동분서주하시다니……."

"나는 말을 타지 않으니 발바닥이 닳는다고 해야 옳겠지요. 이런, 황 형은 지금 말을 빌려 나를 욕하고 있지 않소? 발에 말발굽이 달렸다니 그럼 내가 가축이란 말이오?"

황용이 얼른 나섰다.

"사부님, 그건 사부님 말씀이시죠. 아버지가 설마 사부님을 욕하시 겠어요?"

"역시 사부가 친부보다 못하군. 안 되겠다. 당장 거지 마누라 하나 얻어서 거지 딸년을 낳아야겠다."

황용은 손뼉을 치며 웃었다.

"그럼 너무 좋겠어요……. 거지 여동생이 생기면 정말 재미있겠다."

구양극은 그런 황용을 바라보았다. 햇살이 그녀의 두 뺨을 붉게 물 들이니 봄꽃이 활짝 핀 듯한 아름다운 자태에 그만 넋이 나갔다. 그 러다 그녀가 애정 어린 눈길로 곽정을 응시하자 절로 화가 치밀어 올 랐다.

'언젠가 저 빌어먹을 녀석을 꼭 죽이고야 말겠다.'

홍칠공은 주백통을 부축했다.

"주 형, 나와 함께 새 배에 탑시다. 저 괴팍한 황약사한테 속으면 안 되지요."

주백통은 크게 기뻐하며 반겼다.

"홍 형, 홍 형은 참 좋은 사람이구려. 우리, 의형제가 됩시다."

홍칠공이 미처 대답하기 전에 곽정이 서둘러 입을 열었다.

"형님, 저와 이미 의형제가 되었는데 어찌 제 사부님과 의형제를 맺 으려 하십니까?"

"그게 무슨 상관이냐? 네 장인어른이 흔쾌히 새 배를 내주었더라면 네 장인과도 의형제를 맺었을 것이다."

"그럼 저는요?"

황용이 웃으며 묻자, 주백통이 말을 받았다.

"나는 계집의 꾀에는 넘어가지 않아. 미인은 볼수록 재수가 없어지거든."

주백통은 홍칠공의 팔을 끼고 새 배를 향해 갔다. 황약사가 황급히 두 사람 앞을 막아서며 두 손으로 만류했다.

"제가 어찌 감히 두 분을 속이겠습니까? 이 배는 정말 흉조가 든 배입니다. 두 분은 왜 사서 위험을 감수하십니까? 단지 이 배가 흉조가 된 원인은 말씀드리기 곤란합니다."

이 말에 홍칠공이 허허, 웃음을 터뜨렸다.

"미리 경고를 해주셨으니 이 늙은 거지, 이 배를 타고 비명횡사한다 한들 황 형을 여전히 친구로 여기고 원망은 않겠소이다."

홍칠공은 말이나 행동거지가 익살스럽긴 하지만 내심은 예리하고 영민한 사람이었다. 황약사가 수차 만류하자 필시 배에 무슨 곡절이 있을 것이라 생각했다. 그러나 주백통이 이리 고집을 피우니 말려봤자 소용없을 것 같았다. 만약 정말 무슨 변고라도 생긴다면 주백통 혼자서는 역부족일 테고, 게다가 부상까지 입은 몸이니 자기가 함께 가면서 도와주어야겠다고 생각한 것이다.

"두 분의 무공이 대단하시니 화를 만나도 잘 해결할 수 있을 것입니다. 제가 공연한 걱정을 했군요. 곽가 녀석아, 너도 가거라."

곽정은 황약사가 자신을 사위로 인정한 뒤부터 정이라고 불렀는데, 갑자기 호칭을 바꾸고 말투도 엄해지니 영문을 몰랐다.

"장인어른……."

황약사의 목소리가 다시 엄해졌다.

"이 간사하고 탐욕스러운 놈 같으니라고. 누가 네 장인이냐? 앞으로 한 번만 도화도에 발을 들여놓으면 다시는 인정사정 봐주지 않겠다."

황약사는 손을 돌려 벙어리 하인의 등에 일장을 날렸다.

"네놈도 이렇게 될 것이다."

벙어리 하인은 혀가 이미 잘려 나간 터라 목구멍으로 낮고 쉰 고함을 지르며 나가떨어졌다. 그 하인은 오장육부가 갈가리 찢긴 채 바다로 떨어져 파도 속으로 흔적도 없이 사라져버렸다. 다른 하인들은 놀라서 벌벌 떨며 일제히 무릎을 꿇었다. 벙어리 하인들은 모두 파렴치한 악당들로 황약사가 하나씩 섬으로 잡아들여 귀머거리와 벙어리로 만든 다음 부리고 있었다. 황약사는 일전에 이런 말을 한 적이 있었다.

"나는 군자가 아니다. 강호에서는 나를 동사라고 부르지. 그러니 올곧은 군자들은 나와 함께할 이유가 전혀 없다. 내 수하의 하인들이 악하면 악할수록 나는 더 좋다."

그 광경을 바라보던 사람들은 모두 속으로 탄식을 금치 못했다.

'비록 하인이 죽어 마땅한 악한일지언정 갑자기 아무 이유도 없이 바다에 빠뜨려 죽이다니, 황약사는 참으로 사악한 자로다.'

곽정은 더욱 놀라 무릎이 휘청하며 털썩 주저앉고 말았다.

"그자가 당신의 심기를 불편하게라도 했소이까?"

홍칠공의 말에 황약사는 대답 대신 다시 곽정을 무섭게 다그쳤다.

"〈구음진경〉의 하권을 네가 주백통에게 주었느냐?"

"어떤 물건을 준 적은 있지만, 그것이 〈구음진경〉이라는 사실은 정말 몰랐습니다. 만약 알았다면······."

주백통은 원래 일의 경중은 가리지 않고 상대가 화를 낼수록 더욱더 농담을 해대는 사람이었다. 이번에도 곽정의 말을 가로채며 농지거리를 해댔다.

"네가 몰랐다니? 직접 매초풍에게 뺏어왔고, 다행히 황약사는 몰랐다고 하지 않았느냐? 또 네 입으로 직접 〈구음진경〉에 통달하면 천하무적이 될 것이라 말해놓고선……."

곽정은 너무 놀라 목소리까지 떨렸다.

"형님, 제가…… 제가 언제 그랬습니까?"

주백통은 눈을 끔뻑거리며 정색을 했다.

"분명히 그렇게 말했어."

〈구음진경〉을 다 외우고도 〈구음진경〉인지 몰랐다는 곽정의 말을 처음부터 믿을 수 없었는데, 주백통이 이렇게 말하니 황약사는 더욱 분통이 터졌다. 노완동이 장난을 치고 있다고는 생각지도 못한 것이다. 그저 주백통은 천진난만해 곽정을 위해 거짓말을 할 줄 몰라 입에서 나오는 대로 사실을 밝힌 것이라고 생각했다. 황약사는 성질대로 하자면 한 손에 곽정을 죽여버리고 싶었다. 하지만 그러면 위신이 서지 않을 것 같아 억지로 분을 삭였다. 그리고 주백통, 홍칠공, 구양봉에게 읍을 하고는 황용의 손을 끌고 가버렸다. 황용은 곽정에게 무어라 말을 하고 싶었지만 그저 바라볼 수밖에 없었다.

"곽정 오빠……."

그녀의 입에서는 그 한마디만이 흘러나왔다. 순식간에 두 사람의 모습이 숲속으로 사라졌다. 주백통은 파안대소를 하기 시작했다. 웃다가 가슴의 상처 부위에 격렬한 통증을 느끼고 억지로 웃음을 멈추었다. 그러나 다시 터져 나오는 웃음을 막을 수가 없었다.

"황약사가 또 내 꾀에 걸려들었어. 농담이었는데 사실로 믿어버리다니……. 아, 재미있다, 재미있어."

"그럼 정이가 정말로 몰랐단 말이오?"

"당연히 몰랐지요. 〈구음진경〉은 사악한 무공이라고까지 말했는걸요. 만약 알았다면 배우려 했겠습니까? 아우, 이제 뇌리에 박혀서 잊고싶어도 잊어버리지 못하겠지. 그렇지?"

주백통은 이 말을 하면서 다시 배꼽을 잡고 미친 듯이 웃다가 통증에 얼굴을 찌푸리더니 다시 또 웃으며 어찌할 바를 몰랐다.

"주백통, 그런 농담을 하면 어찌하오? 어서 황 형한테 가서 알려야겠소."

홍칠공은 숲으로 갔으나 길이 너무 복잡하게 얽혀 있어 황약사가 어디로 사라졌는지 알 수 없었다. 벙어리 하인들도 주인을 따라 이미가버린 뒤였다. 홍칠공은 길을 안내할 사람이 없으니 돌아올 수밖에 없었다. 그때 구양극이 도화도의 지도를 가지고 있다는 생각이 떠올랐다.

"구양 현질, 도화도 지도를 잠시만 보여주게."

그러나 구양극은 고개를 내저었다.

"황약사께서 허락하시기 전에는 보여드릴 수 없습니다. 저를 탓하지 마십시오."

홍칠공은 코웃음을 치고는 속으로 욕을 했다.

'나도 참 멍청하군. 어찌 저 녀석에게 지도를 빌릴 생각을 했을까? 저 녀석은 황약사가 곽정을 미워하기를 누구보다 바라고 있을 텐데……'

그때 숲속에서 흰옷이 어른거렸다. 바로 구양봉이 거느리고 있는 서른두 명의 무희였다. 한 여자가 구양봉 앞으로 오더니 무릎을 굽혀 예를 올렸다.

"황약사께서 어르신과 함께 돌아가라고 하셨습니다."

구양봉은 거들떠보지도 않고 배에 오르라 손짓하고는 홍칠공, 주백통에게 말했다.

"황약사의 배에 정말 무슨 이상한 계략이라도 있을까 걱정입니다. 그러나 두 분, 마음을 놓으십시오. 제가 배로 바짝 뒤쫓아가다가 무슨 일이 생기면 즉시 미력한 힘이나마 돕겠습니다."

주백통은 노한 음성으로 말했다.

"누가 당신에게 아첨하라고 했소? 황약사의 배에 무슨 이상한 것이 있나 알고 싶은데, 당신이 뒤따라오면 긴장감이 없어지니 재미없잖소? 나를 방해하면 다시 머리에 오줌을 부어줄 거요."

"좋습니다. 그럼 다음을 기약합시다."

구양봉은 여전히 미소 띤 얼굴로 읍을 하고는 조카를 데리고 배에 올랐다.

가라앉는 배

곽정은 황용이 사라진 곳을 넋놓고 바라보았다. 그런 곽정을 보며 주백통이 웃음을 지었다.

"아우, 우리도 배를 타자고. 황약사의 배가 우리 세 사람을 어떻게 할지 한번 보세."

주백통은 왼손으로는 홍칠공을, 오른손으로는 곽정을 잡아당기며 배에 올랐다. 배에는 일고여덟 명의 어부와 하인이 대기하고 있었다. 그들 역시 말 못 하는 벙어리였다.

"언젠가 황약사의 사악함이 다시 발동해서 딸의 혀까지 잘라버리면 그때 가서 대단하다고 인정해줘야지."

주백통의 섬뜩한 말에 곽정이 몸서리를 치자 주백통이 푸하하, 웃음을 터뜨렸다.

"겁나냐?"

주백통이 손짓을 하자 어부들은 닻을 올리고 돛을 편 후 남풍을 타고 바다로 나아갔다.

"자, 배 안에 무슨 수상쩍은 것이 있나 한번 살펴봅시다."

홍칠공의 제안에 세 사람은 뱃머리부터 배 끝까지, 갑판과 선실까지 샅샅이 뒤졌다. 그러나 배는 온통 옻칠을 하여 번쩍번쩍 빛나고 선실에는 흰쌀에 술, 고기, 채소 등이 가득 실려 있을 뿐 이상한 점은 하나도 없었다. 주백통은 안타깝다는 듯이 말했다.

"사람을 속이다니! 이상하다더니 뭐가 이상하다는 거야? 아, 재미없어."

홍칠공은 여전히 의혹이 가시지 않아 돛대 위로 올라가 돛대와 돛을 몇 번 흔들어보았으나 어떤 수상쩍은 기미도 없었다. 저 멀리 바라보니 갈매기가 날아다니고 파도가 넘실대며 세 개의 돛은 바람을 받아 북쪽을 향해 팽팽히 부풀어 올라 있었다. 옷섶을 풀어 헤치고 온몸으로 바람을 맞으니 마음이 상쾌하기 그지없었다. 구양봉의 배가 2리 정도 뒤에서 따라오는 것이 보였다. 홍칠공은 돛대에서 뛰어내려 사공에게 서북쪽으로 뱃머리를 돌리라고 손짓했다. 잠시 뒤 배 끝 쪽을 바라보니 구양봉의 배도 방향을 바꾸어 뒤쫓아왔다.

'왜 따라오는 거지? 설마 호의로 도와주려는 것은 아닐 테고……. 구양봉이 그런 호의를 가진다면 해가 서쪽에서 뜰 일이지.'

홍칠공은 심통을 부릴까 봐 주백통에게 말하지는 못하고 키를 동쪽으로 돌리라고 명했다. 모든 노가 일제히 옆으로 서더니 바람을 반만 받고 배의 속도가 늦춰졌다. 과연 잠시 뒤 구양봉의 배도 동쪽으로 방향을 돌려 따라왔다.

'바다에서 싸우는 것도 괜찮겠지.'

홍칠공은 선실로 돌아왔다. 곽정은 낙담한 표정으로 넋이 나가 있었다.

"제자야, 너에게 밥을 빌어먹는 기술을 전수해주겠다. 주인이 주지 않으면 문 앞에서 3일 밤낮을 죽치고 앉아 있어봐라."

주백통이 웃으며 맞장구를 쳤다.

"만약 주인이 사나운 개를 키우고 있다면 개한테 물라고 할 텐데, 그럼 어떻게 하겠소?"

"그렇게 인정사정없는 사람이라면 저녁에 몰래 훔쳐도 도에 어긋나는 일은 아닐 것이오."

이 말에 주백통은 곽정을 돌아보았다.

"아우, 사부의 말을 알아듣겠느냐? 장인을 끝까지 물고 늘어지란 말이야. 딸을 주지 않으면 밤에 몰래 훔쳐와. 네가 훔치려는 것은 발 달린 살아 있는 보배이니 그저 '보배야, 나와라!' 하면 알아서 너를 따라 나올 거 아니냐?"

곽정은 그 말을 듣고 저도 모르게 웃음이 터져 나왔다. 주백통은 선실 안을 왔다 갔다 하며 잠시도 가만있지를 않았다. 그런 주백통을 보자 곽정은 갑자기 한 가지 생각이 떠올랐다.

"형님, 지금 어디로 가시는 겁니까?"

"특별히 정한 곳은 없고 그냥 여기저기 바람이나 쐬러 돌아다니려고……. 도화도에 오래 있었더니 답답해 미칠 지경이다."

"형님께 청이 하나 있습니다."

"도화도로 돌아가서 네 신부를 훔쳐오자는 거면 난 싫다."

곽정은 얼굴이 붉어졌다.

"그게 아니라, 형님과 함께 태호 의흥에 있는 귀운장으로 같이 갔으면 합니다."

"무슨 일로?"

"귀운장의 육 장주는 호걸이신데, 장인의 제자였습니다. 그런데 흑풍쌍살의 일로 장인어른이 다리를 부러뜨렸답니다. 형님 다리가 완전히 다 나은 것을 보니 육 장주 생각이 나서요. 형님께서 육 장주에게 방법을 전수해주십사 청하는 것입니다."

"그건 간단하지. 황약사가 또 내 다리를 부러뜨려도 다시 회복할 수 있어. 못 믿겠다면 내 두 다리를 한번 부러뜨려 시험해봐라."

주백통은 의자에 앉아 다리를 쭉 펴고 부러뜨려도 괜찮다는 몸짓을 했다. 곽정이 웃으며 말했다.

"시험해볼 필요는 없습니다. 형님께서는 물론 그런 능력이 있으시지요."

그때 갑자기 선실 문 앞으로 사공 한 명이 뛰어 들어왔다. 얼굴이 사색이 된 채 손짓 발짓을 했다. 세 사람은 필시 무슨 연유가 있으리라 짐작하고 몸을 날려 선실을 나갔다.

황용은 부친의 손에 끌려 집으로 돌아왔다. 곽정과 말도 제대로 못하고 헤어지자 화가 나고 마음이 너무 아픈 나머지 방문을 걸어 잠그고 큰 소리로 흐느껴 울기 시작했다.

황약사는 대로해 곽정을 내쫓기는 했으나 그가 이미 사지死地에 빠졌으니 딸에게 미안한 마음이 들었다. 몇 마디 위로의 말을 건네려고 문을 두드려봤지만 황용은 들은 척도 하지 않았다. 저녁 식사 시간이 되어도 나오지 않자 황약사는 하인에게 식사를 가져다주라고 했다. 하지만 황용은 음식은 거들떠보지도 않은 채 밥상을 치우고 하인도 발로 걷어찼다.

'아버지는 말을 하면 반드시 행동으로 옮기는 사람이니, 곽정 오빠가 다시 도화도로 오면 분명 오빠를 죽일 거야. 내가 몰래 도화도를 빠져나가 오빠를 찾으러 가면 아버지 혼자 외롭게 남겠지?'

아무리 생각해봐도 아버지가 불쌍하고 걱정되었다. 몇 달 전 아버지께 꾸중을 듣고 아무 생각 없이 도화도를 빠져나갔다 돌아와보니 아버지는 흰머리가 부쩍 늘었다. 불과 몇 개월 만에 10년은 더 늙어 보여 마음이 너무 아팠다. 그때 황용은 다시는 아버지의 마음을 아프게 해드리지 않겠다고 결심했다. 그런데 지금 또 이렇게 곤란한 상황이 닥치고 말았다. 황용은 침대에 엎드려 한참을 울었다.

'어머니가 살아 계셨더라면 내 편을 들어주셨을 텐데…… 나를 이렇게 고통스럽게 하지는 않았을 텐데…….'

돌아가신 어머니 생각이 나자 황용은 벌떡 일어나 대청으로 나갔다. 도화도의 저택은 문을 장식으로만 달아놓았다. 비바람이 불 때를 제외하고는 밤낮으로 대문을 활짝 열어놓았다. 황용은 밖으로 나갔다. 수많은 별이 밤하늘을 수놓고, 향긋한 꽃향기가 대기를 메웠다.

'곽정 오빠가 벌써 수십 리는 멀리 있겠구나. 언제 다시 만날 수 있을까?'

황용은 한숨을 내쉬고 소매로 눈물을 훔치며 꽃나무 숲으로 들어갔다. 길가의 꽃잎을 손으로 스치며 모친의 묘 앞까지 왔다. 아름다운 나무들이 우거져 있고 기이한 풀들이 흐드러지게 자라 있었다. 묘 앞에는 사시사철 항상 꽃이 피어 있었다. 모두 황약사가 엄선한 진귀한 품

종으로, 휘영청 밝은 달빛 아래 각자의 향기와 자태를 뽐냈다. 황용은 묘비를 왼쪽으로 세 번 쓸어내리고 다시 오른쪽으로 세 번 쓸어내리다가 앞으로 힘껏 젖혔다. 묘비가 천천히 열리면서 돌로 된 지하 통로가 모습을 드러냈다. 지하도로 들어가 모퉁이를 세 번 도니 또 다른 돌문이 나타났다. 황용은 돌문을 열고 묘실로 들어가 어머니 영전 앞 유리등에 불을 붙였다. 황용은 홀로 지하 묘실에서 아버지가 손수 그린 어머니의 초상화를 바라보았다. 초상화를 바라보니 갖가지 생각이 떠올랐다.

'난 한 번도 어머니를 본 적이 없는데 죽으면 만날 수 있을까? 여전히 초상화처럼 이렇게 젊고 아름다우실까? 지금 어디에 계실까? 하늘에 계실까? 지하에 계실까? 아니면 이 묘실에 계실까? 그냥 영원히 여기 어머니 곁에 머물러 있을까?'

묘실 벽 사이의 탁자는 온갖 진귀한 골동품과 유명한 그림, 글씨로 가득 차 있었다. 하나같이 가치를 따질 수 없는 진귀한 물건들이었다. 황약사는 예전에 강호를 종횡으로 누비고 다니면서 황실의 내원, 부호의 저택, 대도의 산채를 가리지 않고 진귀한 보물만 있으면 억지로 빼앗거나 몰래 훔쳐 수중에 넣어야 직성이 풀리곤 했다. 높은 무공에 안목까지 높으니 수집한 물건은 헤아릴 수 없이 많았다. 황약사는 그 보물들을 모두 죽은 처의 묘실에 두었다. 명주 구슬에 옥, 비취, 마노瑪瑙 등이 등불 아래서 빛을 내며 반짝였다.

'이 진귀한 보석들은 지각은 없지만 백 년, 천 년이 지나도 썩지 않아. 난 지금은 여기서 이 보석들을 보고 있지만 언젠가는 한 줌의 흙으로 변하고 말 거야. 그러나 이 보물들은 오히려 영원히 세상에 남아 있잖아? 세상의 사물들은 영특할수록 생명력이 짧은 것일까? 어머니가 총명하지만 않으셨어도 20세에 단명하지 않았을 텐데…….'

황용은 어머니의 초상화를 바라보며 그런 생각에 넋이 빠져 있었다. 불을 끄고 휘장 뒤의 옥관으로 다가가 관을 잠시 쓰다듬다 자리에 앉아 옥관에 몸을 기댔다. 자기의 신세가 가련하고 서글퍼졌다. 그러나 관에 몸을 기대니 마치 어머니 품에 기댄 것처럼 다소 위안이 되었다. 오늘 하루 동안 기쁨과 슬픔을 한꺼번에 겪고 지칠 대로 지친 황용은 자신도 모르게 깊은 잠에 빠져들었다.

꿈속에서 황용은 연경 조왕부에 가서 혼자 뭇 영웅과 싸우고 있었다. 새북도에서 곽정과 해후한 황용이 뭐라고 말을 하려는데, 갑자기 어머니 모습이 보였다. 하지만 아무리 애를 써도 어머니의 얼굴은 어렴풋하게만 보일 뿐이었다. 그러다 갑자기 어머니가 하늘로 날아갔다. 자신도 급히 뒤쫓았으나 어머니는 점점 더 높이 날아올랐다. 마음이 다급해졌다. 그때 갑자기 어머니를 부르는 아버지의 목소리가 들렸다. 아버지의 목소리가 점점 분명히 들렸다.

"아……."

황용은 꿈에서 깨어났다. 조용조용 말하는 아버지의 목소리가 휘장 너머로 들려왔다. 정신을 차려보니 꿈이 아니라 아버지가 묘실에 와 있었다. 황용이 어릴 때, 아버지는 딸을 안고 아내의 영전 앞에 와서 두 부녀가 살아가는 이야기를 하곤 했다. 근 몇 년 들어 횟수가 줄어들긴 했지만 이런 아버지 모습이 황용에게는 전혀 낯설지 않았다. 황용은 아버지에게 화가 나 있던 터라 밖으로 나가지 않았다. 그때 아버지의 목소리가 들려왔다.

"〈구음진경〉을 찾아 당신 앞에 불태워서, 당신 생전에 고심한 경문에 무엇이 적혀 있었는지 알려주리라 맹세했소. 15년 동안 어찌할 방도가 없더니 오늘에서야 소원을 이루었구려."

'아버지가 어디서 〈구음진경〉을 얻으셨지?'

황용이 이상하게 생각하는데, 아버지의 목소리가 계속 들려왔다.

"일부러 당신 사위를 죽이려 한 것은 아니오. 그들이 억지로 그 배에 올라탄 것이오."

이건 또 무슨 말인가? 황용은 가슴이 철렁했다. 표정도 일순 굳어졌다.

'엄마의 사위? 설마, 곽정 오빠를 말하는 걸까? 배를 탄 것이 뭐 어때서?'

황용은 황약사의 말에 더욱 귀를 기울였다. 황약사는 아내가 죽은 뒤 자기가 얼마나 외롭고 힘들었는지를 주저리주저리 늘어놓았다. 황용은 아버지의 약한 모습을 보자 마음이 몹시 아팠다.

'곽정 오빠와 나는 둘 다 아직 젊잖아. 두 사람의 마음만 변치 않는다면 언제라도 다시 만날 수 있을 거야. 그러니 아버지 곁에 있어야겠어. 불쌍한 우리 아버지……'

막 이런 생각에 잠겨 있을 때 아버지의 목소리가 또 들렸다.

"노완동 주백통이 〈구음진경〉의 상권과 하권을 모두 찢어버려서 당신의 소원을 들어줄 수 없게 되었다고 생각했는데, 그 녀석이 기어이 내가 당신과 만나려고 만든 화선花船에 타려고 하지 뭐요?"

'화선에 올라갈 때마다 아버지에게 야단을 듣곤 했지. 그런데 그 배가 엄마를 만나려고 만든 배라고?'

황약사는 아내의 초상화를 바라보며 자신의 외롭고 힘든 삶에 대해 주저리주저리 늘어놓았다.

당시 황약사는 너무나 사랑하는 아내가 자기 때문에 목숨을 잃었기 때문에 자신도 따라 죽을 생각이었다. 하지만 그는 자신의 무공이 상당히 강하기 때문에 목을 매달거나 독약을 먹는 방법으로는 쉽게 죽을 수 없다는 것을 알고 있었다. 게다가 만약 섬에서 죽으면 벙어리 하인들이 자신의 시체를 유린할 것만 같았다. 그래서 육지에서 조선공을 불러와 그 배를 만들도록 한 것이다.

그 배의 겉모양은 보통 배와 다를 것이 없었다. 그러나 배 바닥의 목재는 철 못이 아니라 밧줄로 연결되어 있었다. 그렇기 때문에 배가 항구에 정박해 있을 때는 아름답고 화려해 보이지만, 만약 노를 저어 바다로 나간다면 즉시 침몰하게 되어 있었다. 황약사의 원래 계획은 아내의 시체를 배에 태우고 노를 저어 바다로 나간 다음, 파도에 배가 부서질 때 옥퉁소로 벽해조생곡을 부르며 아내와 함께 넘실대는 바다에 몸을 묻는 것이었다.

그러나 막상 바다로 나가자니 딸이 마음에 걸렸다. 같이 죽을 수도 없고, 그렇다고 딸만 홀로 섬에 남겨둘 수도 없었다. 오랫동안 고민한 끝에 결국 묘실을 만들고 아내의 관을 그곳에 안치한 것이다. 황약사는 매년 배에 칠을 다시 해서 항상 이제 막 새로 만든 것처럼 보관했다. 딸이 성장해 좋은 배필을 만나게 되면 그때 자신의 계획을 실천에 옮길 생각이었다. 황용은 이런 사정을 모르기 때문에 아버지의 말이 무슨 뜻인지 이해할 수 없었다.

"주백통과 곽정이란 아이는 〈구음진경〉을 모조리 외우고 있소. 내가 이 두 사람을 배에 태워 바다에 빠뜨리면 〈구음진경〉을 불태운 것과 마찬가지 아니겠소? 그러면 하늘에 있는 당신의 혼령도 편안히 쉴 수 있을 것이오."

황약사의 놀라운 말이 이어졌다.

"홍칠공은 아무 이유도 없이 죽게 됐으니 좀 억울하긴 하겠지만, 어 쨌든 하루 사이에 당신을 위해 무림의 고수 세 명을 죽여 당신과 한 약속을 지켰소. 훗날 우리가 다시 만날 때, 당신 남편은 아내와 한 약 속은 반드시 지키는 사람이라고 말할 수 있겠지요. 하하……!"

이 말을 들은 황용은 소름이 오싹 돋았다. 마음 저 밑에서부터 차가 운 냉기가 올라오는 것만 같았다. 비록 어찌 된 영문인지 확실히 알 수 는 없지만, 아버지가 이미 배에 손을 써둔 것만은 틀림없는 듯했다. 황 용은 아버지가 어떤 사람인지 너무나 잘 알기 때문에 더욱 두려운 마 음이 들었다.

곽정 등 세 사람이 이미 아버지의 계책에 당한 것은 아닌지 걱정이 앞서 온몸이 떨렸다. 당장 아버지에게 달려가 세 사람을 살려달라고 애원하고 싶었지만 다리와 입술이 부들부들 떨려 움직일 수도, 말을 할 수도 없었다. 아버지의 처절한 웃음소리가 길게 이어졌다. 마치 슬 픈 노래를 부르는 것 같기도 하고 울고 있는 것 같기도 했다. 황용은 정신을 가다듬고 생각을 정리했다.

'어서 가서 곽정 오빠를 구해야지. 만약 구할 수 없다면 나도 같이 죽는 수밖에……'

그녀는 아버지의 성격이 괴팍하고 이상할 뿐 아니라 돌아가신 엄마 에 대한 사랑이 지나쳐 그 사랑에 집착하고 있다는 것을 잘 알기 때문 에 아버지에게 부탁해도 소용없으리라는 생각이 들었다. 황용은 쏜살 같이 무덤을 빠져나와 바닷가로 달려가 경주輕舟에 올라탔다. 배 안에서 잠을 자고 있던 벙어리 사공을 흔들어 깨워 당장 바다로 나가자고 명령했다. 그런데 그때 멀리서 말발굽 소리가 들려오더니 말 한 필이 급히 이쪽을 향해 달려오고 있었다. 동시에 아버지의 옥통소 소리가 은은하게 들려왔다. 황용이 고개를 돌려 해안을 바라보니, 곽정의 홍마가 달빛 아래서 해안가를 달리고 있었다. 아마도 섬에서는 실컷 달릴 수 없어서 한밤중에 해변가로 나와 달리는 모양이었다.

'이 망망대해에서 어떻게 오빠를 찾을 수 있을까? 홍마가 아무리 뛰어난 말이지만 육지를 벗어나면 전혀 힘을 쓸 수 없겠지?'

홍칠공, 주백통, 곽정 세 사람이 선창에서 나와보니 발밑으로 이미 물이 차오르고 있었다. 세 사람은 함께 돛대로 올라갔다. 홍칠공은 두 명의 벙어리 사공과 함께 올라왔다. 고개를 숙여 밑을 바라보니 갑판은 이미 바닷물에 잠기고 있었다. 너무나 갑작스러운 일이라 세 사람은 어찌할 바를 몰랐다.

"허! 홍 형, 황약사는 대단한 능력을 지녔군요. 도대체 이 배를 어떻게 한 거지?"

주백통의 말에 홍칠공도 고개를 설레설레 흔들었다.

"나도 모르오. 정아, 돛대를 꼭 잡고 놓지 말아라."

곽정이 미처 대답도 하기 전에 삐걱하는 소리와 함께 선체가 반으로 갈라지기 시작했다. 두 사공은 깜짝 놀라 활대를 잡고 있던 손을 놓치면서 그만 바닷속으로 떨어지고 말았다. 주백통도 허공에서 한 바퀴 공중제비를 돌며 바다로 뛰어들었다.

"주 형, 수영할 줄 아시오?"

가라앉는 배

주백통이 물속에서 고개를 쑥 내밀었다.

"그런대로 죽지 않을 만큼은 합니다만……."

해풍이 정면으로 불어와 그다음 말은 들을 수가 없었다. 드디어 돛대가 천천히 기울기 시작했다.

"정아, 우리 둘이서 돛대를 부러뜨리자꾸나. 자!"

홍칠공, 곽정 두 사람은 함께 장력을 발해 돛대의 가운데 부분을 내리쳤다. 돛대가 비록 튼튼하기는 하나 두 사람의 장력을 감당하지는 못했다. 몇 차례 내리치자 과연 툭, 하며 돛대가 부러졌다. 두 사람은 돛대를 붙들고 바다로 뛰어들었다.

이미 도화도에서 상당히 멀어진지라 사방은 넘실대는 파도뿐 육지라고는 그림자도 찾아볼 수 없었다. 홍칠공은 은근히 걱정이 되었다. 누군가 구해주지 않으면 먹을 것도 마실 것도 없는 이 망망대해에서 어찌 살아남을 수 있겠는가? 무공이 아무리 대단하다고 해도 기껏해야 열흘이나 보름 정도밖에 버틸 수 없을 것이었다. 고개를 돌려 살펴보았으나 구양봉이 탄 배도 어디론가 사라지고 없었다. 이때였다.

"하하하……!"

멀리 남쪽에서 누군가 큰 소리로 웃어댔다. 바로 주백통이었다.

"정아, 저쪽으로 가자꾸나."

홍칠공과 곽정은 끊어진 돛대에 몸을 싣고 팔로 노를 저으며 소리가 들리는 쪽을 향해 나아갔다. 그러나 파도가 높아 아무리 노를 저어도 다시 제자리로 되돌아오곤 했다.

"주 형! 우리, 여기 있소이다."

홍칠공은 내공이 강하기 때문에 거친 바람 소리와 파도 소리에도 목소리가 멀리까지 퍼져나갔다. 뒤이어 주백통의 대답 소리가 멀리서 들려왔다.

"젠장, 완전히 물에 빠진 생쥐 꼴이로구먼. 그것도 짠물에 빠진 생쥐 말이야."

곽정은 피식 웃음이 나왔다.

'이런 위급한 상황에도 태평하게 농담을 하다니, 노완동이라는 별명이 붙은 것도 이유가 있군.'

세 사람은 배에서 떨어지고 파도에 밀려 순식간에 서로 멀리 떠밀려갔다가 한참 동안 헤엄을 친 뒤에야 겨우 함께 모일 수 있었다. 홍칠공과 곽정은 주백통을 보고 깜짝 놀라면서 웃음이 터져 나왔다. 주백통은 배에서 떨어진 판자에 밧줄로 발을 묶고 경공술을 써서 파도 위에 둥둥 떠 있었다. 파도가 높아서 몸이 물에 잠겼다 떴다 하긴 했지만, 그 몸놀림이 상당히 유연하고 자연스러워 보였다. 물에 떠 있으면서도 앞으로 전진할 때는 약간 힘든 모습이었다. 주백통은 새로 발견한 놀이가 너무나 재미있고 신기한 나머지 눈앞에 닥친 위기 따위는 안중에도 없는 듯했다.

곽정은 사방을 둘러보았다. 타고 있던 배는 벌써 가라앉았는지 보이지 않고, 사공들도 이미 바다에 빠져 죽은 모양이었다. 갑자기 주백통이 큰 소리로 비명을 질렀다.

"아이고, 큰일 났다. 이젠 정말 죽게 생겼구나."

홍칠공과 곽정은 깜짝 놀라 동시에 물었다.

"무슨 일이오?"

"왜 그러세요?"

주백통이 손을 들어 저 먼 곳을 가리켰다.

"상어 떼가 오고 있어!"

곽정은 사막에서 자랐기 때문에 상어가 얼마나 무서운지 알 턱이 없었다. 그러나 평소 어떤 일이 생겨도 태연자약하던 홍칠공의 안색이 변하는 것을 보자 자기도 모르게 긴장이 되었다. 그때 홍칠공이 갑자기 장력을 발하더니 돛대의 끝부분을 연이어 두 차례 내리쳤다. 돛대가 부러져 떨어져 나간 자리에 하얀 물거품이 일면서 커다란 상어 머리가 수면 위로 떠올랐다. 하얗고 날카로운 이빨이 햇빛을 받아 번쩍였다. 상어는 물 위로 한 차례 솟구쳐 오른 후 또다시 물속으로 들어갔다.

"이것으로 상어 머리를 내리쳐라!"

홍칠공이 부러진 돛대를 곽정에게 건네주었다.

"제게 칼이 있습니다."

곽정은 돛대를 주백통에게 던져주고 품속에서 비수를 꺼내 들었다. 이미 네댓 마리의 상어가 주백통을 에워싸고 공격할 틈을 노리고 있었다. 주백통은 허리를 굽히며 손에 든 몽둥이를 휘둘렀다. 상어의 머리가 터지며 피가 사방으로 튀었다. 그때 다른 상어들이 피 냄새를 맡고 죽은 상어에게 달려들었다.

곽정은 수천수만 마리의 상어 떼를 보고 놀라지 않을 수 없었다. 게다가 상어 떼가 날카로운 이빨을 드러내며 죽은 상어를 뜯어 먹는 것을 보자 너무나 두렵고 떨렸다. 그때 갑자기 발이 무언가에 부딪쳤다. 깜짝 놀라 급히 발을 움츠리니 발밑에서 물결이 일어나며 상어 한 마리가 맹렬한 기세로 솟구쳐 올라왔다. 곽정은 왼손으로 돛대를 밀면서 그 힘을 의지해 오른쪽으로 돌아서서 비수를 들어 상어를 찔렀다. 워낙 칼날이 예리한지라 픽, 소리가 나더니 금세 상어 머리가 찢어지면서 피가 흘렀다. 순식간에 상어 떼가 몰려와 상처 입은 상어를 물어뜯었다.

무공이 뛰어난 세 사람은 주위를 에워싼 상어들 틈에서 동에 번쩍, 서에 번쩍 하며 공격을 했다. 매번 공격할 때마다 죽거나 상처를 입는 상어가 한 마리씩 나왔다. 일단 피가 났다 하면 나머지 상어 떼들이 물어뜯어 순식간에 뼈만 남았다.

세 사람 모두 무공이 강하고 담이 세긴 했지만 이런 처참한 광경을 보고 두렵지 않을 수 없었다. 사방을 둘러보니 상어는 여전히 셀 수 없이 많았다. 이 많은 상어를 모두 죽이지 않는 한 결국은 위험에 처하게 될 테지만, 당장은 깊이 생각할 틈이 없었다. 그저 계속해서 상어를 죽이는 수밖에 없었다.

한 시진이 안 되어 약 200여 마리의 상어를 죽였다. 태양이 서서히 서쪽 바다로 지고 있었고, 바다에는 안개가 낮게 깔리기 시작했다. 주백통이 소리쳤다.

"홍 형! 아우! 날이 저물면 우리 상어 배에 들어가기 내기를 합시다. 누가 먼저 상어한테 먹히는지!"

"먼저 먹히는 사람이 이기는 거요?"

"당연하지요."

"이런, 차라리 내가 진 셈 치지."

홍칠공은 손을 들어 신룡파미로 상어 한 마리를 내리쳤다. 200근 정도 되어 보이는 커다란 상어가 홍칠공의 공격을 받자 물 위로 높이 튀어올랐다가 두 바퀴 돌고 떨어졌다. 바닷물이 사방으로 튀었다. 물로 떨어진 상어는 곧 배를 하늘로 향한 채 죽고 말았다.

"대단한 장법이군. 사부로 모실 테니 내게 항룡십팔장을 가르쳐주면 좋을 텐데, 안타깝게도 시간이 없군. 거지 영감! 내기를 할 테요, 안 할 테요?"

"미안하지만, 싫소이다."

"하하……!"

주백통은 큰 소리로 웃고 나서 이번에는 곽정을 향해 물었다.

"아우는 어떤가? 두려운가?"

곽정은 사실 너무나 두려웠지만, 생사가 오가는 위기의 순간에 농담을 주고받으며 태연자약한 두 사람의 모습을 보자 용기가 생겼다.

"조금 전엔 무서웠는데, 지금은 괜찮아요."

그때 커다란 상어 한 마리가 지느러미를 꼿꼿이 세우고 꼬리를 흔들며 맹렬한 기세로 다가왔다. 곽정은 우선 몸을 돌려 피한 다음, 왼손을 위로 치켜들었다. 상어를 유인하려는 것이었다. 과연 상어는 물 위로 뛰어올라 곽정의 왼손을 물려 했다. 그 순간 곽정은 비수를 들어 상어의 목 부위를 찔렀다. 마침 상어가 위로 솟구쳐 오르고 있었기 때문에 목에서 배까지 죽 찢어지고 말았다. 내장이 배 밖으로 흘러나오면서 피가 쏟아졌다. 주백통과 홍칠공도 각각 상어 한 마리씩을 죽였다. 주백통은 황약사의 장력에 당한 상처가 아직 아물지 않은 상태라 시간이 흐를수록 고통이 심해졌다.

"거지 영감! 아우! 난 이만 실례해야겠소. 나 먼저 상어 배 속으로 들어갑니다. 뭐, 내가 이긴 거지만 내기를 안 한다 하셨으니 이겼다 할 수도 없군요."

주백통은 비록 웃으며 말하기는 했지만, 실망이 가득 찬 목소리였다.

"좋습니다. 한번 겨루어보지요."

"좋아, 좋아. 그래야 죽어도 통쾌하게 죽을 수 있지."

주백통은 동시에 공격해오는 상어 두 마리를 가볍게 피했다. 그때 멀리서 하얀 돛이 보이더니 배 한 척이 파도를 뚫고 다가왔다. 자세히 보니 구양봉이 탄 배였다. 세 사람은 이제 살았다 싶어 환호성을 질렀다. 곽정은 주백통 곁으로 다가가 함께 상어의 공격을 막았다.

잠시 후, 큰 배가 다가오더니 작은 배 두 척을 내려보냈다. 세 사람은 배에 올라타 큰 배로 옮겨 갔다. 주백통은 입에서 피를 토하면서도 끊임없이 웃어대며 상어 떼를 향해 욕을 퍼부었다. 구양봉과 구양극이 갑판에 서서 세 사람을 맞이했다. 그들은 바다 위를 오가는 수많은 상어 지느러미를 보고 속으로 깜짝 놀랐다.

주백통은 자존심이 약간 상했다.

"서독, 난 구해달라고 청한 적 없소이다. 당신이 날 구하긴 했지만 생명의 은인이라는 둥 그런 말은 하지 마시오."

"당연하지요. 세 분이 한창 상어를 해치우고 있는데 저희가 와서 흥을 깼으니 도리어 죄송합니다."

"그건 상관없소이다. 비록 흥이 좀 깨지긴 했지만 덕분에 상어 배 속에 들어갈 신세를 면하게 되었으니, 그걸로 대신하지요."

구양극은 하인과 함께 큰 쇠고기 덩어리를 미끼 삼아 갈고리에 끼우고 상어 떼를 향해 던졌다. 순식간에 대여섯 마리의 상어가 잡혔다. 홍칠공이 상어를 가리키며 웃었다.

"좋아, 네놈이 우릴 먹어치우지 못했으니 이제 우리가 너흴 먹어치울 차례다."

구양극은 하인을 시켜 굵고 끝이 날카로운 나무 몽둥이를 만들어 가져오게 하더니 이렇게 말했다.

"제게 좋은 생각이 있습니다. 제가 홍칠공의 원수를 갚아드리지요."

그러곤 철장을 이용해 상어의 입을 벌리게 한 다음, 나무 몽둥이를 위아래 주둥이 사이에 끼운 채 다시 바다에 풀어주었다.

주백통이 통쾌한 듯 웃었다.

"한참 동안은 죽지도 못하고 먹지도 못하게 되겠군."

곽정은 마음이 편치 않았다.

'잔인하기도 하군. 저렇게 식탐이 많은 상어를 산 채로 굶어 죽게 하다니……'

주백통은 곽정의 안색이 굳어지는 것을 보고 웃으며 말했다.

"자넨 마음이 편치 않은 모양이군, 그렇지? 그러게 서독이라 하지 않던가? 그 숙부의 그 조카로군."

구양봉은 주백통의 말을 듣고 미소를 지었다. 그는 평소 잔인하다는 말을 들어도 그다지 신경 쓰지 않았다. 도리어 은근히 그런 말 듣기를 바라는 편이었다.

"주 형, 이 정도를 가지고 뭘 그러시오? 아직 멀었지요. 세 분께서 저 까짓 상어에게 둘러싸여 정신을 못 차리시던데, 제가 보기엔 상어가 아무리 많아도 간단히 처리할 수 있을 것 같은데요."

구양봉은 왼손을 내밀어 바다를 향해 뻗더니 왼쪽에서 오른쪽으로 획, 하고 내저었다.

"상어가 지금보다 열 배 많다 해도 단번에 없앨 수 있습니다. 식은 죽 먹기지요."

"이런, 허풍이 심하십니다그려. 만약 정말 그런 능력으로 상어를 모두 죽인다면 제가 구양 형에게 절하고 할아버지라 부르겠소."

"그럴 필요까지야 있겠습니까만은, 주 형께서 못 믿으시겠다면 내기를 하면 어떨까요?"

"좋소이다. 목숨을 걸어도 좋소."

홍칠공은 부쩍 의심스러운 생각이 들었다.

'아무리 능력이 있다 해도 수천 마리나 되는 저 상어 떼를 한 번에 다 죽일 수는 없을 텐데, 틀림없이 무언가 꿍꿍이가 있는 거야.'

"목숨을 걸 필요가 있나요? 다만 제가 이기면 주 형께서 무조건 제부탁을 한 가지 들어주셔야 합니다. 반대로 제가 지면 물론 저도 말씀하시는 대로 들어드리지요. 어떻습니까?"

"좋을 대로 하시오."

구양봉이 홍칠공을 바라보았다.

"홍칠공께서 증인이십니다."

홍칠공은 고개를 끄덕였다.

"좋소! 그러나 만약 상대방의 요구가 들어줄 수 없는 것이거나 들어주기 싫은 것이라면 어떻게 하지요?"

주백통이 나섰다.

"그럼 바닷속에 뛰어들어 상어 밥이 되는 수밖에 없지요."

구양봉은 미소만 지을 뿐 아무 말도 하지 않았다. 그는 하인을 시켜 작은 술잔을 하나 가져오게 했다. 왼손에 술잔을 들고 오른손으로 지팡이 끝에 감긴 뱀의 목을 누르니 뱀이 입을 벌렸다. 날카로운 이빨 사이로 독이 뚝뚝 흘렀다. 순식간에 먹물처럼 까만 독이 술잔 절반가량 차올랐다. 그는 뱀을 내려놓고 다른 뱀을 잡아 같은 방법으로 잔에 독을 가득 채웠다. 두 마리의 뱀은 독을 토한 뒤 지팡이 끝에 몸을 감은 채 미동도 하지 않았다. 기력이 모두 쇠진한 듯했다.

구양봉은 사람을 시켜 상어를 한 마리 낚아 갑판에 놓게 했다. 길이가 2장丈이나 되는 큰 놈이었다. 오른발로 아래턱을 밟고 왼손으로 지느러미를 잡아 위로 당기니 상어는 커다란 입을 쩍 하고 벌렸다. 비수처럼 날카로운 이빨이 드러났다.

구양봉은 갈고리에 걸려 상처가 난 자리에 독을 부었다. 그리고 왼손으로 상어의 배를 받쳐 던지자 200근이 넘는 상어가 공중으로 솟아오르더니 사방으로 물을 튀기면서 바다로 떨어졌다.

"아하! 알겠소. 중이 벌레 잡는 수법을 쓰는군."

주백통의 말에 곽정이 물었다.

"중이 벌레 잡는 수법이라니요?"

"옛날에 늙은 중이 있었는데, 변량의 길거리에서 벌레 잡는 약을 팔았지. 그는 자기가 파는 약은 효과가 참 좋아서 어떤 벌레도 먹으면 반드시 죽는다고 선전을 해댔어. 만약 집 안의 벌레가 모두 죽지 않으면 열 배로 되돌려주겠다고 장담을 했단다. 당연히 장사가 잘될 수밖에. 어느 날, 약을 사간 사람이 집으로 돌아가 것을 침대에 뿌렸는데…… 이런, 한밤중이 되자 벌레들이 수도 없이 기어 나와 물려 죽을 뻔한 거야. 다음 날 화가 머리끝까지 나서 그 중을 찾아가 돈을 돌려달라고 요구했지. 그 늙은 중이 하는 말이, 자기가 판 것은 분명히 효과가 좋은 약인데 만약 효과가 없었다면 약을 잘못 쓴 탓이라는 거야. 그래서 그 사람이 그럼 약을 어떻게 써야 하는지 물었지."

주백통은 말을 멈추고 싱글싱글 웃으며 고개를 저었다. 곽정은 결과가 궁금해졌다.

"어떻게 쓰는 건데요?"

주백통이 갑자기 정색을 하고 대답했다.

"그 중이 말하기를, 벌레를 잡아서 입을 벌린 다음 그 입에 약을 넣고 그래도 죽지 않거든 다시 오라는 거야. 이 말을 듣자 약을 산 사람은 화를 버럭 냈어. '벌레를 잡아서 죽일 것 같으면 약을 먹일 필요 없이 그냥 눌러 죽이면 될 것 아니오?' 그랬더니, 그 중이 하는 말이 '물론이지요. 누가 눌러 죽이지 말라고 했소?' 하는 거야."

곽정, 홍칠공, 구양극 등은 주백통의 말을 듣고 큰 소리로 웃었다. 구양봉도 웃으며 입을 열었다.

"글쎄올시다. 내 약은 그 늙은 중이 팔았다는 벌레 잡는 약과는 약간 다른 것 같소만……."

"내 보기에는 비슷한데 뭘 그러시오?"

"두고 봅시다."

구양봉은 손을 들어 바다를 가리켰다. 독을 먹고 바다에 빠진 상어는 이미 배를 하늘로 향한 채 죽어 있었다. 순식간에 예닐곱 마리의 상어가 달려들어 물어뜯기 시작했다. 죽은 상어는 뼈만 남은 채 서서히 바다 밑으로 가라앉았다.

잠시 후, 놀랍게도 죽은 상어를 먹어치운 상어들이 모두 죽어 물 위에 떠올랐다. 그러자 또 순식간에 여러 마리의 상어가 달려들어 이들을 먹어치우고, 또 죽고, 다시 먹어치우고……. 이런 식으로 하나가 열이 되고, 열이 백이 되고, 백이 천이 되니 반 시진이 지나지 않아 살아 있는 상어가 몇 마리 남지 않게 되었다. 그들 역시 정신없이 죽은 상어를 먹어치우고 있으니 머지않아 죽을 목숨이었다.

홍칠공, 주백통, 곽정은 이 광경을 보자 안색이 바뀌었다. 홍칠공이 탄식했다.

"서독, 당신의 수법도 잔인하려니와 독의 위력도 정말 대단하구려."

구양봉은 주백통을 바라보며 히죽히죽 웃어댔다. 그야말로 의기양양한 모습이었다. 주백통은 두 손을 비벼댔다 수염을 잡아당겼다 하며 어찌할 바를 몰랐다. 바다 위는 온통 허연 배를 하늘로 향한 채 죽어 있는 상어 시체들로 가득했다. 파도를 따라 움직이는 모습이 징그럽기까지 했다.

"저렇게 많은 상어 배를 보고 있자니 구역질이 나는군. 저것들이 모두 무서운 독을 품고 있다는 생각을 하니 더욱 넘어오려 하는걸. 서독, 조심하시오. 이렇게 많은 상어를 죽였으니 바다 용왕이 당신에게 복수를 할지도 모르오."

구양봉은 그저 웃기만 할 뿐 아무 말도 하지 않았다.

"한 가지 이해할 수 없는 점이 있는데, 가르쳐주시겠소?"

홍칠공이 공손하게 묻자, 구양봉은 얼른 예를 갖추며 대답했다.

"제가 가르쳐드리다니요? 무슨 그런 말씀을……."

"아무리 독이 강하다고 하나, 어떻게 그 한 잔의 독으로 저 많은 상어를 죽일 수가 있지요?"

구양봉은 빙그레 미소를 지었다.

"이 뱀의 독은 매우 신기해서 피에 닿기만 하면 피가 독으로 변해 버립니다. 독은 한 잔뿐이었지만 상어의 상처에 독이 닿아 피로 스며들면서 100여 근에 달하는 상어의 피가 전부 독으로 변하게 된 셈이지요. 다른 상어가 이 상어의 피를 먹게 되면 그 상어의 피도 독으로 변하고……. 그러다 보니 순식간에 독이 모든 상어에게 퍼진 것입니다."

"정말 대단하군요."

"제 별명이 서독 아닙니까? 독을 사용하는 데 있어서 뭔가 남다른 점이 있어야 이름값을 하지요."

바다 위에는 이제 살아 있는 상어는 한 마리도 없었다. 다른 물고기들은 상어 떼가 몰려올 때 잡아먹혔거나, 아니면 멀리 도망갔기 때문에 바다 위는 그야말로 고요했다. 잠깐 동안의 적막을 깨고 홍칠공이 입을 열었다.

"어서 갑시다. 여긴 독 기운이 너무 강한 듯하오."

구양봉은 하인들에게 돛을 올리라고 명했다. 배는 남풍을 타고 서북쪽을 향해 미끄러지듯 나아가기 시작했다.

주백통이 구양봉을 바라보며 말했다.

"벌레 잡는 약과 다르긴 하군. 원하는 것이 무엇이오? 시키는 대로 하겠소."

"우선 안으로 들어가 마른 옷으로 갈아입은 후 식사도 하고 좀 쉬시지요. 내기에 대한 이야기는 그다음에 해도 늦지 않습니다."

주백통은 성격이 급한지라 지금 당장 결말을 짓고 싶었다.

"안 돼요. 지금 당장 말하시오. 또 무슨 속셈을 꾸미려는 거요? 만약 내가 답답해서 죽기라도 하면 당신만 손해지요."

구양봉은 주백통의 말을 듣고 껄껄 웃었다.

"정 그러시다면 저를 따라오시지요."

〈5권에서 계속〉